U0931277

汝河岸边
依汝故事

高军／主编

图书在版编目（CIP）数据

汶河岸边 ： 依汶故事 / 高军主编． -- 长春 ： 吉林文史出版社，2020.5（2023.1重印）

ISBN 978-7-5472-6888-9

Ⅰ．①汶… Ⅱ．①高… Ⅲ．①故事—作品集—中国—当代 Ⅳ．①I247.81

中国版本图书馆 CIP 数据核字（2020）第 069874 号

汶河岸边：依汶故事

WENHE ANBIAN:YIWEN GUSHI

主　　编：高　军
责任编辑：钟　杉　王　新
封面设计：王高杰
出版发行：吉林文史出版社有限责任公司
地　　址：长春市净月区福祉大路 5788 号　　邮编：130118
电　　话：0431-81629363（总编室）　0431-81629372（发行科）
网　　址：www.jlws.com.cn
印　　刷：三河市嵩川印刷有限公司
经　　销：全国新华书店
开　　本：170mm×240mm　1/16
印　　张：17.5
字　　数：303 千字
版　　次：2020 年 5 月第 1 版　2023 年 1 月第 2 次印刷
定　　价：59.80 元
书　　号：ISBN 978-7-5472-6888-9

前 言

沂南县依汶镇面积123平方千米，人口5.82万，辖40个行政村、69个自然村。境内主要为丘陵山地，汶河贯穿全境，水质清澈，风光旖旎。这里是一个有着悠久历史和丰厚文化的地方。《三字经》中“大小戴，注礼记”的“大小戴”故事一直在这里流传，孙隆村现在还存有二戴祠里的几块石碑。隋家店村刘遵和清朝嘉庆年间考中进士，官居户部主事。店子村的兴隆寺、隋家店村寺庙有遗留野外的高大雕刻石狮，展示着当年寺庙的风貌。在松涛起伏的北大山向阳悬壁上的石洞内，被村民奉为仙姑与玉皇的两尊塑像栩栩如生。每到清明节，登山观光者络绎不绝，入洞祈祷者摩肩接踵。安前庄村的“老仙庵”，团圆曼山前的九女坟、百子山前麓的皇姑庙，均有许多美丽的传说。清末秀才高嘉晋是高家中疃村人，爱好绘画和雕刻，后专攻桃刻。他据料施艺，精心雕琢，在小小的桃核上雕刻出许多惟妙惟肖的人物、花卉、鸟虫等。其作品人不盈米而眉目清晰，亭不过豆而楹檐分明。他有两件作品于1915年在美国旧金山举行的巴拿马太平洋万国赛会上展出，并获银质奖牌。这里也是著名物理学家、核物理学先驱王普的家乡，他家的老宅就在东贯头村。这里同样是一片具有光荣革命传统的红色土地，沂南县第一个党小组在朱家里庄成立，党组织建立与发展的主要人物朱寿年担任过中共沂水县委第一任书记。1941年，境内五空桥村民刘式矩为掩护军用物资，被日军三次按倒在铡刀下，脖颈鲜血直流，但始终未说出军粮埋藏地点，其事迹广为流传。境内鲁中革命烈士陵园属省级重点文物保护单位，为青少年爱国主义教育基地。战争年代，革命烽火在这片土地上熊熊燃起，这里曾是八路军一一五师、鲁中区党委、沂蒙地委、沂南县委等领导机关的驻地。徐向前、罗荣桓、陈光、肖华、罗舜初、周赤萍、胡奇才等一大批老一辈无产阶级革命家在这里战斗生活，他们率领英勇的军队出生入死，在这片鲜血染红的土地上，谱写了一曲又一曲可歌可泣的动人故事。

一方水土孕育一方文化，在这样一个具有悠久历史文化和光荣革命传统的奇秀的土地上，不仅有着众多的文物古迹和人文景观，也流传着许多情节曲折和优美动人的神话传说与民间故事。这些传说故事与当地的历史、地理、经济、文化等紧密相连，承载了丰富的地域文化内涵，也体现着自然与人文的相互交融。目前，随着经济社会发展和城镇化快速推进，在新事物不断涌现的同时，许多过去的东西也在逐渐消失，挖掘整理并保护好地域文化资源，成为当务之急。我们依汶镇委、镇政府深刻认识到，一方文化影响一方经济，文化与当地经济的相互融合，会产生出巨大的经济效益和社会效益，并推动社会生产力的发展。为了更好地开发当地文化资源，传承、弘扬民间文化遗产，展示地方人文魅力，更好地推进依汶镇的经济发展，镇委、镇政府特邀请了沂南县作家协会的8位作家，对依汶镇地域文化资源进行了深入挖掘整理。作家们在查阅大量文献资料的同时，努力从田野调查中获取相关资料作为补充，从2019年1月26日开始，经过三个多月的深入挖掘和调查整理，撰写出包括红色记忆、民间故事、人物传奇、神话传说、考证文章等100多篇，共计24万字。他们强化精品意识，在内容上兼容并蓄，在表现上活灵活现，在增强可读性、趣味性和时代性上狠下功夫。充分挖掘了故事中蕴含的文化价值和内涵，并积极推陈出新，以更加生动、鲜活的情景再现，将民间故事重新演绎、呈现出来，努力追求内容和形式的最佳结合，打造依汶镇民间文化的精品。有了县作协这一批热爱文字热爱生活的人的通力合作，这些民间故事才被搜集整理加工得更加精彩，有了作家们的妙笔生花才有了这部民间故事集的问世。这些作品内容非常丰富，思想健康向上，故事情节曲折动人，语言通俗易懂，风格异彩纷呈，有着丰富的史料性、知识性、趣味性、文学性，能够启迪人们分辨真善美和假丑恶，能鼓舞人们奋发向上，字里行间充满了正能量。尤其是在中华人民共和国成立70周年之际，宣传弘扬革命历史文化和开发利用红色文化资源，已经成为当下传承与创新中国共产党创立以来所形成的革命精神、优良革命传统和革命历史文化的重要途径。地域红色文化相对集中的依汶镇，对留存下来的丰富革命历史文化资源进行开发与利用显得尤为重要，也越来越多地得到社会的关注和重视。当此之际，挖掘整理依汶镇地域文化资源，并且将挖掘整理后所撰写的作品结集出版，有着非常重要的意义。本书的出版也填补了沂南县以乡镇为单位挖掘整理和研究地域历史文化的一项空白，是一件可喜可贺的事。

中共依汶镇委书记　姜春晓

2019年6月2日

目 录
CONTENTS

第一辑

水木兰桥 …… 002
偷工减料的水木兰桥 …… 004
运粮庄 …… 006
糠山和米山 …… 008
人头峪 …… 010
薄板台 …… 012
和尚帽子山 …… 015
庙子山阎王鼻子 …… 016
马蹄泉 …… 018
安保庄 …… 019
姑子庵变成了和尚庙 …… 021
南石汪崖的酒泉 …… 023

满富庄有个平安寺 …… 025
高崮子的传说 …… 027
打磨涧 …… 028
滴水帘子 …… 031
九女山 …… 033
白马洞 …… 035
马蹄涧 …… 037
爬龙桥、龙泉、龙宿山 …… 039
燕吉台 …… 041
红娘子岭 …… 043
东官庄的洞 …… 045
黄龙安 …… 048
葫芦头峪 …… 050
刷马沟 …… 053
回龙河和玉龙泉 …… 055
抱虎洞的故事 …… 057
黑虎梁 …… 059
老猫窝变清泉峪 …… 060
黑沟不黑 …… 062
水牛石 …… 064
两泉庄 …… 066

第二辑

穆桂英哥哥坟墓的故事 …… 070
穆桂英送别杨宗保 …… 072

穆桂英骑马点将 …… 074
于家胡同的带刀侍卫 …… 076
文秀才　武秀才 …… 078
兄弟情深 …… 080
东院和西院 …… 082
三里岐黄殿 …… 083
凤凰窝 …… 086
小媳妇变的石佛 …… 088
仙人石 …… 090
神王一家 …… 092
窑头沟上打响场 …… 094
麻袋包的传说 …… 096
张洪崮 …… 099
皂旗山 …… 101
团鱼的神力 …… 103
邵家湖的“羊倌” …… 105
院顶的传说 …… 107
南栗沟的来历 …… 110
西贯头村庄的那些事 …… 112
良善天助 …… 113
义　碾 …… 115
义字当头命当活 …… 117
老木匠和小木匠 …… 119
黄杨树的传说 …… 121
仙人松 …… 123
藏在老屋里的黄鼠狼 …… 125
石楼的故事 …… 127
黄土崖子的神黄草 …… 129

泰山老母与黄峪庄的传说 …… 131

第三辑

不能拿绝了 …… 134
煎饼糊子盆 …… 136
灯　笼 …… 138
黄罗伞的来历 …… 140
刘遵和幼年故事传说 …… 141
御　砚 …… 146
御花园与皇姑城 …… 147
贾万羊 …… 150
父勇子奇 …… 152
著名核雕艺术家高嘉晋 …… 154
著名物理学家、核物理学先驱王普 …… 157
汶河无语东流去 …… 160
刘波平在沂南 …… 162

第四辑

暖　墓 …… 166
咬　春 …… 168
大安子突围 …… 170
朱寿年狱中遇战友 …… 173

小松林大阅兵 …… 175
少年英雄小喜子 …… 177
九山脚下救伤员 …… 179
农村老太智救女八路 …… 181
杨次章和他的儿子 …… 183
朱寿年 …… 185
一门三烈士 …… 188
握　手 …… 190
一篮笨鸡蛋 …… 192
绿门山战斗 …… 195
高大娘 …… 197
抗日小英雄刘乃滨 …… 199
高琪瑗其人其事 …… 200
铡　刀 …… 203
侦察英雄张小三 …… 205
挑沟子 …… 208
朱家峪子支前小故事 …… 209
动荡中的古城 …… 211
栗沟造 …… 213
星　火 …… 215
沂蒙——母亲 …… 218

附　录

刘遵和与他的诗歌创作 …… 226
新发现的刘遵和两首诗兼及他的“举京兆”考 …… 229

刘遵和与他的《求友堂小题制艺》一书 …… 236
孙隆二戴祠由来及其变迁考 …… 242
依汶镇寺庙初考 …… 247
“失百子山”惨案初考 …… 257
虎崖《乐成桥碑记》考证 …… 262

编后记 …… 264

第一辑

水木兰桥

高　军

在依汶镇宅科子村村西有一座小桥，老百姓都叫它“水木兰桥”，其实以前这座桥叫“延福桥”，后来因发生井台会的故事才被改为了这个名字。现在我们看到的是很小的一座小桥，但这座桥在历史传说中却是很大的。传说中的这座桥有多高多大呢？说是桥下每孔都能错过九桅九篷的大船毫无挡头儿，一点儿也不碍事。桥上的路面就更不用说了，细錾子錾出精细花纹的长条块石前后一直铺了四十里。

对这座桥，当地的人们是既自豪又有些遮遮掩掩的，特别是在旧社会，那更是羞愧多于骄傲，这究竟是怎么回事儿呢？

大家都说这和著名的井台会故事发生在这里有关。

现在我们看到的戏曲《井台会》主要有两种，第一种是评剧《井台会》，它源自民间传说《白兔记》，又叫《咬脐郎打围》《李三娘打水》，讲述的是五代时刘知远投军后，其妻李三娘在娘家与兄嫂度日，备受虐待，逼她白天担水，夜晚在豆腐坊推磨。这一天，李三娘正在井台打水，突然跑来一只白兔，扔下口中所衔之箭离去。接着，李三娘与追赶白兔的小将相遇，原来小将正是自己16年前在磨坊咬断脐带所生之子咬脐郎，当时儿子被嫂子扔进池塘，幸而命大被救到了刘知远处。小将得知实情，回禀其父，一家人最终团聚。以上是戏中的情节，而历史上的刘知远便是后汉高祖，而李三娘应该就是其皇后李氏。《井台会》的故事只是一场戏说罢了。第二种是吕剧《井台会》，说的是18岁的兰瑞莲被舅舅卖给了游手好闲已经53岁的周蓝宽为妻，不但常受虐待，还要每日去井台打水。有一天，她遇见书生魏魁元在井边讨水喝，闲聊中魏魁元对兰瑞莲的悲惨遭遇深表同情，二人由相遇、相知到相爱，并相约当夜三更天在兰桥相会，然后一同逃走。

这座水木兰桥就是剧中人物约定相会兰桥逃走的那座桥，兰瑞莲也是村里的一个真实人物呢。当年兰瑞莲嫁给周蓝宽，本来就是年庚不对的老夫少妻，还受尽折磨，她每天在房中珠泪滚滚，脸面常年不干。又加上丈夫生性凶残，兰瑞莲觉得“他比那狗豺狼狠着万千”，周蓝宽又是馋又是懒，整天吃酒赌钱，兰瑞莲的心中已经彻底失去了生活的乐趣和信心。更让她难以忍受的是，自从到了周蓝宽家，他们母子二人不断折磨她，她每日在家挨打受气不说，还从没有吃上过一顿舒心的饭。别人家去打水的都是男子，唯有她是女子去担水。在这种悲惨的情况下，兰瑞莲在井台遇见了风流倜傥的书生魏魁元要借水喝。魏魁元行走中已经是口干舌燥，但兰瑞莲却不让他喝，说是“行路人只累得浑身是汗，怕只怕你喝了凉水会得伤寒”。魏有点儿感动：“听大嫂讲此言暗暗思量，这大嫂说的话大也周全。往常里也见过不少女子，哪比得上这位大嫂说话这么甜。”于是就帮着她打水、提水，并问她：“大嫂你婆门住在何处？为什么女人家来把水担？桶又大井又深打水困难，若有个闪失可不是玩。”一番问话勾起了兰瑞莲的伤心事，遂将自己的处境陈说了一番。如此一来，二人就拉起家常，魏魁元由同情变为爱慕进而向她求婚，兰瑞莲先是脸红耳热，仔细思考后怦然心动，最后互诉衷情，于是有了三更天的兰桥约定。我们现在看到的吕剧到此就结束了，给观众留下了很多想象的空间。

其实过去演的这个戏后面还有故事，那就是兰瑞莲回家后伺候婆婆和丈夫到了很晚，尽管很疲惫，但她牢牢记住了三更天的兰桥约会，可是婆婆死死盯着她，让她出不了门。随后天气突变，雷雨交加，但她还是瞅机会跑出来了，冒着大雨来到了水木兰桥。由于下雨，按时到来的魏魁元到桥下躲雨，被大水冲走。可是兰瑞莲不知道，觉得自己作为一个女人家都来了。见不到心上人，她难过、悲伤、失望，最后从这座水木兰桥上跳了下去。一对相爱的人，在这儿相继殉情。

旧社会的价值观和现在不一样，那时候的婚姻讲究“媒妁之言”“三媒六证”等，又加上作为有夫之妇的兰瑞莲在井台和魏魁元是私自相会、私许终身，最后又在水木兰桥投水自尽，败坏了家风、村风，让家庭和村民蒙羞，所以很多人不愿意说起这个话题。旧社会里来这里唱戏的戏班，村民们是绝对不允许他们演唱《井台会》这出戏的。

进入新社会以后，提倡婚姻自由，这些封建藩篱早已被冲破，家乡被唱到戏里去，越来越多的人流露出自豪感来。

偷工减料的水木兰桥

高　军

在宅科子村与店子村之间，现在有一座新桥，连接起两个村的交通。这座桥的下面，原来有一座五孔小石桥，就是远近闻名的水木兰桥。桥下是一条小河。往北的河中有一眼四方形的石井栏，井水甘甜；一边还有一眼泉，时常往外喷带着细沙的泉水。这一泉一井足以供两个村的村民用水。桥东头靠北一面，原来有三通石碑，其中有两通高于人身，附近还有土地庙等建筑物。

这座石桥不是很高很大，却很有名，这是什么原因呢？

除了那眼四方形的石井发生过井台会的故事，相亲相爱的男女双双投入桥下殉情以外，修这座桥时还发生了官员偷工减料蒙瞒皇帝的事情，所以远近闻名。

老社会里，这条路是入京大路，号称“接连海岱”，也就是从东海边到泰安，然后从泰安北上，直达京城的一条交通要道。

这一年，海边倭寇入侵，不断从海上进入中国，时常深入内地，烧杀抢掠，骚扰百姓。军情紧急，有位官员骑着快马经过这里进京向皇帝汇报情况，先在现在的宅科子村村东一片草甸子里被绊住马蹄子，接着在这条河边被阻挡住了前进的道路。俗话说得好，隔河千里远，当时是夏天，正赶上发大水，这位官员过不了河，在河边急得团团转也毫无办法。直等到水消下去以后，他才骑马过了河。

他赶到京城的时候，已经过去了多日，倭寇在海边肆意妄为，杀死很多人，抢掠烧毁了很多个村庄，并且大模大样地从海上全身而退。也就是说，他汇报的情况已经毫无用处了，这种马后炮的行为惹得皇帝大怒，喝令将其立即推出午门斩首。

这位官员在官场上混久了，已成老油条，在这种情况下尽管他吓得浑身哆嗦，但还是在绝望中努力寻求生机，就在要被押出金銮殿的时候，他挣脱着转回身来，大声喊道：“吾皇万岁，我有冤枉，我冤枉啊！”皇帝摆摆手，让他们停下来，大声斥责道：“你贻误军情，有什么冤枉的？”于是，他向皇帝陈述了当时这条河上没有桥梁，耽误了过河时间，所以责任不都在他身上。

皇帝一听，觉得他说的有道理，就暂时赦免了他的死罪。然后派人进行深入了解和调查，证明这条河上确实缺少桥梁。这是一条入京大道，必须马上进行补救。于是拨调专门的巨额资金来修桥，并让这位官员负责。

明朝时还是比较注重对官员的管理的，从开国皇帝朱元璋开始就制定了严厉的惩治腐败的法律法规，有的官员因为贪腐被活扒皮装入干草放在官衙警示后来的官员。可犯罪的官员太多，有的只能让他们戴着镣铐继续应差，但是贪腐现象还是层出不穷。

有钱就好办事儿，这位官员带着资金重新回到这里，修桥工程立即就上马了。但是人的贪腐本性会抑制不住地不断冒出来，他也是一样的。他在主持修桥过程中，用偷工减料的办法来操作，最后修了一座五孔小石桥，用一庹多长的长石条铺了一里多路，就匆匆完工了。可是，通过这个工程，他中饱私囊，贪污了大量钱财。

桥梁修好以后，他给皇帝写奏章，谎报说是修了一座十八孔又高又大的宏伟大石桥，桥梁与道路连接的路段，铺了四十里长的条石引道。桥高到什么程度呢？每一个桥孔里面都能过九篷九桅的大船不用卸桅杆，并引用顺口溜：“九孔流水九孔干，中间能跑大帆船，就是迎面要错开，上面不用卸桅杆。”

皇帝拨款和这个官员的贪污腐败，慢慢在百姓中传播开来，有人汇报到高层，皇帝也听到一些风声，大臣不敢隐瞒这些情况，于是皇帝决定亲自到现场查看，如果属实便严加惩处。

皇帝的队伍浩浩荡荡地从京城一路出发，仅仅他们的吃喝拉撒睡就花费了大量钱财。官员们维修道路，屏退百姓，安排行宫驻跸之处，这一路迎来送往的花费像流水一般。

皇帝一行进入山东，刚刚到达泰安，结果倭寇大规模入侵又一次发生了，再向东来离海边就越来越近，皇帝的人身安全也成了问题，随行大臣怕危及自己，所以都力劝皇帝回京处理国家大事，这件修桥的事情也就微不足道了，皇帝借坡下驴，就此打道回府了。

皇帝忙大事儿去了，手下的人也就无人去过问这件修桥的案子，于是这位修桥的官员侥幸逃过了法律的严惩，但毕竟也给皇帝留下了一些印象，一辈子也没有再得到升迁。

后来附近很多人把这座桥和村东的乐善桥说成是宅科子村的两个耙子，村里大多数人姓郭，人们说两个耙子耙住了锅，锅永远毁不了，所以郭家一直在这里瓜瓞绵绵，繁衍生息……

运粮庄

高 军

从依汶镇运粮庄向北不远处就是穆柯寨。穆柯寨是北宋时期绿林好汉穆天王及其女儿穆桂英屯兵的地方。寨城遗址位于海拔约七百米的北大山下，房舍建筑无存，夯土垣墙已毁，遗迹难觅。然而寨后穆桂英当年的点将台尚在，明代及其以前的穆家林地遗址也还有遗存。运粮庄因为是当年穆桂英筹粮的囤积地，更是运输粮食的重要据点而得名。

当时杨宗保受孟良、焦赞之请，又加上也确实为父亲杨延昭中毒着急，就勇敢前往穆柯寨去取世上罕见之宝降龙木，结果在穆柯寨被穆桂英比武招了亲，穆桂英因爱慕杨宗保而将他留在了寨内。尽管内心焦急如焚，杨宗保也是毫无办法。而穆桂英喜欢上了风流倜傥的杨宗保以后，想直到定下终身大事后才给他降龙木，所以杨宗保是想走也走不了，因为必须拿到降龙木才能救得了父亲，才能破天门阵。

穆桂英知道，要想留住他，必须让他在这里有事干才行。于是她告诉杨宗保："你也知道降龙木为稀世之宝，也是俺们穆柯寨的镇寨之宝，要想得到降龙木，至少要在这里为穆柯寨做点儿事儿吧？"

杨宗保也是聪明的一个人，当然很懂道理。何况俗话说得好，滴水之恩当涌泉相报。既然打不过人家取不来宝物，就得低下身子求人了："好的，有什么事儿尽管吩咐，我一定尽力去做好。不过，家父中毒不轻，战场形势也瞬息万变。为了大宋江山，也为了我父亲身体早日康复，不能拖的时间太长。我会在尽量短的时间里多干事，把事情尽量做好。如果不能这样，那我就不奉陪了，要杀要剐，爱咋咋地！"

一听这话，穆桂英更加喜欢他了，这白面小生不但长得漂亮，而且血气方刚，这就是自己梦寐以求的如意郎君。她安慰杨宗保说："令尊大人的身体你尽管放心，不会有什么危险。何况只要降龙木一到，他身上的毒素自然就会解掉。战争也不是一味猛打猛冲，有时候也需要一定的对峙时间，这样才能消耗敌人的锐气。只要大宋军队保持旺盛的斗志，两军相逢勇者胜。再说了，你就是拿到了降龙木，也得需要我去帮忙，再好的宝贝还得会使用。我要去的话，也得做一些准备才能动身呢。”

话说到这里，杨宗保也不得不频频颔首，表示同意。

穆桂英微微一笑：“前边不远处，就是我们穆柯寨的筹粮运粮之处，我派去的两个将军不是很得力，我想派你去节制他们。从今天起，这项工作就由你全权负责。”

杨宗保随即告辞，骑着自己在白马洞得到的宝马快速离去。他去的这个地方还没有名字，也就是说运粮庄的得名还在以后呢。他来到这里，看到的情景真是不容乐观。

北宋初年，宋太祖、宋太宗先后进行了近20年的统一战争，结束了分裂局面，然而中原人民却不得不背负巨额的粮饷，尤其是又加上针对辽国的战争，给农民造成了极大的负担。打不过人家，宋朝进贡辽国一百多年。宋太祖为了安抚那些被迫交出兵权的功臣，就鼓励他们去兼并良田美宅，由此土地兼并日益严重，至太宗时已到富者有弥望之田、贫者无立锥之地的地步。贫困农民为了生存，便去借高利贷。宋朝赋税也十分苛刻，可以说古代苛刻剥削民众的办法本朝都有。

因为当地农民深陷贫困之中，家中存粮已经很少，养家糊口都已经很困难。杨宗保看到，穆桂英说的两个将军，因为完不成穆柯寨安排的任务，对士兵呵斥鞭打是常事，对老百姓也毫无同情之心，交不出粮食就动用军法，老百姓怨声载道。

杨宗保想了想，让他们都停下来，他让两位将军带着自己去查看粮仓，尽管里面的存粮不多，但是也有相当一部分了，他安排道：“停止筹粮，把现有的装车运回山寨！”

回到山寨，杨宗保直接去见穆桂英，说得毫不客气：“你们穆家在这里立寨，占山为王。可是普通老百姓都是衣不遮体、食不果腹。你们还去筹粮，筹了粮干什么？还是为了在这里占山为王，这有什么意义呢？大宋国边患未息，辽国对我们大宋一直虎视眈眈，你们不是想着去保家卫国，而是在这里为了一己之利益，让老百姓生活得更加困难了！我已经停止了筹粮，与其在这里继续加重老百姓的负担，还不如凭着一身武艺，走向征战的前线，为国家出力，那才能流传千古！”穆桂英脸上是红一阵白一阵，什么话也说不出来。

结局是穆桂英很快带着降龙木出山，帮着杨家将大破天门阵，最后走上了为保大宋而转战南北、奋斗一生的道路，据说这都是因为杨宗保那番理直气壮的话起了作用呢。

杨宗保运走了穆柯寨的最后一批粮食后，穆柯寨没有再来向百姓筹粮，大家为了纪念杨宗保就为这个村子起名叫作运粮庄。后来，因为穆桂英为大宋出了很多力，又加上她在这里生活时间很长，所以逐渐又变成了为纪念穆桂英运粮而叫运粮庄。其实他们二人既已结成了夫妻，名字的由来也就不重要了。

糠山和米山

高　军

在依汶镇朱家里庄村西北方向，有两座不太高的小山并肩耸立着，一座叫糠山，一座叫米山。传说那糠山就是由糠堆积而成的，而米山则是由米堆积起来的。登上山去你就会发现，在糠山上脚下都是小薄片形状的碎石片，可是米山上的却都是米粒状的碎石颗粒。如果我们站在西贯头村的路边远看糠山的山坡，就能看见有很多独立的小猪形状的石块卧伏在那里，好像都正在直奔米山而去，有个别领头的石块已经眼看就要到达米山了。这种奇特现象，早年的人们并没有发现。

相传朱家里庄村所在地在元代以前就已经立村了，当时村子里多为李姓，所以叫李庄。后来李家出事，被朝廷抄了家，随后就败落了。再后来，朱姓、张姓等陆续迁入，遂将村名改为里庄。在这里，朱姓家族繁衍较快，人户渐多，后来就又改名为朱家里庄。这里是朱姓家族的发祥地，根据康熙四十年（1701）纂修的《朱氏族谱》记载，朱氏原籍是济南府长山县，元末“为避红巾乱，始抵沂水，翦荆于邑南里庄”。由此可知，朱姓是在元朝后期迁徙到这里来的。

一直以来，村里和周边很多人都说，这个地方是一块风水宝地，适宜于朱姓的发达，原因就是这里有糠山和米山。朱谐音猪，你想想啊，猪只要能吃上糠就是富足生活了，要是能吃上米岂不是过上了天堂一样的好日子，何况糠和米都堆积如山、用之不竭呢？

某一天，村里来了一个风水先生，他一眼就发现了这块风水之地。他们这些人有一个习惯，就是父母去世后先自己进行火化，然后把骨灰装到一个小陶罐里背起来就出门去四方游荡，到处去寻找风水地。一旦找到好的地方就会把陶罐埋在那里，回去静等着后世升官发财、光宗耀祖呢。这个风水先生看到这个好地方后，也想把装有自己父母骨灰的小陶罐偷埋在朱家的林地里。你想啊，一个说着和当地人不一样方言的人来到村里当然会引起很大关注，又加上那时候各地方流传着有人破坏风水的故事，所以朱姓族人都非常警惕这个人，看管林地的人更是按照族长的安排严加看护着祖林。这样一来，这个风水先生就很长时间无从下手，只能干瞪眼，急得比热锅上的蚂蚁还难受。后来看到无从下手，他就只好离去了，但哪里想到他是假装离去而贼心一直没死呢？半年后看管林地的人还是发现了蹊跷，有个地方尽管进行了伪装但还是有动了土的痕迹。族长率人来很容易地就挖出了这个风水先生埋下的小陶罐，生气地扬了骨灰，彻底砸碎了小陶罐。

这个人很有心机，埋下父母骨灰后他并没有立即回老家去，而是经常偷偷来观察一下情况，一直到这件事彻底落实了后才回去等着享受荣华富贵。父母骨灰被扬的事情，他很快就知道了，他的心里一下子升起了一股浓浓的恨意，决定实施报复。

那个时候，族中的人们只知道坟茔这个地方是风水地，并不知道糠山和米山这两座山对朱家来说是更大的风水宝地，所以疏忽了对这里的看管。这个风水先生的报复措施是在糠山和米山之间的山坡上偷偷埋下锋利的杀猪刀，让正在向这里直奔的石头猪停下脚步不敢再向前，这样它们也就吃不到米山上的米了。有大胆的继续前行，就都被杀猪刀伤害了性命，倒在了山坡上。据说当时一下雨，山下的沟里就流淌着血红的水呢。当然这只和山坡上的红土质有关，而绝对不是血液，可是却也被人们传得有鼻子有眼。

据说，本来这里的朱姓家族能出很多富裕大户、达官贵人，可是因为忽视了对两座山的管护，就让风水先生有了可乘之机，造成了不可弥补的永久遗憾。由于被破坏掉了风水，山坡上的石猪全停留在了糠山上，不能尽情享受米山上的米。但是好在能拥有一座糠山也已经够富足了，所以后来朱姓家族也很是发达，出现了一些大户人家和中下层官员。当然这个遗憾也成了一个永久的情结，一直在家族内部和周边村庄里被不断传播着。

人头峪

高　军

在依汶镇土山子村村北，有一个山峪，当地人都叫人头峪。为什么有一个这么奇怪的名字呢？这和一个叫杨豁子的人曾在这里占山为王有关。因为后来他的头被扔在了这条山峪里，所以这里才有了人头峪的名字。

靠近村子不远的小崮子是一座地形奇特的山崮，山头四边险峻，山顶平坦，是一处典型的崮型地貌。这样的地方，易守难攻，是一处兵家必争之地。当时杨豁子在小崮子上占山为王，这里就成了他的山寨。

杨豁子这个人出身于贫苦之家，当时社会黑暗腐败，再加上连年天灾，他实在生活不下去了，于是揭竿而起，打出旗号率领着自己的队伍上了山。

他小时候跟着土城子庵里的和尚们练过武艺，所以刀枪棍棒都能耍弄一番，尽管武艺不精，但也号称是个练家子，在和官府的作战中他能身先士卒，勇猛地往前冲，从来不怕死，所以也很有威信，能号令一方。

但是他的武艺并没有达到炉火纯青的地步，有时候也底气不足，心里胆怯。后来他想出了一个办法，找来了两个大葫芦，用金箔纸把外边精心粘贴起来，成了两个就像席笼子那么大的东西。他又从山中选取了两根多年的老腊条当作把手，把两个金葫芦安在前面，做成了两个大金锤。他和手下人说，自己做了一个梦，在梦中玉皇大帝赐给了他这么一对金锤，让他杀富济贫，为世间主持公道。结果醒来后，在床头就发现了这对金锤，拿起来一试正好使，用着很顺手。从此以后，和对手接战，他总是轻松自如地挥舞着这对金锤，显得威风凛凛。外人看他能挥动这么大的兵器，大多时候不战而怯，抽身而退。随着队伍的扩大，杨豁子也越来越拿起了架子，不再亲自上阵，也就是挥动几下，吓唬吓唬对方而已。

在这支队伍中，杨豁子一人说了算，越来越专制，他说一别人不能说二，于是越来越自我膨胀，队伍也开始变质，由杀富济贫成了称霸一方、欺压百姓的恶势力，当地百姓恨得牙根痒痒，都暗暗诅咒他。

饱暖思淫欲，他开始疯狂地下山抢掠民女，漂亮的留做压寨夫人，长相一般的赏给手下将领，有的甚至交给小喽啰们糟蹋，一时间恶名远播。

这天也是碰巧了，他的姨家表妹从沂水城经过铜井向西南方向来走亲戚，乘坐着八抬大轿，随从人员骑马跟从，浩浩荡荡，要从杨豁子的山寨下不远处经过。

山寨早已得到了消息，杨豁子这一伙并不知道轿中坐的是何人，看这阵势就知道这是大户人家的女眷，肯定是有财有色，于是他们谋划着要进行剪径抢劫，在山下布好了阵势。

他表妹这队人马刚到小崮子山东，杨豁子他们就跳了出来，截断他们的去路，让他们留下女眷和钱财，其他人赶紧离开。

可是，这支队伍却显得不慌不忙，轿中的女人掀开轿帘走了出来，只见她身材高挑，霞帔凤冠，面若桃花，眼似明星，不慌不忙地接过了手下人递过来的大刀。

杨豁子一看，他们竟然敢不听话，于是又在阵前挥舞起他那对金锤，一会儿上挑下砸，一会儿指东打西，这么大的一对金锤在他手中自如挥动，而他却脸不变色心不跳，收了架势后沉稳地站在那里看着对方，他的手下喽啰们大声吆喝着："该走的，赶紧走人，要是还在这里等死的话，我们大王就不客气了！"

这个时候，他表妹已经看明白了这就是他的表哥杨豁子，她很清楚杨豁子的底细，最近的风言风语也早已传入她的耳朵，本来她还不相信呢。这次她亲眼看到，这才知道自己的表哥已经变成为害一方的恶势力，竟然到了连自己的表妹都要抢的地步，这样下去那还了得！

这女子用刀一指："贼子真是好大胆！朗朗乾坤，光天化日，竟然敢公然抢劫！劝你还是放下屠刀，立即到沂水城里去投案自首，争取宽大处理吧。"

杨豁子语调里透着淫荡："哈哈，这小妞还很有一股辣味儿，正投我的口味，赶紧给我请回山寨，让我慢慢享用。"

他表妹气得两眼直冒火星，大喝一声："杨豁子，睁开你的狗眼看看我是谁！你竟然变成这样的一个人，既然让我亲眼看到你的恶行，我今天绝对饶不了你！"

"啊，表妹！"杨豁子这时也认出了对方，他一下子没有了底气，身形也萎缩了起来，声音也越来越小，"原来是表妹，俺真不知道是你啊，你看看真是大水冲了龙王庙，一家人不认得一家人。"

这女子用刀一指："你出身贫苦，到头来竟然为害一方，欺压百姓，抢男霸女，你还算是个人吗？简直禽兽不如！我今天只能替百姓除去你这一祸害了！”

杨豁子已经出了一身冷汗，在表妹挥舞着大刀冲上来的时候他反应迟钝，大刀朝他砍过来了，他才下意识地用两个大金锤向上招架，结果两个葫芦一下子就被劈成了四瓣，女子回手一翻刀刃，杨豁子的头颅就滚落到地上，骨碌碌滚出去很远一段距离。

一看这个场面，杨豁子的手下人立即做鸟兽散，很快都跑得没有了踪影。

女子提马向前，提起杨豁子的头颅，用力向远处扔去，结果落入这条山峪，从此以后这里就叫作人头峪。

薄板台

高　军

在依汶镇以北六七里路远的地方有个叫薄板台的村庄，四面山岭环绕，一条小河沟经过村东向南流着，村前有个小盆地，村庄就在小盆地北沿儿，村庄因山坡多薄板石而得名。

在村边的于姓墓地里尚存有明朝万历年间的墓碑，让人觉得不可思议的是这些墓碑边上都有一种奇特的图案，好似学名叫渔网坠，民间叫作网角子的那种东西。其实这根本不是渔网坠，而是过去墓碑的一种装饰花纹罢了。

但这里却有种流传很广的迷信说法，说是因为这些网角子于姓家族才逐渐灭绝了。

传说这天有一个外地人路经此地，于家有一个调皮的孩子正在路边的树上玩耍，大大的树头上浓浓的树叶遮住了孩子的身影。孩子看到有陌生人从此经过，就站在树枝上开始往下撒尿。走路的人觉得一阵水滴从天而降，洒满了他一头一脸，用手一抹，一股浓重的尿骚味直接钻入了他的鼻孔。看到这个人的狼狈相，树上的这个孩子忍不住哈哈大笑起来。这人抬起头来问道："你是哪家的孩子？怎么不学好？"这个孩子已经多次作这种恶作剧并且有瘾了，大人们因为看他是个小孩子每次都忍了，所以他一次次更大胆了。这次，他同样是一点儿忏悔之心都没有地大声说道："我就愿意这样泚人，你管不着！"这个过路人非常生气，心有不甘地来到村里找到了这个孩子的父母。可是他们因为连着生了五个女孩后才生下了这么一个独根宝贝，所以一直对这个孩子纵容溺爱无度。当父亲的说："没事没事，小孩子嘛，就是调皮闹着玩的。再说了童子尿很有营养，喝了还能滋补身子呢。"这人一听火冒三丈，气愤地说："你们怎么这样养育自己的孩子，你觉着有营养你去喝啊，什么玩意儿！"孩子的母亲一看两人要冲突起来，就大声喊着："打人了打人了，都欺负人欺负到咱们庄里了！"不一会儿，村里很多人聚集过来，竟然没有一个人为这个外地人说句公道话，还威胁恐吓了他半天。看到村里风气如此差，他只好忍气吞声地赶紧脱身，走到村头后才气愤地说了声："我不杀儿，自有杀儿的！"

传说不久后的一天，村里又来了一个外地人。说来也巧了，上次撒尿的孩子又在树上对着他撒了他一头一脸的尿。这个人没有生气，而是优哉游哉地在村子周边四处逛荡了一圈，并很快和村里人攀上了一个个话题。村子立地条件差，大多土地贫瘠，只有村前那块小盆地收成好一些，各家收入就很一般，人口也不是很旺。村里人总是盼望着有朝一日能富裕起来，家族能兴旺起来。后来，这个外地人就给出了一个主意，并说照着做就能发达起来。

他是这样说的："你们都对我管饭管茶水的，我也没有什么报答你们的，就和你们说个法子你们试一试吧。你看，你们都姓于不是？你们想一想啊，于（鱼）在薄板台上怎么会兴旺发达起来呢？村东这条小河沟流淌的水也太少了，这么小的水又怎么能养得下大于（鱼）呢？再说啊就是有条小鱼还不都被冲跑了？你们不发达不富裕的根本原因就在这里了。"

村里人一听，觉得这个人说得太在理了，就一起向他求教改变的办法。

他摆摆手，慢悠悠说道："至于解决的办法……"

他越是这样，村里人越是苦苦哀求："先生您一定有办法，求求您给我们指条光明大道吧。"

他耷拉下眼皮，任村里人怎么求也不接这个话茬儿。这个时候，往人身上撒尿的那个孩子的母亲也来了，她赶紧走上前来为这个人续上茶水："先生啊，您就行行好吧，您说俺就一个宝贝儿子，"说着，她把儿子拉过来，"俺盼着他富起来，也盼着俺还能生儿子，更盼着子子孙孙都多生儿子，让家族兴旺起来呢，您就行行好吧！”外地人看了这个孩子一眼，然后又耷拉下眼皮，开始掐手指头了。周围安静下来，都不错眼珠地看着他，只见他一下下掐着手指，动着嘴唇小声地嘟嘟囔囔着。

人们在急切盼望中看到他睁开了眼睛，然后好似下了很大决心的样子，才开口了：“有个法子，你们信呢就试试，不信呢全算我没有说。”

“信，信。”人们赶紧鸡啄米一样点头。

他继续说道：“拦住于（鱼）才能行啊！两个办法就能解决这个问题，一是你们要在这条小河的下游，用錾头在河底的石头上錾出一些网角子，这就代表着有网把鱼拦住了，于（鱼）跑不了不就越来越多了，于（鱼）多了老于家不就发达起来了吗？二是要想祖祖辈辈都发达，那就在墓碑的四周也錾上网角子。”

据说外地人走后，于姓家族就开始照着这个人说的做了起来。可是后来于姓不但没有发达起来，而且竟然慢慢地衰败了。先是用尿泚人的孩子夭折了，随后这家人就绝了户。到了明朝末年，于家竟然彻底断了人烟。后来有人瞅出了门道，说道：“于（鱼）进了网里，还有活下去的可能吗？”

其实啊，这只是民间演绎的一个劝人向善的传说而已，村里的河床的石头上根本没有这种装饰花纹，墓碑上的图案也仅仅是古代常用的一种装饰，和渔网坠（网角子）一点儿关系也没有，于家的迁徙和衰败有另外的重要原因，那就是俗话说的：“伦常乖舛，立见消亡；德不配位，必有灾殃。”“积善之家必有余庆，积恶之家必有余殃。”不讲仁义道德，一心想不劳而获，不败家才怪呢。

后来张姓从葛大墩迁来薄板台，这里的住户就大都是姓张的了。张姓家族时刻牢记着“忠厚传家远，诗书继世长”的古训，他们待人热情礼貌、诚实劳作，一辈辈发达了起来。

和尚帽子山

胡金华

在依汶镇大梨峪村西北处有一座被当地老百姓称作和尚帽子的山，它的顶部状如帽冠，突兀于群山之间，雄踞于峰之中央，每逢山雨欲来之时便赫然矗立于茫茫云雾之中，显得巍峨秀丽、神奇无比。

很早以前，坐落在和尚帽子山下的大梨峪村原本没有名字，只住着逃荒要饭聚集到这里的二三十户人家。相传，村西北处山中盘踞着一条千年黄色花斑长虫（蛇）。这条巨蛇不仅身躯庞大而且凶猛残暴，经常到山下吃人、吞食牛羊、毁坏庄稼，山谷中到处都留下被它吃剩的人骨头。为躲避灾难，大梨峪村乡亲们都不敢在这一带居住，纷纷离开此地。只有相距和尚帽子山不远的古刹里的老和尚没有搬走。

据说，该古刹旁边有一棵会说话的千年古树，老和尚早晨起来经常在古树下练剑。有一天凌晨，老和尚刚来到古树下，突然听到山侧一旁的山洞里有响动，仰头一看，发现一条大蛇正把头伸出洞口，张着血红大嘴。蛇眼露出凶光，身躯仍盘在洞里，还没等老和尚反应过来，只见一团乌云卷着一道黄光，刹那间从洞口划向山下。老和尚早就听说山上有一条害人虫，早就想为当地的老百姓除掉这一祸害，原来，它躲在这里呀！

因为深知古树有灵气，老和尚就对古树说："看见了没有？这条大蛇已经修炼了近千年，张开口可以吞下牛，咱们现在的本事恐怕都治不了它呀！"古树摇动了一下强壮的枝杈，慢条斯理地告诉他："其实，我早就为你准备好了两件制胜法宝！你看，在我身后有个生长多年的蘑菇，这是我花费了上百年时间与精力培育而成的。现在你把它摘去戴在头上，到时候，它可以助你一臂之力，战胜害虫。"

闻听此言，老和尚就在地上寻找，果然在古树根上看见一个白色的蘑菇，上面尖下面大，就像一顶小毡帽，他急忙摘下戴在头上。刚要下山化缘，只见头顶上的天空突然阴云密布，阴云中仿佛有两个灯笼在夜空中闪烁，云头划过山顶，所到之处飞沙走石，想不到这条大蛇又回来了。且看它屏息合目，腾空摆尾，正往山洞里钻。老和尚见此，一纵身冲上前去，挥剑就打，把平时练就的剑术全部使了出来，那条千年妖蛇何时遇到过这般抵抗啊，遂张开血盆大口，吐着红红的毒信，想把老和尚一口吃掉，也许它用力过猛，整个蛇身从云头一下栽了下来。正在这时，只见老和尚把手中利剑一下子甩出去，恰巧被张口的大蛇吸进口中，咽又咽不下去，吐又吐不出来，疼得大蛇发出一声怪叫。不能用嘴了，便用那旗杆似的尾巴狠狠朝老和尚劈下来。老和尚纵身一跃，躲了过去。不一会儿，吞了利剑的大蛇剧痛无比，无心恋战，遂在山谷里打了几个滚儿，山林的树木立马被砸倒了一大片，大蛇又腾空飞起来。这时，老和尚摘下头上的“帽子”向着大蛇用力抛去。只听得“轰隆”一声，那个蘑菇瞬间变成一颗开花的响雷，迅速变大，不偏不倚，正好落到大蛇飞去的山顶上，蛇头刚好被它死死地压在下面，蛇身则被炸成碎片落入山下谷底，立刻出现了一道深深的沟壑。

后来，逃离在外的乡亲们得知大蛇被老和尚炸死的消息纷纷赶了回来，都把半山腰的那个古刹奉为神灵之地，把古刹旁边的那棵千年古树奉为神树，只是那个老和尚不见了踪影，有人说是坐化升天了，有人说是云游四海去了。为了纪念这位为民除害的老和尚，从此，那座被蘑菇压着蛇头的山头，便被人们称作和尚帽子，山下的那条深谷也被人们称为死人沟子。人们还满山满峪栽下梨树，将昔日这个无名村称作大梨峪。

如今，和尚帽子山还在，死人沟子还在，而那座古刹和那棵千年古树早已不见了，只在半山腰留下了一处残垣断壁、瓦砾纵横的荒芜遗迹。

庙子山阎王鼻子

胡金华

小安子村西南面不远处有座高山，人们既叫它庙子山，也称作阎王鼻子山。

说起山上的阎王鼻子，还有一个美丽的传说呢。

据传说，古时候这里人烟稀少，山下只有一户人家，住着娘儿俩。有一天，小伙子上山砍柴，忽然发现山头上长出了一个鼻子，既有鼻梁、鼻根，还有鼻孔和鼻毛，砍柴的小伙子觉得好奇又好玩儿，且发现鼻子上面的柴草特别厚实，便把带来的绳索套进鼻子上使劲往上拽，结果鼻子越拽越长，而自己的身体就是上不去。正着急呢，忽然山中有个声音传来："别拽了，我受不了了。"

小伙子顿感奇怪，就问："你是谁呀？钻进山肚子里干什么？"

"我是阎王，都怨两个无常鬼勾错了魂，让我拿生死簿来核对。发现重名，勾错孕妇，差点冤死两条人命！这不，刚在山中打了个盹儿，就被你拽醒了。"

小伙子不信，阎王便现了身，并掏出生死簿叫他看。这小伙子也是个机灵鬼，见机便问："既然你是阎王，那你翻翻看看，我能活多少岁！"

阎王说："天机不可泄露，若泄露，你会横遭五雷的。"

感觉既好玩儿又好笑的小伙子瞧瞧四周无人，遂故意威胁阎王说："你骗人！你知我知天知地知，还算泄露？难道你要脸不要鼻子了？你不答应，我就不解绳套，看你咋办！"

"那你报上名来，我给你查查看看。"阎王万般无奈，只好仔细查找。一会儿，阎王长叹一声："可惜呀可惜！你才活到19岁。"小伙子一听慌了，跪地求他："阎王爷呀，我今年18岁，明年就死。我死不足惜，可怜我老娘孤苦伶仃无人照顾。阎王爷，你就发发慈悲，可怜可怜我老娘，让她守着儿子好好多活几年吧，也好让我给老人家养老送终。"

见小伙子说得恳切，阎王犯了难，心里打寒战：这可是犯天条的事，谁敢改生死簿？可是，小伙子就是跪着不起来，阎王只好劝他说："你先起来，让我想想办法。"小伙子坚持说："你不改我就不起！"

阎王没办法，唉声叹气："也罢也罢，豁出去了！念你一片孝心，成全了你！"只见阎王掏出笔墨，揭开墨盒，蘸一蘸笔，工工整整在生死簿小伙子名字上竖写了一个"九"字。

阎王笑嘻嘻地说："十九改成了九十九，让你多活八十年，这回满意了吧？快起来回家好好照顾你老娘吧！"

"嗨！阎王爷呀！你忒小气，还差一岁就是一百岁。凑一百岁多好啊！"说完，小伙子抬头一看，发现那阎王鼻子变成了石头鼻子。

后来，人们为了记住这个孝顺的小伙子，就在山上修建了一座山神庙，内设祈龄殿堂，每逢年节都来烧香磕头，祈求增寿延年，平平安安。如今，山中的庙已荡然无存，只留下庙子山和阎王鼻子这个故事了。

马蹄泉

胡金华

依汶镇虎崖村村北有一眼石泉，名曰马蹄泉。离泉子不远还有一座长德观，观里的尼姑和虎崖村的民众吃水都到这里来挑。有一次，一个挑水人被老虎吃了，众人害怕极了，每次来挑水时都按照老尼姑的说法成群结队，把水罐子敲得山响才行。面对这眼他们赖以生存的泉水，大家实在是又爱又怕，都说要不是穆桂英的战马来守护这眼山泉，恐怕这里早就没人烟了。这是怎么回事呢？迄今，有关穆桂英战马在此踏石留痕的故事还家喻户晓，人人都能说上几段呢。

相传，北宋时期，著名抗辽女将穆桂英在依汶镇五空桥村村东的山上安营扎寨，操练兵马，还经常骑马四处巡游查看地形，并借机广收民间身怀绝技的能人，好组织壮大队伍抗辽。这一天，她听说虎崖村的长德观里有位老尼姑爬壁如履平地，轻功十分了得，便骑马来到长德观请老尼姑传授技法。她来到长德观门口便将那匹枣红色战马拴在观外的银杏树下，自己一个人进观拜见。且说这时，老虎山上的老虎口渴了，下山找水，闻听虎啸声，这匹战马急得四蹄暴跳，一下子挣脱了拴在树上的缰绳，直奔老虎而来，遂与下山找水的老虎在泉边打斗在一起。争斗中，只见穆桂英的这匹战马嘶叫一声，鬃毛直竖，一根根鬃毛如同一条条钢针直刺老虎，老虎也不示弱，与它来来回回打斗了几个回合，结果老虎不敌，被马鬃刺得鲜血淋漓，逃向山去。待穆桂英和老尼姑等闻声赶来，此泉石上除了留下一只马蹄印外，遍地都是老虎的血。老尼姑觉得马都如此，何况是人，遂答应穆桂英下山帮她练习轻功，并提出要她把这匹马留在观内护泉，穆桂英忍痛割爱，同意了。自此，山上的那只老虎再也不敢下山找水了，过上安稳日子的人们便称这个山泉为马蹄泉。

还有一种说法是有关一匹有人性的马。古时候，虎崖村有个大户人家没有儿子，只有一个女儿，为传承家业便找了个进门女婿，入赘的这个女婿临来还牵来了一匹马。但这个女婿过门不久就露了本性，一心想霸占家业，平时不但不干活儿还游手好闲，整天骑马瞎游逛，啥都不会，把他丈母娘气得要命。有一天，丈母娘让他去挑水，他心想，只要把说了算的丈母娘杀了，其他人都得听他的，于是躲在泉子旁边的树林子里伺机行凶。在家一等不来二等不来的丈母娘急了，就来到泉子边，发现只有他的马拴在那儿却不见女婿人影，正四处瞅时，突然被这个狼心狗肺的女婿用石头砸倒。他走过来企图把丈母娘掀到泉子里去，这时，只见那匹马飞起前蹄，一下子把他踢死了，由于使劲过重，一只后蹄子就在石头上踏出了一个蹄印来。后来人们为了记住这匹有烈性兼有人性的好马，便称这个泉为马蹄泉。

不管这两个传说故事哪个是真的，该泉边石头上的马蹄印的确存在，并且清晰可见。有人说，在阳光下远远观看这眼山泉，流出的不是水而是血，人们都说这是老虎血。其实，由于泉在半山腰，地势相对较高，从泉中涌出的水流经水道，长年累月便生出了一层毛茸茸的泛红草（苔藓），看上去水红似血，实为视角不同与水草反光的作用罢了。

如今，这眼马蹄泉早已不见了，二十世纪五六十年代修公路时被掩埋在了虎崖村村北的公路底下，但有关马蹄泉的故事至今还在流传呢！

安保庄

胡金华

每个村庄都有为人们所津津乐道的一个美丽传说。这些传说尽管有着鲜为人知的风物人情或者感人至深的人物故事，但有的说洗却不尽相同，如依汶镇安保庄村名的由来，就有着截然不同的两个版本。

第一个版本故事是这样的。

相传，明洪武年间，因明太祖朱元璋驾崩将皇位交到皇太孙建文帝手中而引发战争，皇室造反。朱元璋四子燕王朱棣从北平起兵，走河北过山东，一路向南京的建文帝杀将而来，凡是南进途中遇到抵抗的村镇、城郭均遭屠戮，史称“永乐扫北”。

且说在沂水临朐这一带，有个据守穆灵关的林将军，在沂山上屯有上万兵马，凭借关隘抵抗燕王大军，谁知经过连续几场血战后却难以抵抗，兵败如山倒。走投无路的林将军不但自己受了伤，率领的兵马还被燕王的军队打得死的死、伤的伤、逃的逃，他见大势已去，只好带着自己的几十名随从一路南逃。这一天，受伤的林将军领着一帮残兵败将逃到依汶镇安保庄，见这儿山高林密，便于藏身，就停了下来。他深知，要想保命就得和当地老百姓搞好关系，于是将随身携带的银两和军饷散发给当地民众，受了恩惠、得了好处的村民也很仗义，得知燕王军队要来捉拿他时，都纷纷替他出主意想办法，先让他躲进村南的阎王鼻子山上去，后又借助西山坡下的万丈悬崖，自发组织全村男丁牵着牛马在山梁上连夜踏出一条路来。天明后，燕王的军队就来了，一问该村人，都说昨晚有一队人马打这儿路过，燕王的军队发现由此向西的山道上确实有马蹄印，便信以为真，策马往西追去，结果由于追得紧急、收不住飞奔的烈马，一路先锋连人带马纷纷坠落山崖，剩下的也都吓傻了眼，以为林将军也是这样死的，便打马返回报告燕王去了。

后来，得以安全脱身的林将军也许厌倦了战事，也许喜欢这个地方，不但为该村赐名为安保庄，还就此解甲归田住了下来，繁衍生息。自此，这个村庄就叫“安保庄”，村里姓林的也从此多了起来。

第二个版本故事则迥然不同，但也很简单。

从高高的南山上往安保庄这边看，村南、村北共有两个鼓锥子，就像一副马鞍子上的两个木橛子。传说，很早很早以前，村南的阎王鼻子山上有一种比老雕还大的黑虎鸟，经常飞进村里来吃鸡吃狗，一叫起来声音好像是“安保，安保”，听起来特别瘆人，人们一到晚上谁也不敢出门。说来也是天意，这天，有一位受伤骑马的大将军打此路过，因为口渴得厉害，便下马自个儿到阎王鼻子山下的小溪里取水，哪知道，他的战马突然间被一声黑虎鸟叫吓到了，两只前蹄一跃而起，把背上的马鞍子一下子摔了下来，飞奔而去，落下马鞍子的地方就此长出两个偌大的土堆子。马跑了，那位受伤的大将军没了坐骑，就沿着山下小溪往东走，刚走到村东不远便死去了。打那儿开始，这里的黑虎鸟不见了，人们也觉得安全了，于是为纪念这位死去的大将军便把“鞍”叫作安，为村子起名为安保村，大将军死去的地方也被称为“小安子村”。

至今，在安保村和小安子村这一带还流传着这样一首歌谣：

黑虎鸟，黑又黑，
一叫来个下马威，
丢了鞍子卸了盔，
将军摸了阎王鼻子，
留下两个鼓锥锥。

姑子庵变成了和尚庙

郭　敏

两泉庄是一个山清水秀、土地肥沃的好地方。早些年间，两泉庄里有户王姓人家，夫妻二人勤劳节俭，小日子过得还算是富裕。只可惜他们已经四五十岁了就只有一个女儿。

他的女儿叫王桃花，这名字用在她身上真是恰如其分，只见她，小脸儿生得桃花般粉嫩鲜红，高鼻梁，大眼睛，一张樱桃小嘴更是红嘟嘟的，惹人遐想。这女子，娇俏模样真是人见人爱，花见花开，说不出的招人疼爱。却说这姑娘长到18岁，附近前来上门说亲的人多得真是踏破了门槛。王老汉很高兴，以为自己的女儿很快就会订下一门好亲事了，等女儿结婚安家生子，他就可以高枕无忧地过自己的生活了。

可事与愿违，好婚事还没有订下来呢，女儿就被一个当地的土财主给相中了，他差人来王老汉家提亲，王老汉心里那个窝囊呀，好好的女儿才18岁怎么能去跟一个五六十岁的糟老头子呢？而且，还是去他家给他做小老婆。可是，那个土财主是个欺男霸女的货色，在附近这一带是没有人敢违抗他的，如果不同意，那以后还会有好日子过吗？一连好多日子，王老汉愁得没办法，只有愁眉苦脸地跟女儿商量，没想到，女儿心意坚决，说宁愿一辈子不结婚也不嫁给那个土财主，这下王老汉心里就更没办法了。

后来，王老汉就去与自己家的亲戚朋友们商量，终于有人给他们出了个最没有办法的办法，那就是，找人去跟土财主说，他的女儿是个石姑娘（就是人们常说的不能结婚的人），不能结婚，如果硬要结婚的话，就会家破人亡。财主听说以后，虽然心里还有些不舍，但也不能硬来。于是，这王家就在东山角下修了一座庙，叫姑子庵，让他女儿住在里面。

再说这个王老汉的宝贝女儿，她并不是真的石女。她自幼就有一个青梅竹马的好伙伴，这小伙子长得五大三粗、一表人才。怎奈小伙子家里实在是太穷了，早先是不好意思去王老汉家提亲，可没想到现在就是想提也没办法提了，因为人家姑娘已经成了尼姑了，没办法，小伙子一生气也不找对象结婚了，干脆铺盖卷一卷，扛着也去了尼姑庵，就做个烧火看门人吧！

时间就这样过了几年，那老财主还是不死心，内心深处还是憋着一口气。除了平时经常去骚扰骚扰之外，还到处放风说王姑娘的坏话，败坏她的名声，主要是说王姑娘与这个看门的小伙子怎么样怎么样的，也许是嫉妒心理在作祟吧。

有一天，小伙子外出有事，直到第三天晚上才回到庵里，可当他打开大门，却发现庵里一片漆黑，一点儿动静也没有，他心里就有了狐疑，因为王姑娘自从进到庵里以来，就从来没有离开过这个尼姑庵……想到这里，他马上奔到王姑娘居住的房间里，当他摸索着点上灯时，惊人的一幕出现了，只见地上躺着一男一女两个人，女的当然是王姑娘了，而那个男的就是土财主，只见两个人，一个手里拿着剪子刺入男人的身体，一个两手紧掐着女人的脖子。就这样，也不知两个人到底搏斗了多长时间，直到最终身亡。

小伙子悲痛地掩埋了王姑娘，从此以后，他就自己居住在了这里，因为他是个男人，后来，尼姑庵就变成了和尚庙。

到现在，每当村里人坐在一起聊天的时候，一提起村庄的过去，第一句话总会说：我们村的那个大庙……

南石汪崖的酒泉

郭　敏

相传，早些年间，依汶镇南石汪崖村的西北方向有一眼喷泉。据说，这眼喷泉常年喷涌不断，只可惜它喷出的不是清洌洌的泉水，而是火辣辣的酒。

有一年干旱，几个月没有下雨，土地旱得裂纹就像小孩子的嘴，哇哇地向着老天哭泣。太阳每天就像个火球似的火辣辣地照着大地，庄稼都旱死了，人也都蔫儿得没了生气。

这一天，有一个外地客路过此地，走路走得饥渴难耐、头晕眼花，他强撑身体好不容易走进了南石汪崖村，但见整个村庄里悄无声息，家家户户掩门闭户，就像没有人居住一样。

这个人实在是太累了，他恍恍惚惚地走到一户人家门前，敲一敲破败不堪的门板，等了好一会儿也没见有个人前来开门，本想再去下一家敲门看看，怎奈实在是没有了力气，两眼一黑就倒在了地上。

等他醒来，一睁开眼睛就看见自己躺在一户人家的薄板床上，床前坐着一个老太太。老太太一副面黄肌瘦的模样，头发枯黄，两眼深陷，与那些饥饿多日没有饭吃的饿死鬼没有什么两样。看见他醒来，老太太虽也没有什么表情，但还是好似有一丝疑问在眼中一闪而过。“我……我这是怎么了？”外乡人努力从床上坐了起来，本来想问一问这位老太太自己的情况，怎奈一张口，除了没有声音外，喉咙里还像着了火般地干燥难受，没办法，他只得对着老太太指一指她家桌子上的碗，又指一指她家的暖瓶。老太太像是明白了他的意思，起身去桌边拿暖瓶给他倒了一碗水，端给了他。

他正渴得难受呢，一接过碗来就马上放到嘴边咕咚咕咚喝了两大口，这一下好了，水顺着他的喉咙火烧似的一路而下，烧得他差点儿呕了出来。“天，这是什么东西，老人家，我是想喝水，你怎么能给我酒呢？哎呀，辣死我了！”他一边说着还一边伸出舌头努力用手扇着。

“客官，不是我不想给你水喝，我也想有水给你喝，怎奈我们这个村子里只有酒却没有水，别的泉眼都干枯了，一点儿水都没有，只有那一眼泉子里整天咕嘟咕嘟地往外冒酒水，没办法呀！”老太太愁眉苦脸地对外地客说。

“怎么个说法？怎么会有酒泉却没有水泉？那你们平时都喝些什么？”外地客也惊奇了，禁不住好奇地问。

老太太长叹一口气，说：“我们村原本地势就好，依山傍水，听过去老一辈的人们说，不管在什么地方刨开个窝就会有水，而且，这里的水清甜甘洌，十分好喝，十里八乡的人都喜欢上我们这里的泉子里挑水吃。可是，后来不知什么原因，突然有一天，所有的泉眼都干枯了，没有水了，只有山脚下的一眼大泉还有水，只是那水可不是过去大家喜欢喝的山泉水了，人们一尝，这哪里是水，分明就是酒嘛！没办法，酒也得喝呀，因为水不够喝呀！所以，后来，凡是这个村的人，酒量都很厉害，每人一天三斤五斤的不在话下。可是，时间长了，大家的身体就都不好了，死的死、病的病，现在村子里的人真是越来越少了，就是剩下的这些人，也都是病恹恹的，浑身没有力气，只有躺在家里混日子，就这样躺着，说不上哪一天就看不到明天的太阳了……”

外乡人听到这话后起了疑心，他不相信天底下还有出酒的泉子。于是，他就在老太太家住了下来，天天去野外观察地形，研究泉眼里的水，后来，经过将近一个多月的实地考察，他终于发现了从远处山脉中蜿蜒曲折到来的一条黄龙似的水线，于是，他发动村里所有的人，都行动起来一齐上阵，顺着水线在南石汪崖村村北挖了一眼大泉子，这泉子里冒出来的水，冬暖夏凉、清洌甘甜，最主要的是这泉子里涌出的是水而不再是酒了。从此，附近几个村庄的人又都开始上这里挑水吃。

自从喝上这泉子的清水以后，村子里身体不好的人也都好了，那眼冒酒水的泉子，也慢慢地干枯了。听说，那眼大泉子现在还在，只是现在村里的人们都吃上了自来水，不再用那个泉子，那泉子里的水也就干枯了。

满富庄有个平安寺

郭　敏

满富庄是一个风景秀丽、土地肥沃的好地方。自古以来，村里的村民都以勤劳耕作著称，满富庄的名字就是因村民富裕、粮食丰收而得来的。

可是，据传说有一年的春天，庄里的所有村民突然懒惰了起来。寒冬过去，春天迈着轻盈的步伐，姗姗而来，在往年的这个时候，应该是翻新土地、撒种劳作的季节了，可是，今年这个时候，你再往田野上一看，田园辽阔、土地寂寞，以往劳作繁忙的田野上一个人影都不见。进到他们村庄里面再瞅一瞅，只见家家户户闭门悄声，就像无人居住一般。

这时候，恰巧有一对游医母女云游四方经过此地，她们走过村庄，看见家家闭户不出，村子里悄无声息，感到很奇怪，于是，娘儿俩就悄悄住了下来。住下来以后，她们仔细观察，发现整个白天，这村子里的村民都在家里躺着迷迷糊糊地睡觉，偶尔晚上会有人起来，但起来的那些人也都是懒洋洋的，就像是没有了魂灵的僵尸似的。大多时候他们不出门，起来了也只是简单地弄一点儿吃的东西填在肚子里，然后，又马上病歪歪地躺回到床上去了。

先说这对游医母女，母亲叫胡翠娥，从小生在医学世家，聪敏伶俐，虽没有正经学过医学之道，但生在这样的家庭从小耳濡目染，多少也懂得了一些医术，怎奈出嫁后丈夫早逝，家道中落，她只得领着女儿云游四方，靠自己懂得的一些医术给乡人治病维持生活。

她的女儿叫作平安，寓意就是一生平平安安的意思。女儿不仅生得乖巧可人，而且还善良聪慧，从小跟着母亲学习一些医学知识。每到一处，都会跟着母亲上山采药制药，沿途为很多老百姓解除了病痛的折磨。

自从她们娘儿俩来到满富庄以后，她们就细心观察村民的情况，每家每户地巡诊看护，寻找病因。经过半个多月的研究发现，是他们这个村庄里的水源有问题，使他们得了一种浑身无力的病。检查出来病因以后，她们母女两个就开始采药治病。首先，这病必须要采集一种叫皂角树的叶子入药才能根治，而且，这皂角树的叶子要带露珠的，也就是早晨天还不亮的和晚上夜露上来后的皂角叶方可入药。母亲年龄已经大了，采集草药的任务就落在了平安姑娘一个人身上。每天早晨，天还不亮，平安姑娘就得早早起来背着筐篓进山。满富庄与山之间路途遥远，中间还相隔着一条河，平安姑娘每天都要往返四个来回，并且，要想治好全村人的病，必须要用很多药材。可怜了平安姑娘，小小身体每天要背好几大背篓皂角树叶子回来，这样半个多月下来，她整个人已是累得面黄肌瘦，母亲每每望着已经瘦得脱了人形的女儿，也心疼得流泪，可是，再看一看村中那么多的病人需要救助，她也只能狠下心来，还是每天让女儿去采药。

有一天下午，平安姑娘又去山上采药，刚到山上采了一会儿，就有大风一阵接一阵地吹来。平安姑娘知道，要变天了。虽然，平时这个时候天也已经全黑了，但总是会有点点月光星光，总还能摸着黑干活儿。可是，今天就不同了，天气阴了，大风刮起来，眼看着就要下雨，这样的夜晚，天真是黑得伸手不见五指。听一听呜呜作响的风，再看一看一片漆黑的天地，平安姑娘又冷又怕。但想到村庄里有那么多有病的人，还有母亲等着给那些人熬药，平安姑娘就只能自己给自己壮壮胆拼命坚持着。

也不知到了夜里什么时候，等平安姑娘终于摸索着把筐里摘满了皂角叶，她才决定要下山了。雨已经噼里啪啦下了起来，天更黑，路更滑，平安姑娘只能小心翼翼地一步一步地往山下走。只是天太黑了，她又背着大篓筐，看不清路，她只有靠着一个一个的闪电照着方能摸着原路往回走。走着走着，一个闪电在头顶闪过，接着，一声炸雷滚过，平安姑娘一个不小心一脚踏空就从悬崖上掉了下去，只可惜她的那一声惊叫，在整个山谷中回响，却没有人听到。

第二天，当她母亲和村里的人找到平安姑娘时，她已经躺在悬崖下永远地离开了这个世界。有些村里人感念她的英勇行为，特地召集村子里的人在村南山脚下给她修了一座庙，名字就叫平安寺，寓意是怀念那个纯朴善良、一心救助全村人的平安姑娘。

高崮子的传说

郭 敏

在依汶镇九山庄东北方向有一座山叫高崮子，听老人们传说，这座高崮子是这一带最高的山峰，站在高崮子山顶，就可以看到东边的大海。还听说，在依汶镇河南的前方还有一座山也叫高崮子。据先前那些老人们讲，这两个高崮子之间，还有一段非常有意思的传说！

先说这两个叫作高崮子的山，原本是一对不能分隔的山体，两座山连在一起，而且，它们还是一公一母，就像某些动物一样，是一个不可分割的整体。

有一天早晨，天上的神将二郎神闲来无事，觉得现在应该正是人间三月的好时节，到处草长莺飞、鲜花盛开，何不趁着这大好的时光，去人间转上一转？于是，他身驾祥云一转眼就来到了沂蒙山区的最里面，探头往下一瞅，本来觉得应该会看到一片山清水秀的大好景色，却没想到偏偏看到一个老妇人正趴在半山腰上伤心恸哭。只见她一边哭还一边嘴里喊着："我苦命的儿子呀，你就是个穷命鬼呀，一下生就生在我们这个鸟不拉屎的穷地方，到处都是山呀，山挨着山，山连着山，如果不是这一座一座的大山你也死不了呀，得了病也没地方去治，拔个草还跌到大山底下，我苦命的儿子呀……"

二郎神听到这里，好心情一下子消失得无影无踪，眉头也不觉皱了起来，再低头好好看了看这个地方，这老太太说得对呀，还真是到处都是山呀！他再看一看那老妇人，见她哭得实在是可怜，心里就想：这一带的山也确实有些多了，不妨我给挑走两座吧，省得让老百姓因生活不方便而怨声载道。这样想着，他就随手一划，只见一道黄灿灿的金光一闪，再看他手里，凭空就多出了一根细长的麻秆来。这麻秆，金光闪亮，不短不长，也就有一米多长，只见他拿着麻秆轻轻一插一挑，就把两座山给挑了起来。

却说这二郎神，本来就是一时兴起，当他挑起了这两座山，飘到南边的汶河上空时却犯了愁：到底应该把这两座山放到哪里好呢？向前看看有山，向后看看也有山，再转转看看，咦，左边也有，右边也有，怎么这么多山呀！这一下，他真的是有些不知道该怎么办才好了……

“哈哈，用这么纤细的麻秆也能挑动两座山，也不怕麻秆断了把山给掉下来了？”

二郎神正挑着两座山在丹山子上空转来转去不知如何是好的时候，不知怎么就恰巧被下面河边正在洗衣服的一个小媳妇给看到了，不仅被她看到，而且，还被她笑嘻嘻的一句话给说破了。就在小媳妇话音刚刚落下的时候，只见二郎神手中本来好好的麻秆，正好就在这个时候“咔嚓”一声断裂开来，二郎神还没回过神来呢，就听到那两座山“扑通”“扑通”地落了下去，二郎神往下一看，你可别说，这两座山还真是不偏不倚，落得恰到好处，一座落在了河的南边，一座落在了河的北边。

从此，这两个高崮子就分开了，一个在河南，一个在河北。据老人们说，现在的丹山子原来也不叫丹山子，而叫断山子，是由于二郎神挑的那两座山就是在这个地方断的。断山子担山子，总之，大家都觉得这名字不怎么好听，后来，就改成叫丹山子了。

打磨涧

高　薇

依汶镇南峪村坐落在一个山坡上，一条清浅的小河从山上流下来，经过村子的中央，又一直往山坡下流去，因为在村中靠近小河的边上有一眼泉水，所以小河里的水一年到头都在流淌着。无论春夏秋冬，河面上都弥漫着一层雾气，使得整个村子的空气都散发着一种温润的气息。如今只要在这一带问南峪村在哪里，那里的人都会不由自主地说道，你说的是打磨涧呀，然后才告诉你有关村子的情况。南峪村里居住的多是赵姓人，关于赵姓人家是如何来这里居住的，其实还有着一段曲折的故事呢。

据说过去的赵姓始祖赵天鹏居住在燕吉台村正东二里左右一个山峪里，那里背靠着一座不太高的山，两边也是低缓的山坡，就像卧在一个带扶手的椅子里。虽然这四周都是山坡，却到处是丰厚的黄土层，种上什么庄稼也会有好收成，人们都非常喜爱这片风水宝地，给这地方取名叫黄崖顶。赵天鹏本是纯朴敦厚之人，平日里勤勤恳恳，20岁时妻子生下一个儿子取名赵立柱，之后多年却怎么也怀不上孩子了，直到大儿子赵立柱长到17岁才怀上了二胎，可喜的是又生下一个儿子，夫妻喜欢得不行，拿这孩子当宝贝看待，农村里有个说法，取个贱名字孩子更好养活，因此赵天鹏给小儿子取名狗剩。到了赵立柱20岁时，长得可谓一表人才，父母为儿子娶了外村一牛姓人家的女儿，这牛氏水灵灵的如花朵一般美丽，结婚后小夫妻恩爱有加，和父母相处和谐，一家人过着快乐美满的日子。春分过后的一天，赵家父子去地里干活了，当婆婆的看天气晴好，就想回娘家看望一下卧在病榻上的老父亲，娘家就在邻村，自己腿脚快，不到晌午就能回来，于是嘱咐儿媳在家照顾年幼的小叔子，便挎上包袱出门了。

牛氏逗小叔子狗剩玩儿了一会儿，见水缸里快没水了，想到中午还得做饭，于是她到院子里拿起钩担，想领着小叔子去河边挑水。可是，小家伙这时正和院子里的几只小鸡玩儿得开心，一个劲儿地推她说，嫂子，你自己去，我要在家里玩儿。牛氏犹豫了一下，说，那好吧，你哪里也不要去，嫂子一会儿就回来。

牛氏出了门一溜小跑，很快到了河边，她打上两桶水，就赶紧往回家的路走去。一路上遇到人也顾不上打招呼，当她以最快的速度到了大门口时，却见自家大门敞开着，她心里禁不住咯噔一下，想了想自己出门时是虚掩上大门的，莫非有谁到家里来了？牛氏忐忑不安地进了大门，便开口喊小叔子的名字，一声，两声，都没得到回应。牛氏放下水桶，又大声喊着往堂屋里走，刚走到门口时，却见地上有一大摊鲜红的血迹。啊！牛氏惊叫一声，屋里屋外地找了好几遍，却怎么也没找到那个三岁的孩子。

牛氏吓坏了，她大声喊着小叔子的名字，跌跌撞撞地往公公和丈夫干活儿的地里跑去，三个人寻了个遍也没找到孩子，他们发现除院子里有血迹外，家门外的路上和山坡上都有血迹，心里便明白了大概。牛氏这时已经吓得脸色发黄，身子抖个不停。爷儿俩让她先回家去，两人继续进山里找孩子。那时候黄崖顶一带人烟稀少，时常有狼出没，但是大白天却还没见过狼进村子。牛氏回到家里时，一看到堂屋门口的血迹，心又立刻揪了起来，脑海里立即出现了狼的身影，她禁不住打了一个冷战。进了屋子，却不知道做什么好，脑子里始终恍惚着，一会儿是恶狼的身影，一会儿又是小叔子可爱的模样，两个影子反复交替着出现，使得她一刻也不能安宁。怎么办？她哭了一会儿，想到小叔子如果真是被狼叼走了，以后可怎么办？婆婆回来了怎么交代，以后的日子怎么面对对自己疼爱有加的公婆和丈夫？她越想越难受，越想越哭得厉害，思来想去，觉得再也无法活下去，还不如一死了之。想到这里，她就去屋里找了绳子，怕别人看见，又把绳子揣进怀里，从家里跑了出去。到了山上的树林里，她又哭了一会儿，对着婆家和娘家的方向磕头跪拜之后，便把绳子拴到一棵歪脖子树上，然后将头伸了进去。

等到家人找到树林里时，牛氏的身子早已冰凉了。赵家一下失去了两口人，全家人伤心欲绝，可是牛氏的娘家却怎么也不原谅赵家，将赵家告上了法庭，并提出了相当苛刻的条件：让赵家人赔他们女儿，如果办不到，那就要给他们的女儿下葬时头戴凤冠金钗，身穿绫罗绸缎，用四寸厚的高档木材做棺材。两家就这样打起了官司。赵家人知道牛氏不是故意为之，也感念媳妇平时的善良温和，便在村外占用八分地修建了一座大坟，又变卖了家里全部家当，给官府衙门送了钱去打点，这才将官司了结。后来这座大坟周围长满了青草，村里人干活儿时都喜欢把羊拴在坟周围吃草，地里的活儿干完了，羊也吃饱了。

孩子被狼叼走了，媳妇上吊死了，媳妇娘家又告来告去，黄崖顶这地方成了赵家的伤心之地，于是赵家人决定将家搬走。爷儿俩看到离黄崖顶往南五六里处有一山坡，清澈的河水自山上流下，南北两边的山上和中间四五里长的一道山梁上，到处都是白花花的石英砂石，便将家搬到那边去了。晴天时他们上山开垦荒地和起石头，逢雨雪天不能上山干活儿时就在家里将起的石头打成磨盘、碌碡和桥板等，每日披星戴月地干活儿，还经常走街串巷为邻村人錾磨，他们的诚信纯朴深受大家赞扬，于是又有人来给赵立柱提亲，赵立柱很快就结婚了，后生下三个儿子，三个儿子又生下九个孙子，他们从此在这片山坡上繁衍生息，形成一个小村落。

后来，赵家又在流经村庄的河边打出一眼供人畜食用的泉，泉水日夜流淌，清澈甘甜，夜里经常就会从泉眼里冒到地面上来，再汇入旁边河流之中。这里虽然是在黄崖顶南边的一条山峪里，但山涧的水从上流下来，一直流到村子里，又加上村里人以打磨为生，因此人们一直称这里为打磨涧。

滴水帘子

高　薇

他这是第二次来青杨行村了，和五天前第一次来时一样，也在村里足足转了大半天。有人说这些日子在薄板台、宅科子、东寺堡、大河圈和大安子等村里，都看到过他的身影，每到一个村里，他都得待上好一阵子。

上次见过他的人就像熟人一样打着招呼，“喂，怎么样，还没找到你的救命恩人？”

他点点头说，“是的，还没找到，我还是想再在咱村里问问。”

“上次不是已经问过了吗？根本没有这么个人。”

“没有就是没有，再问也是白搭。”

“你怎么就认定是咱村的？四十年前的事了，谁还能说得清呀？”

几个人这么一说，他也觉得有点不好意思，忙不迭地说：“这些我都知道，可是，我当时听护士说是咱村的人救了我，所以还是想再问问。”

他看上去有五十多岁的样子，身材魁梧挺拔，四方脸，浓眉大眼，浑身透出一种精神气。只是他的头发长得有些特别，后脑周围很浓密，中间却稀少得很，一摆动头或风吹动时，后脑勺儿上的头发一飘，中间就现出一片鸡蛋大小的亮疤。

见一道道异样的目光投到自己头上，他倒是显得很大方，把手往后脑上一摸说：“这是被炮弹炸的，当时差点就没命了，今天我就是来找救命恩人的。”他顿了顿，又说，“我还是想问问，咱村里谁家在滴水帘子那边有地，四十年前的冬天，有一个在滴水帘子那边放羊的，四五十岁年纪，黑红脸膛，个子不高，说话声音很洪亮，他放的羊有一只叫大黑的。”

“到滴水帘子那边放羊的多着呢，羊到了那里有吃有喝，自己还可以到水帘洞里洗个澡，哪个放羊的不想去那里？”有人听了哈哈笑着说。

他一听这话，脸上现出一种落寞之情，片刻之后他才缓缓说道：“我当时被炮弹炸伤了，躺在滴水帘子那里，是一个放羊的大爷救了我，似乎听到他喊过大黑，还隐约听到了羊叫声。后来在医院里，听一位护士说，送我去救治的人是青杨行的，四五十岁年纪，黑红脸膛……护士还说要不是那位大爷为我输血，我可能早就死了。”

“你听到羊叫声，也不一定救你的人就是放羊的，听到放羊人叫大黑，也不能断定那就是羊的名字呀，哈哈哈哈。”又有人在旁边说道。

他并不在意别人怎么说，忽然他的目光一亮，抬手一拍脑袋说：“还有就是救我的人口吃得厉害，这村里有没有口吃的呢？”

“口吃的倒是有个，外号叫大结巴，但他个子很高，家里富裕，从老辈子起做生意，也没放过羊呀！”

“还有一个口吃的，十几岁就跟爹娘去了东北……”

大家又是一阵七嘴八舌，最后一位威望极高的老人说：“你已经来青杨行两次了，待的时间也不少，有可能救你的人都问过了，实在是帮不了你了，我看你还是到其他村再找找吧。”

他也知道老人说得在理，但还是心有不甘。此刻，他的思绪又飘到了四十年前。1941年的11月，日军调集五万人马对沂蒙山区实行“铁壁合围”大扫荡，自己所在的部队从三山沟一带翻山过来，到了豆角崮山下时突然遭到袭击，一颗炸弹落在不远处，瞬间他便失去了知觉，等醒来时已经躺在战地医院里了。有人说那天实在太冷了，如果没人相救，他也会冻死的。他那时就下决心，一定要找到救自己的人。于是一有机会就向人打听，可是直到伤好后上前线时，也没找到。四十年来，这件事成了他的一块心病，他一直想到沂蒙山寻找救命恩人，却一次次因事耽误了，直到不久前他从领导岗位上退下来，第二天便坐车来到这里。

滴水帘子，这么多年来，他一直牢牢记着这四个字，也早就打听明白了，滴水帘子在青杨行村东北方向五六里外的北大山上，因山腰有一片凸出的石壁，常年有水往下淌，一道道滴水挂在山崖上，形成一个晶莹的水帘子，帘子下还有一个石洞，夏天特别凉爽，常有放羊人进去洗澡纳凉。

他本指望这一次能实现自己的愿望，可一周过去了，转遍了这一带的村庄，仍然没有半点消息。

傍晚时分，他无奈地离开了青杨行村。

第二天下午，有人在滴水帘子那边又看到了他。他就那么站着，目光一直望着那道滴水的帘子，长久地沉默着。突然，他“扑通”一声跪到地上，朝着那片挂着水帘的洞口，一下一下地磕起了响头。

九女山

张桂菊

在依汶镇小安乐村村后有一座不高的小山，山前是村庄，山后是汶河。这座普通的小山却有一个奇特的名字，人们都叫它九女山。关于这山有一个很动人也很有启发性的故事。

过去，这座山没有名字，上面树木苍翠，百花盛开。汶河流水波光粼粼、浮金耀银。由于这里风光美丽，所以就吸引了天上九位仙女的目光。九仙女是玉皇大帝的女儿，是他的妃子所生。她们聪明伶俐，备受王母娘娘的喜爱。九仙女经常结伴偷偷到汶河里洗浴，洗完后她们会来到这座小山上的山林中开心玩耍，翩翩起舞。出水后的九仙女容貌绝美，体态窈窕，更加显得不同凡响。她们经常来这里，也就知道了这条河里有条小黑龙经常在河中作祟，给河两边的老百姓造成了很大困扰，人们苦不堪言。小黑龙最喜欢把头插到河沙中，尾巴向天空方向直竖起来，然后开始恶作剧地使劲晃动。它玩得开心，可是却苦了老百姓。它一摇动尾巴河水就被阻滞住了，开始向两岸漫开去，房屋土地被淹没，造成很大的水灾。九仙女为解救老百姓疾苦，回到天庭向太上老君借来砌炼丹炉时剩下的几块金砖，回来将小黑龙压入了汶河水底。从此，汶河安澜，老百姓过上了安稳的日子。这种平和景象出现后，九仙女在山林中的舞姿更加曼妙起来。

有时候，人们过上安稳日子后，就会产生新的想法。这不，山下有一个制作马蹄子烧饼的人家，有一个儿子就总是这山看着那山高。他对整天和面揉面，往火热的柴火炉子壁上贴生面，从热炉子中往外取烤熟的烧饼这一桩桩受苦受累的单调活计心生厌烦，时常口出怨言。父亲教育他说，火中自有生活的出路，本本分分劳作才能娶上媳妇，过上好日子。一听到娶媳妇的话题，儿子更加不舒服了，整天烟熏火燎的，谁家姑娘能看上自己啊？他一下子耷拉下了脑袋，心里更加沮丧，干活儿也更没有劲头了。你想想，只要心乱了，哪里还能安心干活儿呢。

九仙女经常来洗澡跳舞的事这个小伙子也逐渐听说了，汶河中有金砖的秘密也被他知道了，他就心生邪念了。他想，若能从河水中挖出金砖，再娶回一个仙女，日子不就变得美满了？那不是比辛辛苦苦劳作才仅仅能填饱肚子强多了？可是传说归传说，谁也不知道九仙女到底什么时候来汶河洗澡，金砖到底在哪个地方。

心生邪念，魔鬼就会缠上身来。被压在金砖底下的小黑龙一心想恢复自由之身，所以感知到了他的想法，就给他托梦告诉他怎样才能实现心愿。其实，小黑龙是想借力打力，以此实现自己的愿望罢了。小伙子做完梦醒来后，揉了揉眼睛，又好好回味了一下，一下子从床上蹦了下来。这个时候天还不亮，父亲已经在生火点炉子了，母亲也正在案板上使劲揉面了，马蹄子烧饼的劲道和酥香主要依赖于把面揉到一定的程度。小伙子本来应该赶紧帮着父母干活的，可是他却拿起烧火棍就往门外跑，父亲在后面大声喊他也没用。他把父亲的话全当了耳旁风，理也不理就向村后的小山奔去。他爹忙得不得了，也就没有时间把他拽回来，只能叹一口气，由他去了。

来到山上，他小心地藏了起来，手里紧紧攥着烧火棍，等待仙女的到来。小黑龙在梦中告诉他的是，仙女们这天晚上正在河中洗澡，早上临近天明的时候就会来这座山上跳舞，只要他看到仙女后用烧火的那头在地上画圈把九仙女包围起来，他就可以想选谁做媳妇就选谁，走上前去拉着就能领回家给自己当媳妇了。不一会儿，刚出浴的仙女们果然来了，她们嬉戏了一阵就跳起舞来了，随即天上布满了霞光，原来天上的五彩云就是她们舞动的彩色衣衫形成的！他赶紧按照小黑龙告诉他的，在地上画出了一个圈，把九仙女圈了起来。天逐渐亮了，九仙女还在舞动着，他走上前去看到每个仙女都很好看，眼睛一下子就花了，看看这个也想领回家，看看那个也想领回家。但他还算清醒，因为小黑龙告诉过他，一旦天色大亮，画的那个圈就不管用了，九仙女就要回天上去了。这时候，他只能立即跑上前去挽住一个仙女，其他仙女很快就轻飘飘地飞向了天庭。他问跟前的仙女是谁，这个仙女羞涩地告诉他，自己是最小的九妹："既然已经这样了，那咱们赶紧回家帮忙烤马蹄子烧饼去吧？"这个小伙子还记挂着小黑龙告诉他的第二件要紧事呢，拉着仙女不回家反而向汶河岸边走去。

仙女知道了他的想法后告诉他说，一旦搬动了金砖，小黑龙就会重新出来祸害人们，这可不得了。他毫不在乎地说道："咱不用管这些事，咱自己过上好日子就行了。"

听了他的话，小仙女很失望，眨巴了几下眼睛后，顺从地跟着他来到了汶河边，指着一堆石块告诉他说："金砖都这么大，也还都是石头，你得用宝贝烧火棍使劲敲击几下，打碎了才能变成金子，也才好往家拿！”

他一听急忙使劲敲打起来，砰砰的声音越来越大，但石头竟然怎么也敲不开，只是好像往下沉了一些而已。小伙子这时候发现，石头边的河水变红了，并且越敲击颜色越浓。原来这是仙女在惩罚小黑龙，以此用石块把不生悔改之意的小黑龙挤压死了。他光用心击打石块了，把拉着仙女的手也松开了，忘了小黑龙告诉他的，只要不回到家中这件事就不扎实，他一旦松手仙女还能回到天庭。

金子没有得到，仙女当媳妇也成了一场空，他失魂落魄地看着渐行渐远向空中飘飞而去的仙女，拿着烧火棍在原地打转。

这时候空中传来仙女的声音：“你的烧火棍就是宝贝，只要诚实劳动就会得到回报，过上安乐的日子，回去好自为之吧。”

他在汶河岸边面对河水和河水中映着的天空的影子，想了大半天后，终于逐渐冷静下来，也大彻大悟了。于是拿起烧火棍回到家中，从此后安下心来，踏踏实实认真劳作起来。他们一家人团结一心，后来逐渐过上了富裕安乐的日子。

这件事发生后，这座无名小山就被叫作九女山，村名就叫作安乐庄，多年后因为和沂河岸边的安乐庄重名，才又改为了小安乐村。

周边的人都深深明白，安乐的日子必须脚踏实地认真劳作才能获得。

白马洞

张桂菊

在依汶镇有一个村子名叫五空桥，由于村前小河上原有五孔石桥，故而得名五孔桥，可惜桥后来毁掉了，而村名后来也演变成五空桥了。现在能往前追溯到的是清朝中期刘氏家族搬迁来到这里，并至今仍在这里生息繁衍。再往前的事情就不好说了，也没有留下任何记载。

过去在青口、东口等地，一说起五孔桥，大家津津乐道的是五孔桥很大，大到什么程度呢？说是桥头立的碑是这样的：碑上建有庙，庙里供有神。可想而知那五孔石桥有多大了。

今天咱们讲一个五空桥村东燕子山下白马洞的故事。

这座燕子山还有一个名字叫雀山，但周边的老百姓大多都认可燕子山这个名称。燕子山西面靠近五空桥，西山脚属于五空桥，在山脚有一个洞叫白马洞。现在洞口不大了，过去却是一个很大的洞，时常会从中飘出朵朵白云，长时间弥漫不散，老百姓都说那是仙气，里面住着神仙。有些大胆的百姓想进去探究一番，结果都是有去无回，后来才知道是被里面的一条大白蛇吃掉了。之后就再也没有人敢靠近这个地方了，所以这里就显得更加神秘了。但这里有了一个名字，叫作白龙洞。什么时候这里又变成了白马洞呢？说来话就长了——

话说北宋初年，北宋与辽国对峙，时常发生战争，杨家名将杨业、杨延昭等人保家卫国，发生了一个个生动感人的故事。

这次是杨家将为了保大宋江山英勇作战，辽国摆出天门阵来赌输赢，元帅杨延昭探阵的时候为阵内毒气所伤，险些丧命。经过走访了解，只有降龙木才能解阵中毒气。而降龙木是世上罕见之木，唯穆柯寨有此宝木。杨延昭命孟良、焦赞去取，被寨主小姐穆桂英打得大败，二人无功而返。焦、孟请杨宗保助战，于是杨宗保出山了。杨宗保骑着马一路前行，直奔穆柯寨而去。他的马虽然也是一匹优良战马，但并不十分出众，所以走得并不快。他心中焦急，但也毫无办法。

这天，杨宗保走到了五空桥村村东燕子山下，他身心已经很疲惫了，并不知道这个地方潜在的危险。当他走到白龙洞前的时候，天空突然布满阴云，随即电闪雷鸣，随着一声震耳欲聋的霹雳声，只见一条白龙从洞中飞身而出，直奔杨宗保而来。他吓得大叫一声的工夫，座下战马已经倒地毙命了。杨宗保想到父亲中毒还没脱离危险，自己又失掉战马，这可怎么快速赶到穆柯寨啊？他顿时怒火中烧，勇敢走上前与白龙展开了搏斗，经过几个回合的斗智斗勇，杨宗保终于降服了这条白龙。白龙立时化作了一匹健壮的白马，站立在了他的面前。这匹骏马浑身雪白，没有一丝杂色。脖子上的马鬃又长又软，轻轻摸一把，让人感到舒服极了。它的尾巴时不时向上甩一甩，显得勇猛又活泼。看到这匹马肌肉暴起，四条腿十分健壮，杨宗保忘记了失去坐骑的悲伤，飞身跨越了上去。白马奔跑起来的时候，就像一道闪电划过那么快。他觉得骑着非常顺手，于是打马向前飞奔，直指穆柯寨而去。其实，这里离穆柯寨已经不远了，到了穆桂英运粮的运粮庄，再向北到了北大山下，就是穆柯寨了。

以后的事大家都知道了：杨宗保在穆柯寨被穆桂英活擒，因爱慕杨宗保，穆桂英以身相许，最后出山，大破天门阵。

只是从此以后，这个白龙洞就被改名叫白马洞了。但也是从这个时候开始，洞里不再飘出白云了，历经千年后洞口也变得越来越小，成了一个往外流淌泉水的小洞了，但是白马洞的名字却一直流传了下来。

杨家将的故事在北宋中期就已流传于天下了，杨宗保的故事说明五空桥历史文化的悠久。在杨家将的故事流传的同时，有个诗人程俱就写了一首诗歌《白马洞》：“披榛不知疲，诘屈岩下路。俄然见深窾，偶步入岩户。一泓窈而澄，百步清以骛。人言紫髯仙，白马从此度。磷磷尽赤石，丹灶遗滓污。收藏已儿啼，效速胜麻护。因知世盲聋，荒怪杂疑误。虚空如许大，长啸可平步。胡为万山底，踯躅向烟雾。”

不过咱也得说明白，现在穆柯寨、运粮庄、白马洞这类地名全国很多地方都有，但据说只有这里的最接近历史史实呢。

讲完白马洞，再向大家交代一下“碑上建有庙，庙里供有神”到底是怎么一回事吧。这句话的确切意思是，当时五孔桥桥头立的碑石上面刻的不是文字，而是刻着一座庙的恢宏图形，连庙里供奉的各位神仙也都须眉毕现、栩栩如生，大家为了生动地说明五孔桥确实大，就借用了桥头的碑石说事，结果给人留下了深刻的印象，并且一直被流传至今。

马蹄洞

张桂菊

穆桂英是老百姓非常喜爱的一位巾帼英雄。传说穆桂英的穆柯寨就在依汶镇的北大山上，旁边还有点将台、运粮庄。葛庄位于镇驻地东南4.5千米，村南有高崮子山，山西南坡有个山坳，人们称其马蹄涧，传说是杨宗保的战马踩踏所留，杨宗保可是穆桂英情深义重的夫婿呢。

在中国历史上的北宋时期，中原的宋王朝受到北方辽国的屡次进攻，虽朝廷软弱却造就了声名赫赫的保疆大吏门庭“天波杨府”。杨家将为国分忧征战疆场的英雄事迹天下传扬。这一年，辽国萧太后亲自领兵，布下了七十二道天门阵，再次向北宋挑战。杨家将苦于没有破敌之法，经过多方寻访，得知破阵必有降龙木相助方能成功。于是在求借与恭送降龙木的过程中成就了穆桂英与杨宗保的一段姻缘。穆桂英这位新媳妇也在杨府的期待中当仁不让地挂帅出征，准备带兵北上，粉碎辽国的天门阵。老话说，兵马未动粮草先行。要取得成功，除了元帅的智勇双全也需要得力的后勤保障才行。新入杨府的穆桂英最得力的干将自然是自己的夫婿杨宗保了。

且说杨宗保雷厉风行，不辞辛苦地督察粮草的征集囤积和运送情况。穆桂英虽然武艺高强却也不乏一腔柔情。

这日，杨宗保回穆柯寨向新任元帅——自己的媳妇，汇报粮草的征集囤积及运送情况。穆桂英认真听着汇报，脑子里考虑着发兵的最佳时机，一双清亮的眼睛早把杨宗保因操劳奔波而憔悴的面容收进心底。但是战事紧急容不得儿女情长，迟一日发兵则辽军的气焰便高出一尺。不过，当杨宗保又飞身上马时，身上却多了个精致的背囊，里面是穆桂英秘制的干粮。

杨宗保的战马扬蹄飞奔，越过汶河，跨过土岭，正要冲下葛庄西南的山坡时，迎面站起一位放羊的老汉。说时迟那时快，杨宗保一把勒住马缰，战马几乎直立起来，两只后蹄把山坡上的土石杂草蹬得四处飞溅，与此同时，杨宗保身上的背囊向前直飞出去。一等战马立定，杨宗保便慌忙下马，见老汉吓得面如土色，不免耐心安抚一番。待老汉回过神来，得知眼前这位英武的军人正是杨家小将，敬佩不已，觉得自己一介平头百姓能感受到声名赫赫的杨家将的风采，是不浅的眼缘和荣耀。杨宗保翻身上马绝尘而去后，老汉又意犹未尽地仔细观察起刚刚战马踩踏的地方。这老汉一看就挪不开眼睛了，竟蹲下身去用手抚摸按压起来。原来刚刚战马踩踏的地方是一大块山岩的表面，此刻山岩上面竟然平添了好几个深深浅浅的马蹄印，老汉兴奋不已，有打柴挖菜的村人经过，大老远就招呼人家过来看那岩石上的马蹄印，讲一遍他的巧遇，告诉人家这坑可是杨家将的马蹄踩出来的，讲杨家将如何的英雄气概菩萨心肠。后来老汉反复观察后还断定那是马的后蹄印。

后来穆桂英大破天门阵，成为著名的杨门女将。这些马蹄印就更珍贵了，人们讲完穆桂英的故事后忘不了加一句："山那边那个山涧里还有杨宗保的马踩的后蹄印呢。"渐渐地，马蹄印所在的山坳便得名"马蹄涧"了。也许是出于对杨家将的敬仰，后来逐渐有人家到山坳搭房居住安家落户，如今这个山坳里已经居住了好几户魏姓人家。

爬龙桥、龙泉、龙宿山

张桂菊

在孙隆村东的汶河北岸，有一座清秀神奇的山峰名字叫龙宿山，过去山下还有一座石板桥叫爬龙桥，石板桥再往北有一眼泉叫龙泉，这些地名都和宋太祖赵匡胤有关，说起来，话可就长了。

赵匡胤祖籍涿郡，生于残唐五代，他长大后到处游历，后来在襄阳一座寺庙里，有一个善于看相的老和尚，让他往北去谋安身立命之道。他很听话，决定到北方去立战功成就英名。

赵匡胤只身北上，胸中鼓荡着想要扬名立万的豪情，日夜兼程，风餐露宿。这一天的傍晚来到了沂水西南乡一座山前，当时汶河正在泛滥，河水浑浊不堪，干渴饥饿中的赵匡胤，看到这里前无村后无店，犯了愁。他思量了一番后，决定到山中看看是否有山泉水能先解决一下口干舌燥的问题。月亮慢慢升了起来，这时他已经来到了一座石板小桥跟前，桥下哗啦哗啦的流水声传入他的耳中，他一下子兴奋起来。这个时候，他已经又困又乏了。一阵夜风袭来，他连续打了几个喷嚏，伤寒病突然复发了，只觉得浑身发冷，四肢酸软，眼前一黑，"扑通"一声摔下马来，随即昏迷了过去。

也不知道过了多长时间，阵阵凉风又把赵匡胤吹醒了，他觉得头晕耳鸣，眼前直冒金花，多次想站起来都没有成功。他骑的马和他很有感情，不时地用嘴巴拱他一下，想让他赶紧起来。这个时候，赵匡胤多次努力想一把抱住马头借力站起来，结果就是不能成功。他抬起头来看了看，桥那边不远处就有一处山泉，潺潺泉水不断翻涌出来，然后顺着山沟淌下来从桥下沟内流到山下的汶河里去了。眼看着清澈的泉水就在不远处，可是怎么也喝不进嘴里去，你说急人不急人！强烈的求生渴望和泉水的巨大诱惑，使他强忍着浑身的疼痛，手扒脚蹬，挣扎着向山泉爬去。一步、两步……不知过了多久，他爬爬歇歇，歇歇爬爬，短短的这么一段路，他足足用了一个多时辰。后来，他终于费了九牛二虎之力，爬过了石桥，爬到了山泉跟前。

水从一块大石头下面涌出来，形成了一汪不断翻滚着的泉，他喘息片刻过后，便低下头来，使劲喝了一口，顿时一股清凉甘甜之气浸入五脏六腑。稍稍歇息一会儿，他再次俯下头去，猛喝了起来。喝足水后，赵匡胤仰躺在地，顿觉心旷神怡，浑身舒服了许多。喝饱了肚子后，饥饿感竟然一点儿都没有了。他翻转过身体来，平躺在了大地上，拍了拍自己的肚皮。这个时候，月光更加皎洁了。在月亮的衬托下，星星好像变少了，也没有平时那么亮了。他突然脱口吟诵起三国时期曹孟德的诗句来："月明星稀，乌鹊南飞，绕树三匝，何枝可依？山不厌高，海不厌深，周公吐哺，天下归心。"既有一种落寞孤寂之感，更抒发了那种网罗人才成就大业的雄心壮志。

他太疲劳了，在吟诵诗句的过程中，竟然慢慢睡了过去。这些天的奔波已经让他疲惫不堪了，又加上刚刚犯了一次伤寒病，这天晚上他睡得很深沉，竟然一觉睡到了天明。

他睁开眼来，只见东方已经大亮，红霞布满了天幕。他赶紧从躺着的地方站了起来，先伸了个懒腰，又活动活动双臂和双脚，只觉得浑身通泰，饥渴全无，病痛皆除。他再次转过身去，看了一眼正在翻涌着的泉水，用双手再次捧起澄清的泉水来仔细品味了一下，连连说道："好水，好水啊。"

他转身亲昵地抚摸了一下自己的坐骑，那马也低眉顺眼地蹭了蹭他的腿弯，显得非常默契。赵匡胤看一眼山前的汶河，大吼一声，随后快速一跃，翻身上马，扬鞭绝尘而去。

这天，汶河对面的村民都纷纷传说，他们在晚上看到这座石板桥放着红光，看到一条金色大龙在山坡上卧着，都感到非常奇怪呢。

不久后赵匡胤投后汉枢密使郭威，并在征讨李守贞的时候屡立战功。郭威称帝建立了后周，赵匡胤补任东西班行首，拜滑州副指挥使。后周世宗柴荣即位，赵匡胤执掌禁军。北汉来侵犯，后周军十分危急，赵匡胤指挥自己的同伴骑上马迅速冲向敌人前锋，北汉军队大败溃逃。回到京城后，赵匡胤被任命为殿前都虞侯，领严州刺史。再后来，陈桥兵变，赵匡胤黄袍加身当了皇帝。

此后，这座山便被叫作龙宿山，石板桥改名爬龙桥，山泉叫龙泉，一直叫了上千年。几十年前，由于修路建设等原因，爬龙桥才被埋入了地下，龙泉也慢慢干涸了。爬龙桥、龙泉虽然没有了，但高高的龙宿山依然在那里耸立着。

燕吉台

张桂菊

燕吉台位于依汶镇西南方五千米。三面山岭，东为山峪出口。据说这个地方与穆桂英、杨宗保有关。

且说当年杨宗保为督运军粮劳苦奔波，骑马经过葛庄村南高崮子山西坡时，因保护放羊老汉猛勒战马，致使战马前蹄高扬后蹄抓地留下了马蹄印，同时杨宗保背上的干粮袋因惯性直飞向前，朝着西南方向飞出去好几里远才落下。

这是一条细长的本地白粗布口袋，里面鼓鼓囊囊地装满了穆桂英精心制作的肉粉粟米饼，袋子呈U形躺在野草中，开口朝东。当时忙着督运粮草骑马赶路的杨宗保哪里顾得上关心粮袋掉落之事，满脑子军国大事呢，当地的百姓也从没有过捡到粮袋的传闻。但是，那可不是一般的粮袋，是穆桂英亲手制作的营养丰富的干粮。

果然，不知经过了几番风雨，粮袋消失的地方隆起了一道U形的山峪，山峪开口朝东。一定是因为这个山峪是穆桂英的粮袋变成的，所以山峪出产的粮食特别养人，在山峪里生活的人们特别长寿，山峪里的村庄曾一度叫作“银寿庄”。之所以用“银”字，是因为山峪里的岩石在夜晚月光之下，会闪闪烁烁，发出白花花的银色光芒。白天，岩石显出一种粉嫩的肉色，质地匀净，这种岩石适于做成石磨石碾。村里的碾盘磨盘就是用这种岩石做的。周围村庄的人们猜测，“银寿庄”的岩石一定是种好东西，它是穆桂英的肉粉粟米饼变的，所以磨出来的粮食有营养啊。所以纷纷来求取石块，做磨盘碾盘，村子里一些善于动脑筋的村民就在农闲时起出些石块，在村口专营磨盘碾盘，生意非常兴隆。那时候磨在一个家庭里是很重要的，因为当地老百姓主食是煎饼，煎饼糊子得靠磨磨出来。一个新家庭成立了，要独立生活，老爷子一定得给置上磨盘。一来二去你来我往的，村子因之有了名气，民间直接就把这个村叫作“大磨店”了。

在这个幸福的山峪里，村民安居乐业，“大磨店”的俗称也让这里很有人气。“叮叮当当”的錾磨声，就像欢快悦耳的音符，飞出山谷飞到旷野，吸引了喜欢人气和热闹的燕子，它们飞来落在村前一处居高临下的崖壁安了家。崖壁上有个洞，洞口还探出一块巨大的岩石，像给燕子们准备的观礼台。每逢春夏，一对一对的燕子在洞里繁殖育雏，大大小小的燕子在洞口的石台上嬉戏试飞。一年又一年，在石台上起起落落叽叽喳喳的燕子只多不少，燕群蔚为壮观，因为老百姓都相信燕子是吉祥鸟，所以从来不伤害它们，人们还随口念出赞美的歌谣：“春天到，石门开，大燕走了小燕来。”无论是本村的人还是来此办事看磨盘的外村人，都喜欢抬起头来，观赏巨大的石台上自由快活的燕子们，它们似乎被寄予了粗糙的山里人的一抹柔情，让人一见之后不能轻易忘怀。随着社会的发展、生产工具的更新换代，沉重的石磨石碾逐渐退出历史舞台，被人们淡忘，不再是人们生产生活中的重要角色，而欢快的燕子起落石台的情景依然是这个村庄的一大亮点，使人印象深刻，村庄便以“燕子台”闻名乡里，后来定名“燕吉台”，取其吉祥之意。

红娘子岭

张桂菊

老杨头儿陪八十多岁的老父亲吃过饭，就背上个小筐头往西岭走去，背个筐头并不为装些什么，只是不习惯空着个手瞎逛，回家时筐里也就象征性地有几个松球、几棵野菜罢了。

慢慢爬上岭来，老杨头儿感到特别舒服。大半辈子上来下去多少次，真是数不清。小时候跟着哥哥姐姐上来挖野菜，大了上来打柴，老了上来散心，然后呢？一念至此，老杨头儿心里一时有些茫然。

心绪有些茫然的老杨头儿在那块坐过无数次的山石上坐下，俯视着自己生活了大半辈子的小村庄——黄龙安。村头连在一起的四所院落是儿子们的家。想到儿子们，老杨头儿心里很是欣慰，孩子们都听话孝顺，虽没有大富大贵，但吃穿不用愁，小日子也都很过得去。

自家的院子虽然看不见，但院中的那棵老梧桐树可是一眼就找到了，那是给自己准备的，老爹那副棺材就是用的梧桐木，刷了多少遍漆了。老爹八十二岁了，再过两年有个坎儿呢。自己转眼也年过花甲了，不过老爹在，就不能言老。

“爷爷！爷爷！”四五个孩子突然出现在老杨头儿面前，他高兴地应答着，看见其中有他的孙子孙女呢。孩子们告诉他，他们爹娘就在近处的地里干活，他叮嘱他们小心不要扎着磕着，孩子们答应着，又叽叽喳喳地往山岭高处跑去。

孩子们的背影在灌木岩石间出没，老杨头儿尖着耳朵听里面一个特别脆嫩的声音，那是他的孙女小红的声音，村里人都说小红长得俊，有她姑奶奶的模样。想起姐姐，老杨头儿心里很不是滋味。姐姐年轻时长得俊，嫁的人家比较富裕，可是后来家道败落，男人养家没有本事只会发脾气，家里家外只好姐姐操劳，辛劳愁苦的生活把一个鲜花一样的姑娘消磨得迅速苍老。老杨头儿和姐姐感情好，对与姐姐很像的小红就不自觉地多了些关注。

太阳在老杨头儿的胡思乱想中悄悄升高了一大截，老杨头儿一看，怕老爹在家着急，便不再闲逛，背起空空的筐头起身下山了。

老杨头儿熟练地走着山路，想起关于这个岭的传说。据说这道山岭有脉气，谁家若是墓穴建于此处，后代会出娘娘的，红娘子岭的名字就是这么来的。一个念头突然从老杨头儿脑子里冒出来，这个念头让他的心突突地跳起来。

老杨头儿陪老爹吃过晚饭，又默默坐在老爹床沿，老爹闭着眼睛一副沉思的表情，啥也没再说。老杨头儿低声说：“这个事得告诉老大，其他几个太年轻，怕嘴不牢靠。”“你看着办吧。”老爹咕哝了一声。小红的爹就是杨老头大儿子，一个勤劳本分的庄稼人，他听了父亲的主意，只说了句“红儿她大姐嫁的人家还行”，再无异议，仅表示听从老子安排罢了。

一天，浓浓的酒菜香从老杨头儿家飘出来，来了何方贵客啊？原来是招待国三呢，他可是当地有名的地理先生。酒足饭饱之后，老杨头儿便陪着国三到村外转悠起来。

最终国三选定了红娘子岭根下一处位置。老杨头儿站在选定的地方，挺直身子四处环视一番，感觉很是满意，想着老爹百年后会安居在此，自己有一天也会过来的，在此默默地佑护儿孙们，死有何憾呢。

转眼间杨老大也年过花甲，他也喜欢到红娘子岭转一转，有时到岭根儿的林地里祖父和父亲的墓前坐一会儿，坐着坐着就不由得泪流满面，他并不怕自己的样子被人看见，缅怀先人总不算啥丑事吧。只有他自己明白自己心里的苦。他想念自己远嫁的小女儿红儿，忧心如焚。

一天杨老大爬上红娘子岭，在父亲常坐的山石上坐下来，眼光散漫地朝着村子的方向望着。突然，他发现有个人向他们家林地走去。他定睛一看，认出是自己兄弟老三，心里有点儿疑惑，决定过去悄悄地探看一下。

林地里有几株茂壮的松树，浓密的叶片团成墨绿的云团。杨老大凑近林地，透过边上的灌木向里窥视。没有看见老三身影，却听见“吭吭哧哧”的声音，像是孩子委屈的哭诉。“我们兰儿……”杨老大听出来了，是老三的声音。老三的大女儿兰儿，唉，也是个苦命的孩子，不久前才嫁到那么远的山里。听老三又说出“慧儿”，哦，老三的小女儿慧儿也到了婚嫁的年龄。“我们杨家的女孩个个好模样，可是竟然没有媒人上门……”杨老大伤心地想。“原来老三心里也和自己一样，难受。”杨老大悄悄转过身向村子走去，心里却无法平静下来，他想到兄弟们家里几个一天天长大的女孩子。

一天，红娘子岭边传来闹嚷嚷的声音，地里干活儿的人便赶过去看个究竟。

一撮人中间是蹲在地上的杨老大，一副痛心疾首的样子。边上的人听新来的人问，便指着地上向他们解说。原来有人挖了一条又长又深的沟，沟虽不宽，却破了红娘子岭的脉气。

不久后杨老大与兄弟们全部迁出村子，去汶河的另一岸投奔他们本家去了。至今村里都没再有杨姓人家，只有杨家的林地依然留在那儿。

东官庄的洞

张桂菊

离依汶镇西南方四千米有村东官庄。东官庄夹在两道南北走向的山梁之间，土薄水缺。可是，土再薄也是人们维持生计的来源，在人们心里占着最重要的位置，他们给自己的地起上了爱恨交织的名字。什么“包袱地”“四方地”“扯弯地”“锥子地”等，还有个“洞根儿地”，听这名就知道，地就在个洞近旁呗。这个错不了，村里人都说：“俺们这儿，没啥宝贵东西，就是沟多、洞多、洞里夜猫子多。”要说洞多也不是坏事，那年日本鬼子在沂蒙山区“大扫荡”，一把火把东官庄给烧了个寸草皆无，而且见人就穷追猛砸。村里的杀猪匠孙罗锅那天去集上卖肉回来，走到村口看见有鬼子，立马扔下挑子，掉头就往东山上跑，鬼子发现人影直追过去。孙罗锅被追得慌不择路跑到了悬崖边上，一愣神的当儿被鬼子一把抓住了辫子。孙罗锅情急之下便往悬崖下跳去，鬼子一心想把孙罗锅提上去，紧紧逮住辫子不放，被吊在半空中的孙罗锅急中生智，从腰间抽出杀猪刀挥手割断了辫子，人滚落崖下。巧的是刚好落在个洞口，孙罗锅连忙滚进洞里。随后下来的鬼子看看洞里黑咕隆咚不见底，咋呼一阵扔了几个石块，没敢进去。孙罗锅这条命算是山洞救的。

村子西北的山崖下那个洞也够深的，人若是在洞里说句话，话没落地就有个声音给重来一遍，这是个回音洞。洞前边生活着袁家，他们一家独自在山崖下住着，有个与众不同的习惯，就是一向不辞灶。他们是哪一辈形成这个习惯的呢，据说是最先在那儿起院落独立过日子的袁老大。他是个勤劳本分的庄稼人，为了养家糊口，起早贪黑地在这贫瘠的山岭上辛苦劳作。在那生产力很不发达的年月，在这样的穷乡僻壤，他的劳动所得能保证一家老小不受冻挨饿就是了不起的本事了。辛苦的体力劳动磨损着他的身体，与自然万物的相处也增加着他的智慧。世界上的事就是这样，锦衣玉食的人家一子难求，为衣食发愁的人家偏偏孩子来得容易，就像墙角那棵自己长出来的油葫芦秧，一个枝丫开一朵花，一朵花下坐一个瓜。不足四十岁的袁老大已经有了肩挨肩的三儿一女，春上又添了个小子。多一个孩子多一张口，沉重的生活负担让少言寡语的袁老大更加沉默。

袁老大觉得冬天最难过了，其他的季节，他会凭经验指导着孩子们什么季节、什么天气可以上山找些什么东西，弄回来，大大地丰富了他们的饭桌，从而拉低了粮食的消耗速度。可是冬天冷孩子年幼出不得门，只有坐吃山空。眼看年关将近，按照惯例明天要辞灶，灶房里大大的锅灶已经打扫清爽，大锅里有满满一锅煮熟的小红薯，这是孩子们最喜欢的，过年了得让孩子们高兴高兴。天也不早了，老婆孩子都早早上炕睡了。袁老大不急，他每晚都必要围着院子转转，检点好大门炉灶才能安心上炕去。现在他一个人坐在黑乎乎的灶房里“吧嗒”着小小的旱烟杆，心里似乎有打不开的算盘，脚前火罐里有白天从灶膛里拣出的木炭，烘得他怀里热乎乎的。突然，大门上传来刺刺拉拉的动静。袁老大头皮一紧，立马起身移步到灶房门口，一边观察着大门上的情况，一边轻轻关上灶房的木门，又拉过木墩顶上。袁老大从门缝里紧张地盯着大门，插着一米来长门闩的木板大门竟然开了，一个黑乎乎的家伙慢悠悠地进了院子，朝西边卧房走去，袁老大抄起门后的砍柴刀欲冲出去，那家伙却停住脚步转身朝灶房走来。他在灶房门口停下后抬起两只前腿扑上木门像人一样站着推了推，木门纹丝不动。黑家伙从门口走开，一会儿木格小窗那儿传来刺刺拉拉的声音。袁老大蹑手蹑脚地来到窗边，一只毛茸茸的爪子从木格子窗孔伸进来。窗台上有个矮矮的粗瓷盐坛，一只爪子伸进盐坛，却怎么也抽不出去了，有盐粒沙啦啦落下去的声音，黑家伙把爪子伸进抽出地折腾了好几次，最终无奈地把身子缩下去，袁老大听到窗外呼哧呼哧的喘气声还有几声老人一样的咳嗽声。听见咳嗽声袁老大心里动了一动。他偶尔会在院子后面的回音洞里面放放农具，几次听到过这种咳嗽声，他还疑惑自己没咳怎么有回声。正在他沉思间，烟囱口又传来刺刺拉拉扒爬声，袁老大转了下眼珠，想灶房里除了一只小小的油壶挂在梁上，实在没啥值钱货，不对，那锅给孩子们快乐的红薯就是无价之宝。想到这儿，袁老大连忙转身从门边抓过一把暄软的干草，又把火罐提过来吹了吹放进宽敞的灶膛，然后把干草放上，拿过火棍轻轻挑着干草缓缓吹过一口气，灶膛里“轰”地一下亮堂起来，与此同时，外面传来“扑通”一声。袁老大悄悄贴近窗口，从窗孔向外查看。黑家伙已经踢踢踏踏地向大门走去，袁老大长长舒出一口气，发觉腿在簌簌抖动，就索性歪在干草里。袁老大挪动下身体让自己躺舒服，眼睛瞪着虚无的黑暗启动了思维的转盘，那转盘往前转一会儿往后倒一会儿：孩子们虽然听话，到底贪玩儿，尽管他严厉禁止他们进回音洞里玩，他们还是偷偷去过；家里养了两只母鸡，好像有过一次被蛇偷吞了只鸡蛋，以后再没丢过……

第二天一早，老婆孩子都还睡着，袁老大就出门了。他趁着蒙蒙亮的天色走进回音洞，从怀里掏出个暗红色的小团放在洞口里壁的一处岩石平面上，嘴里说着：“老话说，远亲不如近邻。这些盐粒不成敬意，谢谢老哥多年的看顾”。袁老大听见里面似乎发出轻微的咳嗽声，就慢慢退出洞口转身快步赶回家去了。

傍晚，村里传来零星的鞭炮声，抢早的人家辞灶了。袁老大的婆娘找出不知珍藏在哪里的一把红枣、几个柿饼分别放进两只碗里，她用自制的木托盘端着往灶房走去。小儿子被袁老大用棉袄襟裹在怀里，小眼巴巴地盯住他的母亲“额额”地叫着，意欲跟上去。

灶房里传出“啪嚓”一声，“哎呀！”婆娘惊叫着跑出来，“当家的，你快去看看，我……”“怎么了？”袁老大盯着婆娘惊慌的眼睛连忙问，婆娘瞅了眼在院子里玩耍的孩子们，袁老大把小儿塞到婆娘怀里，招呼着孩子们：“大牛，和弟弟妹妹屋里去，等着吃饭。”婆娘这才附在男人耳边悄声说：“灶膛里白乎乎的，还动呢。”等婆娘抱着小儿进了屋，袁老大几步跨到灶房门口，灶房里虽然有些暗，地上的东西还是能看清楚的，两只碗离开木盘子底朝了上，红枣和柿饼撒在地上。袁老大首要关心的不是这些，他放轻脚步试探着跨进灶房，眼睛立即看向灶膛。“咕咕”，灶膛里白乎乎的东西发出低低一声，袁老大沉住气蹲下身子仔细观察起来。“咕咕”，袁老大听得真切，难道是只公鸡？袁老大从身后抽了把干草，往火罐里戳了戳，然后探过身轻轻吹气，干草“呼”地燃烧起来，火光照亮了灶房，“呵呵，真是只大公鸡！”袁老大心里一乐，又续了一把草好让光亮持续。他慢慢伸手掏出公鸡，公鸡好像很乐意，也不吭声。袁老大翻转着公鸡查看。发现鸡的小腿和翅根都用柔韧的细树根缠得紧紧的，怪不得这么老实。突然，袁老大的心里一紧，暗红色的布片！“还真懂得礼尚往来呀，”他心里说，

“不过这事绝不能让婆娘孩子知道。”

袁老大端着半碗红枣走进屋里，婆娘孩子都围着饭桌坐好了。他把碗放到桌上说，“来，孩子们，吃枣。”“不是给灶王爷吃的吗？”嘴快的二小子说。婆娘探寻的目光自打他一进屋就黏在他脸上没离开。“来，都听我说。”袁老大一脸严肃，用威严的声音开口讲道，刚才灶王爷对他说了，灶王爷喜欢他们这里离村庄远，清净，过年期间也要待在他们家。所以，他们家就不能辞灶，锅灶每天都要热乎乎的。“这是咱家的秘密，谁都不能说出去。灶王爷在这里，咱们过年就会吃上好吃的。谁要是嘴巴不严说漏了，咱们家不仅吃不上好吃的还会受到惩罚，那可是了不得的事。”

果然，过年的时候他们就吃到了香喷喷的鸡肉。他们家不辞灶的习惯自此保留了下来。

黄龙安

张桂菊

“哼，真是的，像个什么样子！”陈老大耷拉着个脸走进院子，嘴里还嘟嘟囔囔着，已经九十岁高龄身体还硬朗的陈老太眼巴巴地瞅着儿子的脸，一副老顽童的样子，吧嗒着嘴问：“什么事啊，老大？”陈老大说着没什么事转身一边去了。大大小小的几个孩子嘻嘻哈哈地涌进院子，他们一定是肚子饿了，否则，在外贪玩才不会着家呢。过年了，大人也懒得管他们。不过，陈老大的目光射过去，他们的声音还是变小了。

陈老太乐哈哈地看着她的几个重孙子喊着“老奶奶”向她扑过来，又散开去，她搂住了年龄最小的宝儿，说宝儿和老奶奶最好，拿糖给他吃。陈老大看了咧嘴摇摇头：“真是老顽童。”心里想着，“要不是她叫把冻柿子拿给‘黄龙’，哪会闹出这么个事儿。”

陈老太喜欢吃冻柿子。第一次吃到时，陈老太还是个六七岁的小姑娘。爷爷的老朋友——山里的老陈头，每年冬天都要带着山货拜访爷爷。那一回，老陈头小心翼翼从篮子里托出个油纸包放在桌上。爷爷快活地叫他的小孙女过去看纸包里的东西。小姑娘惊奇地瞪大眼睛，不知道那娇滴滴、红彤彤的东西是什么。老陈头满意地伸手小心揭去一片薄如蝉翼的柿子皮，爷爷叫小姑娘凑过来吸食。小姑娘吸过一口，小脸涨得通红，眼睛里闪烁着童真的快乐。老陈头满意地看着小姑娘，眼睛里闪出一丝狡黠，说：“我小孙子就爱喝冻柿子。”“他几岁？”快乐的小姑娘话多起来。“他7岁了。我们那儿好多大柿子树，他都是自己爬上去摘着吃。”“你们那儿真好。”“我们那儿可是个好地方。上有九鼎蟠龙山，下有黄龙安。”小姑娘还想问什么，爷爷却叫她拿着柿子去找母亲去。

因为爱上冻柿子，陈老太在这山里都过了七十多年了，那个爬树摘冻柿子的七岁小子好几年前就长眠在柿子树下了。来到这里她才明白，那“九鼎蟠龙山”就是村北依靠的那连绵起伏的山脉；“黄龙”呢，就生活在村子里的水井里。水井开挖的时候，它在黄泥浆中翻腾，人们觉得这是吉祥之兆，美其名曰“黄龙”，其实是一条白鳝。

如今九十岁的陈老太好像回到了五六岁的年纪，充满童真。她保存了个冻柿子，年三十那天叫老大去敬给“黄龙”。结果，几个串门拜年的妇女，说笑嬉闹着走过井边的时候，一个年轻媳妇脚下一滑坐到一块方石块上，石块上刚好有陈老大放上的一个冻柿子，大家忍俊不禁。在“喜事连连”“鸿运当头”之类的过年话里，小媳妇还是窘迫地骂了几句放柿子的人，恰好被路过的陈老大听见，他有点气恼。

陈老太从小孙子嘴里探知了事情经过，脑子里又生出奇思妙想来。她拉着小宝说要出去走走，陈老大见了连忙吆喝年龄大的孩子陪着去，自己也在后边远远地跟上了。

陈老太手牵着最小的孙子慢腾腾地来到井边。她看着被柿子液污染的石块，竟张开缺齿的嘴巴嘻嘻笑起来。陈老大看见孩子们散开去，又搬着东西向老太太聚过去，就走过去看个究竟。

难得闲下来在街头谈笑的人，看着这边有热闹也凑过来。他们向陈老太打招呼问好，又很感兴趣地问陈老太在和孙子玩什么游戏。陈老太看着众人认真地说，水井这么多年水源旺盛，保佑全村人口平安，咱得敬“黄龙”，子子孙孙敬“黄龙”。老太太说完牵着小孙子的手慢慢往家里走去。井边的一群人看着陈老太扶着小童颤颤巍巍地远去，心里似乎一阵恍惚，谁也没有吭声。

不久，陈老太去世了。过了些日子，村里有一家失火烧掉了灶房。又过了些日子，有个孩子上树掉下来摔折了手臂。人们想起陈老太说的话来，觉得得做点儿什么。

村里年长热心的人们便张罗起来，挑个好日子，在水井一边，仿照自己住的屋子，搭建起一个圆形的“团瓢屋子”，算作“黄龙”的“宝殿”。逢年过节，村里家家都去敬奉一番。外乡人不明就里，见圆草棚里有香火，以为是座庵，想当然地认为村名是“黄龙庵”。

“黄龙”的“宝殿”随着人们生活水平的提高也不断提高档次。最辉煌的时候有过院子、三间正房、两间厢房，门廊门楼子一应俱全。据说正房里有座塑像，有两位侍从或卫兵立在塑像左右，门楼子上还有龙形雕刻呢。

如今水井还在，“宝殿”不仅没有踪影，所在的位置还挖成了水塘，村里老人们说，这是历史原因造成的，不过这应该更称“黄龙”的心吧，反正井水依然旺盛。

葫芦头峪

高乔乔

葛庄村村南高谷子山东面有条山峪叫葫芦头峪。山峪土地肥沃，有条往来行人较为频繁的通道。张庄那边来依汶镇赶集上店或到回龙庙里磕头上香都走这里。某年某月，路上出来个截路的，就是拦路抢劫。他挥舞着一把银色大锤，经常有过路人被吓得逃跑。这天傍晚有位年轻人路过此处，截路的跳到他面前他仗着年轻力壮又有些许功夫在身，也没退却，反而拉开架势与之交起手来。年轻人挥刀挡他的大锤，大锤被砸在地上，路人皆抱头鼠窜。年轻人仔细一看原来是只葫芦头被打碎在地，此后，山峪就叫葫芦头峪了。

傍晚半明半暗的天色又暗了一分，远处高谷子山的轮廓已被薄暮染上墨色。

便是这条山峪中行人来往最多的道路，也渐渐静默了许多。渐稀的行人神色依然匆匆，衣衫裹挟着一路的风沙烟尘，目光中偶尔渗出一丝喜悦亦或几缕忧思。

“哗——”倏然，一道黑影划破了这条窄道的静默。路旁疏疏落落的树林在暮色中浓密厚重了许多，连同穿枝拂叶的声音也被夜幕放大了。

“此路是我开，此树是我栽，要从此路过，留下买路财——嘭！”吊儿郎当的声音与此人肩上大过人头的铁锤不太相衬，单手甩出的一道锤花却足够唬人。被截住的两人抬眼之间，只见一彪形大汉，单手挥得一把铁流星锤此时刚刚顿地。

“好……好汉饶命！我等也无甚钱财，权当给好汉买壶酒了！”机灵点儿的一人颤颤巍巍地边解钱袋边求饶，回过神却发现同伴已经扔下鞑子抱头鼠窜，便也扔下钱袋战战兢兢地走了几步，见这截路的人目不斜视，透出几分洒脱的江湖气，应该只为图财无心害命，便拱了拱手就此擦肩而过。

待二人走过，只见这人又舞了道锤花，捞起二人留下的财物往肩上一甩，不疾不徐地重新踏进与夜色交织成一片的树林中。

赶集上店的小商贩和到回龙庙磕头上香的信客是这条巷陌来往行人的主力军，时日久了，坊间便有传说：这位剪径的匪客身长八尺，面涂油墨似钟馗，使得百斤铁锤虎虎生风，却神色轻松得仿若这铁锤是鸿毛一般无甚重量，又兼每日昼伏夜出只劫两人，从不害人性命，是位落草为寇的侠义之士也说不准。于是众人被劫时也不再慌张，竟纷纷留下些钱财，有时还会道声“小钟馗侠士”，行个礼过路。

这天又是刚刚上黑影的时辰，“小钟馗”拎着双流星锤摇摇晃晃窜出来劫路。六七月份一天比一天热，“小钟馗”换上了马褂背心，不知怎么看着单薄了不少。路中央一站，这次竟未有钱袋递过。

难得抬了抬眼，对面的竟是位稚气未脱的年轻人。年轻人拿一根木棍挑了包袱，带着几分好奇回看过去。“小钟馗”心道，多半是外乡人不懂规矩，便清了清喉咙道：“此路是我开，此树是我栽……要从此路过，留下——买路财！”许久没念过这几句，乍一念还带了点儿生疏。“要钱没有，要命来拿！”年轻人血气方刚并不领情，竟直接把包袱往地上一撂，长棍往地上狠狠一杵，若是天色晴朗些，便能看见早已被来往车马踩实的土路分明被杵进了一寸有余。

这还得了，一时间“小钟馗”只觉权威受到了挑战，血气上涌，便也二话不说翻了个胸背花，拉开架势。年轻人竟是不慌不惧，先发制人，当头便是一棍。“小钟馗”退了两步，将流星锤提撩又直接点向对手脑门。年轻人心想接不住这重锤，只是斜了斜身子避过，却也闪过一丝狐疑，这铁锤看似有百余斤，能使得如此轻松想必内力深厚，为何这人的招式却是轻飘飘的像是耍花架子。念及此，又一次闪避过打来的锤影。

如此几个来回，来往的行人纷纷驻足观战，“小钟馗”只觉年轻人太过退缩，估计也没什么厉害之处，便放下了招式，直接甩开铁锤想着直取要害。

“嘭！”却听得一声闷响，年轻人这次将手中长棍直接迎上，二人手中武器第一次结结实实打上，“小钟馗”手中铁锤竟然应声而碎！

围观众人一片哗然。回过神来时只见大家的“小钟馗侠士”竟已丢盔弃甲，一瘸一拐地跑进了小树林，背影极为狼狈慌乱，平日的侠客风度与刚刚的气势此时全然没了半分。

年轻人心下愈发疑惑，心道自己虽然习武数年，也不至于一棍打碎铁锤，便上前查看被自己打破的铁锤。只见他俯下身，拾起一块黑乎乎的“铁块”，端详一阵，竟放声大笑。众人不禁纷纷围上前蹲下查看。

不看不知道，这“百余斤铁锤”竟是两个葫芦头涂了沥青，用铁链连接而成。众人觉得好笑又颇有被骗的气愤，一时间七嘴八舌地讨论起来。

“看那一瘸一拐的样子，不是我们邻村的二白吗？”忽然有个人高声问道。

一石激起千层浪，“还真是，他一穷二白的只有一件马褂，腰间还破了个洞，我刚看‘小钟馗’马褂也破了！”“怪不得他每次出来都走得那么慢，他腿脚不灵便，跑起来都是一瘸一拐的。”“可不是嘛，我说二白怎么老去河边洗脸！”

话说，后来这路旁竟真的生出了两棵葫芦苗，无人照料竟也结出不少葫芦，个头极大颜色鲜亮，就像一柄柄铁锤。

此事越传越玄，后人讲到此事，都称这条山峪为“葫芦头峪”。

刷马沟

高乔乔

高大脚是村里脚最大的人。

高大脚半米长的脚就像是一面招牌，村里的乡亲大老远看见高大脚都会喊声“大脚兄弟”，脸上的笑意满满当当，就连邻村的住户也全都如此。

这倒不仅是脚大的功劳，高大脚面热心也热，一双大脚踏过曲曲折折的土路，见谁有困难都会上前搭把手，若是生逢乱世，必是路见不平拔刀相助、为朋友两肋插刀的侠客义士。

只是这高大脚已近而立之年，却一直未娶。时常有媒人说合，但都被他婉拒。这也不怨他眼光多高，而是他心里一直挂念邻村的柳枝姑娘。柳枝生得好看，水灵得像城里大户人家的小姐，走起路摇摇摆摆就像阳春三月的柳条扶着风。

村北的水沟绵长地绕在这片村落。附近大姑娘小媳妇都会来水沟边洗菜浣衣，高大脚也时常带着木盆来水沟边，捶洗衣衫时总爱东张西望，想看看柳枝有没有来。

若是柳枝来了，他便找个离得近的地方，脸憋得通红，问柳枝需不需要帮忙洗几件衣服。柳枝便会笑得柳枝乱颤，说道这洗衣服是姑娘家的事，你一个大男人洗什么衣服，只怕是今天没帮上几个人的忙，闲得难受，要不然你的衣服我捎带着给洗了吧，你闲一会儿也好。高大脚说什么也不让柳枝帮自己洗衣服，便每每岔开话题问些村里琐事。

这天顶着上三竿的日头，高大脚估摸着柳枝可能在，扛着木盆便来了水沟边。结果只看见稀稀拉拉的几个人在洗菜，有时与柳枝同行的桃叶看他东张西望，打趣笑道：“大脚哥，你的柳枝妹妹今天没有来喔。”高大脚脸一红，辩解道：“我只是来洗衣罢了。”便随便找了处水流清明的地方，放下木盆有一搭没一搭地捶洗起来。

“吁——”伴着一阵嘶鸣，高大脚昏昏欲睡的心思忽然被马蹄声踏破。只觉这马蹄声近在耳边，高大脚抬头起身，只见一人翻身下马，施施然作了个揖："鄙人连日赶路，马儿困乏，借贵处刷马，还望先生莫要介怀。"

高大脚看此人面生，想来是个外乡人。看他风尘仆仆，真诚客气的笑意都难掩疲态，眼光里也有连日赶路的困乏渗出来……忍不住一把接过那人手里的刷子，"何必这般客气，看你赶路劳累……"说着就帮忙刷洗起来，那人连忙推辞，一番推托后高大脚又道："千万不必和我客气，我来这儿也没什么要紧事，正好活动活动筋骨了。"

外乡人只觉这人非常爽朗，不由得心头一热。没一会儿二人便刷着马热切攀谈起来，此人自称姓申，言行斯文客气，高大脚便称他申先生。临行时，高大脚忽道："这才细看申先生衣着，竟全然看不出先生来自何方。"这位申先生爽朗一笑："天涯喜相见，不必过问出处。"高大脚只觉他眉目间的疲态倦意在一瞬间消失不见，取而代之的是一种说不清道不明的气韵，不由看得心神一荡。申先生说完便翻身上马，恍惚间已绝尘而去。

高大脚站在原地呆立良久，回过神来却看见地上落了一个褡裢。似乎不记得申先生带过行李……但这褡裢又不可能是别人的。高大脚抱起褡裢，想向着申先生离去的方向追过去，可人影早已消失不见。便立在原地，想着等申先生发现丢了东西回来找寻。

高大脚两天两夜都未敢离水沟半步，生怕错过回来找寻失物的申先生。

第三天清早，大老远看见桃叶和柳枝抱着木盆来洗菜，高大脚难得没关心柳枝，拦着桃叶连忙问道："桃叶，你可记得前天打马而来的一位外乡人？我与他交谈刷马……"桃叶呆了一下，想了想道："有这等事？前天你不是一直独自洗衣吗？还站起来絮絮叨叨的。"然后眨了眨眼，又努努嘴："你看你不理柳枝妹妹，她都生气了。"

高大脚只觉愈发惊奇，又想到申先生那日确实也不曾带什么行李。慌忙与二人道了声回见，抱着褡裢回到了家中。

高大脚把褡裢的系绳解开，只觉金光四射，定睛一看，这褡裢里竟全是金银财宝，一看就价值连城！

高大脚依然每日去水沟边等申先生，只是足足小半个月，也不见申先生半点踪影，倒与柳枝愈发相熟了。经眼尖的媒人说合，二人没几天就定了亲。

高大脚用褡裢里的财宝购置了土地，与柳枝生儿育女，又逐日建起了东南西北四所院落，家业日渐兴旺壮大，逐渐发展成了后来的高家中疃村。

此间，十里八乡竟无一人怀疑高大脚的突然发迹。

直到高大脚年已耄耋，寿终正寝，又几年后，才有人想起高大脚以前似乎并没有什么财富，如今家业竟如此兴胜，就此偶尔谈论几句，无人深究。

回龙河和玉龙泉

董士君

王家庄子村的东南角上有一眼古泉，2米宽，5米多长，周边用石头垒砌着，边缘石不知经过多少年的脚踏桶磨，沟纹早已平滑了。这眼古泉就叫玉龙泉，围绕着它的来历还有一段神奇的传说。

明朝万历年间就有了王家庄子，这个地方南边有山，东边紧靠着一条河，古时候这样的地方就是一块宝地了。靠着山不缺烧火的柴火，傍着河不愁没有水用，风调雨顺有好收成，遭了干旱也闹不出灾荒，两年不下雨这条河里的水也是哗啦啦地淌。老百姓都说这条河连通着东海，哪还有干涸的时候啊。

王家庄子建村的时候在选好的地址上动土兴建房屋，几镢头刨下去碰到了一块白石板，几个人合力把石板掀了出来，一股泉水随着白石板的掀起喷涌而出，一个老者欢喜得胡子都翘起来了，连说："这是吉兆哩！这是吉兆哩！"指挥着几个后生用石头垒砌了一圈，从此立下规矩：泉水全村人共用，只以木桶打水，手不得入泉，唾液不能吐入，更禁小儿泉边便溺。有一回一个妇女打上水来，看见桶里有一条非常细小银光闪闪的小白蛇在游来游去，还摇头摆尾的，这个妇女吓了一跳，赶忙跑回去把老者请了来。老者观看着桶内游动的小白蛇半天没有言语，泉子周围已聚满了人，都纳闷泉水里怎么会有小白蛇，会不会是别的地方游进来的。有人过来伸手就提这桶水，老者开口了："你打算怎么着？"这人说："我把它放东河里。"有几个人也嚷嚷着："天天吃这泉水，有这种东西在里面那可多脏。”就在众人七嘴八舌之际，从南边摇摇摆摆来了一位中年秀才，凑上来围观。老者摆了摆手，说道：“大伙儿不要争论了，放它回去就是了。”老者见众人没有明白他的意思，加重语气说了一遍：“放它回泉水里去！”他把打水的那个妇人叫过来吩咐道：“你打上来的就得你来放回。”这时那位中年秀才伸手挡住了那个正要提起桶来的妇人，慢条斯理地说话了：“此物乃是不祥之物，为何轻易放回泉中？”老者反驳道：“这小蛇细看有麟，头上有角，尾后有鳍，这是龙的特征，可不是不祥之物，而是富贵之物哩！”中年秀才似乎愣了一下，很快恢复了常态，指着小白蛇道：“龙岂会如此之小？”老者解释道：“龙为神物，要大就大，要小就小，这没什么好奇怪的。”然后不再搭理中年秀才，自己动手把盛有小白蛇的那桶水倒进了泉水里。小白蛇回到泉水一晃身子，一道白光一闪眨眼间就不见了，众人啧啧称奇。老者道：“这泉子打现在起就叫玉龙泉了。”

这条小白蛇还真是一条白龙。它是东海龙王派遣到王家庄子东河来的，行宫就在这眼泉水的底下。东海三太子出来巡游，一时高兴就下令小白龙把王家庄子东河疏宽，好施展兴风作浪的本领。小白龙没有照办，河道一疏宽王家庄子就会遭受水患，这些年它看出王家庄子的人都很敦厚，不忍心让他们受难。这一来就把三太子得罪了，心想你不是向着这方百姓吗，我倒是看看这方百姓对你怎么样。三太子和小白龙赌约，要求小白龙化作一条小蛇让打水的人打上去，如果打水的人害怕，顺手把他泼洒出去，就是他输了，把他打死是命当该绝，把他放生河里也是输，只要输了就要马上乖乖地去疏宽河道。唯有放回泉里才算小白龙赢了。三太子为了稳赢还变了一个秀才到了泉边施加影响，没想到还是叫小白龙赢了。三太子气急败坏，把小白龙锁拿回了东海治罪。老龙王问明白事件的起因，把三太子训斥了一顿，回头安抚小白龙，想安排小白龙去镇守汶河，这可是官升三级啊，没想到小白龙还是愿意回到王家庄子东河。小白龙回来后这条河就被称作回龙河了。

抱虎洞的故事

董士君

现在的大保护村以前叫抱虎村。抱虎村的后面有一座山叫独角山，这抱虎洞就在这独角山里面。抱虎洞里有一只老虎，见过的都说有牛犊子大小，从来不进村也不伤害人畜。所以抱虎村的人不怎么害怕老虎，即使在山上碰到了也各自掉头走开，但抱虎村的人却一听到蛤蟆这两个字心里就打怵，这不能不说是怪事一桩。

独角山的山前有一座占地十几亩的大花园，这是抱虎村的大财主孙万良家的。大花园的东北角上另有一个偏僻的院子，院子有池塘，池塘里养着成群的鱼虾，还有一间漂亮的石头屋子。这个小院只有孙万良和他的一个心腹管家可以进去，而且一个月里只有初一和十五这两个日子才进去。这个院子在其他人的嘴里也就越传越玄乎，有好事的人偷偷爬上墙头看个究竟，这一看不要紧，吓得直接从墙头上摔下来了。里面趴着一只水缸大小的蛤蟆，两只鼓着的眼睛冒着红光，舌信子一吐四五丈远，轻易地就把池子里的鱼虾卷进嘴里。这只蛤蟆是孙万良家的双宝之一，孙万良在洪武十三年还是寒门小户，到了洪武二十年已是富甲一方。孙万良就是靠着这只蛤蟆精和一只皮狐精发的家。

这事还得从洪武十三年说起，独角山上一只皮狐和独角山下一条河沟里的蛤蟆都有了五百年的道行，雷神奉旨处决这两个妖物。霹雳一个接一个地打下来，眼看两个妖物无处可遁。孙万良正在锄着地，眼瞅着日头明晃晃的，半袋烟的工夫乌云四布、电闪雷鸣。孙万良抬腿往家跑，迎面遇上了一个干瘦的老嬷嬷和一个胖墩墩的老头儿，慌慌张张地恳求孙万良带去避避雨。孙万良把这两个人带回家中，无意中救了两个妖物。两个妖物对孙万良的救命之恩那是感恩戴德，就在孙万良家定居了下来。孙万良也不忌惮这两个妖物，相反还十分喜欢。皮狐精隔三岔五地就给他鼓捣回来金银财宝，蛤蟆精给他的粮仓里吐满了粮食。这蛤蟆精很有一套，无论是夏粮还是秋粮，庄稼成熟的时候它到地头上张嘴一吸，一块地的收成有一半进了它的肚子，回到孙万良家就全部吐出来。这事慢慢地就透出风来了，除了孙万良，没有不打怵和忌恨这蛤蟆的。庄稼人辛辛苦苦一年，收成的粮食有一半白白进了孙万良的粮仓。

皮狐精在十天前的一个夜里出去后就没有回来，这让孙万良很是伤心，认为皮狐精从此离开了，蛤蟆精告诉他，皮狐精其实是死在了抱虎洞里，蛤蟆精还告诉孙万良这只虎是蒙山上守护鬼谷子洞的，这次到了独角山就是和它们两个做对头的。蛤蟆精还说它不怕这只虎，它有制伏这只虎的法宝，它要替皮狐精报仇。蛤蟆精在抱虎洞前和虎进行了一场恶斗，真个是飞沙走石，天昏地暗。孙万良不放心，远远地躲在一边观战。蛤蟆精和虎从早上争斗到晚上，后来停止了战斗，老虎钻进了抱虎洞，蛤蟆精也回到了后花园的院子里。第二天一早，蛤蟆精又去挑战老虎。蛤蟆精确实有两下子，它背上的疙瘩出其不意地放射出了白色的毒箭，老虎中了招，受伤的部位感觉渐渐地麻木起来，最后连眼皮都睁不开了，只好怒吼了一声掉头向西跑了。蛤蟆精胜了这一仗不免得意了，它回来后美美地睡起了觉。孙万良这个高兴呀，他看到蛤蟆精背上也让老虎伤了几处，赶紧去隋家店抓了一服外伤药熬好了亲手为蛤蟆精擦背涂药。第三天早上，蛤蟆精又到了抱虎洞前，它想看看那只吃了亏的老虎是不是不敢回来了。一看就来气了，老虎正蹲在洞前等着它。蛤蟆精这回不想费功夫了，一上来就用上了法宝，要一下子把背上的十支毒箭一齐射出去，把老虎射倒。十支毒箭射出去了，而且也都射在了老虎身上，但是老虎并没有倒地，而是一步一步向它逼近，就在它慌神的工夫，老虎扑上来把它紧紧咬住了。蛤蟆精到死也没有明白，它背上的毒箭失去了毒性是孙万良帮了倒忙，熬热的药水把它背上的毒箭的毒性解除了。

黑虎梁

董士君

张家庄子的南面有一座山叫黑虎梁，细瞅瞅就像一只趴伏着的老虎，关于黑虎梁，当地还有一个传说。

很久以前，也不知道是哪朝哪代了，张家庄子这个地方住了十几户人家，日出而作，日落而息，安安稳稳地过着日子。不知道哪一天来了一只小黑猫，瘦得皮包着骨头，走起路来摇摇晃晃的，好像随时一头倒下去就起不来了。到谁家的门口都会有人端一碗饭出来喂喂，喂着喂着壮实起来了，一身的毛黑缎子般光滑，身子架越来越粗壮，迈出步子来都带着威风，怎么看也不像是一只猫。一位老者仔细端详后断言："这是一只老虎！"村里人感到有些害怕，有人说："不如趁现在还小把它除掉以绝后患。"看看小黑虎天真无邪的样子谁也不忍心下手，养下去也不是办法，老者说了："大凡动物都通人性，和它说说话再做打算吧。"老者蹲下来，轻手摸了摸小黑虎的脑袋，对着它说："你来这里不少天了，看你现在也能养护自己了，你该回到你的天地去了。"老者说着拍了拍小黑虎，抬手指了指南山。小黑虎看来是听明白这是撵它走了，抬头看看这个望望那个，每个人都做着要它走的手势，嘴里也都说着："走吧走吧该走了。"小黑虎眼泪汪汪地一步三回头地离开了这个小村子，快到南山的时候站住了，回过头来长啸一声，跑进了山里。

一晃三四年过去了，村里几乎没有人再提到那只小黑虎，去南山上砍柴打猎也没有一个人碰到过，许是早就死了，许是不在这座山上了，有人在心里想一想也就丢开了，日子天天过，面朝黄土背朝天地操劳，谁还会惦记什么小黑虎。你不惦记小黑虎可小黑虎惦记上你了。这是怎么回事？这些天，村子里经常丢鸡失狗，猪都失去了好几头了，有一头小牛犊也不见了，要只是丢鸡村里人也就当黄鼠狼拉走了，猪狗什么的让狼吃了也有可能，村里人四下里察看遍了，连根鸡毛狗骨头都不剩，这可不是一般的野兽。偏偏这个时候有人在村前看见了小黑虎，但已经不是小黑虎了，它长得雄壮威猛、虎势逼人，谁也不敢近前，都认定这段日子丢失的鸡狗猪牛就是黑虎作的孽了，除了老虎还有什么动物吃东西连骨头都不吐？村里人远远指着黑虎骂着：“你这个忘恩负义的东西，把你养大了倒祸害起俺们了。”黑虎好像理亏了，在村头上蹲着不往村里走，这一蹲就是三天，这三天村里倒是安稳，哪家都没有丢什么。第四天黑虎不见了，人人都想可能是回到南山里去了。

就在黑虎不见的这天，有人听到自家养了两个月的猪在叫，一看不要紧，“妈啊”一声差点吓得掉了魂，腿转筋一样软软地站不住了，顺着墙根歪倒在了地上。一条五六根扁担长、瓦罐子粗细的大长虫张着瓦盆子大的口正把这头猪往肚子里吞纳。就在这时那只黑虎扑了上来，大蛇一甩头把吞了不到一半的猪吐了出来转头迎战黑虎。村里这些天丢失的畜禽都是这条大蛇给吞吃了，所以连一点儿皮毛和骨头都不见。村里人这才知道错怪了黑虎。黑虎知道了大蛇糟蹋村子，就从南山上下来专门在村头等着大蛇，大蛇看见威风八面的黑虎也不敢贸然出来了，躲在洞里三天，实在饿得受不了才探出头来，黑虎也忍受着饥饿，三天不吃不喝，想到自己在明处大蛇躲避不出来，找了一个土坡隐起了身形，大蛇果然出来了。

这一场虎蛇拼斗，搅得黄土飞扬，腥风四散。一虎一蛇，从村子里斗到了村外，不知折断了多少棵树木，碰了几处土墙，一时蛇缠虎躯，满地翻滚，一时虎啮蛇身，跳跃奔腾，一路斗着进了南山。山顶上，黑虎和大蛇都已经拼尽了力量，黑虎还是紧紧地压住大蛇咬着它的七寸，不知道过了多少天，黑虎化作了山梁，永久地镇压着大蛇。

老猫窝变清泉峪

董士君

皂旗山的山后根有一个不大的村子，以前叫老猫窝，后来改叫清泉峪，这两个名字里还有一段故事哩。

话说清朝道光年间，有十几户人家迁徙到皂旗山山后的一个小岭上建了一个村子，正是春天，到处桃红柳绿，看起来满目风光，都觉得这个地方怪不错。村子建起来了得有个村名，这事自然得请长辈来确定。一个老头儿捻着胡子转悠了半天也没想出一个合适的名字来，抬脚踢飞了一块石头，惊吓得一只老猫领着五六只小猫蹿了出来。这老头儿一看有了主意，一路上走过来别的不多见，只有野猫到处乱窜，干脆就叫老猫窝吧。

转眼之间，建村时第一茬小孩都长起来了，几个闺女出落得花朵一样，邻近几个村子里的媒婆把门槛都踩烂了，这几朵花就挪到别的村子里结果去了，十几个年轻的男丁一个也讨不来媳妇。不是这些青年长得对不起人家的闺女，他们一个个壮壮实实，不说相貌堂堂，倒也板板正正，为什么就引不来凤凰呢？原因是人家一听是老猫窝的就直接摇头了。老猫窝缺少一样东西，都怕闺女嫁过去后会受屈吃亏老猫窝缺水。当初建村时把这一点忽视了，那一年春天雨水旺，老猫窝沟沟壑壑里到处都积存着干干净净的水，还以为是山溪水哩。到了雨水少的时候才发现了问题，这个地方根本就没有水源，平常吃水要去二里地外挑水，男人干活儿顾不上，妇人就得颤颤巍巍地去挑上两桶水，路上要歇息好几次，山路磕磕绊绊的也不好走，咣里咣当地洒出一路，回到家两桶水也就合出一桶水。

年轻人说不上媳妇，最急的还是老一辈，也商量不出好的办法，愁得觉都睡不着了，出去请了几个会看水脉的地理先生，按照堪舆出来的方位大兴土木，前前后后挖了三口深井连湿乎都不湿乎，更别说有水涌上来了。日子该怎么过还得怎么过，每天还都得从二里外去挑水回来。不管谁挑水回来，走到村东头都会放下水桶，这可不是为了歇口气。一年前不知从哪里来了两个逃荒的老人在这里落下了脚，搭了一间茅草屋住下来了，两个老人挑不动水了，谁家挑水走到这里都会舀出两瓢子水来端过去。有一个后生叫来福的，早过了弱冠之年，在那个年代这个年龄孩子都得满地跑了，可他整天乐乐呵呵的，从来不为娶不上媳妇发愁。他一大早挑水回来，在村口放下扁担像往常一样舀出水来为老人送进去。老嬷嬷在铺上躺着没有起来，一看就是生了病。来福水都没顾上往家挑，背起老人一路急行来到了南粟沟村的回春堂，坐堂的大夫号了脉说是风邪之症，开了七剂药让回家煎汤服用。

来福从村里借了药壶，想起大夫说的煎药须用山泉水，提了一只水桶爬上了皂旗山，他知道山上有一眼山泉。提了空桶爬山还不算吃力，提了盛满水的桶下山可就困难了，来福有好几次收不住脚差点儿摔下山来。老人喝了几天的药慢慢地能下床了，坐在门口晒晒日头，也不说感谢来福的话，只是说一句："你这孩子几时能说上媳妇哟。"来福嘻嘻笑着说："到能说上那天的时候说上。"老人家屋后是一条窄窄的岭沟，沟上头生满了杂草，草丛里有一株何首乌，老头儿刨了几次都没有刨出来，因为那何首乌生长在石头缝隙里，没有一把子力气还真办不到。老头儿就让来福帮这个忙。来福抡起镢头铆足了劲儿一下一下地刨起来，刨几镢头就得蹲下用手抠那些刨碎了的石块，一上午的工夫身边堆满了碎石渣土，来福感觉差不多到根茎了，他要一鼓作气把何首乌挖出来。黑褐色的何首乌露出头了，来福小心地拿镢头勾出周围的石块，趴下身用双手握住何首乌使劲往外一拔，何首乌完整地出来了。来福突然惊喜地叫了一声，他把何首乌扔在了地上，又趴下身子瞪着眼睛吃惊地看着坑内。起出何首乌的地方汩汩地冒出一道水，这道水越冒越旺，一袋烟的工夫就溢满坑了，顺着坑往沟里流淌着。来福看见这水比皂旗山上的那眼泉水还要清澈还要旺盛，他低下头喝了一口，无比地甘甜温和。

整个村子轰动了，老少妇孺都跑过来了，每个人手里提的提、端的端，把这清澈的泉水带回了家，比过年还要热闹，有人在这泉水边放起了鞭炮，大人孩子都高兴得手舞足蹈。村里的老者眼含热泪说："咱们老猫窝从今天起改名叫清泉峪了！"

黑沟不黑

董士君

黑沟这个村在一条山沟里，四面都是山岭，早上太阳出来得晚，下午太阳落下去得早，自打立村就是这个村名，一直延续到现在。

清朝末年的时候有匪寇在沂水县的西南乡作乱，当地的老百姓都称其为长毛贼，进了哪个村，哪个村就遭殃。匪寇也进过黑沟。那天是傍晚时分，沟外边还明亮亮的，翻过山岭一进了村子一下子黑咕隆咚的像闯进了一张黑网，这可把匪寇吓了一跳，还以为进了什么迷魂阵，赶紧撤了出来，黑沟免遭了一次洗劫。

一个货郎挑着杂货担子进了黑沟，在街上摆开了摊，针线茶盐裹脚布，烟袋火镰绾髻簪，零零碎碎的东西还真不少。一围就是一大圈子人，“儿童争着要泥哨，小媳妇挑着绣花线，老太太就把那顶针子戴，玉石烟嘴老头儿馋”。一个小孩拿起了一个泥塑小老虎转身就跑走了，货郎也不在意，到哪个地方摆了摊丢个三件两样东西向来也不是事。过了一顿饭工夫，那个小孩手里握着几个方孔的小铜钱挤过来放到了货郎的手里，货郎数了数还多出来一个，找那个小孩时已经跑远了。一个长着山羊胡子的老头儿挑了一个一指多长的青玉烟嘴，蹲在一边，拿在手里摆弄着，一脸满意。另外一个老头儿要抢过去看看，山羊胡子老头儿紧紧攥在手心里，嘴里嘟囔着：“摊子上还有，自己去挑，这个俺相中了。”立起身对货郎说了一句：“身上没带钱，过会儿送过来。”还不等货郎有什么表示，老头儿袖着手哼着琴书调自顾自走了。货郎心里一揪一揪的，这个青玉烟嘴是他摊子上顶值钱的，上等的和田玉雕刻出来的，光进价就一百个大钱，这老头儿不会不回来吧？他带着笑转脸询问另一个老头儿：“老人家，拿走青玉烟嘴的那位老人家姓什么叫什么呀？家住哪块？”这个老头儿因为没有挑到中意的烟嘴心里有些气，吐出来一句：“这个老东西死不了就少不了你的钱。”

一直到落黑影了，还不见山羊胡子老头儿过来送钱，货摊子上也没有人了，货郎只好慢慢地收拾着摊子，盼着山羊胡子老头儿快点过来。实在等不到人了，货郎挑起挑子沿街一路打听到了山羊胡子老头儿的家里。只见一个老嬷嬷在烧火做饭，告诉货郎，老头儿回家后抓了两只鸡就出去了。话音还没有落，老头儿打外边进来了。“俺先去街上转了一圈找你，听说你来家了，这就急忙回来了。”山羊胡子老头儿说着话从怀里掏出一个布袋递给货郎，接着说道：“一百五十个大钱你数数够不够？家里现钱不够，俺现抓了两只鸡去南栗沟集上卖了，来回十几里路真是让你久等了。”老头儿邀请货郎在家里吃饭，货郎想赶着到南栗沟找个客栈歇下。老头儿说了：“不是吓唬你，天都黑透了，村子外面的山道上一到晚上就有毛猴子出来，你这路可不能赶，吃了饭安心在俺家住下，明早上路吧。”货郎走南闯北，知道这一带的人把狼都称作毛猴子。

第二天货郎起了一个大早，挑着担子悄悄开门走了。他没有在南栗沟落脚，这是个大村镇，昨天又逢过集，不会有好生意，他一口气赶到了潘家庄，在潘家庄摆开了摊子。晌午歪的时候，货郎正在忙着招揽主顾，一只大手猛地抓住了他，随即一个苍老的声音叫起来："俺可找到你了！"货郎一看是黑沟的那个山羊胡子老头儿，上气不接下气地说："俺这一路找了你七八个村子，不孬，总算找着了。"货郎让老头儿坐到板凳子上喘口气，问他："老人家，您这一路跑来找我可是有什么事？"老头儿掏出烟袋装了一锅烟，打着火镰吸了，他吐了几口烟，拿烟袋点了点货郎，说："你忘记事了。"货郎突然想起来，早上走得匆忙忘了给老人留下食宿钱。他掏出三十个铜钱递给老头儿，笑着说："老人家，请您别嫌少，一顿饭一夜宿钱。"老头儿这才弄明白了货郎给他钱的意思，山羊胡子撅了几撅，烟袋锅使劲敲了货郎的头一下，货郎摸摸头，问老头儿："老人家是不是嫌少？"老头儿忽地一下站起来，从怀里掏出一个蓝布口袋住货郎脚下一扔，气呼呼地说："俺要是贪财还会追着给你送这个！"货郎不看脚下的口袋不要紧，气血一下子撞到了脑门上，他赶紧弯腰拾起沉甸甸的小口袋揽在胸前。这是他大半年走南闯北，走街串巷积攒下的十几两纹银，等同于他的身家性命。昨晚在老头儿家过宿遗漏在了他家的铺上。货郎冲老头儿深深地施了一礼，从口袋里掏出一块银子递过去，说："请老人家收下买壶酒喝吧。"山羊胡子老头儿拿烟袋杆子一挡，转身向南头也不回地走去了。货郎从这以后无论走到哪里都说："黑沟不黑，黑沟人好！"

水牛石

武庆丽

美丽的后峪子村有山有水有泉有殿宇，还有生长百年的"成精的老银杏树"等等。今天的后峪子村依然流传一些为人们津津乐道的民间传说。这些传说，为安宁富饶的小山村增加了许多的传奇色彩，也为人们的生活增添了无限乐趣。

后峪子村北边有座九女山，九女山前边有两块巨型石，名曰：水牛石。如今的水牛石依然安静地卧在当地。特别是老人们关于水牛石的传说那真是一人讲、百人应，长期耳濡目染，就算年轻人也能说上两句水牛石的故事。目睹过水牛石的人都不由得感叹其石外形巨大，少说也得有上万斤重，它外形生动，远远看去，像一头卧地休憩的水牛。两块石头隔山而卧，虽然两块石头中间隔了一座山，但两块石头外形如出一辙，就是一个娘胎里分娩出来的一样。

关于水牛石的传说，来源于一位神仙。此神仙貌美如花，也是九女山上的仙女。相传，此地有九个山头，每个山头上都住着一位仙女，得此名九女山。有一天，其中一个山头的一位仙女下山寻友，仙女散着一头乌黑的长发，路经半山坡累了，便坐在一块巨石上休息，长发仙女身边还有另一块石头，两块石头相邻而卧，中间距离不足2米远。仙女觉得此石头与别的石头不太一样，它巨大无比，石身光滑发光，并且有棱有角，像是经过千万年磨砺而成。长发仙女休息足了，正当她准备起身离开时，发现有一个年轻的王姓村民经过此地被长发仙女的美貌所吸引，正驻足观望。王姓村民这才觉得自己失礼了，连忙赔着笑准备离开。这时候长发仙女站起来打量着村民，并好奇地问王姓村民去哪里。王姓村民答："去对面的山上走亲戚，不便久留，因为再晚走到亲戚那里天也早黑了，天一黑山里也不安全了。唉，要是没有这块大石头挡路就好了……"村民说完后，低下了头叹着气。长发仙女又问，"这块石头不能搬走吗？"王姓村民一笑，觉得是长发仙女说笑的。他说："这一块石头，少说也得有好几万斤不止，谁有这么大的力气搬走？除非是神仙下凡，不过它太大了，快赶上一座小山头了，一般的神仙也不一定弄得动它啊……"还没等王姓村民说完话，长发仙女说："我就能把它移走。"说时迟那时快，仙女便用自己的头发绑住了石头挑了起来，一边绑一块，两块巨大的石头，瞬间就被长发仙女挑得稳稳当当，而绑在仙女头上时，石头马上变得很小，像河里孩子们玩的鹅卵石，在仙女头上像别着两枚发饰一样。这时候，王姓村民只觉得脚下的地面都在颤抖。他一时不敢相信自己的眼睛，只张开大口愣在原地惊叹。长发仙女轻轻松松地挑着石头走起了路。

正在这时，迎面一位妇女看见了，就朝长发仙女喊，你用头发挑石头，你的头发不断吗？这一喊不要紧，只见仙女的头发断成了两半截，石头也掉了下来，掉下来的石头发着响亮的声音，砸在地面上掀起滚滚尘土。另一块石头即将要掉下地面的瞬间，仙女把头用力一甩，这一甩不要紧，直接把另一块石头甩到了山那边。这时，王姓村民和妇女才知道，他们是遇到了神仙，而让妇女这一声喊后，仙女移动石头的任务没有完成，仙女也消失了，而两块巨石落地后，经过多年后形成了水牛的模样。王姓村民嫌那位妇女多嘴，要不是她那一声喊，一切都会很顺利。

如今两块巨大的水牛石安静地卧在后峪子社区的土地上，当地关于水牛石的传说一直流传至今。

两泉庄

王云霞

两泉庄，位于依汶镇大松林村村东1千米处。因“泉”而得名。村东一眼，村西一眼。村东的那眼深约4米，宽约3米，泉水清澈透明，含有多种矿物质，而且喝生水也不会拉肚子。村西的那眼很早以前就被村民用石头砌起来了，深约2米左右。无论春夏秋冬，无论是否阴雨连绵，这两眼泉始终如一地流淌，水量不多不少，令人惊奇。

村子北面，是一座“鱼”形大山，鱼头朝西，鱼尾坐东，老百姓都称之为“鱼山”。紧紧连接鱼山的一座山，叫作“东山”。两座山把村子围起来了，两泉庄就像坐落在一个“簸箕”里。

清朝道光年间，鸦片战争在即，民不聊生，各地纷纷发起农民起义。有一个任家大户也深受其害，常遭受那些打着起义幌子的土匪的闹腾，一家人不得安生。最后没办法了，一家人商量着，干脆离开这个是非之地，迫不得已，老爷子带领着妻儿老小和家丁，从现在的济宁一带迁往临沂的沂水（那时沂南也属于沂水）。真是屋漏偏逢连夜雨，路经此处时，雷声大作，瓢泼大雨瞬间而落，没办法，只能在附近找个地方躲躲。

紧走几步，来到一座大山脚下，有一个山洞挺大的，也很深。“不会有什么野禽猛兽吧？”一家人向山洞里边走边嘟囔着。就在这时，一声狼嚎，吓得大家差点坐地上。“妈呀，有狼，快跑！”大家撒开脚丫子向洞外跑去。而随即跑出来的还有那只嚎叫的半大狼，由于人多，倒把狼吓得不轻，连滚带爬地冲出山洞跑掉了。大家惊魂未定，孩子吓得号啕大哭，大人也是两腿发软，哆哆嗦嗦的……

正值阳春三月，暖风吹走重重乌云，雨停了。此时此刻的山峦碧玉葱葱，野花飘香，松林在雨后更显青翠，含羞的野桃花，小草的尖芽儿，彰显着春天的魅力。任老爷从山洞里出来，被眼前的景色迷醉了，雨过天晴，春阳照耀，清新的空气，让人神清气爽。“好地方呀！”任老爷情不自禁地脱口而出。

略懂得风水的任老爷子，东瞅瞅，西看看，然后大笑：“踏破铁鞋无觅处，得来全不费工夫，这个地方太好了，哪里也不去了，就在这里住下了。”他一声令下，家人们纷纷收拾随身携带的锅碗瓢盆，换洗衣物洗漱用品。“今晚先住在山洞里吧，大家轮流值班，小心点儿那些野狼獾狗的，别让家人受伤了，明天开始砌石盖屋。”老爷子随口吩咐着。

老爷子倒背着双手，带着几个家丁，家丁的手里个个拿着木棒子，为了一旦有狼或别的什么野兽出现时，不至于束手无策。老爷子悠悠地往西走着，嘴里还哼着京剧，正在劲头上呢，听到不远处传来哗哗的流水声，紧走几步往前，看到一眼旺泉，咕嘟咕嘟的泉水可劲儿地往外冒着，仿佛是在欢迎任家的到来。任老爷子非常高兴，这个地方水好、土好，是一个风水宝地，将来任家会越来越壮大，是个好兆头。

满心欢喜的任老爷子又晃晃悠悠地，走到东面大山底下，在山底不远处，又是一条溪流，他紧走几步：“呵，又是旺泉，而且比西面的还要旺。”激动的他连说：“太好了，太好了，真是块风水宝地。”还随即来了一句打油诗：“泉旺松翠百花香，唯有任家享天堂。哈哈，这就是家了！”他边往回走边想：“得给这个地方取个名号，泉眼不少，有两个比较大的，干脆就叫两泉庄吧，嗯，就这么定了。”从此后“两泉庄”诞生了。任老爷子也不欺生，随后又来了郭家、李家、张家……

现在这个村子里有村民六百多人，虽然村子不大，但是长寿老人很多，源于这里的泉水好，空气好。山清水秀之地，令人流连忘返……

第二辑

穆桂英哥哥坟墓的故事

高 军

大河圈村过去的名字叫穆家寨，是穆桂英和父亲穆羽占山为王的山寨。穆羽家本来不在这里，以前他在家乡县衙当差，有一个漂亮女子看上了他，在他们就要定亲的时候县官却想把女子霸为己有，于是他被迫抛弃了在县衙的差事，带着心爱的女人一家，离开家乡，千里辗转，来到了这里。他们安居下来以后，穆羽与女子成婚，生下了穆桂英和两个儿子。从残唐五代一直到北宋初年，社会动荡不安，穆羽只好立寨自保，这里就变成了穆家寨。

穆桂英自小受家庭影响，爱舞弄刀枪，学成了很强的武艺。由于她苦练本领，穆家寨留下了有关她的很多遗迹，比如在村后鼻子崖山上的一块站石上面有脚印，是穆桂英的上马石。附近还有她出山时的试刀石，是让她一刀劈成两半的。村西南方向小河中也有她的战马一蹄子刨出的马蹄泉等。

在现在的村西南方向，靠近刘家林的地方尚有两座坟墓，里面埋葬的就是穆桂英的两位哥哥，今天就讲讲她哥哥穆龙、穆虎是怎么去世的。

当年杨六郎和辽国对峙，杨宗保来穆家寨取降龙木的时候，正赶上了穆家寨打擂比武为穆桂英招亲，他站在外面作壁上观，只见一个个武艺高强的人败下阵去，最后眼看一个四十多岁的黑脸大汉就要获胜，这时杨宗保已经看到了美若天仙的穆桂英，觉得一朵鲜花插在牛粪上也太不公平，于是本来无意蹚这浑水的他不自觉地上了场。经过打斗，杨宗保轻松获胜，此后再无人能是他的对手，于是杨宗保被选为穆家的乘龙快婿。

杨宗保是肩负着重要使命来的，哪里想到阴差阳错竟然未经父母之命、媒妁之言私订终身。他对穆桂英一见倾心，穆桂英又何尝不是对他满心喜欢呢？两个人在穆家寨倾心相爱、如胶似漆。好在杨宗保并没有忘记取降龙木的任务，他想等有机会就开口说这件事情。

这天，两个人在村前小河边玩得正开心的时候，杨宗保又想起了这件挂心事，不自觉地皱起了眉头，脸上瞬间布满了乌云。

细心的穆桂英马上发现了杨宗保的变化，体贴地问他怎么回事，杨宗保说了求降龙木破天门阵的事情。

哪里想到穆桂英听后一下子沉默了，脸上浮起愁云。杨宗保不明白是怎么回事，就问穆桂英。过了半天，穆桂英才徐徐开口说道："你可知道什么是降龙木？"

杨宗保摇摇头："光说降龙木降龙木的，那到底是一种什么东西呢？"

穆桂英抬手指了指村前的一棵树，告诉他："那就是降龙木，它是我们穆家寨的镇寨之宝，平时都有专人在严密监视看管着，任何人都不得动它，一旦有人靠近，看守的人就会用箭射杀，对任何人都格杀勿论。"

杨宗保嗫嚅道："哦，那真是宝贝啊！"

"还有一种更为严重的说法，"穆桂英眉头也皱了起来，"如果砍了降龙木，我们穆家就会断了后，再也不会有家族传承人。"

"啊，这么严重啊。"杨宗保一下子感到透心凉了，喃喃道："天门阵破不了了，家父中的毒也解不了啦，大宋的江山也麻烦了啊。"

穆桂英也显得很着急："这可怎么好？这可怎么好？"

过了半天，杨宗保幽幽叹道："那就只好听天由命了。"

这天夜里，穆桂英辗转反侧，一夜没有合眼，她反复掂量着利害得失，觉得还是国家的事更重要。至于说砍了降龙木穆家就会断后，应该没有这么严重，两个哥哥生龙活虎，身体健健康康，娶妻生子不在话下。可是，如果让辽国肆意入侵中原，大宋江山不保，哪里还会有穆家的安稳日子，恐怕那才更容易断后呢。

第二天快要晌午的时候，她看看四周无人，看守降龙木的人也在一点头一点头地打瞌睡，就安排杨宗保到村外等她，她抄起斧头小心翼翼地来到了降龙木前，闭上眼睛用力砍下了第一斧，同时她的眼泪也哗哗淌下来，口中难过地哽咽着，心也一阵阵疼，但她还是用力地一边哭一边砍。

看守降龙木的士兵发现这个情况正要搭箭射杀，一看是穆天王的掌上明珠穆桂英，只得停下来赶紧去汇报，恰巧在路上遇到了穆龙、穆虎兄弟，两人一听顾不上去找父亲，赶紧就往那里跑去。他们来到眼前的时候，降龙木已经被穆桂英砍倒，正拿上要去送给杨宗保。穆龙、穆虎想阻止，可是一动手就被穆桂英制伏，站着不能动了，只好眼睁睁看着妹妹的身影远去。

杨宗保拿到降龙木后，回到天门阵前线，杨家将取得了大破天门阵的辉煌战绩。可穆龙、穆虎兄弟两个后来真的没有生出一男半女，最后孤零零地过了一辈子，被埋在了村西南方向的一块地里。

穆桂英砍伐降龙木的地方至今还留有明显遗迹，就是村前的那一堆石垃子，那些碎石块就是当年她砍下的降龙木木屑变成的呢。

说降龙木和他俩的命运有关系显然太牵强，但是当地老百姓都觉得这兄弟二人是为保家卫国做出牺牲的人，所以坟墓一直被保存下来。刘家后人到林地上坟的时候，谁都不会忘了为穆家这两座坟墓烧一些纸钱。

穆桂英送别杨宗保

高　军

穆桂英帮着杨宗保盗取了降龙木送到村外，杨宗保接过去就立即想告辞，他早已归心似箭了，父亲身体中毒让人挂心，天门阵前杨家将要是失败了，大宋和杨家将的脸面往哪里放啊。

可是，杨宗保心中对穆桂英充满了感激，又加上穆桂英眼看心上人就要离自己远去，两个人就产生了一种更加缠绵的感情，穆桂英送了一程又一程，杨宗保往回送了一次又一次，过了大半天他们两人竟然又回到了穆家寨跟前。

穆桂英从小跟着父亲学习武艺，学到了很多本领。更主要的她还是仙家门徒，她的老师就是住在穆家寨后鼻子崖山上山洞里的金丹圣母。金丹圣母武艺高强，传授了穆桂英很多独特技艺，不然的话两个哥哥哪能被她一下制伏，眼睁睁看着她把镇寨之宝降龙木带出村子而毫无办法！

师父曾经多次告诫穆桂英："人生于天地之间，有清有浊。气之清者，聪明慈仁；气之浊者，愚痴凶虐。明者因修以成性，昧者恣欲以伤命。性者身之源也，命者身之根也。是故修学之人，炼身于九丹，解结于五神，引气于本生，灭根于三关，九炼十变，百节开明，胞结断灭，乃知本真。"

穆桂英用心体会师父的教诲，有很多独特的感悟，所以武艺不断增强。

穆桂英和杨宗保你送我我送你，来回扯线一般。最后还是得往前走啊，这一次他们到了乐善桥东北方向的时候走迷糊了。这儿布满密密麻麻的树林子，天光又到了擦黑的时候，烟岚四起，星光已出现在天幕上，路应该往哪里走，他们怎么也找不清了。

这时候，穆桂英灵机一动，突然想起了师父金丹圣母来，于是她让杨宗保在原地等着，她要回鼻子崖山上的山洞里去请教师父。过去穆桂英跟着师父学习的时候，师父经常让她出去采草药，她也曾经多次迷路，那时候也总是回山洞去请教师父。其实，穆桂英迷路，大多时候都是师父在考验她呢，不然的话她又怎么能找到回山洞的路呢？这次也是同样的情况，她很顺利地就回到了山洞口。

穆桂英赔着小心，在洞口禀报道："师父，弟子求教。"

过了大半天，才听到师父说了一声："在门口好好站着。"

穆桂英本来就心慌意乱的，将师父的话听错了，把"站着"听成了"烂着"，她吓得小声嘟囔着："烂着，烂着，是让我永远站在这里啊。"

又过了一大会儿，洞中传出金丹圣母的声音："你来找我有什么事吗？"

穆桂英吞吞吐吐地说："师父，我又迷路了。"

金丹圣母语调平缓，毫无感情："哦，又迷路了。你回去吧，记住我的话，送别送到紫金树就行了，不要穿过那片紫金树林，更不要到紫金树以外去，就不会迷路了。"

"谢师父，那我告辞了？"穆桂英还是不放心，又问了一句。

金丹圣母好似摆了摆手："好好记住我的话，去吧，去吧。"

穆桂英重新回到杨宗保身边的时候，杨宗保正急得抓耳挠腮，不知道怎么办好，看到穆桂英回来，他高兴得差一点儿蹦了起来。

穆桂英走在前面，他们大胆地进入树林，快步往前走去，不一会儿就到了一片空阔地，再往前走又是树林子了，当他们走到跟前的时候，穆桂英上前一辨认，都是紫金树。她想起了师父嘱咐的话，一下子停下脚步。

可是，正在热恋中的情人哪里能清醒地控制自己啊，他们两个你恋着我我恋着你，怎么也舍不得分别。杨宗保不知道实情，穆桂英知道但管不住自己的脚步，两人继续向前走去。穿过这片紫金林，前面长的是黄连树林，他们一步步走进了里面。

前面有一块大石头，穆桂英不自觉地就坐下了，石头好似一下陷下去一块的样子，她有坐进椅子的感觉，抬起胳膊将手放在扶手上。

一会儿后，她看杨宗保没有地方坐，就又站起来，牵着杨宗保往前面一块平面大石头走去，他们手拉着手坐下来，随后相拥着，倒在石头上。

此时星星穿过树枝的缝隙向他俩眨眼睛，皎洁的月亮也升上了树梢，林中微风习习，好似用轻柔的手指爱抚着一切。

穆桂英坐过的石头上留下了她曾端坐的痕迹，扶手上的手印也很清晰。这块平坦的石头上，更留下了穆桂英躺着的印痕。这些地方至今还存在，很多人走到这里就会指点着、叙说着。更有一种说法，其中一块盆状的石头，是他们新婚之夜的尿盆。只要在这里小解一次，人一辈子都不会得小肠火那种毛病呢。

发生这件事以后，金丹圣母也想开了，就让穆桂英赶紧去追杨宗保，一同破天门阵，报效国家。于是，穆桂英不久后追上了杨宗保，二人一同回到了前线，用降龙木大破天门阵，取得了那场决定性的胜利。

穆桂英骑马点将

高　军

在北石旺崖东北、高家安子正北，有一座险峻的山原来叫小崮子，最上部四周都是悬崖峭壁，上面却地势平坦，是能够纵马疾驰的一片广阔平地。后来因为穆桂英曾在上面骑马点将，操练大军，被称为点将台。

当年她的父亲穆羽来到北大山山前，看中了这个地方，就在这里落脚安了家。今天的大河圈村还有一个不大的土堆，当地人一直叫它穆家寨，是穆羽当年安营扎寨的地方。只是一千多年过去，经过风吹雨淋，原来的大寨变得越来越小了。穆羽去世后，被埋葬在了穆家寨后面的山坡上。这座古墓一直存在着，早年间墓前碑上还能看出模糊的字迹“穆家寨”“天王”“穆羽”等，让人更确信这里就是著名的杨门女将穆桂英父亲的墓地。

村庄西南方向还有传说中穆桂英两个哥哥的墓地等。

这里就不啰嗦了，只说说和穆桂英战马有关的几个地方吧。

在小崮子西北方向的山上，也就是仙姑洞再往西一点儿，牛角洞东南方向，有一块大石头伸了出来，当地人都管它叫马棚，是穆桂英养马的地方，穆桂英自小喜欢骑马耍枪，舞刀弄棒，穆桂英的坐骑就一直养在这里。

那年杨宗保来此求降龙木，结果误打误撞参加了穆桂英的比武招亲，被穆桂英选为理想的伴侣，两个人后来陷入卿卿我我、你恩我爱之中，结果忘了管自己的坐骑。

那是一个大旱天气，山上也缺水了，被拴在那里的马喝不到人给打来的清水，口干舌燥，心烦意乱，最后使劲挣扎，挣开马缰绳，一路向山下奔去。这是一匹不平凡的战马，它拖着马缰绳一路狂奔，结果在山坡上留下了一道清晰的痕迹，在很远的地方都能看得清清楚楚。这个痕迹，就是在千年以后的今天，也还清楚地呈现着。走近仔细看，就像一条绳索一样挂在山坡上，是一溜儿整齐地延伸到山下的黄草组成的植物带，神奇极了。

当时这匹马实在是渴坏了，它快速向山下跑去，一直跑到了现在的北石旺崖村村前小河里，可是天气实在是太旱，小河已经彻底干涸，一滴水的影子也不见。

这匹马更加狂躁起来，它长啸一声，四蹄奋起，猛然向下蹬去，只听啪啦啦一阵响声过后，它的前蹄将河中的一块石头蹬出了一个大窟窿，在它拔出前蹄的同时，下面的泉水哗啦啦淌出来了，接着就形成了咕嘟咕嘟往外冒的一个泉眼。清清的泉水不断向外涌流着，马儿低下头去使劲喝起来。老百姓很感谢这匹战马也解决了他们的吃水困难，就把这眼形状酷似马蹄的泉水叫作马蹄泉。这眼泉水流淌了一千多年，直到20世纪60年代，因为在附近放炮打井，才造成泉水下漏不出水了，后来这块马蹄形的石头也被破坏了。

那天，穆桂英把降龙木送给杨宗保并把他送走后，师父金丹圣母让她追随杨宗保去为国家出力，父亲和哥哥也都理解了她盗取降龙木是为了帮助杨家将解开天门阵，所以也就没有再指责和追究她，当她说师父也支持自己去宋辽对峙的前线为国出力的时候，父亲和两个哥哥都表示大力支持，并让她从寨中挑选强将精兵一并带上奔赴前线。

穆桂英看到家人这么支持自己，就做了精心准备，从穆家寨中挑选了上千人的队伍，有针对性地进行了几天强化训练，临出征的前一天下午，她亲自下厨为父兄准备了一桌丰盛的晚餐，一家人和和美美地吃了一顿饭，她对父亲表达了对养育和教诲之恩的感谢，也诚挚地对哥哥再次表示了动手制伏他们的歉意。

第二天早饭后，要出征的将士神情严肃地列队于小崮子山前，穆桂英骑着自己心爱的坐骑飞奔而来，哒哒的马蹄声从地面飞扬起来，声音传来的时候她的身影已经一闪而过，大家只是隐约看到英姿飒爽、气宇轩昂的身姿，最后她照着马的后身用力拍了一下，只听那匹战马长嘶一声，腾空而起飞上了小崮子山顶，在身子落地的一瞬间，已经回转了身体，穆桂英骑在马上就面对着山下的所有将士了。

她身子往上一挺，底气充盈地喊了几句口令，所有人员声音洪亮地应和着，士气高昂，步调一致，接着她讲了一番这次出征抗辽对于保卫大宋的重要意义，最后她对一队队将士进行了点验，然后高喝一声："向后转！出征！"随即飞马跃下山崖，冲到了最前面，带着队伍浩浩荡荡开拔而去。

不久后，他们就追上了杨宗保，一同大破了天门阵。随后穆桂英转战南北，屡建奇功，成了宋军的一员著名女将。

于家胡同的带刀侍卫

胡金华

相传，明朝万历年间，松林村有户于姓官宦人家，因为儿子于赣战功显赫，被皇帝提携为四品带刀侍卫，松林老家也占尽风光，拥有房屋百间，土地千顷，远近闻名。大门庭前还竖了旗杆，设有上马石，立有匾额和碑林，地方官员路过此处，文官落轿，武官下马。

且说，朝廷命官的御前带刀侍卫于赣的确是个人物，他跟着神宗皇帝不仅在西北边疆宁夏平定了蒙古人的叛乱，还率部跟随李化龙大战播州，一年就扫平了以杨应龙为首的苗疆土司叛变，自此在军中名声大振。谁知，南征北战又戍边多年的于赣被皇帝招进宫后，不但不感崇皇恩，还心生不满，郁郁寡欢，经常为自己被削去兵权无法施展才能而愤愤不平。很快，他就忘了“伴君如伴虎”的千年古训，与一个大臣结了芥蒂。这个大臣为了除掉他，便定计害他。一天，皇帝正抱恙在床，恰巧有位妃子来见皇帝，被他挡在门外，不料想这个妃子不但不责怪他，还向他舞眉弄姿，频频暗送秋波，并拉他步入偏房说有事与他商量，不知是计的他哪里知道这正是那个大臣设下的陷阱。结果，正当两个耳鬓厮磨之际，那大臣一步跨进门，厉声高喊：“大胆于赣，你竟然调戏贵妃。来人哪！”皇帝被喊声惊起，走过来顿时龙颜大怒，哪里容他辩解，一气之下便赐他即死，并下旨满门抄斩。领旨的那位大臣当即派出得力手下连夜快马加鞭来找山东巡抚，并由山东巡抚亲自带兵来到于赣的山东老家松林，先将他一家上下百口人赶到村前水汪边统统斩首，然后又一把火焚烧了他所有房厦，只剩下一条笔直的青石胡同。

据当地老人讲，当时，于赣的远房侄子一家四口命不该绝，骑马刚从亲戚家来到村头，远远看见家门被众多官兵围剿，自知大事不妙，遂打马逃离。躲到哪儿呢，慌乱中，他突然想起北边榆山下有几个长年为他家种地干活的长工住在那里，便来长工住的地方，交代一番后，先放走了马匹又换上了长工的破衣裳，搜人的官兵来到问他们姓啥，他们都说姓高，这才活了下来。

更名换姓的于赣侄子到底是官宦之后，待官兵撤走后，他和妻子便在此居住下来。一到晚上，他们便带领听话的长工们偷偷返回松林老家，先是就地一个个掩埋了亲人尸骨，又把那些被大火烧毁的房梁屋笆运回去，夫妻俩还把一对儿女安顿到榆山前的窑窝。

后来，有人说夫妻俩利用自家乌黑的房梁悟出了烧制木炭的手艺，收了学徒，还把自己的女儿嫁给了一个姓王的学徒工，凭着烧制木炭的手艺慢慢发展到现在。再后来，松林村北边榆山下的那个地方，从此便取其安全之意，被人称作了高家安子。而相距高家安子不远的窑窝村，至今也没有二姓，都姓王。

该传说是真是假，其实难辨，谁也说不准。笔者翻阅史料，明朝历史上既查不到四品带刀侍卫于赣这个人，在当地也没有于氏家谱引以考证，但松林村内的于家胡同至今还在，许多刻有文字的石碑在早年“四清”时被毁坏殆尽，只有一通竖碑迄今还埋在该村于家胡同前的柴草垛下，碑面的字迹已看不清晰了。

文秀才　武秀才

郭　敏

满庄人感到自豪的一件事是他们祖上曾经有一个人考取过秀才，只是这个秀才有些不争气，据说他这个人胆小如鼠，树叶落下来都怕砸着头，一辈子没有做过一点儿让人能记住的事情不说，最可怜的是族谱上有一笔记载，说他被一伙进村的土匪给吓死了，所以，家谱上面对他的记载是文秀才。

一百多年以后，李得胜也出生在满庄，而且也识文解字，从小就聪明伶俐，只是生得娇小羸弱，干不得农活儿，只能在村里做个教书先生。最重要的是他也胆小怕事，就连走路都怕踩死个蚂蚁，所以，村里有人开玩笑地叫他文秀才，他虽对这个称呼很不满意，但他生来胆小怕事，也只能敢怒而不敢言，时间久了，人们叫着叫着也就习惯了。

李得胜有一个哥哥，年长他两岁，长得人高马大，虎背熊腰，从小就不喜欢读书，好武善斗，常常手里拿着个三节棍在村里耀武扬威，惹得很多老百姓都厌烦他，见了他都得小心翼翼地绕着走，生怕一有个不小心，就惹火上身。又因为大家都叫他弟弟为文秀才，不知是谁突发奇想就把他叫作武秀才。山村人识字的不多，只是听到别人叫了也就跟着叫了。

1941年，日本鬼子侵略中国，沂蒙山区更是遭受到重大创伤。日本人在这块土地上烧杀抢掠，无恶不作，惹得当地老百姓民不聊生，尤其是文秀才这样胆小的人，更是吓得关了学堂，蹲在家里大门都不敢出了。再说他那个哥哥，却与别人不一样，自从日本鬼子来了以后，他更是活得如鱼得水，最可气的是他居然跟日本鬼子混到了一起，还动不动在村子里大言不惭地炫耀，说：“哼，谁不服我？谁不服我试试，我可以立刻废了他。”不仅这样，他还常常不可一世地对村子里的人说：“谁敢惹老子我，谁不服我让皇军把你们当共产党抓起来，谁不想活了就得罪我试试！”

人们在惧怕武秀才的同时当然也不待见文秀才了，虽然文秀才也没有什么让人讨厌的地方，但他们总归是一母同胞。他哥哥是一个横行乡里、无恶不作之人，大家又都共同住在一个村里，他哥哥动不动就这样隔三岔五地亮亮相，炫耀炫耀，这种行为真的是很让人讨厌。那时候，有的人甚至在心里想：文秀才那个人，总是悄无声息地躲在家里，也不知道劝导劝导他那个讨人嫌的兄弟？村里的人都觉得跟这样的人住在一个村里，真是倒了八辈子霉了！

有一天傍晚，文秀才需要外出办点儿事，他原本胆子就小，没想到怕什么就来什么，当他行走到村北的李家大林时，就看到一个穿八路军军装的人躺在地上。这一下，文秀才真的是慌了，怎么办？救人吧，又怕被鬼子和他那个不省事的哥哥知道；不救人吧，又实在是忍不下心，怎么说也是一条人命呀！文秀才思来想去，做了一番很激烈的思想挣扎，最后，还是一狠心一咬牙把这个伤病员救回了家。

其实，文秀才勇救八路军的事情谁都不知道。村里人唯一知道的就是，在那兵荒马乱的岁月里，不知到底是哪一天村里才有人突然惊觉好像是文秀才家里没有人了，不仅文秀才有好些日子不见人影了，就连他那个隔三岔五就要显摆显摆的武秀才哥哥也不见了踪影。

时间就这样过去，等到全国解放的时候，村子里突然来了几个骑着高头大马的人，他们一路“嗒嗒嗒嗒”地直奔满庄而来，等到了已经破破烂烂的文秀才的家门口时，大家仔细一看，才认出为首的那个人就是曾经胆小如鼠的文秀才。只见他落落大方地对着村子里的众人抱一抱拳，铿锵有力地对他们说：“各位父老乡亲们担待，过去有对不住大家的地方请原谅。现在，我们全中国解放了，以后大家都会过上好日子的！”说完，他还特意指了指在他家不远处的一个土堆说：“那个就是我哥的坟头，对不住大家了！”他跟乡亲们鞠了一躬，然后，跨上大白马一阵风而去。

后来，才听村子里的灵通人士说，当年，文秀才大胆救下八路军的当晚就被他那个当汉奸的哥哥知道了，哥哥吵着嚷着要到日本鬼子那里去告密领赏。好说歹说，哥哥死活不听，最后，文秀才被逼得实在没有办法，就在当天晚上，哥哥偷偷溜出家门要去告密的时候，文秀才一棍子把哥哥打死了，然后，就护送伤员回到了部队，并从此留在部队当了兵。

据说，后来文秀才因为作战英勇而被提拔当了将军。

兄弟情深

郭　敏

林泉庄坐落于依汶镇镇北五千米处，因村北有大片大片的干果林，村南又有一眼冬暖夏凉的石水泉，故得名为林泉庄。

早些年间，林泉庄最早居住的是王姓和赵姓的人家，后来，又有姓刘的人从平邑县一路逃荒而来，看见此处有山有水，且山坳里有大片大片的枣树林，就此在这里落户。再到后来，遇到了一次百年不遇的大旱灾年，村庄中的人吃野菜剥树皮，等到把一切能吃到的东西都吃干净了，大家就再也没有办法，只得该投亲的投亲，该靠友的靠友，最后，村庄中就只剩下了一些无依无靠的人家。

却说，这个村庄中唯有一户王姓人家，丈夫不幸英年早逝，撇下了家中体弱多病的妻子和两个儿子。这两个儿子，大儿子叫大虎，小儿子叫二虎。大虎从小就身子怯弱，整日咳嗽不止，身体瘦得只剩下皮包骨了，这种病被乡人们称为肺痨，也就是现在咱们所说的肺结核。你别看这个病在现在来说算不上是什么大病，可在当时那个时期，这就是个要人命的病。小儿子二虎，人倒是长得人高马大，一身用不完的力气，怎奈那并不是光有一身硬力气就能吃得上饭的时代。这年大旱，田地里粮食颗粒无收，他们全家也只得靠拔野菜剥树皮充饥。就算这样，还是十天有八天吃不饱，最可恨的是，老百姓都已经穷得日子都过不下去了，可那些官府衙役们还是天天上门要求交纳赋粮，一些人家因为实在交不上官府催要的苛捐杂税，只得外出躲避，可王二虎家呢，虽然也交不上那些苛捐杂税但又不能逃走，你想，一个是体弱多病的老娘，再加上一个多病体弱的哥哥，就算是能够逃得出去也没得活。逃也没得逃，躲也没得躲，只得窝在此地活一天算一天罢了。

又有一天，王二虎正要出门去田里给母亲和哥哥找点儿果腹的东西，谁知刚走出家门没有十几步，就被一队差役给逮个正着。其中有一个差役还气呼呼地对着王二虎喊：“王二虎，你别不识抬举，你们家从去年就没有交赋税，现在说什么也不顶用，今天既然抓到你了你就赶紧交上，而且，要连去年的一块交上，否则，别怪我们对你不客气了！”说着，那么多人就一拥而上，把王二虎用绳索捆绑了起来。

王二虎一个劲儿地向这些衙役服软求饶，说：“家里实在是揭不开锅了，什么东西也没有，母亲和哥哥身体都有病，一点儿吃的都找不到，现在只剩下一口气了，哪还有什么东西交赋税？”但那些衙役根本不听，只管押着王二虎去了县衙了事。

且说王大虎，眼睁睁看着王二虎被人带走，悲愤交加也没有别的办法，更可怜的还是六十多岁的老母亲，看见王二虎被官府绑去，连急带气，一口气没有上来当日就归了西天。王大虎没有办法，一边哭着一边硬是用自己的双手在村庄后面扒了个土窝掩埋了自己的老母亲。他想，自己这病早晚是治不好的了，既然说不上哪一天就会死了，还不如先去把弟弟二虎给换出来吧！二虎兄弟身体好，而且现在还正年轻，总不能让他死在牢里吧？就这样，王大虎为了能让弟弟活着出来，硬是拖着病歪歪的身体走了三天两夜，才找到了县衙门。第二天，他跪在衙门前要求替兄弟二虎坐牢，起先，县衙门的人不理他，让他吆喝烦了就找人把他拽着扔到远一些的地方，谁知到了第二天早晨，又见王大虎跪在了衙门门口。后来，实在没了办法，县太爷就召见了他。王大虎说，他身子弱，没有力气干活，坐在家里也是白吃饭，还不如顶替弟弟在这里，让弟弟回家种地借钱来交官税。县太爷一听也对，这王二虎关着也是关着，还得吃他的饭、喝他的水，这王大虎在外面也没有用，那就把他们两个换过来吧！就这样，把王大虎抓起来投进监狱，把王二虎放出去借钱借粮食缴纳官税。

当天，就在王大虎与王二虎在牢里交换的时候，王大虎悄悄地告诉王二虎：“母亲已经没有了，我这身子也活不长了，你抓紧逃命去吧！”

后来，真的过了不多日子，王大虎就在牢里去世了。王二虎偷偷请人把哥哥的尸体运回来，埋在了老母亲的身边，然后就不明去向。所以，现在的林泉庄，已经没有了姓王的姓氏，但说起王姓兄弟，那些八九十岁以上的老人，都还会津津乐道。

东院和西院

郭　敏

依汶镇的小安乐村原来叫安乐村，因为还有别的村庄也叫安乐村，后来，为了要跟别的安乐村区别开来，就改成了小安乐村。

小安乐村地处依汶镇西南方向，村里有三百多口人。小安乐村风景秀丽，地处要塞，从古时候开始就是一个广聚人气的好地方。

据村里一些上了年纪的老人讲，早些时候，村里有两家姓刘的大户人家，一个住在东院，一个住在西院。东西两院的主人是同门兄弟。据传，西院的主人不识字，老实本分，一心只想过好自己的小日子；而东院的主人呢，识问解字，见多识广，乐善好施，而且，还为人善良开明，无论什么时候都愿意帮助别人。

小安乐村的土地基本都归东西两院所有，东院有八顷土地，西院有六顷土地，这些土地都租赁给周边几个村里的村民耕种。他们不同于别的地主，无论什么年景都同样照收粮食，而这东院的主人呢，虽然把土地分给周边村民耕种，但每当收获了粮食的季节，村民都可以先留下自己家里够吃的分量，然后，再把剩余的部分交给东家。如果遇上年景不好时节，打下的粮食不够吃，主人也许就象征性地收取一点点，剩余的村民都可以留下来自己吃。总的来说，这东院主人从不亏待给他家做活儿的人，所以，这个村里的老百姓都信服他，给他家做起事情来也会真心实意，从不会偷懒耍滑，存有二心。

有一年，天公不作美，临近麦收的时候几场大雨冲毁了庄稼。到了收获的时节，粮食歉收，几家佃户别说是给东家上交粮食，就连自己家吃的都不够。这个时候，佃户们都有些不好意思面对东家，可这东家呢，除了没有催他们交租子外，还不几日就会召集人们去他家麦场地里晒麦秸，每次晒麦秸，干活儿的就会在麦秸底下收获到不少麦粒，然后拿回家中供老婆孩子们果腹充饥。这样，每每有人家吃不上饭的时候，东家就会找他们去到打麦场上晒麦秸，久而久之，大家心里也都明白了，原来，东家并不是真的是让他们去晒麦秸，而是不想让他们吃不上饭饿肚子而已。

听说，1941年，也就是日本鬼子对沂蒙山革命根据地进行大规模侵略的时候，这个小安乐村东院的主人，就提前把土地房屋都分给了村里给他们家做活儿的农人，自己搬到一套普通的住房中去住了，而且，还让他们家年轻一代的人都跟随共产党参加了革命。再后来，全国解放，他们家的后人，除了在战斗中牺牲的烈士，其余的都成了党的领导干部。

三里岐黄殿

高　薇

依汶镇的傅旺庄是一个依山傍水的秀丽村庄。村后是连绵起伏的九顶玉皇山，村前是水波荡漾九曲十八弯的汶河水，一个个农家小院依山势而建，坐落在绿树成荫的山坡上，这是一个民风淳朴、景色怡人的村庄。村里主要有傅、许、戴三大姓氏，但是最初是傅姓人家来到这里居住的，许姓和戴姓人家原先居住在村子偏西南三里外一个叫三里岐黄殿的地方，说起他们从那边搬到这山脚下合为一村的事，那还得从久远的年代说起。

据说最初是傅家老祖宗在老家遭了瘟疫，当他出来逃难经过这里时，看到山上树木茂密，山下土地肥沃，还有一条清澈的小河潺潺流过，觉得是个好地方，便依山建房安了家，因家前有汶河水流过，所以村子起名叫傅汶庄。后来许姓人家来到这里，在傅汶庄西南方一处平坦地安了家，不久又有戴姓人家也来到这里，便和许姓人家比邻而居，倒也处得和睦。许姓人家垦荒种地，过着自给自足的日子；戴姓是读书人家，戴家媳妇出身行医之家，自小耳濡目染也懂些医术，便经常进山寻找草药，为邻里村人解除病苦。时间久了，看病的人越来越多，戴家人便专门开了一间中医药店，后来日子越过越好，便又扩建了宽敞明亮的大房子，因这里离傅汶庄正好三里地，于是便有了三里岐黄店的名字，再后来人们觉得这药店建得气派，更主要的是为了对戴姓人家表示敬重，便将他们居住的地方称作三里岐黄殿了。

这天许姓的老祖宗吃过早饭，便扛着镢头出了家门，照例去河对岸正开垦着的地里劳作。正值初春时节，天气还有些寒冷，风吹到脸上仍有些微微地疼。很快到了河边，虽然这条河只有四五米宽，但刚开冻的河水却能没过小腿，脚一下去就感到一股刺骨的凉。上了河岸他赶紧穿上鞋子，埋头干起活儿来。想到自己开垦的这片荒地快要完成了，他心里感到特别高兴，手里的动作不觉更快了。

时间不觉过去了几个钟头，日头挂在头顶时，他的肚子咕咕叫了两声，他直起腰，抹一把额头上的汗水，这才感到有点饿了。

正在这时，河对岸传来妻子的声音：“他爹，该吃饭了！”

“好，你来得正是时候呀！”他对着妻子高兴地喊了一声。

随着他的话音落地，妻子已经用钩担挂子将一个蓝花布包袱吧唧一声甩了过来。他赶紧放下手里的镢头，把包袱从钩担挂子上取下来，妻子随后便把钩担收回去了。将包袱一层层打开，浓郁的香气扑面而来，他抓起一个大煎饼咬了一口说：“好香，好香！”然后朝河对岸的妻子招了招手，妻子也向他摆摆手，便往家走去。平时因为赶时间干活儿，午饭都是妻子送过来在地里吃，吃完了接着再干。因河水太凉，妻子又得赶回家照顾老娘和孩子，便把包好的午饭挂在钩担挂上，把钩担从河面上伸过来，他一伸胳膊便能拿到了。今天的饭特别好吃，单饼里卷着油炸小咸鱼，咬一口满嘴生香，妻子总是多送一些饭，他可以放开肚子使劲吃，吃完又咕咚咕咚喝了些水，才又开始干活儿。

整整一下午，许姓的老祖宗都在地里挥汗如雨，到了天黑时终于把这一片荒地收拾好了。当他扛起镢头往回走时，月亮已经挂在树梢上。借着朦胧的月色，他蹚过河去，然后顺着一条小路往家走。四周一片寂静，只有不远处传来一阵阵哗哗的水声，这水是从九顶玉皇山上的泉眼流出，顺山势往下淌，一直淌到傅姓人家居住的小村庄里。这水流上有一座青石板的小桥，桥下的水往西一拐，在不远处积成一个大大的池塘。顺着这池塘往西偏南方向走三里地，就是他的家。

许家祖宗借着月色，脚下快步走着，刚刚从青石板桥上经过，却隐约听到有哞哞的牛叫声，他禁不住回头往北看。这一看让他大吃一惊，只见桥北四五米处的溪边上，有三头身材庞大的水牛，正低头在一个石槽里吃食。哪里来的水牛？许家祖宗一边寻思着，一边挪动脚步往回走，许是他的脚步声惊动了水牛，瞬间的工夫那几头水牛便向池塘边跑去。说时迟那时快，三头水牛扑通扑通跳进了池塘里。这时，奇怪的事出现了，从池塘的水中又钻出许多水牛，水牛越来越多，不大一会儿水面上就满了。一头，两头，三头……许家祖宗看呆了，他忘记了走路，手指池塘数了起来。可是，水牛实在太多了，数了这头那头又过来，他怎么数也数不过来。“水牛，水牛，别乱走，我想和你交朋友！”心急之下，他情不自禁地大声喊了起来。他的话音刚落，池塘里的水牛一下不见了，水面突然之间恢复了平静。

“啊，真是太奇怪了……”许家祖宗揉了揉眼睛，想着刚才所见到的情景，恍如做了一个梦。他走了几步，又回头看看，池塘水面上确实风平浪静，什么也没有，难道是刚才看错了？他摇摇头，马上又否定了自己。又站了一会儿，他才一步一回头地走了。

那之后，许家祖宗逢人就讲他看到神牛的事，也有人说在夜晚和他看到过一样的情景，一传十，十传百，从此这村中池塘里有神牛的事便传开了。有人说这地方是风水宝地，山上有神泉，泉边有凤凰窝，山下村庄里有神牛，这村子以后肯定会兴旺发达的。

话说着说着时间就到了夏天，农历的六月十四那天，一场大雨从夜里开始下，一直下了三天三夜，大雨冲毁了三里岐黄殿的房屋道路，四五米宽的小河往两边漫出好几倍，变成一条波浪滚滚的大河。洪灾过后，傅汶庄的人热情地将许姓和戴姓人家接到村里，帮他们重建家园，三姓人家和睦相处，日子就这样过下去了，而且过得越来越兴旺，遂将村子改名为傅旺庄。

后来，传说有外地人用一口大铁锅将山腰间的泉子盖住，把好脉气给破了，于是山间泉水不再流淌，池塘里的水干涸了，神牛无法在此生活，从此也不知去向，只留下一个十厘米厚的大青石牛槽，如今还静静地卧靠在村西那个被称为桥头的地方。

虽然传说中有过神牛的池塘早已填平，石桥流水也完全消失了，但是汶河水经过多少年的风雨变迁，现在已经成为一条几十米宽的大河，日日夜夜从傅旺庄村前流过，滋润着这一方百姓，为他们一代代人带来数不尽的恩泽。而那些古老的传说，也一直像这汶河的水一样，将会世世代代地流传下去。

凤凰窝

高 薇

依汶镇有个叫傅旺庄的村子，村子后面有座九顶玉皇山，山腰的岩石上有个凤凰窝。相传凤凰窝里曾住着一只美丽的凤凰，要问这只凤凰从哪里来，又去了哪里，还得听我从头来细细说。

那时候，这里还没有人烟，到处一片荒芜。傅姓的老祖宗从这里经过，向四周一望，虽说荒草横生，但土地很肥沃，山上树木茂密，不远处还有一条河流过，于是心下大喜，便紧靠着河边安了家。因为自己姓傅，又加上河的名字叫汶河，因此给村子取名叫傅汶庄。安顿下来后，每天一出门，傅姓老祖宗的目光就会落到村东的山上，看久了便看出了门道，原来山上的九个山头排得很有次序，远远望去，像极了一只展翅飞翔的凤凰。九个山头分列三行，中间一行南北方向的一溜三个山头，便是凤凰的身子骨。身子骨两侧分别排列着的三个山头，一个挨着一个，一个比一个小，形成了两张展开的凤凰翅膀。这情景实在是太吉祥了，莫不是要出什么奇异事了？民间也在纷纷议论着。终于有一天，山下来了一位仙风道骨的老者，他站在山下，端详了好一会儿，才捋着花白的胡须，摇头晃脑地说，看呢，快看呢，那个最大的山头上是什么？是青色的烟雾，一股股地往上冒呢，好兆头，好兆头啊，凤凰头昂起来了，向着正南方，真是好兆头啊！人们听了，争相往那个最大最高的山头上望去，却哪里有什么烟雾？

突然间，一阵旋风从平地里刮起，再看身边的老者，早已经乘着一只巨大的仙鹤，向着白云深处飘走了。

原来是一位神仙！人们仰头使劲望着天空，这时只见他的手杖往前一挥，身边便呼地多出了一只凤凰，这只凤凰披着七彩的衣服，扑棱棱地向着九顶玉皇山的方向飞来，瞬间便落到了山后的玉皇庙上。这么好看的凤凰来到了人间，难得一见啊，有一个人拿起了弓箭向着凤凰瞄准，可突然间凤凰已经不知去向了，那人刚把弓箭收起来时，却发现凤凰又落在了玉皇庙的屋顶上。这样反复几次之后，有明白人过来制止说，这凤凰是神鸟，是神仙给送来的，千万不能射，不能射呀！那人恍然大悟，羞愧地收起了自己的弓箭，再看玉皇庙顶上时，凤凰已经不知去向。

那天午后，更奇怪的事来了。在九顶玉皇山的半山腰里，突然出现了一个泉眼，泉眼里的水清澈无比，一天到晚咕噜咕噜地往上冒着，将周围的土地浇灌得格外湿润，树木花草也生长得格外茂盛。泉水哗哗地流着，一直淌到下面不远处的一块大岩石上，又从那块大岩石上直流下去，形成一道宽大的瀑布。那道瀑布从岩石顶上跌落下来，形成一汪荡漾着碧波的潭。这潭水实在是神奇，不管春夏秋冬，水面上都飘着一层薄薄的烟雾，朦朦胧胧的，夏秋两季，岩石边的树上时常飘下朵朵花瓣，形成一道美丽的景致。即使到了最冷的深冬，这水面上也不结冰，仍然冒着层层暖气。而更神奇的是瀑布后面是一个水帘洞，有人说那只不见了的凤凰已经住进了洞里，瀑布罩住了洞里的凤凰，这里的水成了神水，泉也成了神泉，村里人从此都来打水喝，也是想借此看到凤凰，但不管怎样等待，却从没有人看见过那只凤凰。但自此，这里有了一个“凤凰窝”的名字。

一天夜里，村里一傅姓人突然做了一个梦，梦里又见到了那位老神仙，老神仙问了他村里的情况，傅姓人一一做了回答，老神仙说，好好爱护那山，好好爱护山上的一草一木，有凤凰的地方，就是要出娘娘了！醒来后，这个傅姓人将梦告诉了同族的人，族人们非常看重这梦，不时告诫所有同姓的人，一定谨记神仙的教诲，有了这只神鸟凤凰的保佑，有了族人的劝诫，这个村子里的傅姓人家都勤俭持家，很快地兴旺发达起来，成了村里的旺族，因此他们把村子改叫傅旺庄，傅旺庄的名字从此流传下来。

可是后来村里来了几个外地人，他们的眼睛实在太尖了，风水好的地方一眼就能看出来，并且有办法给破坏掉。外地人转来转去，用七口大铜锅将泉眼盖了起来，并念上咒语，泉眼里的水再也流不出来了。泉眼干涸了，水也不流了，瀑布没有了，瀑布后面的洞便露了出来，洞里的凤凰被人看见了，这里的风水便破了。于是，凤凰展翅飞走了。

如今，在那个陡峭的石崖下面，仍然有一个洞穴，空空的洞穴里只留下一根清晰可见的凤凰脊梁骨化石，脊骨两旁的翅膀也隐约可见。

要问凤凰飞到了哪里？大家一定都熟悉那个广为流传的凤凰林的故事，栖居于那里的凤凰就是从九顶玉皇山的凤凰窝里飞去的。

小媳妇变的石佛

高　薇

依汶镇傅旺庄后的九顶玉皇山，虽然不是很高，但有些地方也很陡峭。自古以来，寺庙大都建在依山傍水的风水宝地上，九顶玉皇山上的玉皇庙也是如此。那时候山周围的老百姓特别信奉神灵，就是有个头疼脑热的，也要去庙里许个愿，求求菩萨拜拜大仙；孩子不舒服了，也到玉皇庙里烧几炷香，磕几个头，送上几个泥做的娃娃，希望玉皇老爷发善心保佑孩子。他们也不知道是否真管用，但心理上却得到了安慰。

有一年的清明节，天气特别好，上山的人也特别多，大闺女小媳妇，这一天都得到了解放，出来玩儿是家里允许了的，所以满山上到处晃动着人影。据说这一天到庙里许下的愿特别灵，姑娘家谁不想找个好婆家，小媳妇谁不想生个可爱的娃娃，可这样的话又怎能说得出口？所以只有在庙里的神像前默默地祈求，以求得玉皇老爷的保佑。这一天的正午时分，在去往玉皇庙的一段陡峭山路上，一群姑娘媳妇正吃力地走着，却突然听到一个女人的尖叫声："不好了，不好了，我的妹子哪里去了？"大家一下拥过去，待询问清楚后，才知道是一个小媳妇在一片光崖前喝了点儿从石头缝里流出的水后，便突然间不见了。人们顾不上前往玉皇庙烧香许愿了，便分头四下里开始找这个小媳妇，山林里找了，山沟里找了，石头光崖的前后左右，到处都找了个遍，也没看见小媳妇的踪影。小媳妇就这么奇怪地失踪了。

后来有位采药的人说，在那片光崖下的草丛里，曾几次见过一条身上有艳丽斑纹的蛇，那条蛇似乎不怕人，见了人也不走，有时还将头翘起来，似是打招呼的样子。这样说得神乎其神的还有一个砍柴的，也和采药人说的一样，末了还加了一句说，我看就是那个小媳妇变的，身上的斑纹和小媳妇失踪时穿的衣服一样花纹。他这一说不要紧，大家想想还真是那么回事。

又是一年清明节到了，上山游玩的人真不少，一伙姑娘媳妇从山顶的玉皇庙回来时，已经到了下午。太阳快要落山了，却依然有些温暖。姑娘媳妇们喘息着，叽叽喳喳地走在陡峭的山路上，爬下一块大光崖时，西晒的日头正好射向石崖上一条巨大的石缝。“呀！这不是去年失踪的小媳妇？”不知是谁喊了一声，姑娘媳妇们顾不上荆棘的刺痛和缠绕，纷纷循着声音挤过去——真真切切就是那个小媳妇，脸还是那么白生生的，脑袋上的小抓鬏翘翘着还是那么漂亮，小抓鬏上面还挂着一个银子做的梅花簪子。“快出来，快出来呀，你怎么躲进了这石头缝里？你不管你的孩子了吗？还有你爹娘，都快哭瞎眼睛了呢，快回家吧！”女人们一边说一边开始解腿上的绑腿带子，有胳膊长的便使劲朝前够，正好能将带子拴上小媳妇的脖子，带子拴好了，有人使劲一拉，小媳妇的脑袋转动了一下，但身子还是立在原地不动，不行，再拴带子。又一根绑腿带子拴上了脖子，小媳妇的脑袋还是转动一下，身子仍然不动。一根根的带子拴上去，直到将小媳妇的脖子缠得和脑袋一样粗细，一群姑娘媳妇齐动手拉着，也只是和以前一样，小媳妇的脑袋转动着，身子就是一动不动。

暮色来临了，姑娘媳妇们不能再待下去了，那时候的女人平时不能到处去，也只有清明节能出来游玩，晚回家是绝对不允许的，大家也只好带着几分留恋纷纷回家去了。临走时有人提议，带子就不拿了，明天让小媳妇家里多找几个男人来，把她拉回家去。可第二天下午，她家里人来了后，看看石缝里的小媳妇脖子上哪有什么带子，她的男人使劲伸手想拉她回去，手摸到的是冰凉的身体，原来小媳妇是石头的。男人只好撒手，对着她长叹一声，转身回家去了。

去到小媳妇所在的石头缝得绕过几道陡峭的山路，只有西晒日头的光射进石头缝照在小媳妇脸上时，才能看得清楚她的面容。后来山上的玉皇庙被破坏了，有人开始到有小媳妇的石缝前烧香。家里出了什么难事，小孩子有个毛病什么的，也来烧香磕头拜一拜，大家都说和山顶上的玉皇庙一样灵验，因此，民间开始管这小媳妇叫石佛。20世纪80年代开始，有人在大光崖这里起石头，石佛也遭殃被破坏了，昔日的石佛已经不见了，如今只有一些残破的断崖还在那里。

仙人石

高 薇

传说在很久很久以前，东寺堡村这一带人烟还比较稀少，空气更是特别清新怡人，村前屋后有潺潺流淌的溪水，生长着蓬勃茂盛的花草树木，鸟兽虫鱼都在自由自在地生长，和村民们也能够和谐相处，到处散发着一种温暖美好的气息。在春、夏、秋三季，村里的人除耕种之外，还喜欢到五六里地处的一座形似豆角的山上去采集草药，那座山挺拔险峻，快到山顶处时四周都是悬崖峭壁，山顶上却是一片平坦，这种特殊地貌被称为崮。这座崮形的山从远处看时，很像一个大大的豆角，所以村人们叫它豆角崮。

那时候，村里只住着一户姓孟的人家，父亲已经四十多岁，两个儿子也年近二十，平日里父亲带着儿子进山打猎，顺便采集些山果子或草药，回来后到集市上去卖，来换些钱物供给家用。但是豆角崮实在太险要了，根本无法爬到上面，爷儿仨风里来雨里去，也收获不了多少东西。那天早上，姓孟的一大早就起来了，天还没亮他就叫上两个儿子上路了，他想赶早进山去采一种药，那种药必须是带着露珠时采下来，如果被太阳一晒疗效就会大大降低。因为正睡着被叫醒了，两个儿子都一边走一边揉着眼睛，步子慢吞吞的。姓孟的也不说话，只是在前头快步行走着。到了村西小河边时，眼前突然升腾起一团团雾气，将整个河边都笼罩起来了，于是他停下脚步，对儿子说："咱们稍等一会儿再走吧。"儿子也被眼前的景象惊呆了，睡意完全消失。爷儿仨站在河边，想等一会儿雾散了再过河。可就是这时，身边有一道白色的影子闪过，爷儿仨同时喊道："一只白兔子！"这时只见那只白兔子停在了不远处，爷儿仨顾不得过河，同时往白兔子跟前跑去。可是快跑到跟前时，那白兔子却又往前跑去，待和他们拉开一段距离时，白兔子又停下了，这样走走停停好几次，白兔子似乎故意和他们开玩笑一样，让爷儿仨感到非常奇怪。正当他们犹豫着是否还继续追赶时，河边的雾气慢慢散去，天也亮堂了，爷儿仨再往四下里寻找时，却已经不见了白兔子的踪影。

怪了，可真是怪了！爷儿仨一边蹚过河往前走，一边不停地议论着。心里终究放不下那只可爱的小白兔子。也因为追赶那只小白兔的原因，所以那天爷儿仨没有走平时所走的路，而是踏上了另一条从未走过的小路。这条路虽然更窄些，但是路两边树木更加茂密葱郁，树下杂草丛生野花盛开，最让人欢喜的是花草树木间有众多小鸟在欢快地鸣叫。两个儿子高兴地吹起口哨，和小鸟的鸣叫声呼应在一起，还不时向着林中小鸟招一招手。爷儿仨今天心情特别好，脚下的步子不觉更加轻快。但是走着走着，前面的路却被一片荆棘挡住了，当父亲的犹豫着说："这条路不能走了，要不咱们再回去？"大儿子没说话，似乎也在犹豫，但二儿子却说，"爹，大哥，咱们应该将荆棘除去再往前走走，不到万不得已不能半途而废。"姓孟的望一眼二儿子，赞许地说，"好，就按你说的办。"于是爷儿仨拿出工具，开始割除前面的荆棘，不一会儿，爷儿仨都已经大汗淋漓。大儿子直起腰，擦一把额头的汗水说，"爹，我看算了吧，还是回原来的路吧！"当爹的也停下手里的活，看看天色已经发亮，就点头说："好吧。"二儿子见爹和大哥这样说，也直起身子望了下天空说："爹，大哥，再坚持一下吧！"他见爹和大哥都是一副不情愿的样子，就自己挥动起镰刀。说来也巧，他刚挥舞了几下，割除下一小片荆棘，前面却突然出现了一条小路。"啊，太好了！"三个人不约而同地欢呼起来。往前走不多远，听到有说话的声音，爷儿仨侧耳倾听着，他们拨开旁边的密林，循着声音走过去。啊，密林里出现了一片宽阔地，那里有一间草棚房，棚下有一张床，棚外有一个妇女悲伤地守在一张鏊子前，她的身旁站着一个正抹眼泪的四五岁的娃娃，一只漂亮的大公鸡悠然地在他们身旁走来走去，像是在探寻娘儿俩的秘密。

"大嫂，你们这是怎么了？"姓孟的上前问道。

妇女抬起头，对着这突然出现的三个人说，"真不好意思，这是我的儿子，他父亲进山采药几天了，我们娘儿俩的粮食在夜里被狼偷走了，孩子饿坏了。"说着话，妇女又抹起眼泪来。

"我们带了干粮，给这小兄弟吃吧。"二儿子不等爹说话，已经将身上的干粮袋解下来。

妇女对爷儿仨再三感谢，见他们要离开，便手指身后的棚屋说："你们可以从这棚后上山去，比其他地方要好走些。"爷儿仨这才发现棚后有一条小路，刚才竟然一点儿也没注意到。

爷儿仨顺着这条小路一直往上走，让人高兴的是这条路比原先那条好走不少，从这里进山后，收获也大大增多。第二天爷儿仨满载而归，当他们走到棚屋附近准备留些猎物和山果表一下心意时，却发现那娘儿俩不见了。他们围着棚子转了几个圈，也没找到他们。

真是太奇怪了！当爷儿仨转身准备往回家的路走时，却突然发现那些居家物件都变成了石头的，就连昨日那只活蹦乱跳的大公鸡也变成一只两三米高的大石鸡了。爷儿仨一边喃喃自语，一边望着眼前的石床、石鸡、石桌子、石鏊子、石柜子等，一时竟然什么也说不出来。

孟家爷儿仨自此更加勤勉，日子也渐渐好起来。每回进山时，只要走到这石床、石鸡、石桌子等旁边，都要伏地跪拜一番，深信那次是遇到仙人了，而引导他们遇到仙人的是那只白色的兔子。后来父亲去世了，儿子将他葬在了河边发现小白兔的地方。

如今，东寺堡村西的河边依然还有一大片孟家的林地，而在村北五六里处的山坡上，仍然耸立着一块块巨大的形状各异的石头，它们有的像鸡、有的像床、有的像柜子、还有的像鏊子……人们把它们叫作仙人鸡、仙人床、仙人柜子、仙人鏊子……

神王一家

高　薇

午后的太阳高高地挂在天上，明亮的阳光从空中照射下来，大地上到处一片温暖，涝坡村高大厚重的围子墙也披上了一层金黄色的亮光。多好的天，多好的太阳呀！涝坡村里一个姓神的年轻人，迈着轻快的步子，大步流星地从村里往外走，守护西门的人把大门打开，放他出去后，就又把门关上了。涝坡村四面都筑有高大结实的围墙，东西南北四个大门平时都有人把守。那些年土匪经常骚扰周边村民，为防范土匪侵袭，涝坡村的民众齐心协力，在村周围筑起围墙，有时候其他村的村民也会来这里躲避土匪的侵扰，四邻八村都相处得非常好。

年轻人一边走一边抬头看一下天空，感觉浑身上下都透着舒坦，想起自家的大黄牛又下了崽，所以格外高兴。

“三枪，怎么高兴成这样？”

姓神的年轻人吓了一跳，扭头看时，却见围墙南边豆子地边站着个人，那人姓王，和姓神的年轻人年纪一般大，只见他一手提着一个筐子，一手遮在眼眶上往这边瞧，他黑红的脸膛上漾着满满的笑意，看上去也是十分高兴的样子。

“你个五猴子！”被叫作三枪的年轻人回了一句。其实，三枪是他的外号，因为他人长得直立高大，像一杆枪似的，又加上在家排行老三，所以就有了这样的外号。被他称五猴子的王姓年轻人，在家排行老五，两人这样相互叫外号，其实内心里并不生气，反而是一种亲昵。但大多数时间，两人是你叫我老三，我叫你老五。

两人一边说着话，一边朝对方走，王五说：“今天怎么才来？我等你可有一会儿了。”

神三说：“家里大黄牛生了，我刚才在家侍候它了。”

王五哈哈笑了，“是大黄牛生了呀，我还以为是你老婆生了呢！”

神三也笑了，他说：“对了老五，咱说的那事怎么样，和老婆说了没？”

王五说：“不用和老婆说，咱俩说了就算数。”

神三说：“能得你，谁不知道你见了老婆像老鼠见猫一样。”

王五说：“你才那样，咱说的又不是孬事，若咱两家生下一男一女，就让他们结为夫妻，若生下两女就结为姐妹，两男就结为兄弟。”

“好！咱今天就去燕子山上的庙里拜菩萨，在菩萨面前发誓，也求菩萨保佑咱们两家，好不好？”神三又对王五说。

王五说：“好。”两人提起地上的筐头子，往肩上一撂，就奔燕子山方向去了。

在燕子山的庙里拜完菩萨，两人便想在这一带挖些药材带回去，一来家人生病了可以用，二来也可以卖到药店换点钱。燕子山不是很高，但是有的地方植被旺盛，生长着许多中草药。两人一边走一边聊，眼睛在树下草丛中搜寻着。

突然，有说话声从树林里传来，两人禁不住相互对望了一眼。可没等两人回过神来，树林里已经钻出几个持刀枪的人，两人想跑已经来不及了，只好站在那里没动。这时身后又围上几个人，个个手持刀枪，一副凶狠模样。两人一看，知道是遭到土匪了。一个为首的土匪过来围着两人转了半圈，用刀尖抵在两人脖子上，扭过头对手下的人说：“搜！”几个人呼地蹿上来，对两人全身搜了个遍，也没搜出什么东西。为首的土匪过来照两人踢了几脚，说：“是两个穷光蛋，也不能便宜了他们，就让他俩晚上给我们背东西！”

土匪们怕两人跑了，上前要捆绑他们，两个人正当年轻气盛，也是拼命地反抗，但是终究寡不敌众，被土匪们捆绑了起来，嘴里还被塞进了东西。这样一直到了夜里，土匪们才将两人放开，用刀枪逼着两人给他们背东西并带路，这可能是一伙溃败掉队的土匪，十几人中有好几个伤员，只能顾自己走路，根本无法拿东西。也不知道包里是什么东西，两人背上后感觉十分沉重，虽然在夜里，两个人对这一带也非常熟悉，为首的命令他俩带路到隋家店，两人答应着，却并没有按照土匪的吩咐走，而是顺着一条小路往东奔，一直到了涝坡村的围墙附近时，土匪们才知道上了当，气急败坏的土匪一拥而上，用乱刀将这两个人砍成了肉酱。

土匪逃走后，伤心欲绝的神家和王家人，根本无法辨别两人谁是谁了，于是就将他们两人埋葬到一个坟墓里了。不久后，两人的妻子各诞下一个男孩，遂拜为把兄弟，以后两家世世交好，每到年节时，两家人都是一起去上坟，人们都称他们为“神王一家”。

窑头沟上打响场

梁少华

在国家庄有块神秘的土地，土层肥厚，农民深挖耕种，还时常能发现这里埋有大量零散的断砖碎瓦，这些黑砖黛瓦片也不知从何时起就一直存在，村民们对此早已习以为常。据老人讲，这块土地正是历经风吹雨打的古窑遗址。数百年前的窑火熄灭之后，沉寂为一片农田，无人知晓暗藏其中的玄机。

这片农田附近有条沟，相传正是当时长期烧制砖瓦时挖土而成，人们至今依然叫它窑头沟。

早年，国家庄有个大户周财主，家里田产广阔、骡马成群。这一年农禾成熟时节，周家有了个好收成，周财主就志得意满起来。

汶河由西及东蜿蜒而来，国家庄周边，土地肥沃，水源充沛，周家人丁兴旺，地产富足。且周财主聪慧明颖，勤奋耕耘，自强不息，洪福运广，感动苍天，这一年风调雨顺。终于又迎来了农禾丰收季节。再说，财大气粗的大户一向因打响场引以为荣，也让周氏激动不已。

所谓打响场，即在农禾成熟之际，在场间搭起高台，铺上木板，板上遍挂铃铛，牲畜脖子上也系上铜铃。牲畜拉石磙打场，上下铃声叮当，响声不断，谓之打响场。以此祭拜苍天，并表达喜迎丰收的愉悦之情。

打响场可不是一件容易事。据老辈人讲，首先从建场起就堪称是项耗资费力的工程。可周财主机智过人，他不用先将场的空地铲平，也不用砖石或方木纵横排成高出地面一尺左右的墩台，而是把数百个同样型号的大瓷缸一个挨一个排严，然后用一块块大厚木板平铺在瓷缸上，形成一个数亩大的场面；更不用在地面挖坑铺木板造场，在正对小坑的地方挂铃。

周财主灵机一动，因势造场，直接借窑头沟的地势，拿厚木板平铺在窑头沟面上，沟下整齐摆满瓷缸，在正对瓷缸口上面的木板上开一小口，在每块木板下面吊上铜铃铛，一块数亩的场院就有模有样了。

将收割下来的谷物摊晒在响场木板上，因沟下通风良好，场面宽阔，上面日光暴晒，所以稍一摊场，即可套上骡马拉起石磙碾压打场了。因木板下垂吊着铜铃，骡马脖子上、鬐头上戴着铃铛，当骡马拉动石磙在响场上滚动时，铃铛便随着同一节奏响起来。有时几套骡马列队成阵、奋蹄驰骋，场面蔚为壮观。赶场人的吆喝声，骡马的嘶叫声，啪啪的甩鞭声，人们的叫好喝彩声，加上无处不在的铃铛声，融汇交织，形成一部气势恢宏的交响乐。你要问打响场到底有多响？据说，要多大动静就能有多大动静，到时候只怕方圆几里周边的人都能听见呢。打响场声传至四处八方，常会引来众多邻村和外乡人围观，热闹的场面赛过看大戏。

在响场木板上晾晒农禾谷物干得快，而且骡马听到铃铛声跑得欢，因而在土场上轧一场谷物的工夫，在响场上可以轧两三场。响场板下并排的瓷缸还可使堆起扬净的谷粒通过缸上的小板口流进瓷缸里，便于粮食搬运。

打响场毕竟耗资巨大，用工繁多，不是一般农户所能为，即使是富家大户，也不是家家能打得了响场的。因而，不管哪个村能出个打响场的富户都是件了不起的事。人们一听说哪里有打响场的，即使再忙，也要放下手中的活儿，从四面八方前去，看那阵势和热闹。民众也在参与和观看打响场的过程中，感受到神圣、欢乐和对风调雨顺、五谷丰登、幸福祥宁的祈盼。

周财主家连续打了五天响场，本意是为了祭拜苍天，尽享丰收喜悦，可这显富炫福的动静弄得太大了，引来了众多人的围观。这热闹的场面，甚至惊动了官府，后上报朝廷。因按当朝律例，平民相聚不得超过百人，这里一下子聚了好几千人呢。结果，朝廷怪罪下来，以聚众谋反之罪，将周家满门抄斩。

对这不公的惩罚，善良的村民们充满同情，于是众人合力出资把他们葬在了村庄之南汶河水之阳的周家大林。

从此，国家庄方圆几十里地没有了周姓居住。可有关周氏祖上打响场的传说，至今仍让人唏嘘不已。

麻袋包的传说

梁少华

麻袋包，顾名思义，就是上下一般粗的袋子。可有关它的传说得先从王老三说起。

据传，王老三的腿是后天瘸的。有一回，大约是深冬，几个酒友拼酒，吆三喝四咋咋呼呼的全喝高了。也不知谁较劲，短着舌头嚷：“老三，都说你胆大，你敢自个儿去东林遛一圈吗？”王老三二话没说，拎起半瓶高粱酒，东倒西歪就奔去了林地。人刚走开，酒友们便把他忘到了脑后。次日清晨，有人从坟地边上走，突然瞄到一座坟堆里钻出个人来！“俺娘来！”一声惊叫，引来了众人。大伙凑近一瞧，只见王老三伸张着双臂，搂着坟头啃泥，人早冻得昏厥过去了。连掐人中，带生火烘烤，经过一番折腾，好歹把正和死神较量的王老三给拽了回来，自此他的一条腿被冻残了。可王老三的驴脾气依旧没改。如同这一晚，他又对着酒瓶嘴灌下大半瓶62度的老烧酒，晕晕乎乎，一颠一拐，晃去了东林。东林不只有坟地，附近还有个叫杏儿的女人。丈夫常年外出跑买卖，只留她独守着偌大宅院，一准儿寂寞得要命。王老三心下正琢磨美事呢，一抬眼，就见前方岔路口处，清亮亮的月光下，有个影子。身材高挑，纤纤细腰；夜风徐来，裙袂飘飘。是个女子，料想是个俏女子。

酒壮怂人胆，王老三顿起了非分之念。“妹子，你是哪村的？夜半三更的来这儿干啥？呃，你不怕黑吗？”王老三笑嘻嘻地说着，满嘴喷着酒气，凑了上去。女子没吱声，也没回头。“你是不是迷路了？别怕，这一片儿有我呢。”说话间，王老三已凑到了女子的身后。近在咫尺，伸手触肩，倏的一下，女子转了身。“我叫王老三，你，你叫……妈呀——”面对面，脸对脸，王老三顿时吓得肝儿一阵急颤喊上妈了。咋了？太可怕了！那女子无头无脸。更为骇人的是，她竟然两手一伸，直扑而来！头呢？纤细的腰肢上短裙下竟然没见着腿。想象一下，无头，少腿，手奓拉着，会是怎样恐怖的情景？即便王老三再胆大，此刻也是两腿一软，裆下一热，哗啦啦撒了一裤裆，尿湿了裤子。惊悚之下，王老三酒意全消，拔腿便跑。不得不说，王老三的蛮劲儿又回来了，拖着一条瘸腿，嗖嗖嗖，竟也跑出了风一样的速度。可跑啊逃啊，深一脚浅一脚，逃了足足大半个晚上，脸憋得酱紫猛喘着粗气刚收住脚，便惊恐地发现又奔回了原地。而无头少腿女，就那么半伸着双臂，随时准备抓着他。王老三见状，哪还敢停驻，急慌慌掉头，连滚带爬又是一阵狂逃。磕磕绊绊，跌跌撞撞，王老三明明已看到了自家宅院，甚至看到了本家大爷的屋舍，却怎么也跑不到跟前。想张嘴喊人拽他一把，可嗓子就像给人捏住了，透不出半点声响。终于，王老三那条好腿也累抽了，似一坨烂泥般瘫坐在了地上。一抬头，妈呀，该女子像一个装满粮食的麻袋包仍立在面前，多说有二米远。

挡！当这个念头一从脑袋里蹦出来，王老三彻底泄了气。常听老辈人说，若撞上这等事，就算跑断腿至死，也不过是在原地兜圈子。可我活了大半辈子，还打着光棍没成家呢，我不想死啊。心念及此，王老三哆哆嗦嗦，强撑着跪好，咚咚咚，磕起了响头。“妹子啊，求求你放过我这个瘸腿的人吧。我畜生不如，我给你磕头谢罪，求你饶了我吧。”咚，咚咚咚，咚咚……

深巷之中，几声鸡鸣，天亮了。和多年前的情形如出一辙，有人从东林坟地边上走，冷不丁瞅见一座矮小坟堆前，跪着一个人。跪得直挺挺的，一动不动。斗胆上前，一瞧，是王老三。招呼两声，没动静。将手指伸到他鼻下一探，那人当即扯破嗓子，冲着村子喊起来："快来人啊，王老三死了——"素来不信邪的王老三真的死了，死在了矮坟前。从他血肉模糊的脑门看，应该是兜了一夜的圈圈，磕了一夜的响头，谁知道兜了几百圈磕了几百个头，还是上千个，上万个，反正浑身沾满了鬼圪针和苍耳，生生磕碎了自己的脑袋。老村长赶来了，村民隋小草、张车祥、李土筐等全来了。尽管那座矮坟没有立碑，毫不起眼，但整个村的人都心知肚明，里面埋的是个相貌标致的年轻哑女。早在半年前，哑女饿得两眼发花，在村口讨饭拐进了王老三的家。王老三动了邪念，心想真是天降美事，原以为会打一辈子光棍的，登时乐蒙了，饭都没给吃，就把她锁进了黑咕隆咚的破屋里。哑女死活不从，哭喊，呼救，一次次逃跑。但从老人到孩子，村里没有谁会帮她。不仅不帮，一个个还虎视眈眈，包括李土筐在内，防贼般看着她，让她插翅难逃。

插翅难逃，也得逃！

有一天，终于得了个机会，哑女再次攀王老三家的后墙，逃了出去。跑着跑着，李土筐突然现身，拦住了去路。哑女不会说话，一个劲儿地磕响头，求他放了她。哑女呜呜地哭，不住地磕响头央求。然而，李土筐欲念蠢蠢，嘿嘿歪笑着扑了过去。哑女拼力挣扎，侥幸逃脱，踉踉跄跄跑到了井边。"跳啊，你要不怕死，就跳啊。"王老三骂咧咧逼迫，"哼，怕了是吧？那就乖乖跟老子回家，老子也少打你一顿。"谁能相信，哑女狠狠瞪了他一眼后，扑通跳进了水井。

挑水的村民发现了哑女，打捞上来，人已肚子胀鼓，没了气息。后来，草草下葬，随便堆了个坟头。

"姑娘，都怪我这个老东西糊涂，没给你做主。我给你赔罪了！"愣怔半晌，老村长率先将膝一沉，颤巍巍地跪在了矮坟前。瞅瞅王老三的惨状，其他人亦双腿屈沉，齐刷刷跪地磕起了响头。次日，老村长郑重地请来阴阳先生，给哑女堆高了坟，化了很多纸钱。回家以后，李土筐一病不起，很快魂归了西天。

隋乐庄村边东林与南林两块坟地相距不到三百米，家族祭祀时老人时常会讲起麻袋包的传说，以告诫后人一定要广积德行，乐善好施，莫干昧良心的事。

张洪崮

梁少华

距沂南县依汶镇驻地东南8.5千米处，有个石花峪村，村边全是高山，大顶子、张洪崮、皂旗山连绵横亘在前，挡住了进出南北的大路。

在张洪崮的东侧，有一个名不见经传的山垭巴，它曾是向北通往依汶、向南通往孙祖的“神道”。别小看这座山垭巴，它竟然和一位远古时代的名人张洪有关。

张洪崮东西两边都是悬崖，只有崮东侧有一道山垭口，地势较低，一条羊肠小道就是南北唯一通道，小路峰回路转，险中有奇。尽管垭口“其貌不扬”，但它却是一个至今让当地人津津乐道的地方，流传着有关张洪的传说。

崮位于石花峪正南，崮四周陡峭，山顶平坦。典型的崮山地貌，山体呈西南东北走向。主要由页岩、灰岩、泥质灰岩等组成。植被以刺槐为主。走在崮顶，放眼远望，四周群峰耸立，绵山蜿蜒，怪石嶙峋，飞瀑流泉，山花遍地，蔚为壮观。

这条南通孙祖、北通依汶的交通要道上，在距南三里孙祖乡的姚家官庄，距北五里依汶镇的栗沟中间这条近十里的道上没有人家。虽山路狭窄崎岖，过往却能省去绕远的大麻烦，所以白天通行的人并不少。

相传，早年有个货郎住在山前，赶依汶集后返家。碰巧那天买卖好，做了几笔大交易，胀鼓鼓的钱褡裢让他很满意。临近散集了，一摸钱褡子，就喜洋洋地径直去了小酒馆，两碗酒下肚，美美地过了酒瘾。他平时白天多次从山垭巴走过，路熟。收起担子时，虽天色已晚，也没顾上多想。只是加快脚步急急地赶路，山间道路不平，走着走着，脚下被石头绊了一下，才惊觉到了山垭口了，心里嘀咕：可千万别遇上黑大汉啊。

谁承想，怕鬼还真遇上鬼了。猛然间，一声断喝自天而来：“站住！此山是我开，此树是我栽，要想从此过，留下买路财！”正迟疑间，黑大汉早岔开双腿手舞一双巨大铜锤压顶而来。

万分惊惧之下，货郎酒意全消，心想糟了，本想撒丫子便逃。可山路窄斜，黑汉挡道，根本挣脱不掉。于是，仓皇后退，情急中顺手抄出挑子里的尺棒子来挡。这铜尺棒子，天长日久握在手里摩挲丈量使用，闪着金色的光亮。就听“嗞啦”一声，黑大汉手里的大铜锤被戳了个大窟窿，窟窿里还哗啦啦地往外撒飞沫。货郎借着月色，睁大了眼睛看愣了。黑大汉自觉露了馅，拔腿就往崮顶上跑。

货郎逃过了一劫，抹着冷汗，挑着担子匆匆赶路。琢磨到半路才回过神，没承想，那人见人怕的大铜锤是用一对大葫芦伪装成的。

此拦路人正是张洪。周边早就盛传在张洪崮上住着一个黑大汉，30岁上下，会骑马，会射箭，一身好武功。他占山为王，靠打劫为生。敲诈勒索，独霸一方。特别是一对巨大铜锤，舞得那叫一个出神入化。这位黑大汉，身材高大，性格暴戾，凶悍，诡诈多端，夜晚经常出没山垭巴，打劫过路客商。没人晓得他从哪里来，只知道他有个响当当的名字——张洪。

这锤恐怖到什么程度？据有幸见到此人舞锤的看官说，他练锤的方式与众不同，能把一双硕大的铜锤舞得呼呼生风！普通人看看就能吓出一身汗，谁敢过招？恐怕一碰上这锤，人早就被砸成饼了，还不得来一个死一个！

黑大汉张洪扰得人心惶惶，已经严重影响到周边地区的稳定和经济发展。其实官府不是没打过黑大汉的主意，据说人去了一拨又一拨，但都鼻青脸肿地回来了。

货郎把这遭遇回去报告了官府，官府也早想为民剔除这个祸害，可每每苦于那硕大无比的大铜锤的威力，只好作罢。今听货郎一说，不由大喜。于是，决定带领大队人马上山捉拿张洪，以除掉作害一方的祸患，大队人马去山寨围剿黑大汉。本来一切都和平常一样，可偏巧半道漫天飘起了雪花，大雪纷纷扬扬，很快掩盖了地面。上山的路，雪中更加难行。张洪在山寨饮酒正酣，闻风心虚胆战，仓皇出逃。他故意倒穿着鞋子，沿峡谷一溜烟下了山，逃命去了。雪地上只留下一串上山的脚印迷惑了追拿的官兵。自此以后，再无拦劫客商的歹人，周边恢复了太平。

直到今天，人们习惯上还把这座山叫张洪崮。山大王张洪当年用过的尖木头上镶根长木棍用脚踩着舂米的大口石臼，仍在崮顶固守着这片早已热闹起来的土地呢。

皂旗山

梁少华

村民都说，这附近皂旗山山势最高。晴朗的日子，站在顶峰，在太阳初升时向东眺望，前面没有障碍物，能一眼望到东海，比山下的村庄处更早看到东方升起的太阳。于是，人们习惯上叫它“早起山”，后渐渐演变成了“皂旗山”。

相传玉皇大帝带着心腹大臣二郎神及身边的仙子们，微服来凡间游山玩水。一日腾云驾雾路经皂旗山上空时，只见山色宜人，月光明媚，群山叠翠，千姿百态，极为壮观，随即降下云头，君臣在此山顶游览了一番。后来人们在此山建了道教圣地玉皇宫，拜玉帝寻仙踪以祈福。

民国二十年前后，土匪猖獗。主要匪首刘黑七、石增福等，领着土匪们经常在蒙阴、费县、沂水等地大肆抢劫，沂蒙人叫他们“西南马子”。马子抢劫东西、抢人绑票，搅得百姓怨声载道，叫苦不迭。世居山下穷乡僻壤的黎民百姓，被逼拖儿携女弃家上山，筑寨避匪。

当时皂旗山寨子上躲匪的人有很多，双村、肖家坪、姚家官庄、崔家庄子、黄庄等村的人们合力在皂旗山上筑起了高高的寨墙。山寨位于几百米高的陡崖之上，这里山势陡峭，十分险要。多处建了防御设施，寨中砌巨石为门，垒顽石为墙，设有碉堡、瞭望台等军事防御工事。寨中还有一个水泉，终年泉水不断，这正是防御的好地方。筑造这些防御措施，是为了防止土匪进攻。又因为地理形势特殊，易守难攻。

夜晚周边村民几乎全躲在寨子里避匪。白天有四十多个青壮年轮番站岗，其余劳力回村种田、做饭。一有动静，寨子上就猛敲铜锣提醒，山高声自远，一听铜锣响大家就快跑，隐蔽躲匪。每到夜晚，村中跑不动的老人和小脚的妇女，就由家里人分别给藏在村边的地洞子里，男子们为防绑票，黑天都必定跑上山躲避。

西南马子天天从周边山梁经过，一人一杆枪，一天一趟疯狂掠夺百姓财物。

有天夜晚，天际一片漆黑，伸手不见五指。

有几个西南马子，仗着身挎钢枪，有恃无恐地走在山梁上，一前一后，一明一暗地抽着烟，站岗的身居山顶，借着亮起的烟头看到马子近在眼前。一时，心中的怒火不可控制，眼看近了，近了。于是用香火点着了土炮里的火药，一时间炮筒被烧得通红，装在炮筒里的沙子、铁钯齿一齐自膛内发出，一打一溜红。西南马子一下给吓破了胆，天这么黑，怎么看着的人啊？于是把抓到的随从百姓拿来问话，百姓灵机一动：二郎神杨戬的第三只眼可以照天地、射妖魔。这山上有个阴阳眼，晚上能看八里路。

西南马子一心想破的皂旗山，从山下走也就距山顶四里路，马子一拍脑门，吓得不轻：那平时我们在周边为非作歹的举动，不是让人看得一清二楚吗？这里是不能轻惹了！

可村里的几匹耕牛还是让马子惦记着了，终于有一次，马子大着胆子又来到了皂旗山脚下的肖家坪，其中一个打头的马子衣着长袍，刚摸进巷子，就被跳进猪栏里躲避的人一枪打中，枪声从村的四面八方响起，其他大小喽啰们吓蒙了，才知道村中大刀会成员的厉害，纷纷四散溃逃，狼狈地龟缩回去。听老人讲山梁的酸枣棵的圪针刺上拽下了马子仓皇逃跑时的好几只棉布袜子，还有跑丢了钱袋子的呢。

自打以后，马子每次自外地抢了财物，经过肖家坪石花峪一带，总会乖乖把旗卷起来，嘴里不迭地喊着："借道使，借道使！"言外之意，他们知道皂旗山周边的厉害，他们只是打此路过，不敢抢劫造次！

岁月如流，寨墙在风雨中早已坍塌，可北大门门顶的石头，有好几千斤重呢，还静静地躺在山顶，讲述着蕴藏的秘密与厚重的抗匪逸事。

团鱼的神力

梁少华

距南栗沟村东南五百米左右处，有一个大池塘。每当夏季来临，远看池内青翠碧绿的荷叶，几乎盖住了水面，美丽的荷花传出阵阵幽香。近处看一条条肥大的鱼儿不时跃出水面，把蓝如明镜的池水激起圈圈涟漪，是人们难得的游玩和垂钓的地方。

据老一辈的人说，这里在过去，不论遇到多旱的年头，池塘里的水从来没干涸过，至于多深也没能丈量出来，反正是好多水，人在最深处扎猛子也从没摸到底过。提起它，这里还流传着一个有趣的故事呢。

话说乾隆年间，滚滚的一溜山水自山峪沟底流淌而来，池塘里的水异常清澈，几条小鱼甚至几只小虾，差不多都能数得过来，偶尔有条小鱼或小虾猛地蹿动，也都看得一清二楚。

在村边紧挨着大池塘住着一户看园的人家，老汉姓解名朋象，他有个爱好，一有空，就喜欢去水汪叉个鱼解闷。老汉善使鱼叉，他有个经典姿势就是两手攥着鱼叉，闪亮的鱼叉的尖指着水面，鱼叉的柄朝他的右后方高高擎起，当看准有鱼，只需前腿一弯，身子向前一倾，右手用力把鱼叉投出去，“嗖——”鱼叉电光石火般地射向水面，“噗”的一声，就会穿透了鱼的身体！“哗啦啦——”解老汉飞身一跃双手抓住鱼叉，向上一挑，把鱼儿斩获，侧着举起来。

解老汉熟练的叉鱼动作，常令一群天天围着他转的孩子看得目瞪口呆。他投掷鱼叉的一瞬间，更视他为神勇无比的英雄。他宽阔的双肩、黝黑的肌肤、闪亮的鱼叉以及迅雷不及掩耳的出手动作，常引来孩子们的喝彩。

有一天，夜光透进窗户，老汉睡不着，借着月光就漫步到了池边，临出门，手里还没忘拽上鱼叉。近了，他看到朦朦胧胧的水里有块石头露出了水面，心生纳闷，这石头我以前怎么没见过？于是就缓缓地用鱼叉打拢着一步抄了上去，脚踏实了，才发现石头乱转悠，在水中浮上沉下，起起伏伏，老汉意识到自己好像是遇上了活宝，就试探着左叉叉右叉叉，一叉一翻沿，叉不到边，周围也不见沿儿。忽而脚下猛地一沉，大石块消失了。老汉掉到了池塘里。他想上外游，却怎么也找不着门，就用手里的钢叉往上叉，等大石块一侧棱，老汉终于从大石块下翻身出来。解老汉水性特好，会换气，能把水喝进去，从鼻子里出来，平时在水中憋气两个小时也不在话下。在幽深的池塘中他踩水把半截身子探出水面，左看右看。解老汉越想越蹊跷，再仔细一摸，细一琢磨：这哪里是石头啊？

你看，它近似圆形，中央稍隆起，外面披一层皮，突出的地方还在一伸一缩，随时缩进伸出，上面像泥褐色，下面白中透绿。这分明是只团鱼。

他明白因为团鱼侧了身，自己才能出来，便急忙游上岸来。

池塘里的水冰凉，解老汉回屋喝了一气白酒，暖了暖身子，迷迷糊糊地上床睡下。大约过了两个时辰，有位身着黑衣的老人走到老汉床前深施一礼道："今夜多谢你不伤之恩，我乃是一个得道的团鱼精。实话实说吧，我天不怕地不怕，就怕南园里您解老大。记住好心人是有好报的，咱后会有期。"说完千恩万谢地告辞了。

那年，夏至刚过，突然刮了三天东南风，紧接着下了一场大雨，村边汶河水一夜暴涨，滔滔洪水如脱缰野马，如海水涨潮般很快漫上河堤，漾到了两岸，汹涌着奔向村庄，眼看着水要淹没南园，只见一条水堑忽地上扬高达数米，"滋溜溜"堵住了肆虐的洪水，一眨眼的工夫洪水就转身退回到河道。解老汉的小屋前，地皮都未沾湿。原来是池塘里的团鱼会使水，施展了威力，保住了小屋，护住了菜园。

据当地人说，前些年，集体淘池塘时，用扁担一插水底，白沙就滋滋地往外冒，大家都说这大团鱼还一直在护卫着村庄呢！

邵家湖的“羊倌”

梁少华

“羊倌，今明该去哪家卧地了？”

“轮到邵天亮家了，后天就轮到你家了。”

被叫羊倌的人，本名邵小山，因常年给村里赶着一群羊，便被村民命名为“羊倌”。对此，他不但不生气，而且很乐意。整个邵家湖村里的羊，都归他放。那些下雨阴天各回各家的羊儿，有时一眼没看着，就会逃出羊栏，满院子上蹿下跳，东墙上拽下个未熟的葫芦，西墙上撕下串米豆，一会儿喝不着水就把嘴伸进全家人的水缸。可一到了“羊倌”的身边，就乖巧了，顺着细长的小路去山上沟底地堰吃草去了，路两边的庄稼，羊儿从不敢伸嘴。在村里，羊倌就是个有才人的代称呢。

羊倌的父母是从外乡沿路讨饭而来，后在这里落下了脚。靠给张家扎活儿，做长工，艰难度日。全家定居在邵家湖村边的一间半破团瓢草房里。

没有地种，缺少粮食吃，一家人经常忍饥受饿地过日子，羊倌从小就常跟随母亲下地挖野菜充饥。

大家也同情这家外乡人，由村里长者出面让他给放羊，村里分散养在每一家里的七八十只羊，全圈起来，由他一个羊倌集中放养。除此之外羊群给谁家田地卧圈，谁家管饭，轮着吃百家饭，年终给他凑些粮食凑点钱，日子也能勉强过活。

那时候，山坡上长满了荒草和灌木，那羊早上赶上坡去，临近下午，早吃足了草，喝上几口山泉水，赶下山时，一个个肚子胀得像锣鼓似的。在卧的地头圈起来，羊儿在地里留下的羊粪，又刚好用来为庄稼追肥，一年就这样轮番把各户地头卧了个遍，那黄土地里的豆子结的豆荚更加密密实实，豆粒胀鼓鼓的。

羊倌有个绝活。他手里从不拿赶羊的鞭子。掷土坷垃击羊，不伤羊腹，只着羊角，百发百中。他还学会了套兔子，把自制的夹子下在兔子出没的地方套兔子，屡试不爽，夹无虚设。他练就了一双好腿脚，走路快步如飞，善于攀爬陡岩峭壁。山羊羔子攀爬调皮，只要羊倌的土坷垃一掷出去，“嗖”的一声，拖着一溜土烟，砸中树梢，哗啦啦的声音传出去，羊倌再紧跟着吹响一声口哨，羊儿就像听到集结号，很快连蹦带跳，铆足了劲儿地从山梁石后往羊倌这里跑，一会儿工夫就能集齐。

那母羊有一茬没一茬地生羊羔，没几年就成了好大的一群。赶到村外的坡上，就像雪地似的白茫茫的一片。久而久之，村里的人都亲昵地喊他羊倌。

羊倌身高一米八几，肩宽腰细，可每日里风里来雨里去，脸皮总是被风皴得红红的，有时候冻得鼻尖儿挂着一丝清鼻涕，什么时候也是一身风尘一身羊骚味儿、羊屎蛋子味儿。

可邵羊倌觉得这是个不错的工作，乐在其中，羊儿也让这个小村庄更热闹。

羊倌自幼就有一股向上、要强的劲头。那年冬天，羊倌把群羊托付给哥哥临时照管，自己决定去东口做趟买卖。于是就与一起的穷人和一些年轻力壮的农民结伴，挑起担子，过十字路岚山头步行三百余里去东口卖旱烟。

中秋前后，漫坡都是割旱烟的农民。老话常说“烟怕淹，瓜怕刮”。邵家湖周边土地肥沃，山坡顺水，因此这片黄土地种出的旱烟叶片肥厚，叶大。

大家用特制的半月形烟刀子，割烟时一挑一顺，割下来的烟叶片带一小段“烟拐子”，好刀子手割下的烟叶片拐子像算盘珠那样小，像荞麦棱那样细，匀称一致，非常好看，有“小把玲珑算珠拐”的美誉。

拿割好的旱烟连着烟拐子晾晒，烟叶在夜晚的露水中慢慢变干，每天在翻晒时，用手把不平整的烟叶一片片捋顺溜了，捆把时一叶压一叶，把十几个烟叶片捆成自然把，用茅草做绕子，再反复晾晒吃露水，然后握在手里整把整把地攥，烟色慢慢由黄色变成酱红。

这样晒干加工的烟叶烟色均匀，没有杂味，还能增加香气。爱抽烟的人多看上一眼、吸吸鼻子都会觉得过瘾。

当地旱烟成色好，油分适中，烟叶大，烟气浓郁醇香，口感厚实绵长，还夹杂着中药的微香，特别适合长时间捕捞、下海工作或因海水腥咸熬夜的渔民抽。据抽过这旱烟的渔民讲，抽这种旱烟，过瘾不咳嗽，痰相对较少，而且第二天咽喉的不适感全无。

好货不愁卖。羊倌一到集市就开张了，客户们纷纷围了上来，连秤烟都忙得压不住秤砣了。可当地商号垄断市场，这上等旱烟刚摆好就被商号选中，硬要求卖给他家。卖给谁家也是卖，只要给钱。羊倌也不多想就把烟送到商号去，但一过完了秤，他不干了，二话不说又把货捆上挑起就要走人。

眼看到手的货，商号哪里肯罢手。

原来这里所有商号不用各地通用的公平秤，而是在过秤时使用“加一秤”，就是101斤重的货，称出来是100斤，虽然秤上的刻星是一样的距离，但在秤的头端配合“秤砣”刻星标注是“加一”或是“天平”的暗号，在秤砣上做了手脚，外人是看不出来的。如果真这样羊倌也能忍了，可现在百斤至少少了两三斤。他有自带的公平秤，烟的分量心知肚明哪里舍得卖啊？可又人在屋檐下，不得不低头。没办法，只能忍痛卖给他们。

羊倌想家了，一想在山上放羊，那多风光，上有蔚蓝广阔的天空相伴，下有洁白柔顺的羊群为伍，行走于青山绿水之间，闲憩于芳草野花之榻，调遣着成群的羊儿，何等的辉煌，何等的惬意，何等的豪迈，何等的不羁。原来这商号如此龌龊！羊倌心中一下升腾起满腔正义豪情。心想，决不能再让其他人吃亏，于是一个飞脚，“咔嚓”，溜滑的秤杆一分为二。还没等商号里反应过来，羊倌早抽出扁担一溜烟跑了。

商号哪肯罢休，于是派人一路寻来，逢村便打听一个叫“羊倌”的人，不曾想东山上放羊的，西岭上放羊的，高坡上放羊的，河边上放羊的都叫羊倌，终于也未打听到其人，只好作罢。可多年来，有关羊倌伸张正义的故事一直在村里流传。

院顶的传说

梁少华

西贯头村位于依汶镇政府驻地南1.5千米处，2000年12月与相邻的东贯头村合并成汶河贯头村。

据传此地有两座道观，村处西观之西，故名西观头，唐代已有人居此。后观毁，村名演变为西贯头。

此处有山有水，道观选址在此，自然仙气飘飘、云雾缥缈。

相传道观中最初的老道长，自律严谨，清心寡欲，参拜神仙，观摩法术，修道养德，银须飘飘，童颜生辉。经常给东村打醮，替西庄作法，为南山修路，给北岭挖渠，帮张家收谷，替李家打场……一时间山前山后，男女老幼，没有不夸赞道长的。道观里十分热闹，每日车马香客络绎不绝。香火鼎盛，后经历代重修和扩建，规模不断扩大。

后来的新道长在寺里扒了个地穴，还有一个地穴口叫院顶。

说起院顶还有一段故事。相传，洞穴乃道教神仙所居住的“仙境”，寻求秘籍宝典在“洞天”。道教推崇和寻觅“宝地”。修道者苦心寻求山中洞室，洞穴是遁世修仙之处。正因如此，这道长就地掘穴，此地穴口小腹大，院顶，恰是地穴之洞口，先前弟子受业者数百人，冬夏不改其服，过着“禁欲苦行”的修道生活。地穴用来敬仙，禁欲苦行，进行与道教相关的传授活动。

道观里是吃素斋的，道观里设有斋房。庙里严格规定食素，吃饭不动荤腥，老道长之后，经过几代更迭，如今的新道长已心术不正，生活奢靡，吃酒捞肉，早把戒律抛到九霄云外了。

话说附近村庄有户人家，迎娶了位漂亮的儿媳，她的名字叫素娥，婚后，素娥对公婆恪尽孝道，其擅长女红，在家务方面也是一把好手。凡是婆婆的衣服饮食，她都亲手制作。素娥的婆婆也是一位心地仁厚、通情达理的人，对儿媳回报以慈爱，人前人后对儿媳赞不绝口，时常把一句话挂在嘴边：“我家素娥是个难得好媳妇啊！”喜欢得不得了。

素娥对公婆尽心服侍，勤劳贤惠，深得二老喜欢，可她对娘家也十分想念。

素娥距娘家很近，她很想回趟“娘家”聊慰思乡之痛，可常常话到嘴边又咽了回去。终于在农闲季节，又趁丈夫出了远门经商，才讨了公婆欢心，又经一番苦求，征得了二老同意。

素娥没要什么礼物，她只是挎上自己的小包袱，放了两件换洗的衣服。素娥也羡慕人家坐毛驴车的女子，不用走路还能捂个被子盖住半拉腿。可马上就能见到自己日思夜想的爹娘，素娥看一眼平时一路相随的小花狗，心里还是蜜甜。

据说院顶地穴里有位修行的道长，一双肉泡眼，两道扫帚眉；虽穿着宽大的青蓝色道袍，戴着冠簪和头巾，蹬着白布袜和船形的“青鞋”，装束看起来离尘脱俗、飘飘欲仙，但总让人感觉怪模怪样的。

道观西侧有条小路，通向周边村庄。此刻，素娥穿一件旧月白宫绸夹袄，系一条青串绸夹裙，头上零散的有些钗环，双脚被裙角盖着，即使看不出那脚的大小，也能察觉脚步的匆忙。虽则寻常装束，却是粉光红颜，绿鬓桃腮，俏丽动人。虽是乡间女儿，却露着慧性灵心，温柔不俗。

道长在院顶洞口四望，一眼就盯着了孤身素娥，那道长推推搡搡地把素娥掠进地穴，关藏了起来。

素娥不在身边，婆家人还真不习惯了，一家人左等右盼三日，素娥未归，只有小花狗独自跑回了家。

于是，婆家就去娘家寻人。娘家人更急了，好好的闺女能去了哪里呢？两家人从最初的着急找人，到后来的互相猜忌。虽经多方打听终无音讯，愈发感到蹊跷。以致动了官司，惊动了县衙，衙门里派差役查下来，也没寻到一丝踪迹。一时成了悬案。

素娥被锁进地穴后，才发现这里边还有几个哭哭啼啼的女子，也是被抓来关在地穴里的，全是供道士们淫乐的。原来邻村接二连三地丢失的女子，都在这里藏着。

那地穴里周遭与下面一样的方砖墁地，上面模着一尺来见方的通连大木，大木上搪着一块一块的石板。东面板壁门窗，三面是砖墙，只在一角留个进风出气的气眼。

后来，素娥家的小花狗天天在这地穴洞口打转转。

大家终于看出了端倪，可又苦于当地官府无为，于是丢失了姑娘媳妇的几家人搭伙结伴去京城告状。

皇宫里金碧辉煌，金殿上朝臣侍立，宫娥彩女排在两旁。百姓们跪在那里，半天不敢抬头。皇帝问："有什么冤情，报上来。"百姓回禀万岁，控诉了道长强抢民女奸淫取乐为非作歹的恶行。

谁料，道长是皇上的表兄，皇上又非常喜欢道教，正为了追求长生不老到处建道观、炼仙丹，日日陶醉于其中呢。碍于情面可又不便直说，于是手对着丞相一挥说："爱卿，你去看看吧！"

当朝丞相领旨，下朝转念一想，这些道士们整日胡作非为，不守戒律、淫乱民妇，伤天害理，早该惩治他们。

于是丞相令百姓挖坑，埋了道长和他的同伙，套上牛拉上耙，用铁耙耙了，先斩后奏，然后回京交旨。

皇上本想怪罪，可又念及丞相是皇太后的干儿子，也只好作罢。

如今，道观的东院、西院已人去院无，化为了一片农田和村庄，昔日的辉煌不复存在。但那些西贯头周边的地名仍让人听名会意，津津乐道。村东头四五百米处的那一道沟，汶河漾上来的水常有一米多深，叫马家道口，此地就是道士们经常饮马的地方。村东头二百米处有块地叫跑马蹚，那是道士们遛马、骑马撒欢儿的地方。东北三百米处的院顶，正是道士们的地穴门口。这一块块神奇的土地，见证了当年东西观的青耳粉墙、雕梁画栋，古色古香的辉煌。时至今日还在用它们的名字执着而无言地向后来人述说着这古老的土地上蕴藏的秘密。

南栗沟的来历

梁少华

相传，元代前有一位姓栗的，因世乱而向往与世隔绝的隐居生活。有一天，这位姓栗的远道顺汶河河边而来，途经李沿处，见这里树木葱郁、春草连塘，和风拂柳，燕儿双飞，莺啼百啭、河水涓涓，一下被此处山清水秀的美景所吸引，于是，他就在此地定居了下来。

后来，老王家和老解家看这儿有山有水的不错，也先后来和老栗家做了邻居。

那时汶河的水清且浅，就是一条狭窄的小河沟，有时，三人干活儿累了就会坐在树荫下抽烟、闲聊、歇息；有时干脆各蹲在河沟边沿上，老王点燃秫秸抽烟，老解伸伸手就能接着火了，老栗向后猛退一步抄到对面。因这地方老栗家来住得早，后来为了称呼方便就叫了栗沟。老王、老解的先后到来，也给老栗解了闷，三人投脾气，没事三个老汉常在沟边上晒晒太阳、拉拉闲话，这里渐渐热闹起来，日子过得舒适安逸。

汶河水流在附近折向东边，人住在这河水淤积的拐弯处，因土地肥沃，浇水方便，所以粮食富足。两岸芳草养肥了成群的牛羊，三家相邻友好，生活得很是舒适安稳。日子如流水，一晃过了一年又一年。

有一年春天，老栗一大早就蹲在地里剜谷苗，可老栗不同往日，这心里是七上八下的，蹲下，起来，反反复复的多次。终于剜累了，他又一次直直腰，仰头望望天，日出一竿子高了，他再看了看不远处的老解，只是点上了一袋烟又蹲下了。终于熬过了晌午，眼看太阳西斜，老栗才喊老王、老解抽袋烟歇歇。有呼有答，老王、老解很快就凑过来了，各人先对上火抽烟。老解说，“今天我闷了一天了，早晨没敢说。终于过晌了，得找你俩聊聊，看看我昨夜做的这个梦，是好还是坏。”“什么梦？”两人好像都急切地想知道。

我晚上做了一个奇怪的梦，有个白胡子老汉说，咱住的这里要开河，让赶快搬家，往西挪出三里地，到庙跟前那儿住，说那样日子就安稳了。老栗刚说完，老王和老解都不淡定了，说也奇怪，他俩也做了这个梦！都是梦到有个白胡子老汉，让搬家，连说的话也全一样呢，真是蹊跷！于是，三个人一合计，想法一致：这一定是神仙点化，苍天保佑，天命难违啊。咱舍了这个老窝儿，朝西挪挪呗。

说搬就搬。老话说，能搬庙前，不住庙后。现在南栗沟村的门市部附近，那时有座大庙，庙内植有大松树，大铜钟就挂在大松树枝上，用大木棍一撞钟，钟声能传出老远。落脚的地方好找，有庙照着。搬也不难，除了粮食和锅灶，也没有多少大东西，再说相距也不远，三姓人家相互帮忙合作搬运，没几天就搬来庙跟前住下了。

搬过之后，三个老头儿做的梦就应验了，时隔不几天，天空连降暴雨，很快山洪暴发，上游的水滚滚而来。汶河水暴涨，忽地开了河，一下子把河道冲开，原来的小河沟瞬间被冲宽了三五十米，水流湍急，他们原来住的李沿那窝儿恰是河道拐弯处，全淹在了河底，三家人不由得暗自庆幸。

为了感谢神仙点化，老天保佑。雨后，天一放晴，大家就齐心动手杀了整猪，宰了整羊，摆上五谷来祭天庆贺。

后北栗沟立村，栗沟就改称南栗沟村了。

你别说，庙前这埝还真是块福地，村南有大顶子山，西为丘陵，东、北为沿河的平原，淤泥冲积而成，土地肥沃，河滩多树。搬来之后，解、王、栗三个姓氏繁衍都很快，家族散枝开叶人丁兴旺，南栗沟村渐渐发展成了一个远近有名的大村庄。

至于今天这个拥有2600多人口的南栗沟村，为什么没有一户姓栗的人家呢？栗氏绝于何时？村里没有人能说得上来，只留下了村外在界湖街道南庄西南方向二里多远的地方，尚存有的栗民墓地遗址及元代残碑，在无言地诉说着村庄古老的历史。

西贯头村庄的那些事

梁少华

在沂南县城东北八千米处，距依汶镇政府驻地约八百米处有个小村庄，名叫西贯头村。

在村里和老人们聊天，我说先聊聊咱村的名字吧，一位老人吸了口旱烟，眼里透着亮光说："你是不是觉得奇怪啊？你别说，俺这庄名在全国也没有重名的。有一年我去铜井下乡卖韭菜，问哪里的，我说西贯头。买菜的嫂子说，您庄怪好嘞，天天'吃罐头'。"说完满脸自豪，笑着捋了一下胡子，那个年代的罐头可是稀罕物，说得我们都笑了。摁上一袋烟，老人才言归了正传。

宋代，姓任的几户人家就住在汶河岸边，这里土地肥沃，依山傍水，适合居住。后来又陆陆续续地来了黄家、国家、刘家、郭家的人，渐渐地繁衍成村。村庄北边约八百米处有条大河，常年淌水，淤泥很深，村庄因河而取名黄泥沟。听老人讲，小河沟很窄，种地累了，河沟两边的庄稼人一声吆喝，就会聚在河边抽抽旱烟拉拉闲话歇歇脚，这边抽烟对面就能递过来火。有时一高兴，也可一步抄过去到对面一起察看察看农作物的长势。

起初，刘家人落户在村庄的西边，国家聚族而居在村庄东边一块叫果子园的地方。果子园地势较低，地面相对潮湿，清初年间着了百足虫，这些虫子个头长，背呈黑褐色，头上长着两根触角，身上一节一节，爪子很多，有点像蜈蚣，遍地乱爬，有毒。

一时间屋边、房间里都是密密麻麻的虫子爬进爬出，人们看看很害怕。百足虫生活在泥土和枯枝烂叶里，喜欢阴暗潮湿的环境。

国家人没有好的办法根治它们，于是聚族商议后，相约搬到了现在村庄的位置。和刘家人一起住在了现在地势较高的村西边，这里相对果子园地面干爽，终于摆脱了虫害。

一个村庄，必须得有几棵老树，最好有棵上百年的，没有几棵大树的村庄，显得太幼稚、太贫穷，一个村庄成为村庄的理由也就很难找到了。西贯头村庄的历史虽没有详尽的文字记载，可村中先世栽下一棵国槐树留了下来，大槐树如一位和善的老人，见证了村庄的发展。

相传，这棵国槐植于明代，枝干有碾台那么粗，主干并不高，只有三四米高。可枝繁叶茂，长势旺盛，村庄也人丁兴旺，日子红红火火。站在依汶街赶集，也能看着树梢。出门的人，只要一看见这树，心中就有了着落。裸露在外的树根一蹬一蹬像天然的登天梯，小孩子们喜欢坐在上面戏耍，逢村里有什么大小会啊，谁家有公事啊，踏着这些裸露的树根就能轻松攀上树顶，借高声自远，只要在这儿一吆喝，全村人都能听着。后来大树虽遭过雷劈，树心遭毁，可枝干树皮呈西北东北环抱型，树依然枝繁叶茂。听村庄里老人说，即使下了暴雨，地面积水一锄深，在这里避雨的人也淋不着。

最初村庄的名字，就叫黄泥沟，据传唐代已有人居住。后因相邻的道观规模渐大，香客车马不断而名声日渐远播。原道观分东院西院，也称东观西观，因村庄紧邻西观，居观西，遂得名“西观头”，村名后演变为“西贯头”。

良善天助

董士君

明朝初年，抱虎村（现在的大保护村）的村南有一座庙，占地不大，也就是一亩多地，两重院落，前院正中大殿，东西有配殿，后院几间禅房。老和尚是山西五台山的行脚僧，一路东行到了抱虎村，看见这个地方聚风聚水，便落脚不走了。

庙里有一个小和尚，是老和尚修建好寺庙后收的一个徒弟，年方十二，正是顽皮的时候。老和尚一般闲不着，附近的好些村子有了白公事就要请他过去诵诵经。老和尚不在庙小和尚就跑出来玩耍，庙的西面有一条从独角山流下来的溪水，天热的时候就跳进去戏水，村子里有一个和小和尚年龄差不多的孩子叫山子，从小殁了娘，跟着爹长起来的，和小和尚能玩到一块儿。两个孩子沿着这条沟玩到独角山，找些野果子吃。在一丛杂草棵子里趴着一只灰褐色的小兔，看见人也不跑，扑棱着两只长耳朵，红红的眼睛和两个孩子的干净的眼睛对视着。山子把它抱了起来，小和尚伸手摸摸它光滑柔软的皮毛，山子用小脸蛋去擦摸小兔的脸蛋，玩一会儿后就把小兔放下来，小兔跳前蹦后地跟着两个孩子。两个孩子走的时候冲小兔摆摆手，山子说："小兔子快回去吧，下次再来找你玩。"小兔两条后腿直立起来，两条前腿摆动了两下，耳朵一扑棱，眨眼就不见了。两个孩子再到山里来，听见说话，小兔就会出现在跟前。两个孩子，一只小兔，玩得要多开心有多开心。

老和尚有一天起得早了一点儿，看见独角山上有一股白气飘升，老和尚见多识广，认定白气飘升的地方会有异象，他默默记住了方位，等日头露出头，扛了一把锄头上了山。老和尚费了很大的劲儿才爬到白气飘升的方位，这个地方在靠近山顶的一片杂树林子里，怪石嶙峋，荆棘遍布，少有人迹。一粗一细两株扭曲在一起的树让老和尚眼里放出光彩，通过叶片老和尚心中已然明白，虽说这个地方平时就不会有人上来，他还是四下观望了一会儿，确定只有他一个人，心扑通扑通地狂跳着，这才举锄一下一下小心翼翼地刨起来。两只成形的何首乌，大的少说也有上千年了，小的也不下五百年。老和尚用准备好的红线把两只何首乌拴在一起，这样就不怕成形的何首乌遁走了。他回到寺院，把何首乌藏进了木桶，吩咐小和尚他要到依汶集上去买个瓦盆，要小和尚好好看护寺院，不要出去偷玩，否则回来后重重惩戒。老和尚很明白，成形的何首乌只能用瓦盆来煮，吃了才有成仙得道的功效。

山子看见老和尚出了寺庙，等不来小和尚就跑去找他。小和尚把老和尚叮嘱的话学说给了山子，山子说："那咱就在院子玩过家家吧。"两个孩子的话还没有说完，就听见木桶里面有响动。小和尚打开桶盖一看是那只小兔在里面，旁边还有一只大兔，都用红绳捆着结结实实。山子说："出家人怎么还藏着兔子？不会是要杀生吧？"小和尚红着脸说："这事俺也不知道哩。"山子把兔子身上的红绳解开了，小兔一下子跳进了山子的怀里，山子抱着它像以前那样抚摸着它。大兔摇身一晃变成了一位中年妇人，冲着两个孩子行了礼，盈盈说道："多谢两位搭救之恩，这里已容不得我们，我们这就搬到蒙山上去了。"话说完，化作两片红云飘向了西方。老和尚买瓦盆回来知道了真相，只是长叹了一声："命也！"

后来把寺庙留给了小和尚，一个人又不知云游何方去了。

山子有一年在山上打柴摔出了内伤，眼看不能医治了，有一对母女找上门来，小女孩冲着山子甜甜地笑，山子看见有些眼熟的中年妇人，只是想不起来在哪里见过。中年妇人拔下头上的银簪，轻轻划破了手指，血一滴一滴地滴进了山子的嘴里，山子一咽下去顿时感到无比轻快舒服，疼痛一下子消失了，山子从床上蹦了下来，比受伤前还结实了。山子这才想起眼前救他的中年妇人是谁，可还没等说声“谢谢”，两团红雾腾升，形成了两片红云悠悠飘向了西方。

义　碾

董士君

清乾隆年间，黑沟村原来只有一盘槽碾，有一个小石匠看到山外的村子使用上了改良的石碾，推起来省力不说，关键的是碾压出来的粮食又均又细，他就琢磨着在自己村子里安上一台。村后的山上有一块一丈方圆的砂石正好用作碾盘，小石匠带着锤子和錾子天天跑到山上敲凿这块石头，叮叮当当的声音把在附近挖野菜的兰花吸引了过来，她好奇地问小石匠凿打这块大石头有什么用，小石匠只是憨厚地笑笑。

兰花是个能干的闺女，爹殁得早，娘两个相依为命。槽碾笨重，掐个碾滚动起碾砣子，兰花往往累得上气不接下气，小石匠有时想搭把手可又不好意思的，更怕引起来闲话，毕竟那个年代男女授受不亲。终于有一天，小石匠把圆形的碾盘打制成功了，碾盘的周遭起了沿子，碾槽平整光滑，但是小石匠没有感到轻松，接下来他还要打制碾磙子。形状像碌碡却比两个碌碡还要大的碾磙子让兰花瞪圆了吃惊的杏眼，她实在是不明白小石匠这几个月里干的是什么活儿，几次忍不住问起来，小石匠只是跟她讲到时候就知道了。

兰花的娘从闺女的话里感觉出了闺女的心里有了小石匠，便托人去说这门亲事，小石匠的家里也是一百个愿意。小石匠对兰花说他用不了多长时间就会送一桩让兰花高兴的彩礼，兰花说她才不稀罕什么彩礼，她看中的是人。

兰花想她这一辈子也等不到这一天了。她让媒人去小石匠家退婚，小石匠的爹娘都同意，小石匠死活不答应，他对媒人说："别说兰花眼睛看不见了，她就是走不动了俺也会娶她！"小石匠对兰花的承诺兑现了，那盘新碾安到了兰花家的院墙外的一块空地中间，他跟兰花说俺给你的彩礼送到了，他引导着兰花推着碾，兰花没费什么力气就轧出了一箩子小米面来，自己用手摸着，这个细匀滑净就别说了。

小石匠娶了兰花，搬到了兰花家里来，为的是方便照顾年迈的岳母和眼睛失明的兰花。兰花虽然说眼不见物，可推起碾来一点儿也不妨碍，心情也逐渐好起来了。这天推碾时，突然下了一阵急雨，兰花手忙脚乱地收拾碾上的高粱面子，雨水把高粱面子淋湿了，兰花两只手上都沾满了面浆，抹得脸上到处都是，眼上也糊上了一层，一阵工夫觉得火辣辣地疼，用井水洗了洗，忽闪了一下眼皮，眼前影影绰绰地看见东西了，使劲眨巴了几下，完全看得见了，她第一件事就是看那一台碾，以前只是用双手不只抚摸过多少次，这下终于看得见了，激动都化作了泪水滚淌出来了。

这台碾一直用到了道光年间，一户人家姓张到山上砍柴摔伤了，俗话说伤筋动骨一百天，没有两三个月看来是下不了床了，偏偏妻子张王氏挺着个七八个月的大肚子什么活儿也干不了，烧火做饭倒还不碍事，推磨压碾可就成难题了，只好用石臼胡乱捣碎谷物将就着来了。这石臼碓出来的粮食颗粒粗糙，做出来的饭也就可想而知了。张王氏是个心气高的人，从来不求人，更不接受别人的恩惠，一些邻居本家的想帮帮她，都碰了软钉子缩回了头。

这天，东邻李大嫂过来串门，本来聊的话题突然一转说最近村里的碾出了怪事，半夜三更鬼推碾。李大嫂说得有鼻子有眼，碾就在她家的墙东，她说一到半夜就能听到碾响，鸡叫头遍这碾就没动静了。李大嫂再来的时候端了一箩子高粱面让张王氏看看，神秘地跟张王氏说她为了验证真实，二更来天的把一瓢子高粱偷偷倒进了碾里，鸡叫头遍后过去一看，这瓢子高粱早就给碾压得要多细有多细了。李大嫂还叮嘱张王氏这事可别往外传，知道的人多了可就不灵了。张王氏就动开了心思，她对李大嫂说也想端瓢子粮食送到碾上试试。李大嫂说这事就交给她办了，身子怀孕的女人遇不得鬼气。

第二天一大早，李大嫂就把一瓢子碾好的粮食给张王氏送回来了，张王氏一看碾得这个细哟，手一抓要多滑溜有多滑溜，做出来的饭要多香有多香。从这以后，李大嫂每天夜里都从张王氏家里端一瓢子粮食送到碾上叫鬼压碾，过去了三个多月，当家的能下床走动了，张王氏生了孩子后也满月子了。张王氏和当家的合计，这几个月得亏这鬼压碾，今天晚上说什么也得好好去谢谢这压碾鬼。两口子合计妥当了也没和李大嫂说这事，到了三更天，当家的夹着纸钱出了门，还真听见了碾响，当家的壮着胆子摸到了离碾五六丈远的墙角，果然是有什么东西在推着碾走，当家的一想这鬼据传说可是不见影子的呀，这推碾的分明是个人形，一声咳嗽传过来，当家的听明白了，这分明就是李大嫂嘛。原来李大嫂编造了鬼压碾这个谎言，为的是帮一帮张王氏哩。后来这事传出来了，都说这是一台义碾。

义字当头命当活

董士君

这个故事发生在元朝末期，那个时候到处里烽烟四起，兵匪祸乱。黄峪庄立村山根下，人口不多。南、西两面有山为屏障，村子小不惹眼，多数时候倒也相安无事。毕竟乱世之中哪里也不是世外桃源，这不，黄峪庄有两户人家就叫占山为王的响马盯上了。

响马是顶子山山寨里下来的，打探明白了这个小庄子就这两户人家还有点底货。要粮要钱，三天后凑不够数就要人口顶数，什么叫人口顶数？就是抓人到山寨里去做苦役，有了钱粮了可以去赎回来。要是躲出去了就毁了屋舍。兵荒马乱的年头还能跑到哪里去？躲到几时是个头？穷家难舍，再孬也是个遮风挡雨的窝。这两家人商量好了各家去一个人口顶数，家里凑够钱粮就去山寨把人赎回来。

这两户人家一户姓张一户姓赵，去的都是当家的。张大比赵二年长整整十岁，现年四十有六，胖墩墩的；赵二读过几年的四书五经，看上去白白净净。两个人自打进了山寨那是扳着指头算日子，干的活儿脏累不说还吃不饱，都盼着家里早一天来赎人。赵二扛不动一块石头，张大在一边就装作没看到手也不搭一把。一个小喽啰上来狠狠抽了赵二一马鞭，张大把头扭到一边去了。赵二叹了口气，平常自己仰仗着有个秀才功名根本瞧不起人家张大。赵二有个小妹妹相中了张大的大小子，赵二硬是从中作梗把妹妹嫁到了冯家村，惹得张大一肚子火气，这回总算撒一撒了。

张大确实心里窝火，亲事不成不要紧，可你赵二不能看不起人，不就是肚子里有二两墨水吗，看看吧，干起活儿来还得靠力气，你“之乎者也”地能把石头吹口气吹起来？赵二这几天可是吃尽了苦楚，一身衣服磨得稀烂，手上磨出了血泡，背上还落下了一条一条的鞭伤，比个乞丐还不如，他盼着家里来赎人比张大盼得急切。

张、赵两家求亲告友四下里凑着钱粮，眼看限约要到了，离数目还是差着一截子，只好央告村里的几个老者跑一趟顶子山山寨，把这些钱粮送过去看看能不能先把人赎回来。山寨的寨主听明白了这几个人的来意，把那些钱粮摆在聚义厅里，吩咐人把张大和赵二传唤进来。两个人一路上还美滋滋的，都在想着可熬到步数了，今天就能回去和家人团聚了。赵二在路上还翻瞪了张大两眼，鼻子里哼了一声，张大也不在意，不想和他一般见识。两个人被带进了聚义厅，在一旁站下了。寨主叫过来一个小头目，让他当众宣读当日立下的文书约定。小头目高声读道：“张大、赵二，各人该纳制钱一百贯，粮谷二十石。”寨主又让小头目当众清点交纳上来的钱粮，小头目边清点边报出数目，“张大家交来钱七十贯，粮谷一十五石，赵二家交来钱五十贯，粮谷一十石。”张大、赵二一听数量当即惊出了一身冷汗，呆呆愣愣的不知道如何是好了。寨主叫小头目读一读书约上的违约条款，小头目读道：“凡在规定时限内未完全交纳钱粮者以死论处。”张大、赵二听到这里魂飞魄散，浑身筛糠。村里来的几个老者一齐求情，纷纷说道两家已是使尽了力了，万望寨主宽恕。寨主略一沉思，说道：“俺就破例一回。”张大、赵二听到这话如听到了皇上的不杀旨意一样喜不自胜了。寨主接着说：“破例是破例，但两个人只能回去一个，”他转头向着几个老者，“你们商量一下谁回去合适吧。”赵二刚才回来的魂魄又嗖地一下子飞走了，他很清楚现在的情形，张大家比他家交的多，于情于理于道于义都是张大回去而不是他赵二。事情也果真是如他想的一样。张大看着绝望中的赵二，冲几个老者深深一揖，又冲寨主深深一揖，首先说道：“多谢诸位活命之恩！”寨主摆摆手让他速速离开山寨，奇怪张大一步也没有挪动，他又冲寨主抱拳一礼，清清楚楚、毫不含糊地说：“请寨主把俺留下，把他放回去。”他回身一指面无人色的赵二，赵二简直不敢相信自己的耳朵，问了一句：“为什么？”张大动情地说：“俺上已送老下已成人，而你老母健在儿女也还年幼，你不回去怎么能行？”赵二的眼泪一下子流出来了，他万万想不到生死时刻张大竟然把阳关道留给了他。寨主对张大淡淡地说：“你可想好了，现在后悔还来得及。你留下来可就是挖腹剖心了。”张大对赵二说：“你还不走，等待何时！”赵二趴下对张大磕了几个头爬起来要走，寨主说：“且慢，你们明天来人把张大的尸首领走。”

第二天一早，赵二和张大的两个儿子还有几个人抬着棺材来到了顶子山山寨前，棺材是赵二母亲预备老来送终的，一听说这事就把棺材让出来了。张大的尸首没有领到，却把活的张大领回来了，这是怎么回事？顶子山山寨的寨主被张大的义举感化了铁石心肠，就把张大放了，还把张大的钱粮送了回去。

老木匠和小木匠

董士君

王家庄子立村之后，摆在眼前的第一件事就是急需一盘石碾，因为人口逐渐多起来，单靠碓臼捣碎粮食已远远不能满足村里人的生活需求了。庄子南边靠山，制作石碾的石料还是不难寻找的，经过在远近几座山上探寻，通过前前后后十几次的筛选，石碾的石材运回到了村里，几个石匠叮叮当当打制了二十多天，碾盘立起来了，碾磙也抬上了碾盘，最后的工序是用木匠制作出来碾框框住碾磙。

碾框用的是槐木，这在当时已经是不错的木材了。石碾安装好了，从早到晚就没有闲下来的时候，吱吱嘎嘎的轧碾声响个不停，碾前的欢声笑语自然也没有停歇过。石碾成了村子里最热闹的地方，大人推碾，孩子帮忙，老人蹲在墙角看着热闹。这几天石碾一下子冷清下来了，是村里的人没有粮食碾轧了？还是前一阵子碾多了临时不需用了？都不是，是碾框用毁了。槐木虽说比较结实但就是不耐用，从早到晚不停歇还有使不坏的？一个老者过来看了看说再修起来用不了几天还是得散架。村里人这个急呀，碾框一天修不起来这饭就一天做不出来。老者说了这碾框要想用得长久除非换上柏木的。这一下子成了让人头疼的难题，这个地方什么木材都有就是缺少柏木。老者想说什么但忍住了没有说出口，他知道这个村子只有老木匠存了几棵柏木，那还是七八年前去外庄做工时从主家商议用工钱换回来的，是等过了六十大关开解出来做寿器用的。

老木匠吧嗒着个烟袋不吱声，过了年就是他的六十大寿了，存放在家中的柏木就可以解板打出棺材了，这也是他最大的愿望和骄傲，因为这个村子里还没有一个用上柏木棺的。这几年他把几棵柏木放在东屋里，没有一天不去摸抚一遍的，每到这个时候他的心里就无比满足，百年之后他躺进里面该是多大的福分。老木匠这几年不干木匠活儿了，人老眼花他怕出差错，活儿都交给了他的徒弟小木匠。这天，村里人分明听见老木匠家里传出来了拉锯声、斧凿声，人们猜测这是老木匠提前给自己做寿器了，他可能担心村里的人求到他头上要他献出柏木做碾框。锯声斧凿声一直响到大半夜才停下来。人们都想这老头儿真是心急，也没有谁去央求过他，这有什么担心的哩？

碾框毁了好几天，因为缺少合适的木材一直没有修起来，人们也就不再赶早地去推碾了。断绝了好几天的吱嘎声忽然传了出来，一听这就是轧碾的声音，人们纷纷跑过来，居然看见老木匠正在推着柏木做成的崭新的碾框试碾哩。

王家庄子南山上林深草密，不知从哪一年出了一个毛猴子精，毛猴子精一开始并不到村子里来，顶多在村子外头转悠转悠，时间久了，逢着月黑风高的夜里就溜达进村子里，后来干脆隔三岔五地就到村子里，但都是大半夜里，它哪里也看不中就相中了碾石，来了就坐在碾石上。夏天，日头晒了一天，碾石一坐上去烙得腚疼，它指派两个小喽啰打了井水泼上去，冬天，碾石冰凉，它指派两个小喽啰在碾石下面烧火，反正是怎么舒坦怎么来。饿了，就糟蹋村里的鸡狗羊猪，这一来村里让毛猴子精折腾苦了，使了多少法子也赶不走它捉不住它。

有一天夜里，它站在碾石上吆喝开了，说是碾石不怎么滑溜了，让村里人明天赶紧拾掇拾掇，村里人这个气呀，恨不能扒它皮抽它筋，都说别搭理它，有的还故意去把碾石砸出坑洼来。小木匠说别招惹它，它不就是要个滑溜嘛，这事俺就办了。小木匠提了一桶黏胶厚厚地刷到了碾石上，要多滑溜有多滑溜，有人骂小木匠你这是拿它当祖宗伺候吗？平时跟你要胶就跟要你的血一样不舍得一点儿，为了一个祸害人的毛猴子精你倒大方起来了？小木匠也不搭腔，提了木桶就回去了。

晚上，毛猴子精大摇大摆地来了，一摸碾台这个滑溜哟，滑溜归滑溜，天寒地冻地它怕冻着腚，吩咐小喽啰在碾石下面烧了一阵火，觉得差不多了一抬腚坐了上去，热烘烘地要多舒坦有多舒坦，黏糊糊地想着挪挪腚，可怎么挣扎也抬不起腚来了，两个爪子一按想使使劲，这两个爪子也动弹不了了，一侧歪整个身子倒在了碾台上，整个地黏结实了，越动弹黏得越厉害，黏得越厉害越动弹，碾磙子让它动弹地转了起来，一圈下来就把毛猴子精轧得稀巴烂了，为村里除了一害，人们这才明白小木匠的用心。

黄杨树的传说

武庆丽

在后峪子村村东崔家院子里，有一棵近二百年历史的老黄杨树。当地村民提起黄杨树，就自然出来一句顺口溜：家有老黄杨，如意又吉祥。话语里带着几分对黄杨树主人的羡慕之情，老树靠院墙一侧长得高大茂盛，长长的一条粗枝杆爬过院墙伸出来，院内的整体枝干近圆柱形，叶对生呈椭圆形。远远看去很是美观。黄杨树不仅是珍贵的树种，还被誉为“树中君子”。关于这棵老黄杨树在当地还有一段被人们传扬的精彩故事。

相传，很久以前，村里有两位要好的秀才，一位崔秀才，一位张秀才。两家是邻居，平时一起赶考，一起学习，一起做工。崔秀才家里过得还算可以，张秀才家里有病重的父母，过得贫寒了些。但这不影响两个人的感情，特别是崔秀才，人善良，对人谦逊热情。两人平时要好得像亲兄弟一样。有一天，两个人一起去山上砍柴，在回村的山路半道一侧，崔秀才无意间看到了一个黄色的绸缎小布袋，他快一步跑过去拿起来一看原来是一个钱袋，张秀才跟上来，他们打开一看，里面果真是一些银两，张秀才数了数足足有二十两银子，崔秀才和张秀才傻眼了。崔秀才一看钱袋就知道，失主不像是一般寻常百姓人家的，那这到底是谁丢失的呢？崔秀才说不是自己的钱财不能要，这也说到张秀才的心坎里去了，张秀才虽然很少见到这么多钱，但他常说人穷志不穷。崔秀才说："我们交到官府去吧。"但这个想法最后被张秀才否定了，张秀才说："那个昏官你也不是不清楚，吃人不吐骨头的东西，他拿了银子不自己吞了才怪，会还给失主？"崔秀才一想也是，虽然这些钱在贪官污吏的眼里不算什么，但在老百姓的眼里，能救活多少人命？于时，他们一直就在原地等失主，一直等到太阳落山也没见人影，最后他们两个人商议写个纸条放在原处，并写上自己的名字住处，以便真正的失主前来寻时看到好联系到他们。回到家后，两人便把钱存放了起来，几天后确也有失主来领，但都是些冒领者，钱的数量或是钱袋颜色都对不上号。崔秀才对张秀才说，咱们俩互相监督着，这钱一天没找到失主，咱谁都不能动！

崔秀才为了信守自己的承诺，就与张秀才一起在自家的小院里栽植了一种小黄杨树苗，将二十两银子埋在了小树苗旁边，小树苗长得慢，日子也在飞逝，那二十两银子一直没有人来认领。有一年，崔秀才和张秀才约定一起进城赶考。很快揭榜的日子到了，崔秀才高中举人，而张秀才落榜了。崔秀才回到家乡看到自己亲手栽种的黄杨树长势良好，就想起多年前埋在树旁的银子，于是打算把银子挖出来，接济村民，做善事。崔秀才想，如果有一天，失主找到他，他再拿自己的钱还给失主。但是令他没有想到的是，埋下的银子却不见了，挖地三尺也没有找到。崔秀才感到很奇怪，银子难道自己长翅飞了？长腿跑了？崔秀才百思不得其解。

张秀才落榜回到家失魂落魄，精神一蹶不振。没过两年就郁郁寡欢而终。临终前，崔秀才去看他，他断断续续地握着崔秀才的手说："当年，那二十两银子是我……是我挖走的……我瞒了你这么多年，也是报应啊，对不住你……下辈子我要做个君子，把我埋在黄杨树下……"张秀才话没说完，就咽了气。

得知真相后的崔秀才并没有埋怨张秀才，他理解张秀才的做法，事后便遵了他的遗愿，在张秀才的墓前栽种了黄杨树。而当年在崔家院子里的那棵黄杨树虽然生长缓慢但愈发茂盛起来。

每当怀念他的好友张秀才时，崔秀才就去黄杨树下坐坐，或读书或望着树发呆，每每他看到黄杨树飘扬的枝叶，仿佛就看到了张秀才一样。他永远清楚地记得张秀才说过要做正人君子，后来，崔秀才做上了当地的县官，他始终保持一颗初心，做一个坦荡的君子，为官勤政爱民，受到了当地百姓的爱戴。而以后的崔家子孙不管为官还是经商都过得不错。

除了黄杨树所代表的正直的品性外，今天，后峪子村关于黄杨树的说法还有神奇的一点，就是黄杨树闰年不生长，反而会缩一寸。

清代李渔在《闲情偶寄》里描述："黄杨每岁一寸，不溢分毫，至闰年反缩一寸，是天限之命也。"最早的关于"黄杨厄闰"的记录，则出自宋代苏轼的《监洞霄宫俞康直郎中所居四咏》："园中草木春无数，只有黄杨厄闰年。"《博物要论》中却这样"辟谣"："闰年黄杨并非缩减，只是不长。"

黄杨树在闰年反缩一寸或不长，虽然没人真正考证过，但从植物生理的角度而言，这种说法只能当作是非常形象地描述了黄杨生长慢的特性。

庭院深深，年轮渐增。这棵"树中君子"黄杨树，在崔家的院内静观百年风云，傲然挺立着，佑护着崔家子孙，也代表了人们最美好的生活愿望。

仙人松

武庆丽

在依汶镇被誉为"花椒村"的赵庄子村，有一棵神奇的老松树。赵家庄子村有许多老松树和柏树。至于有些树的年龄，村里上了年纪的老人能说上来的估计也不多。

松树不仅有古寿星之称，而且有的形态奇特，常以其形状象形而名之，如倒挂松、飞龙松、龙爪松、连理松、蒲团松等。赵庄子村的这一棵古松，被村里人称为"仙人松"。这棵松树长在村南一座老房子墙根处，离凤凰山不足二里路，它是什么时候种的还是自己长出来的，已无从考证。在松树主干三米处，分出两个大分枝，中枝呈曲线上升内屈状，两边的侧枝则向主干里面内扣起来，中间留出一个完好的小弧度，整个松如一个心的形状，人称之为“仙人松”或“爱心松”。这棵形状区别于普通松树的“有爱”的松树，还有一种特别的功效呢——据当地人介绍这棵仙人松可是个宝，采松树上面的松针叶开水煮沸与熟鸡蛋同食可治疗顽固性咳嗽，大人小孩子都管用，而且无任何副作用，而别的松树却没有这种药效。实践出来的疗效，百姓也说不出什么原理来。这棵仙人松从此就被人们好好保护起来。松树本身就象征着坚忍、顽强，显示着高风亮节的精神，松树还象征着奉献精神，更兼有坚贞不屈、挺直高洁、不畏艰难的精神。而这棵松树为什么又叫仙人松呢？

话说，很久以前，仙人松还没长出来，这地方住着一位老中医，老中医医术高明，药到病除，特别擅长治疗喘咳等症，在当地颇有名气。慢慢地老中医年纪大了，他想把毕生的医学技能传授给自己的儿子坤，老中医年轻时丧妻，有三个儿子，可惜后来不幸夭折了两个儿子，剩下唯一的小儿子坤却不让他省心，整天不学无术，一心领着一帮子朋友游山玩水。老中医问他：“治病救人不好吗？”儿子坤却说：“你救了这么多人又怎么着了？天下那么大，医生多了去了，不缺我这一个。”道理讲不通，老中医实在是管不了，整天头疼得要命，也气病了几次。有一天，老中医上山去采药一直到黑天也没有回来，小儿子坤便带着人去山上找人，当找到半夜的时候，有人在山腰的缝隙里发现了已经奄奄一息的老中医，众人忙把他抬回家，老中医在弥留之际说，如果儿子坤不继承自己的医术，他会死不瞑目……说完便撒手人寰。小儿子坤含泪答应了并在埋葬父亲的墓地边种植了很多松树。因为老中医生前很喜欢松树，他说过松树屹立不倒，是一种精神的象征。父亲没了，这时候全家只剩下小儿子坤了，他突然间理解了父亲的良苦用心，也懂得了父亲毕生的坚持。于是他从头开始学起医术，没日没夜地翻阅父亲留下的医书，凭着自己天资聪慧，加之后期勤奋钻研，几十年过去，坤没有娶妻生子，一个人一直一心扑在研究医学上，医术有专攻，他的医术有很大的进步，也得到很多人的认可。但是他有两条规定：一是不上门看病；二是不给达官贵人看病。两条铁律雷打不动，了解他的人便见怪不怪了。坤对穷人却常常乐善好施，特别对老人，从来不收取医药费。因此，坤在当地美名远扬。

有一天傍晚，有一个外地的有钱的财主闻名来给家人拿药看病，对方拿了足够多的银子，想让坤破例。坤一看来人便拒绝了。坤认识看病的财主，知道他是附近村的，此人平时欺压百姓，无恶不作，曾经在村里放狗咬死过村民。百姓更是对其恨之入骨，但都是敢怒不敢言。当天下午坤就把门关得严严实实地谢绝了财主。财主感到十分生气，声称只要把病治好了，要多少钱给多少钱！但坤就是不出诊。财主无奈，愤愤地走了。让人想不到的是，没出半个月，一天晚上，坤的房子突然着了大火，而坤也葬身火海。知道情况的人们无不为失去一名好医生而感到惋惜，特别是坤生前救助的村民们更是哭声不断。大家都怀疑是财主下的黑手，害死了一名好医生。下午的时候，大家准备让坤入土为安，便埋葬了他。第七日，村民们自发去拜祭他的时候，奇怪的事又一次发生了，坤的坟墓突然凭空消失，怎么也找不到了。

有人说，一天夜里，看见坤从坟墓里化成一缕青烟飞上了天，那烟就是坤的魂魄，坤变成了神仙。坤变成了神仙这个说法让整个村沸腾了。

一年后，坤的房子里长出一棵松树，松树生命力顽强，一年四季苍翠欲滴。于是人们就给这棵松树起名叫“仙人松”，也把这棵“仙人松”当成了医生坤的化身。在人们心中，好医生坤就是他们心中的“神仙”。于是就有了这棵松树，百年不变形、不枯，并以一颗心的模样挺立在赵庄子村里，一直到了今天。一个偶然的机会，有人发现这棵仙人松的枝叶有治咳嗽的神效，知道了松树有药用价值后，这棵松一直被当地百姓细心保护着。

藏在老屋里的黄鼠狼

武庆丽

在丁家疃村不仅有陶器遗址，至今村子里还有一些古老的石头房子，并且保存完好，有人居住着。

老屋的年岁已不可考，据说最老的已经三四百年了。在丁家疃村村东头有一间老屋，被当地百姓传出一段奇怪的故事。先说说这间老屋的历史。老屋不管是地基还是院墙全是青石块垒建而成。门楼高立，最早的屋主人是清末一位刘秀才，后来刘秀才的几代子孙都曾住过。到抗战时期，老屋里住过一户高姓人家，人称男主人老高头。高老头为人老实，性子软弱，身体也不太好，常年小病小灾不断。尽管这样，高老头还是活到了八十多岁，高老头去世后老屋就闲置了。再后来人们发现一个奇怪的现象，凡是住进这间老屋的人，性格弱的人，多数都多病多灾的；而性子刚烈的人则相反，身体更好，家门兴盛。村民们感到奇怪，于是，听说这件事的一些性格强的人就想住进这间老屋，包话一些经商的外地人，不惜出高价钱买下房子或租下房子。他们信奉了那句话：弱则愈弱，强则愈强。

可这到底是怎么回事呢？据传老屋闹过一次怪事之后，老屋的秘密才真正被人们解开。说起怪事还得从高老头说起。那次是老高头的母亲去世“头七”上坟。家里的亲戚朋友都来了，老少的上坟回来，坐在老屋院子里吃饭。这时候，老高头妹妹家的五岁的小外甥女突然放下碗筷，说了句话，差点把大伙吓死。孩子说：“你们都走吧，不要在这里碍我的眼，我累了，我要去睡觉了……”而且声音是一个成年人的声音。她面无表情，说得慢悠悠，极像是人们传说中的魂魄上身。这一说，胆小的纷纷躲到一边，着实把大伙吓得不轻，老高头反应得快，立马跑过来，扑通一下跪在外甥女面前开始号啕大哭，嘴里一个劲儿地在喊着娘，并乞求着不要吓唬孩子。他嘴里念念有词，什么哪里做得不好，还有哪里不满意的地方，以后找他，别找孩子。老高头的这一举动，让大家更加不敢再靠近孩子。这时候，孩子的母亲哭着说：“娘你快走吧，不要吓唬孩子，孩子小不懂事。”众亲人也都纷纷跪下。有人说，赶紧请村里的神仙婆来，烧点儿纸钱把老人的魂魄打发走。有人就拿出纸钱，准备烧。而这一举动并没有让孩子的反常停下来，孩子围着老屋院子跑起来，边跑边唱，一会儿工夫跑到靠院子东边的麦堆旁才停下来，高老头就在孩子身后追，孩子越哭越严重。就在这时，孩子的父亲气势汹汹地上屋里拿出了一把短炮枪，朝孩子身上量了一下后把孩子挪开，让孩子娘把孩子紧紧揽在怀里，他瞄了瞄准就朝着麦子堆快速放了一炮。随着枪响声，只见一阵烟雾里跑出来一只黄色大尾巴黄鼠狼，被打瘸了的黄鼠狼拖着一条血淋淋的腿，一跳两丈高，闪电一样翻过老屋的院墙，逃得不见了踪影。在场的人都看得清清楚楚，只是那一眨眼的工夫黄鼠狼不见了。而在娘怀里的孩子马上恢复了正常，不哭不闹。从那以后，孩子再也没有出现过问题。人们才知道，原来并不是孩子的生辰八字弱，而被人们奉为神、仙或是人魂魄的那种敬畏往往是人的内心意念所决定的。传得沸沸扬扬的老屋怪事，原来就是一只被传成了精的黄鼠狼在作怪啊！黄鼠狼被打跑后，老屋里再也没有出现过黄鼠狼，世间哪有什么鬼神怪邪之说？信则怕，不信则废。从此以后，老屋就是一间普通的老屋了，再也没有出现过人们传说中的那些怪事。如今这间老屋依然存在，怪事并不怪，人心不信邪，天地皆光明。

人越迷信越容易迷失自己，而人心的强弱也恰恰让一些不好的东西有机可乘，只有你的内心足够强大了，力量才自然强大，这种善良坚韧的力量强大起就会战胜一切邪恶。

简单的道理就是，邪不压正。老屋里发生的故事，虽说是当地百姓的传说，但它所蕴含的道理在人们心中是清晰的、明朗的、共通的。

石楼的故事

武庆丽

依汶镇西依汶、东依汶村两个村中间只隔了一条大路，路西是西依汶，路东为东依汶。两村的村民们就像一家人一样互敬互爱、和谐相处。在东依汶村之中一直流传着一个石楼的故事。据传石楼是清末就有了，石楼高大无比，地基全是巨大的石块，石块最少也得有两三千斤一块，楼身楼板全部是上等枣木，深赤红色的枣木，从远处看楼身发着耀眼的光泽。楼上面有青砖，四周的围墙像碉堡一样。据老人说，以前楼柱上雕刻着栩栩如生的图案，因年代久远，枣木现在早已没了踪迹。但从地基及面积等遗址来说，当时的石楼可谓宏伟壮观。可这座在当地赫赫有名的石楼建筑的主人是谁呢？他又有什么故事呢？

以前石楼的主人是位大财主，这是老人们一辈辈传下来的。石楼是大财主请了风水先生，一人出资，耗时两年之久，雇用工人多达百人建造成的。石楼的建造也象征了大财主的身份地位。石楼建好的那天，大财主携一家老小高高兴兴地搬进了石楼。可是自从住进了石楼，却发生了奇怪的事，大财主唯一的儿子坤不会笑了，不管采取什么法子，儿子坤就是面无表情，直到有一次，大财主的妻子不小心打碎了一个碗，而这时儿子坤看着碎了的碗一个劲儿地笑。财主和妻子惊呆了，他们赶紧找来家人，接连又摔了几个碗，孩子又开始开怀大笑，可一停止摔碗，孩子立马不笑。为了讨得孩子欢心，让孩子高兴，财主一家便让仆人买来碗摔着玩。就这样一直下去，孩子在慢慢长大，但摔碗的行为一直在进行，慢慢地，财主家开始败落。石楼经过几代的更迭，已有些破旧，但也没有得到有效的修缮。传说，自从财主家败落后，再没有人住进去过，因为石楼一到晚上就有声音，那声音就是摔碗声，所以很少有人敢住。还有人说，当时建石楼时，死了不少工人，石楼地基下面有工人的冤魂……当然这是传说，在东依汶关于石楼的故事还有一个版本：后来有一对刘氏兄弟，其中老大生活过得富裕些，住着楼；老二则贫寒，住在一间简陋的房子里，他好吃懒做，不作为，整天想着不劳而获。有一天老二想到了闲置的石楼，就打算找人简单修一下住进去，没想到，找来的人刚完工，但到第二天，石楼很奇怪地又恢复了原样，老二心里有些发毛，犯着嘀咕，最后也没有住成。再后来还有一个不赡养父母的恶人试图再一次修缮石楼，想风风光光地占为己有，结果都没有修成，不是修到一半出问题，就是地基下面莫名出现很多条巨蛇，吓得他赶紧逃命。

后来，石楼成了百姓避难躲土匪的地方，凡是进入石楼的老百姓都得以平安，因此，有些村民还在里面烧香，求平安。抗日战争时期，鬼子来了后，当地官员怕石楼被日本鬼子占去，成了他们的据点，祸害老百姓，就一不做二不休彻底把石楼拆除了，最后只剩下地基框架和一些零散的木头。

在东依汶村北边还依稀能发现石楼的些许痕迹。人们谈论起来石楼，不是因为它有怎样的故事，而是觉得石楼里容不得一些不好的事，善良的人们却得到它的庇护。由此，老人们就用这些故事隐含的一些道理来教育现在的年轻人，积德行善，无愧于心地做好一个人，比什么都重要。

黄土崖子的神黄草

种善东

“打开团圆曼（过去属于沂水），富了沂水县”这句话一直在民间流传。团圆曼位于县城西北部，系北大山山系。据说，山下埋藏着数不清的金银财宝，打开宝藏的山门，需要三样神物：黄土崖子的神黄草，白石窝的神瓜，神山的神蒜。这黄草可不是《本草纲目》里入药的艾草或荩草，也不是生长在亚热带树枝上的那种寄生草。是黄背草，别名很多，能入药，老百姓都叫黄草，那时麦秸与稻草没现在这么多，就用它来苫屋。

靠近桑泉水的黄土崖子村就盛产黄草，远近闻名，以至四里八乡的百姓都叫黄草崖子。为什么单单这里出黄草呢？相传在很久以前，村子的山上净是大小不一的石头，是一座秃山，草都不长。村里人割黄草要到北大山去，路远不说，可山路崎岖，还要偷偷地去，因为那一带的山场都是地主的，弄不好就会被捉住，白费工夫还要拿钱去赎人。狼虫虎豹不说，更可怕的是，小崮子顶有土匪占山为王，被他们抓去更惨，年轻的姑娘就做了土匪的媳妇，男人就得拿银子赎回，一旦凑不足钱或超了日子，土匪就把人从小崮子顶扔下来摔成肉酱。村里人为此都愁眉苦脸，一说割黄草就提心吊胆。但日子还得过，黄草还得割。这不，赵老汉一大早就叫醒大儿子去割黄草，眼看都到结婚的年龄了，屋头都没一间，怎么说媳妇啊！老大吃了饭扛着扁担出门，赵老汉千嘱咐万叮咛，一定小心，早点儿回来。老大连声应着，奔北大山去了。赵老汉就拿了个马扎子在门口等，等啊等，等到天黑也没见人影。赵老汉慌了神，坐不住了。

莫不是今天割的黄草多，走累了？赵老汉刚要起身去迎迎儿子，就看到前面影影绰绰地走来一个人，走近一看，却是老大，但空着身子什么也没拿。“你割的黄草呢？”赵老汉忙问。老大未作回答就放声大哭起来，赵老汉见此景况就明白了八九分，肯定又让人逮住把黄草扁担都扣下了，本来想安慰几句，却也控制不住，老泪纵横，爷儿俩抱头痛哭起来。正哭着，忽听有人在身边说话：“你们在哭什么？”爷儿俩吓了一大跳，因为赵老汉家住在山边，离村子很远，家里又穷，白天都少见来人，更别说晚上了，这是谁呢？赶忙擦干眼泪抬头看，一个白胡子老汉站在面前，面目慈祥，仙风道骨。赵老汉说：“老兄啊！我是黄连树下结苦瓜，苦命的人啊！孩子的妈早早去了西天，撇下两个孩子，我辛辛苦苦拉扯大，小儿子18岁那年去北大山割黄草，没想到被土匪绑到小崮子顶，要二百两银子，我穷得叮当响，上哪儿去弄这么多银子？只好眼睁睁看着儿子被土匪扔下悬崖摔死。剩下这个大儿与我相依为命，眼看二十五六到了结婚的年龄，屋头还没一间，想着自己起石头割点黄草给盖间房子，这不，辛苦一天，黄草和扁担又让人给扣下了，俺除了哭几声没别的招了。没想到惊动了您，实在对不住了。”赵老汉越说越伤心，又抹起了眼泪。白胡子老汉说：“快别哭了，你看看这是什么！”赵老汉和他儿子定睛一看，都惊呆了，门前光秃秃的山坡上长满了齐眉深的黄草。爷儿俩兴奋不已，再转身时，白胡子老汉已不见踪影，才知道碰上神仙了。爷儿俩慌忙跪下磕头高呼“谢谢神仙”，远远飘来一句话：此草无根割复生，只在黑夜怕黎明。倘若心有贪婪欲，来也无影去无踪。爷儿俩这个高兴劲儿就甭提啦，也顾不上天黑，连夜割黄草，一直割到天明，割了小山似的一垛。爷儿俩躺在草垛边休息了一会儿，再放眼一看，门前光秃秃的连草根也没了，和原来一样，只剩下些大大小小的石头，这时天刚刚放亮。爷儿俩又仔细琢磨琢磨白胡子老汉那句话，恍然大悟，这是神草啊！只在夜里出现，白天就消失了。

有了这些黄草，赵老汉盖房子不愁了，石头也已经备足，便找乡亲们帮忙来盖房子，没几天三间漂亮的黄草房就站在了山坡上。喝完工酒的那天，乡亲们都问，也没见你家怎么割黄草，怎么就攒了这么多呢！这爷儿俩只是笑笑不说。原来，赵老汉已与他儿子交代过，这是神草，不能透露给任何人，以免神仙怪罪。有了新房子，自然就有找上门来的媳妇。本村有个姓李的姑娘早就看上了赵老汉的儿子，就是嫌没有新房子才没开腔。媒婆说合，置办彩礼、定亲等给过不表，小媳妇就顺理成章地过门了，把赵老汉乐得合不拢嘴。新婚的晚上，小两口躺在被窝里说悄悄话。小媳妇一个劲儿地追问黄草的事，赵老汉的儿子正是甜甜蜜蜜春风得意，早把赵老汉的嘱咐扔到云彩里了。于是把前因后果全跟媳妇说了，小媳妇也听得张目结舌，真是太神了！当时就和赵老大商议，既然有这些割不完的神草，为何不割了卖钱呢，真是抱着元宝要饭吃。第二天一早，小两口就和赵老汉商议这事，谁料赵老汉是个驴脾气，软硬不吃，死活不让他们干这事。媳妇恼了，吩咐老大把老头儿捆起来丢在牛栏里，老大还真就听了媳妇的话，把赵老汉气得破口大骂，小媳妇就用黄草塞住了老汉的嘴。小两口磨了一天的镰刀，准备晚上割草。天一黑，门前就长满了高高的黄草，小媳妇又激动又高兴，心想这回可发财了！就催着老大快割，两个人割到天亮，割了像小山般一垛黄草。两个人又困又累，竟依偎着在草垛边睡着了。老大正做梦数银子呢，忽然被媳妇的尖叫声惊醒，这垛黄草燃起了熊熊大火，原来是老大睡着了，手中的烟头掉进草堆引燃了黄草，火势凶猛，小两口又气又急毫无办法，只能眼睁睁看着小山般的一垛黄草化为灰烬。

打那后，黄草再也没出现在他家门前。小媳妇美梦成空，受不了穷日子回了娘家。赵老大天天晚上拿着镰刀在门口傻等，后来疯了。村子里的人常听到他在嘟哝一句话：此草无根割复生，只在黑夜怕黎明。倘若心有贪婪欲，来也无影去无踪。村里人都听说了这个故事，又是气愤又是叹息。据说神黄草一直都在，它总在夜里出现，等待需要帮助的人，白天又消失得无影无踪。老百姓都知道了神黄草的神奇与脾气，只帮穷人不管财主。谁家穷没钱盖房子，夜间拿着镰刀出门准能碰到神黄草，割来的黄草刚好够苫房子用的，不多也不少。村里有个地主发动全家人，穿上破烂的衣裳漫山遍野地找，找了多少日子也没找到。后来，他费尽心机把所有的山场都占为己有。结果，神黄草又长在村里的胡同巷子里，而他的山场还是光秃秃的，一根黄草也没有。据说到现在，勤劳善良的人，早起晚归还能看到神黄草的影子，而那个白胡子老汉就是守护一方平安的山神。

泰山老母与黄峪庄的传说

杨继华

话说很久以前的一日，春暖花开，泰山老母偶有闲暇，从泰山碧霞元君祠下来云游。驾一朵祥云，一袋烟的工夫，来到了一个山顶。看山下一片桃花盛开，风景怡人，汶河水绿柳荫，就歇下脚了，回头还数了数蒙山七十二崮。忽然觉得口渴，便化身一个白发苍苍的老奶奶来到河边。河边有个小村子，叫黄峪庄，遇见一位老汉在河边坟地里哭泣，上前一问，老汉说刚刚失去了儿子，伤心难过，白发人送黑发人实在是人生悲事。泰山老母问老汉儿子是如何死去的。老汉便将事情前后一一道来。

老汉的儿子柱子跟村里的鼓乐班子学吹喇叭，这是黄峪庄老一辈传承下来的技艺，祖上就有班子，只为走街串巷混口饭吃。昨天几个人去山前的村里给人帮忙，回来晚了，途经南山，柱子被一阵黑风卷走，只留下一个小喇叭。那几个逃回来的后生报信说，柱子是被一条大蛇掳去了，恐怕早被这条大蛇吃掉了，那还有个活吗？早就听闻南山上有蛇妖出没，没想到遭殃的会是柱子。村里几十口子人结伴去南山寻找，是生不见人，死未见尸。所以回来给立了一个衣冠冢。

泰山老母掐指一算，果不其然，这山里真有一只五百年以上道业的蛇妖，以前只是在山里吃些小动物，现在成了精，竟然吃起人了，那还了得，可不能坐视不管。她赶到南山，寻到蛇洞，但见一条大黑蛇，正在吞吃着一个人。原来是大蛇使妖风把柱子掳来后，当时并未吃掉他，因为当时它才吞了一头野猪，就把柱子先放起来备用。此刻正在吞噬，眼看着只剩下一双脚了。泰山老母见此情形，广袖一挥，把大蛇一下摔到洞壁边上。蛇妖还要扭曲挣扎，泰山老母随手捡起一根树枝，迎风一晃，化作一柄利剑，刺中蛇妖七寸，蛇妖立时动弹不了。泰山老母又用利剑划开蛇妖肚子，柱子已是昏迷不醒，但还有一丝气息，她便拿出一颗仙丹，给柱子吃下。过了一会儿，柱子慢慢醒来。老母奶奶救了柱子性命，也除了山中一害，保了一方平安。

第三辑

不能拿绝了

高 军

沂南县依汶镇隋家店村是八楼刘后人刘遵和的家乡，汶河到村东山下有一个转弯，一直再往东到燕子山，这一段河里过去有很多大池子，据说总共有九十九个。这些池子深不见底，里面有很多大鱼，周围的人很多都靠打鱼为生。

刘遵和深受儒家思想影响，爱护、敬畏大自然，注重长期效益，他在家的时候也总是教育村人到河里打鱼不要用绝户网，他常说的一句话就是："不能拿绝了。"

其实很多人都是懂这个道理的，但也有人时常会起贪心，总想多拿点多卖点钱，追求越多越好，经济效益越高越好。

那时候打鱼一般都是用撒网，这种渔网的网眼有七寸的，也有八寸的；有七尺的苗子，也有八尺的苗子；这里人管网坠叫网角，那更是讲究，一般一张渔网，大的需要三十个网角，小的也得二十个网角，但是一般情况下每八个网角中必定有两个铜的，每六个中最少得有一个铅的，反正不能都是铁的。

那个时候，汶河里水量比现在大多了。岸边青草丰茂，清澈的流水中映照着蓝天白云，水底的沙子清晰可见，大小鱼儿游来游去，就像在眼前一样。那一个个深不见底的池子就不同了，水倒是很清，但却怎么也看不到底，底下有什么谁也不知道，显得神秘极了。

村里有个刘氏后人，也是靠打鱼为生，但他置办了多种渔网。有一种最细的渔网是用蚊帐布做的，好听的名字叫细眼网、密眼网。因为用这种网，大鱼小虾绝对没有一个漏网的，很多人直接叫绝户网。在村里他捕捞的鱼最多，收入也就相对多一些。好在那个时候，很多人都还是坚持自己的原则，并不跟着他学。

道光六年（1826）刘遵和因父母去世在隋家店家中守制，正赶上县里续修《沂水县志》，刘遵和被聘为参阅绅士，参与了这一重要文化工程。他对待这一工作恪尽职守，一丝不苟，深受赞誉。这个时候，他与村里的人接触多了起来，知道了本家这个打绝户网的人的情况。有时候他累了，就放下书本走出来，背着手到村前村后转转，到河边、到东山逛一圈，散散步，伸伸腰，呼吸一下田野气息。

这天在村东他碰上了这个打鱼的本家侄子，看到他背着的鱼篓沉甸甸的，就主动打招呼："大侄子，收获不小啊。"

那人挠挠头皮，嘿嘿笑着："叔，您转转啊。"

刘遵和拉拉他搭在肩上的密眼网，长长地叹了一口气："古人都知道网开一面，那可是把捕禽鸟的网撤去三面，只留一面的啊。打鱼也得讲究留有后路啊，鱼有后路人才有后路呢，你看你怎么能用绝户网去捕鱼呢？"刘遵和这话说得很重，这个人心里咯噔一下，连整个身体似乎都猛一哆嗦，尴尬地似笑非笑着说道："不了，不了，以后俺不了……"然后迅速向家中走去。

在此后将近一年的时间里，这个人真的没有再用过一次这种密眼网，刘遵和为此很是高兴，觉得民风还是大有好转的。他闲暇时候也会去钓鱼消遣一下，为此他还写过一首很有趣的诗《水皮一棍》："手把长竿击碧流，一声惊破五湖秋。千层细浪开还合，万颗明珠散复收。波内鱼龙沉海底，江边凫雁起滩头。早知此处难垂钓，再整丝纶别下钩。"就是写的在家乡钓鱼的情景呢，轻快调侃的笔触写出了一种胸襟和境界。

这之后，刘遵和跟这个本家侄子碰面就打个招呼，话也越说越自然和谐了。

可是，人的贪婪之心有时候就是按下葫芦起来瓢，时刻会反复。刘遵和守制结束，又外出做官去了。这个人眼见没有了约束自己的人，私心又蠢蠢欲动起来。终于又拿起了密眼网，照原来的方式又干了起来，看着自己的收获竟然后悔听了这么长时间的话。

这天他又去打鱼，鱼篓里基本满了，他还是不满足，忍不住又撒下了一网去，这次张开的网飘着落入了一个大池子里。在他慢慢收网的过程中，凭手上的感觉他就能知道收获多大了。他慢慢向上拉着网，沉甸甸的感觉越来越明显，"猎物"露出水面的那一刹那他惊呆了，这次他网上来了一条平生见到的最大的大鱼。他收拾了一下，决定用渔网把鱼背回去。背到家中，和家中人一说，大家都围上来，一下子惊呆了，他自己也只睁着大眼说不出话来了：网里哪有什么大鱼啊，明明就是一个青石碌碡！他眼睁睁看着的活蹦乱跳的大鱼，怎么变成了这个样子？

河边是有很多危险的，第二天东边的胡家旺村有一个打鱼人掉进河中淹死了，随后很多说法流传开来，其中很多人说他用绝户网打鱼遭到了报应才背回去了青石碌碡。他的心情越变越坏了，心中产生了各种疑忌，刘遵和那"不能拿绝了"

的话也在耳边响起来。

几天后，他又出门了，他先把密眼网拿到阳光下晒得干干的，然后一把火烧掉了，其他网挂在墙上再也没动过，直到去世他也没有再去撒过一次网，打过一次鱼。

人们都说，刘遵和是主事老爷，他说的话很有道理，不听不行呢。

煎饼糊子盆

高　军

在隋家店，刘遵和的故事很多，煎饼糊子盆的故事就是其中之一。

刘遵和，字子中，号春台，出生于乾隆四十四年，也就是1779年，从小聪明过人，学习成绩傲人，他6岁开始进入家塾读书，11岁的时候“十三经”《文选》都已熟读成诵，12岁就能写出千余字的文章，让老师都感到震惊，感叹说：“是老天给他的才华，这才能绝对不是一般人能赶得上的。”17岁参加沂水县学考试，取得第一名的成绩。第二年进入官方设立的学校沂州府学学习，在考试中两次名列前茅，一次获得第一名。

嘉庆五年（1800），刘遵和预选拔贡。清代贡生有六种：岁贡、恩贡、拔贡、优贡、副贡、例贡。岁贡，系由各省的府、州、县学及八旗官学，将资格最老的廪生按顺序依次一个挨着一个选送，又有“挨贡”之称，一般每年都有；恩贡，是因皇帝加恩而获得贡生资格者，一般是逢皇家有大喜之事，如皇帝登基、娶亲等，将该年岁贡名额加倍；优贡，始于雍正元年，即生员中有孝顺父母、敬爱兄长、品德高尚者，允许学政荐入国子监，一般选拔学行优异者；副贡，始于顺治二年，多为廪生、监生中乡试副榜，但又不能录取为举人者，准为贡生，是为副贡；例贡，系由秀才生员捐钱而得。咱这里重点说拔贡，这是素质最高、最受朝野重视者，号称“六贡之首”。各地推荐拔贡，每府学贡二人，州、县学各贡一人。乾隆七年，改为每十二年（逢酉年）选拔一次。而且在考试中，对拔贡的综合素质，要求之高、选拔之严，近乎苛刻，不仅要求应试者要文章好、书法好、品行优，还要家世清白，体貌端正，体无残疾，仪表堂堂。非相貌出众、一表人才者，即便是才高八斗，也只得去考选举人、进士或其他贡监生，而不能够考拔贡。有的生员为了显得年轻忍痛拔掉胡须，当时文士间盛传着一首《拔胡诗》：“未拔贡兮先拔胡，贡未拔兮胡已无；早知拔胡不拔贡，不如不贡不拔胡。”说的是拔掉了胡子却仍考不上拔贡的尴尬、无奈和辛酸。所以前人有“举人无数，拔贡有数”的说法，言其人数之异常稀少。刘遵和已于前一年预选拔贡，只能说明他优秀，因为第二年（1801）才是辛酉年，刘遵和属于十二年中沂水县选拔的唯一一人。刘遵和1808年考中举人，他在考中举人后，就回家乡开始了教学生涯，为家乡和家族培养了大量人才。1818年任淄川县教谕，1819年考中进士，授户部主事。

道光皇帝觉得刘遵和学问很大，就让他抽时间去教太子奕访，奕访也就是后来的咸丰皇帝。当时奕访还不大，又很任性，很多老师都教不了。刘遵和去后，对他毫不客气。开始，奕访很不服气，他不听话刘遵和就会罚跪，他不想跪刘遵和坚决逼着他跪下。奕访看看周边无人，没有任何人能为他撑腰，只好老老实实地跪在了地上。到了时辰，起身后他却对刘遵和不服气地说：“上学亦天子，不上学亦天子。”刘遵和针锋相对地教育他说：“上学乃尧舜天子，不上学乃桀纣天子！”

话扯得太远了，咱们还是回头来说煎饼糊子盆的故事。1847年刘遵和致仕回乡的时候，社会已经陷入混乱。云南云州回民起义，在浩罕汗国流亡的白山派和卓后裔入侵中国新疆的七和卓之乱发生，洪秀全也开始准备起义，英军借口英国人在佛山镇为华人所辱偷袭虎门，占领广州沿江炮台，轰击广州城。刘遵和深得皇帝的信任，道光皇帝尽管公务繁忙，有些焦头烂额，但还是专门接见了他，并赠送了他一个煎饼糊子盆。

这个盆有什么神奇之处呢？那就是烙煎饼的时候，不管多少人坐下来往鏊子上摊煎饼，盆中的糊子是不会下窝的，就是怎么烙也不会减少，这还不是宝贝吗？特别是在农村，要是碰上荒年，那就更不得了。

他回到家后，正巧这年发生了大旱，很多百姓吃不上饭了，这个煎饼糊子盆可起了大作用呢。

但恰恰也是从这个时候开始，土匪开始在周边活动起来，插“替天行道”的旗帜，并有打着“顺天王”“仁义王”等名号的土匪侵入沂州。随后刘遵和的家乡也不安稳了，土匪开始从西部蒙山一带侵扰岸堤及其周边，隋家店岌岌可危。

刘遵和对这个煎饼糊子盆很珍视，他经过反复思考决定将其藏起来，结果就在村东山上选了一个地方将它郑重地埋了起来。

可是，在这个动乱的社会里，74岁的刘遵和于1852年得了疫病，突然去世了，临咽气前根本没有时间说清楚那个宝贝盆子埋藏的地方。

后来，这个山上生长出了无数的柏树，人们都传说这是因为刘遵和在这里埋藏了那个煎饼糊子盆，这些树木至今青翠郁葱，一阵风吹来，枝叶摇摆不停……

灯　笼

高　军

这年春天刘遵和因为眼睛有毛病告老还乡，出京前皇帝专门召见了他，并且赐给了他一个御制灯笼，刘遵和很珍惜地将其带回了隋家店老家。

当时封建等级观念很重，对皇帝很崇拜，见了皇帝御赐的东西等于见到皇帝本人，所以刘遵和一般不展示这个灯笼，很多人都难得一见。

这天，有位沂水籍官员要到蒙阴县去上任县官，途经隋家店的时候他忘记了到这里有武官下马、文官下轿的规矩，坐着轿子大模大样地进了村子，继续向前走去。这是一种大不敬，刘家人得知这种情况后，就想给他一点儿颜色看看，让他多懂得一些规矩，知道什么事儿可以做，什么事儿不能随心所欲，任意妄为，到任上以后才能严格约束自己，尽心尽力为当地百姓服务。

于是，刘家派出了一个人骑着毛驴，手挑着灯笼，迎着这位官员的轿子走去，轿夫们抬轿子累得满头大汗，突然看见大白天有人竟然提着灯笼走路，觉得很是奇怪，就不自觉地放慢了脚步。这位官员属于新官上任，意气风发，得意扬扬，觉得轿子慢了下来，心里很是不高兴。他掀起轿帘，正要发火，突然看到驴背上那人提着的灯笼，他一下子出了一身冷汗，马上让轿子停下来，赶紧抬腿走出来。

来到驴子跟前，他再次仔细审视一番这盏灯笼，确认无误后，马上使劲拍打一下衣袖和膝盖，扑通一声就跪在了尘土里，口中山呼："万岁！万岁！万万岁！"

刘家人骑在毛驴上坦然地面对着这一切，这位官员磕完头站起来后，觉得这事儿应该过去了。但是想不到的是，这位挑着灯笼的刘家人却并不离开这里，而是继续陪伴着他："我送您一直到任上。"

我的天啊，这位县官心里哆嗦了一下，从这里到蒙阴县城得一百多里路，他要陪着自己去上任，那自己就得步行走到县衙，那不成了一份苦差啊。但他心里有苦又不能说出来，否则对皇帝不敬那罪过可就大了。

思索了半天，县官还是想让他回去："本人路过贵地，因为太疏忽大意，有很多考虑不周之处，请多多海涵。您肯定也还有很多事情要做，本人何德何能，要劳您大驾陪伴我。这里本人先有礼了，以后再来拜访，您就请回吧。"

"您就别客气了，我用万岁爷御赐的灯笼给您照路，保您一路平安，您就放心上路吧。"刘家的这位家人语调平缓，但让人听了很不舒服，县官说不出什么来，只好忍气吞声地接受。

刘家的家人把灯笼换到另一只手里，上下挑动着，这位县官一看没辙，只好跟着毛驴往前走去。

这下子那些轿夫们可高兴了，他们抬起空空的轿子，肩头轻松，脚步轻快，跟在后面心里偷着乐呢。

这位县官从小生活在富裕之家，生活无忧，哪徒步走过远路啊，他走了不远就气喘吁吁了，更要命的是腿脚都开始疼起来，轿子就跟在身边，可就是不能坐上去，心里当然更不好受。

他毫无办法，就开始和刘家人攀近乎："你们家的刘遵和大人曾经在京中为官多年，致仕后用心于编纂《沂水县志》，还重修了八楼刘族谱，这都是了不起的工作啊，本人甚是佩服。"

家人很自豪地说道："那是，主事老爷在家的时候，只要有空闲就用心教导后辈子弟，培养了不少学生，很多都出息了呢。"

说话归说话，但这人时刻不忘自己的差事，时常把手中的灯笼左右手倒腾一下歇歇胳膊，然后再上下挑动一下，不断提醒着这位县官。

县官看他上下挑动灯笼，就浑身打哆嗦，但也毫无办法，只好又说起刘遵和的话题："我曾见过大人的一本《求友堂小题制艺》，这本书对于教育子弟写作时文很有帮助，是一本非常实用的示范课本呢。哦，对了，我还能背刘大人的很多诗歌作品呢，比如：清节谁堪拟，朱丝合并称。是壶原琢玉，非鉴却盛冰。对影青莹润，合光凛冽增。白宜昭外朗，坚乃在中凝……"

刘家家人又挑挑灯笼，高兴地接口道："这是俺家大人著名的诗歌《清如玉壶冰》呢，是他还没有考中进士的时候写的呢。"

走在地上的县官时不时地和骑在驴上的刘家人说着话，刘家人一丝一毫也不马虎、不松口，时刻不忘举着自己手中的灯笼。他们用了两天的时间才走到蒙阴县城，刘家人一直把他送进县衙，才很客气地和他道别。

县官眼前没了灯笼，这才彻底松一口气，觉得脚疼得难受，脱下鞋来一看，脚上早已磨起很多水泡，有一些已经破裂，但是所有的苦水都只能往肚子里咽。

好在他经历这件事以后，思想上产生很大的震动，后来在为官生涯中，谦逊低调，廉洁勤政，赢得了很好的政声。

黄罗伞的来历

刘乃印

进士出身的户部主事刘遵和，告老回家时曾带回一把黄罗伞，成为传家之宝，并一代一代传了下来。

抗日战争时期黄罗伞不知去向，是被战火烧毁还是被日本鬼子抢走，谁也搞不清楚。

黄罗伞是哪里来的，有什么宝贵之处？

刘遵和曾向后人介绍，他在京为官时曾奉命教过太子。按照传统礼制，贪玩调皮、不用心读书的学生，老师有权对其进行体罚，如拧耳朵、打手掌、罚站等。

这些制度，对太子也不例外，只要犯了规，就照罚不误。

可这个学生仗着自己是太子，没人敢管，在同学中有一种优越感，因此调皮违规的现象时有发生。为了对得起皇帝的信任，也对太子的学业负责，刘遵和数次让太子在太阳底下罚站。

皇帝听说太子站在太阳光下罚站，小脸晒得通红，十分心疼。但这是学规，不能违背，刘遵和罚太子站，是对太子负责，作为老师有权这么做。于是皇帝派人送来一把御用黄罗伞，每当太子违规被罚时，由专人为太子打伞、遮阳。这样既保护了太子，也不违背学规，两全其美，皇帝和老师都很满意。

后来，皇帝把为太子遮阳的黄罗伞赐给了刘遵和，刘遵和告老回家时，带回家来。

黄罗伞的可贵之处，在于它是御用之物，并且是皇帝亲手所赐。

刘遵和幼年故事传说

刘乃杰

吉人自有苍天相助

嘉庆二十四年（1819），刘遵和考取了进士，并被授户部主事。但儿童时期的刘遵和却经受了生与死的考验。

刘遵和在少年时期学习非常勤奋，自小聪颖，很受父母及先生的喜爱。有一年夏天刘遵和得了重病，高烧不退，昏迷不醒，父亲刘文翔到处寻医问药，请遍了当地名医，结果不尽如人意，没有治好，其母公氏焦急万分，但也没有办法，只能在刘遵和的前额敷湿布降温。

在万般无奈的时刻，村里突然来了一位不速之客，自称是给人看病的王二神仙，包治百病。刘文翔夫妇听说后立即变忧为喜，急忙跑去请来王二神仙。

王二神仙随刘文翔夫妇来到刘家门前，看见刘家住的是当时少有的二层楼房，高高的大门楼，漆黑油亮的大门，门前蹲着两尊石狮子，口含宝珠，圆睁着两眼注视着门前，大门口上方悬挂着福禄祯祥的匾牌，他知道这是一个书香门第、大户人家。

进入大门后，他跟主人登上九层台阶进入正房，在房里间里，他看到床上躺着一个眉清目秀、唇红齿白的少年，头上敷着白布巾，呼吸急促。

王二神仙走上前，轻轻抬起刘遵和的胳膊，用十指和中指按住刘遵和的脉搏，屏息斟酌，大约过了一袋烟的工夫，他把刘遵和的胳膊放下，轻声对刘文翔夫妇说："公子虽然发烧不止，但并无大碍，只是由于劳累和着凉引起的一种病症，这个毛病并不难治，用一种药引子配上我的药，服用后，过一个时辰就会有好转。"

刘文翔夫妇急切地问："需要什么药引子？"

王二神仙抬头看了看天，一边摇着头一边失望地说："只可惜现在正是盛夏，我需要的药引子不好找。"

刘文翔急不可待地说："你到底要什么药引子，你快说。"

"需要的药引子是冰块，现在是夏天，你家有冰块吗？"

刘遵和父母一听是用冰块做药引子，顿时也傻了眼。是啊，现在正是夏天，哪里能找到冰块？母亲公氏急得号啕大哭起来。

正当刘遵和全家心急如焚之时，天际边忽然飘来一片黑云，不长时间黑云越聚越大，云层越来越厚，很快黑云滚滚、狂风大作，王二神仙从来没有经历过这种现象，他感到十分惊奇。突然，电闪雷鸣，暴雨伴着狂风滚滚袭来，他们发现暴雨中夹杂着冰雹。

刘文翔急忙跑到院子里捡起来一些冰雹，王二神仙拿出药，用冰雹化水做引子，兑了药让刘遵和慢慢服下去，不出一个时辰，刘遵和紧闭的双眼慢慢睁开了。

刘文翔夫妇急忙凑上前，问："孩子你好受点儿了吧？"

刘遵和回答："我感觉好多了。"

王二神仙告诉他们："让他休息，不要多说话，再有几个时辰就能下地走动，慢慢就会好了。"

刘遵和父母和王二神仙三人看着远处被冰雹砸坏的庄稼，陷入了沉思，不时地摇摇头，叹口气。

又过了几个时辰，刘遵和翻身坐起，说要下床小便，母亲要过来扶他，刘遵和说不用扶了，自己能走。此后，刘遵和的身体慢慢恢复了原状。

救病人被误解忍辱负重

刘遵和与王二神仙成了朋友，因为他学识渊博，阅历丰富，能治百病，虽然年龄有点悬殊，但刘遵和像对自己的父亲那样敬重他。特别让刘遵和感动的是，他专爱给穷人看病，随叫随到，态度和蔼，并且分文不取，刘遵和认为这是普度众生的活菩萨现身了。

而王二神仙也非常喜欢刘遵和，认为他虽然年少，却淳朴、善良、聪明、机敏，是一个难得的人才，将来必有很大作为，会成为朝廷栋梁。

有一天，二人饭后一起散步。王二神仙问刘遵和："当一个人遇到危难时，你愿不愿意舍身相救？"

刘遵和一拍胸脯说："怎么不愿意？我非常愿意！"

"如果别人误解你，把你当作坏人，你能不能忍辱负重救人脱离苦难？"

"只要是救人，我不怕任何困难。"

"好吧，你随我来。"

王二神仙边走边说："我近几天观察到村里有一个少妇患了病，如不及时救治，此人性命难保。"

刘遵和问："此人得了什么病，这么严重？"

"这妇人患的是闷疹，一般的疹子，只要避风，几天身上会出一层小痘痘，再过几天就会自己脱落，恢复正常。而这闷疹，就是在家避风，这疹子也出不来，时间长了会发高烧，无药可治，必须要卧床休息。疹一般发生在小孩身上，大人得了疹子一般很难治，何况这人患的又是闷疹。"

二人到了村里的石碾边，王二神仙远远指着正在推碾的少妇说："此人正是我说的病人，她脸色蜡黄，很瘦弱，患了闷疹，不去给她治，她挺不过去，会发生意外。你上前不要说话，从身后抱住她，千万不要松手。此人会挣扎反抗，任由她怎么打你、骂你，甚至被外人误解你，都不要在乎，救命要紧，你记住了吗？"

"记住了！"

少年刘遵和蹑手蹑脚，轻轻走到正在推碾的少妇身后，一把抱住少妇的腰。

那少妇正在晕晕乎乎地推碾，突然被人从身后抱住，吓得一愣怔，还以为是小姑子和自己开玩笑，回头一看是村里大财主刘文翔的大儿子，忙对刘遵和说：

“我正在推碾，你捣什么乱？抱住我干啥，快松手。”

可刘遵和却不回话，也不松手，而且抱得更紧了。那还了得，那少妇可气坏了，她转身伸手，一拳打在刘遵和的头上，刘遵和忍着疼痛，双手紧抱，就是不吱声、不松手。

这少妇见刘遵和就是不松开，可气坏了，便使出浑身劲大喊：“快来人啊！这里有人耍流氓！”

叫喊声惊动了附近的乡亲，众人纷纷赶来，见一向文明而又机敏的刘遵和，双手打着铁扣紧紧抱住少妇不松手，都很气愤，纷纷上前斥责刘遵和，并把他打铁扣的双手硬掰开，边推边训斥刘遵和：“小小年纪，不好好在家读书，怎么在这里耍流氓，我们找你爹去！”

有一个小脚老太太气不过，还打了他一巴掌。

刘遵和在众人拉扯中，只好松手，向站在远处的王二神仙跑去。

王二神仙赶紧向前来的众人解释，说明了事情发生的原因，让众人不要误解了刘遵和。

那少妇见被紧抱着的手松开，既气愤又害羞，一边哭一边跑回了家，进屋后，一头栽在床上，整整昏睡了一天一夜。

第二天，那少妇发觉自己不发烧了，浑身发痒，用手一摸，全身都出了米粒疹子。

王二神仙来到少妇家，向妇人说明了事情的原委，告诉她生病的情况，如不是刘遵和忍辱负重，她恐怕会性命难保。

少妇病好之后，她全家都很感激王二神仙和刘遵和，她家老人还亲自登门，向刘文翔和刘遵和道歉。刘遵和却平静地说：“只要病好了，我受点儿委屈算不了什么。”

风雪救病孩

有一年冬天，天气特别冷，又下了一场大雪，天寒地冻，给人们的生活带来了极大的困难。

隋家店村有一个12岁的男孩儿叫隋影，家中一贫如洗，父母卧病在床，哥哥外出干活儿未归，没有吃的，隋影只好冒雪出门讨饭。在本村不好开口，就到邻近几个村里去讨。讨了点儿干粮，没舍得吃，想回去同父母一起吃。

当他蹒跚着回到村头时，浑身哆嗦打战一点儿力气也没有，挪了几步，最后一头栽倒在地上。

当年14岁的刘遵和正好碰见，他立刻上前想把隋影扶起来，一摸他全身冰凉，只有鼻孔里还有微弱的气息，这可把刘遵和吓坏了，在紧急中他想到救人要紧，便赶忙叫来住在村里的王二神仙。

王二神仙见刘遵和上气不接下气地找他，知道有急事，听刘遵和讲完后，他马上随刘遵和一同前往。

当他赶到时，隋家父母已在跟前，正准备找人安葬孩子。

王二神仙上前按住孩子的脉，又扒了一下孩子的眼睛，已没有多大生还希望，便回头让刘遵和快找铁锨来。

刘遵和拿来铁锨，按照王二神仙的要求，铲来雪把孩子全身裹了个结实。

王二神仙告诉孩子父母，这是因为天气太冷，孩子空腹，连饥带冻，实在挺不住了，生还的可能性不是很大，只能用这个方法试试，也许孩子还能缓过气来，你们千万不要动他，不然就前功尽弃了。

待王二神仙走后，隋父怕时间长了，孩子缓不过气来憋死，便在靠近孩子头部的雪上挖了个小洞透气，好让孩子喘气。

第二天，王二神仙约刘遵和一起来隋家看望，隋父告诉他们，你们走后过了几个时辰孩子慢慢苏醒了，自己挣扎着爬出来，回家喝了点儿热水，吃了点儿饭，已经好转了，只是一只眼睛看不见东西了。

王二神仙问："你昨天在雪上挖眼儿了吧？"

隋父说："我怕孩子憋死，挖了个眼儿。"

"唉，你这么不听话，非挖眼儿不可，没有办法了，这孩子只能瞎一只眼。"王二神仙叹了一口气。

刘遵和在一边着了急，上前求王二神仙，让他想方设法治好孩子的眼睛，说这么小的孩子没了一只眼睛今后可怎么生活。

王二神仙让刘遵和去找几种草药，熬水后将自己药葫芦里的药面倒上了少许，让孩子父母给孩子洗眼，一天洗三次，连洗了三天，隋影瞎的那只眼睛慢慢又看得见了。

御　砚

刘乃杰

在京城任户部主事、军机处行走的进士刘遵和因患眼疾辞官回乡，颐养天年。离京前，道光帝专门为他饯行，并问刘遵和临走前还有什么要求。刘遵和说，几十年来，我虽然尽职尽责，但未做出多大贡献。如今您能为臣饯行，臣已感恩戴德，哪能有什么奢求！

道光帝沉吟了一会儿说，联知道你平常喜爱字词，朕送给你一件物品，也许回家后能派上用场。说完让侍从搬来一块一尺见方的巨型砚台。

刘遵和慌忙下拜，口称万岁，磕头谢恩。

这块御砚被刘遵和视为珍宝，平常用一块黄绸布包裹着，放在柜子里藏着，逢年过节才请出来让家人们欣赏。

后来，刘遵和的眼疾用金针拨障法治好了，恢复了视力，他又开始钻研毕生钟爱的书法与诗赋。

每当此时，他总是先净手，然后小心翼翼地从柜子里搬出御砚，毕恭毕敬，三叩九拜后开始研墨、写字、填词。

因用御砚研出的墨汁漆黑油亮，他写字非常仔细，字迹遒劲有力。所填之词也脍炙人口，字词墨迹散发出阵阵幽香。

晚年，刘遵和叮嘱儿子刘汝循，自己百年之后，此御砚要妥善保管，最好交给那些才华横溢的人使用，并再三嘱咐儿子，不要辜负了他的期望。

刘汝循牢记父亲的教诲，到处寻找父亲所希望的人。

岸堤有个著名的广裕堂，其创始人刘家承，时为即选员外郎加知府衔，才华出众，在文学艺术上颇有造诣。后被朝廷诰封奉直大夫，例封朝议大夫。刘汝循觉得刘家承就是父亲所寄以希望的人才，于是找到刘家承，说明了来意，并把御砚恭恭敬敬地交给了他。

刘家承早就听说刘遵和爷爷有皇帝赠送的御砚，曾多次想目睹其容颜，如今竟然到了自己手里，他受宠若惊，担心自己才浅学疏，辜负了先辈的期望。

他郑重地接过御砚。

作者自注：一次偶然的机会，我认识了在北京工作的公丕云的亲侄子，他六十多岁，在京打拼了近三十年。

认识后，我们双方通报了姓氏，听说我姓刘，他问是什么刘，我说是八楼刘，他立即竖起大拇指，说八楼刘是个大姓，历史上人才济济，比如刘遵和是户部主事。

他接着说，我公家和八楼刘是老亲戚，我奶奶就是岸堤广裕堂家的闺女，当年结婚时还陪嫁一块御砚，那是刘遵和辞官告老还家时皇帝赐予的。我姑叫公丕云，嫁到垛庄燕翼堂为媳，后来随夫参加了革命，转业到北京工作。

我问那御砚还在不在，他说他姑和姑父参加八路军到娘家告别时帮着掩藏了。后来，老人去世了，他们在外，再后来那个掩埋的地方修了水库，被水淹没了。

御花园与皇姑城

高　军

刘遵和住的村子隋家店，现在村西北扬水站以南那个地方，老百姓都叫它御花园，但看过去就是一片田野，哪里有一点儿花园的影子呢？

很久以前这里确实是孙家的花园，孙家是这里的一个大户人家，有良田千顷，房屋百座，家里种地的、干家务活儿的也有几百口子呢。当时花园的主人叫孙万粮，他家是一个富裕大户，富到什么程度呢？流传至今的一个顺口溜能从一个侧面说明这一点：

“天上有玉皇，地上孙万粮；下雨地里长，不下雨囤里长；三年不下雨，粮食照样往外淌；五十年不下雨，孙万粮照样能吃上粮……”

孙万粮家大业大，手下人员的管理是一个大事。他吃香的喝辣的，酒足饭饱以后，就整天琢磨怎么管好这些下人。

他家喂了十几条大狼狗，一方面为他看家护院，一方面训练着让它们吓唬手下人。

花园里有一口井，井壁全是用石条子缝卡缝砌起来的。前些年有人在浇地的时候，发现水流到一个地方全钻到地下去了，于是这口石头上錾着精美花纹的井又被发现了。当年孙万粮看不中的手下人，会随时被打死扔到这口井里，所以里面布满了人的骨头渣子。人们都觉得这口井不吉祥，所以发现后又把它埋死了。

孙万粮更可恶的是训练狗吃人，他让手下人将草把子扎成人的形状，把草人肚子里放上猪心猪肝猪肺猪肠猪肉等，然后让自家的狼狗扑上去，扒开草人就能吃到肥美的食物。往往是一眨眼的工夫，草人就被狗撕了个稀巴烂，那场面让人心惊肉跳，恐怖极了。

村里的人，外村的人，从这里经过的外地人，不管是谁要是犯在他的手里，他要是来了兴趣，就会让狼狗上去“伺候”，那些人经常会被撕得只剩下一副骨头架子。

这年，有一伙人从西边蒙阴那边过来，要从村后的大路上经过，手下人侦查到情况后立即向他做了汇报：“老爷，这次的来人好像很不平凡，抬轿的步行的神态气质都不一般，那些随从都带着武器，轿子里也就一个女人，根本不见什么金银财宝，哪里需要这样兴师动众啊？”

孙万粮眼睛骨碌碌转了几圈，上半身向前伸了一下，眼睛放着光亮：“那女子是个什么情况？”

“哎哟哟，要说那女子，可是漂亮得不得了呢，身材窈窕，浓眉大眼，樱桃小口……”

孙万粮知道这些人也就只会这么几句陈词滥调，摆摆手制止了他们：“那就把他们取回来吧。”

他说的话是捉拿这伙人的意思，更有要强娶人家女子的意思，大家都知道肥头大耳的他除了喜欢看狗撕人，还有一个爱好就是女色。

他发话后，手下的人就去堵截人家了，那伙子人刚到村西就被他们阻拦下来了：“各位过路的客官，我们家老爷请你们去喝茶休息，有请了——”

“大胆狂徒，睁开你们的狗眼滚一边儿去！连皇姑的轿子都敢拦截，你们也太大胆了！”手持武器的人迅速围着轿子做保护状。

孙万粮的手下人没有多少知识，也没太注意听他们说的是什么，一看对方如此强硬便也不客气了，很快，两下里就交上了手，那真是血肉横飞，双方互有死伤。孙万粮的人看到对方武艺都不弱，有人立即回去招呼增加援手，最后是强龙不压地头蛇，他们硬把轿子中的女人劫持回了家。

孙万粮出来和这女子见面的时候，遭到了这个女子的大声斥责："你简直是狗胆包天，竟然敢在光天化日之下劫持本皇姑，当今皇帝定会把你满门抄斩！"

尽管心中一阵慌乱，但是孙万粮毕竟经历了无数的事情，这个女子就真是当朝皇姑也已经没有回头的余地了，他吩咐手下人赶紧去收拾好打斗现场，不要留下任何蛛丝马迹，然后把女子留在家中严加看管了起来。

过了一段时间，他的好色本性终于暴露了，想和皇姑成就云雨之事，可是皇姑到底是性情刚烈，坚决没有让他得逞。他深知，如果继续留她下去，肯定会凶多吉少。要是万一让她逃出去，那可更是塌天的大祸，不但自己性命不保，这个家也就彻底完蛋了。

他坐卧不安，最后选择了一个黑夜，将皇姑偷偷勒死，神不知鬼不觉地埋在了东山边上的一块地里。

出了这么大的事情，皇家也不会善罢甘休，很快顺着这个线索找到了这里，把孙万粮家灭了九族。

这个花园因为住过皇姑，所以后来被叫作御花园。

埋葬在这里的皇姑被迁葬了，地方官府在埋葬她的地方建起了纪念性的陵园，慢慢被老百姓叫成了皇姑城，后来已经变成一片平地的，仍一直被叫作皇姑城，但很多人逐渐不知道这个名字的来历了。

后来，八楼刘搬到这里，笃信忠厚传家、诗书继世，出现了进士刘遵和。

至今村子里民风也一直很好，当地百姓大都忠厚朴实、待人热情，是一个让人不断称扬的地方呢。

贾万羊

张桂菊

葛庄位于镇驻地依汶西南4.5千米，北靠小岭南有高崮子山，一条小河流经村前。传说高崮子山老母奶奶待过；山坡上杨宗保的战马留下过蹄印；北面的小岭赵匡胤走过，河里的水因为赵匡胤喝过就再也没有断流。这个地方承载了如此多的福泽，怎能不成为好地方呢？

从前，生活在这个地方的贾姓人家发达起来。不说别的，就说说他们家有多少只羊。传说他们家打开羊圈，那些羊一排走出来，穿街过巷，接连不断，高崮山北坡满了就往东走，前头的羊转过东山坡看不见了，后头羊圈里的羊还没出完，颇为壮观。因此，时人送给贾家主人“贾万羊”的美称。贾家广置良田，深宅大院修建得那叫一个气派。两头威风凛凛的石狮子认真值守着大门。进得大门，山墙压顶重门深巷，一进一进的院落让人眼晕，新找来的小丫头可不敢轻易乱走，怕找不到路线回去。贾老当家想，条件好了要讲究起来，不能仅仅满足于做个土财主。于是专门请当地最有学问的先生给两个儿子取了表字，长子“良玉”，次子“良弼”，即使不能指望自小与土地打交道的儿子们求取功名光宗耀祖，不是还有孙子吗？于是贾老爷子又把先生请到家里来办家塾，教孙子们苦读经书，求取功名，将来飞黄腾达，既富且贵。为了保证他的美好愿望能实现，年纪渐增的“贾万羊”还请有名的地理先生看好了风水宝地建造阴宅。

这阳间的福该享多少是已定，老话说的，阎王叫你三更去，谁敢留你到五更。深谋远虑的贾老爷子还没看到孙子上考场就驾鹤西去了。两个儿子为了表达对老爹的孝心，举行了葛庄有史以来最隆重豪华的葬礼，还准备了许多贵重器皿放在宽敞的墓穴里，好让老爹在另一个世界也能生活得优游富足，可是他们觉得仅仅这些还不够，老爹在阴间也得有人服侍不是？听说逝去的人有童男女陪葬会成仙，老爹成了仙才能更好地保佑他的子孙后代啊。再说那些穷苦人家的孩子，跟着老爷子去享福不比在人间受苦强？

他们差了个能说会骗的人去穷乡僻壤买来了一男一女两个孩子。两个孩子被装扮一新，穿着从没见过的好衣裳，由两个贾家的下人陪着去往墓地。牛老二是村里的庄稼人，他是贾家的羊倌，还是很有管理才能的。他虽然与羊打交道最多，却颇懂得世道人情，还会讲一些传说故事，“贾万羊”的小孙子就爱偷偷找他听故事。现在他指挥着一伙子人干所有的动手出力的活儿，贾家孝子贤孙只负责哭丧行礼。牛老二说了，童男女要跟着哭丧的队伍走完所有程序才能去陪老太爷，这样能够培养孩子对老爷子的感情，还能带上孝子贤孙们的孝心，能全心全意地服侍老爷子。所以那两个孩子在所有程序结束的时候又累又困，进墓穴的时候睡得正香。

毕竟“贾万羊”名声在外，隆重的葬礼也被传得远近皆知。贾家兄弟还坐着老爹成仙的梦，却不知已犯下“不赦”大罪。现代汉语里的成语“十恶不赦”指罪恶极大不可饶恕，在古代却是实指十种不可饶恕的罪行。其中的“不道”罪指的就是使用巫术手段侵害人身安全。

这日“贾万羊”“头七”刚过，一大队官兵杀气腾腾围住贾家大院。贾家万贯家产被抄个精光，田园被充公，一只羊都没留下。眼看贾氏兄弟就要人头落地，牛老二“扑通”一声跪倒在抄斩官员面前，为他的东家求起情来，说两个孩子还活着呢。

原来这牛老二想法子借爱听故事的“贾万羊”小孙子之手，在“贾万羊”的墓堆上留了个出气孔，在夜深无人之时偷偷救出了孩子。说起来，“贾万羊”让孙子读书还是很有远见的，得到启蒙的脑袋就是聪明。

贾氏兄弟的脑袋保住了，也许是他们认识到了自己的罪恶，不敢继续待在这里生活，就举家搬迁到异地他乡去了，但他们老爹的墓却没法带走，大门口的石狮子也背不动，只能由它们变作文物了。据葛庄上年纪的老人讲，“贾万羊”的墓后来被挖开过，从里面挖出过篮球那么大的铜鼎，但不知是扔到哪儿去了。大门口两旁的石狮子呢，一只被人搬到了朱家里庄，另一只在葛庄村中央待了好些年，一直蹲在一个小庙的门口。后来庙没了，石狮子过了些年也不见了。

父勇子奇

董士君

清朝末年，黄土崖子出了两个有名的人物。

赵啟清自幼习武，一杆长柄偃月刀远近闻名，几十个等闲之人近不了身。赵啟清武功虽高，但从不恃强凌弱。一身肝胆，除暴安良，乡里人素来敬仰他。

这年秋天，沂水县西南乡一带闹起了流匪，一个个头蓄长发，布巾勒头，公开和官府抗争，老百姓叫他们长毛贼。流匪的一队人马来到了黄土崖子附近，头目探听到赵啟清的威名，一时不敢贸然进犯这一带的村庄，采取了先礼后兵的策略。

赵啟清听明白了眼前几个人的来意，站起身，拱了拱手，朗声说道："在下就是一个庄户人，自己的名字都写不囫囵，哪里敢担当大任？众位请吧。"话到此，摆出了一个送客的手势。原来，流匪的这个头目派了几个伶牙俐齿的人上门动员赵啟清，想把他拉拢入伙，一是为招揽人才，二是为仰仗他在当地征收钱粮。

流匪的几个人说不动赵啟清，怕是回去不好交差，在路上商量好了，异口同声地在头目面前编瞎话陷害赵啟清，说他不但不识抬举反而对他们大加辱骂。头目一听，这火气腾地就蹿上来了，当即带了五百多人气势汹汹地扑奔黄土崖子来了。赵啟清虽早有准备，料到流匪必来犯庄，只是想不到来得这么迅猛。赵啟清让村里的几个头面人物组织全村老幼往西面的厢山上撤，爬过厢山就能进入依汶的围子里躲避。他背着八岁的儿子象余，一个人、一杆刀断后阻挡流匪。

流匪蜂拥而至，赵啟清想撤也不可能了，他一撤遭殃的必定是还没有爬过厢山的老少爷们儿，他胆气陡升，虎吼一声，长刀横胸杀入敌阵。刀锋过处，碰上即亡，遇上头落。半个时辰过后，黄土崖子前尸横遍野，流匪被赵啟清一口气杀了四十有余，流匪队形大乱。赵啟清也陷入了流匪的重重包围中，要不是身后背着八岁的孩童，以他的身手不难脱困。赵啟清凭借流匪近不了他身前的优势想杀开血路一条冲出去。流匪的头目看到赵啟清的确是一员猛将，只能智取不可力敌，这样打斗下去自己这边还会吃大亏。他一边指挥队伍只围困赵啟清不与他正面交锋，一面安排人手抓紧熬胶，把热胶泼到十几面旗子上，让身手灵活的兵士冲进阵中甩动旗子裹缠赵啟清。这一招果然奏效，赵啟清再勇猛也挣不脱了。十几面胶旗把赵啟清裹缠得像个人粽子，半点力气也使不出来了。流匪扛着赵啟清过了汶河的浮桥到了里庄的米山的一条山沟。赵啟清身上的胶旗被割裂，八岁的儿子象余从他的背上被扒了出来。头目最后一次问赵啟清愿不愿意归降，赵啟清的嘴被胶粘住了张不开口，但他的头还能摇动。头目怜惜地看了一眼赵啟清，说了一句："可惜呀可惜！"然后挥了一下手，赵啟清在乱刀之下就义。一个兵丁把小象余推到了头目的跟前："这个小孩怎么处置？"头目看了看脸上没有一丁点儿惧色的小象余，目前的情形搁在别的同龄孩子身上怕是早就吓掉了魂。头目摸了摸小象余的脑袋，突然感觉喜欢上了这个孩子，想想自己年过半百膝下无子，何不把这个小孩收为义子呢？

一晃五年过去了。一个十二三岁的眉清目秀的少年，常站在长江南岸一个码头上，定定地看着江北。柳絮纷飞的一个上午，少年和往常一样在码头上站着。他耳朵边捕捉到了一句"这船往江北开"的话，感到自己的心像被一只大手攥紧了，他有些喘不过气来，他也不知道自己是怎么走到这条大船边的，他帮着一个人把一袋货物抬到了舱里，谁也没有多注意他一眼。他瞅准了一个不易被发现的旮旯把自己藏了起来。船开了他才松了一口气，因为是货舱，没有人过来，他窝躺着想了很多事。他想到了五年前被人收为义子，他想到了五年前也是被一条木船从江北载到了江南，在船上他听一些人说："咱这回算是败了，能逃出来算是好的了。"他想到了这五年来心里头一直记住的沂水县西南乡厢山上的那棵老松树，村东河边上那口老井。

他混在一群人中下了船，他一个人向北走去。不知走了多少天，一双鞋磨烂了，身上的衣服也穿烂了，白天遇到村庄就进去讨口饭，遇到河水就趴下喝一口，晚上有破庙就进去躺一躺，遇不到破庙就在柴草堆里窝一宿。他只记得下船时雪白的柳絮到处飘，走到田野里，高粱的穗子都压弯了头。前面一条宽广的大河挡住了北去的路，他东西各转了一阵子也没见有浮桥，蹲在河沿犯起了愁，打南边来了一个老者，牵了一匹马，马背上驮着沉甸甸的布搭子，他赶紧上前问老者过河的方法。老者说："这一段河水不是很深，蹚着就能过去。"他又问老者这是什么地界，老者说："过了河就是沂州府兰山县的高里街。"他赶紧又问了一句：

“离沂水县还远吗？”老者手一指，说：“过了这条蒙河，北走不到二十里就是沂水县境了。”老者看他年纪小，便让他拽着马尾巴过了河。

“过了河偏北方向走下去，四五十里路程就是沂水的西南乡一带。”分手的时候老者跟他说。他脚下像是生了风，心里像是开了花，也不知道什么是饿什么是累了，他就知道他快到地头了。日头落下去了，又累又饿的他实在是走不动了，他坐到一口井的旁边喘着粗气。一个妇女过来打水，他赶紧问人家这是什么地方。妇女打量着这个小叫花子一样的男孩，说：“黄土崖子。”他猛听到这几个字，先是一愣，接着扑倒在了地上，爬起来磕了几个头，眼含泪水高声说道：“俺终于到家了，俺终于到家了。”这个少年就是赵象余。《赵氏族谱》有记：“象余，八岁被毛贼带去江南，十二岁逃回故里，在其叔父啟忠的接济下成家立业。”

著名核雕艺术家高嘉晋

张桂菊

很多人都读过明朝文学家魏学洢创作的《核舟记》一文，写的是明代一个核雕艺术家王叔远，“能以径寸之木，为宫室、器皿、人物，以至鸟兽木石，罔不因势象形，各具情态”。此文主要描写了一件微雕核舟工艺品“大苏泛赤壁”的形象，“通计一舟，为人五，为窗八，为箬篷，为楫，为炉，为壶，为手卷，为念珠各一。对联题名并篆文，为字共三十有四，而计其长，曾不盈寸”。

其实像王叔远这样的艺术家我们依汶镇也有，他就是清末民初高家中疃的高嘉晋，他的核雕作品先后获得1914年山东省第一次物品博览会优等褒奖银牌、1915年美国在旧金山举办的巴拿马太平洋万国赛会银质奖牌等，是一位蜚声海内外的著名核雕艺术家。

高家中疃在丹山西南的汶河对岸，南邻南栗沟村，西面是高崮子山，北接北栗沟和潘家庄子，汶河在流经村东的时候河面变得极为狭窄，在历史上到汛期极易河水泛滥。

高氏家族于明朝后期从西流（今大庄镇大庄村，东流是今刘家店子村，今西流村过去叫南西流，今南北神墩历史上为北西流）迁居于此，从当时的刘家购买了这片土地，当时的四至是：东至汶河，其余三面至山岭，中间平地共十顷。有了土地就需要雇人耕种，高姓大户迁来后，一些人陆续来为高家扎活儿种地，于是逐渐形成了村庄。这个村的人口成分，一方面是高家大户，另一方面就是高家的种地户。随着高氏人口的繁盛，高家中疃村相继建起了高家的后大院、东大院、西大院等深宅大院，逐渐兴旺起来。后来发展到了村庄附近有三十二顷耕地，在五空桥村还有八顷耕地。

高嘉晋，字仲升，属于高家大户的后大院，他生于清光绪元年（1875），他出生的时候他们家已经基本败落了，但还能供他上学读书，他天资聪颖，刻苦攻读，后考入县学成为生员，也就是考取了秀才。他除了熟读四书五经、诗词歌赋以外，业余时间还喜欢精心研究核雕艺术，在当地很早就小有名气了。

所以考取秀才以后，因为家庭穷困，他没有得到进一步学习、升学的机会。但很快就被南栗沟大户李家聘为了家塾的老师，为李家教导子弟。后来蒙阴垛庄八楼刘著名堂号“燕翼堂”又请他去当家学的老师。时代已经进入了清末民初，社会逐渐开化、开放，特别是新文化运动逐渐兴起，高嘉晋尽管饱读旧书，但也很快接受了一些新的思想，他的教学很受欢迎。特别是在垛庄“燕翼堂”的教学活动，更是得到了刘家的充分肯定。出生于1903年曾任中共山东省委执行委员兼秘书长的刘晓浦，出生于1905年曾任共青团山东省委书记的刘一梦等，都曾经他开蒙，从他受业，然后考入临沂的山东省立第五中学、上海大学等，走上了革命家的道路。也因为他的关系，高家中疃高家的大家闺秀高琪瑗，嫁给了刘晓浦为妻，20世纪40年代“燕翼堂”拆除后，高琪瑗带着婆婆、带着烈士刘晓浦的子女回到了高家中疃，尽心赡养老人，抚育革命后代。高嘉晋先后在南栗沟、垛庄“燕翼堂”等地执教达10年之久。

民国七年（1918）开始，蒙阴匪祸渐剧，垛庄到岸堤一带经常有土匪肆虐，社会越来越动荡不安。已经45周岁的高嘉晋，在1919年辞官回家，专心从事书画、雕刻、治印等，以此为生计。

此前他的核雕艺术已经取得了很大的成绩。其作品通过各种途径，流传祖国南北，高嘉晋也早已蜚声海内。1914年6月15日山东省第一次物品博览会上，他的4枚桃核雕刻荣获了优等褒奖银牌。他出名以后，广州书画名家蔡哲甫来信请他治印，并寄来了润笔费用。高嘉晋给他治好印后，又随赠了他两件桃核雕刻作品。令高嘉晋没有想到的是蔡哲甫把他的两枚核雕作品推荐到万国博览会去了，1915年高嘉晋的这两枚核雕作品在美国旧金山举办的巴拿马太平洋万国赛会展出，获银质奖牌一枚。不久后，蔡哲甫给他寄来了银质奖章和获奖名单。同时获奖的还有潍坊风筝。高嘉晋得知获奖消息后说道："那桃刻作品并不完美，如果知道是拿去参展的话，我会拿出更好的作品来的。"

回到高家中疃以后，他的核雕艺术造诣日深，在一枚小小的桃核上，独具匠心，据料施艺，刀法精湛，或雕刻单螭或多螭，或雕刻松柏、花卉、虫鸟、山水、亭阁、人物等，无不肖似和传神。人不盈米（粒）而眉目清晰，亭不过豆（粒）而楹檐分明，虫草花鸟栩栩如生。

高嘉晋故于民国十九年（1930），享年55周岁。

高嘉晋去世后不几年，日本鬼子来了，高嘉晋后人外出躲难，匆忙中忘了把两个银质奖牌藏起来；躲乱回到家后，那银质奖牌和获奖名录还有其他作品等一概不见了踪影。

据说，收藏界近年里还出现过他的桃核雕刻艺术品：一是雕有芙蓉花与白头翁的桃核1枚，寓富贵荣华、白头到老之意，刻功精细，刻画得十分具体；二是以23枚桃核雕刻的刘禹锡《陋室铭》全文，每枚都字画结合，玲珑剔透，自然古朴，图像逼真，描绘得逼真而又生动，无不体现了作者细腻的文笔。他的作品构思精巧，形象逼真，反映了我国近现代雕刻艺术的卓越成就，体现出勤劳与智慧相结合的精湛技术，达到了很高的艺术水准，显示出他是一个博学多才的人，蜚声天下也就不足为奇了。

著名物理学家、核物理学先驱王普

高　军

王普是著名物理学家、核物理学先驱，是山东大学物理学科的创建者，也是在20世纪走出沂蒙的科学骄子。

王普（1902—1969），字贯三，依汶镇东贯头村人，出生于一个书香之家。父亲王西琪有兄弟二人，王西琪为长，清末廪生，曾在侍郎宅、垛庄等地任教，后任山东省立第三师范（东昌府，今聊城）学监。母亲一直生活在东贯头村，被村人称作“大老妈妈子”，“土改”时挨批斗，在村西大汪跳水自杀而死。王普七岁离家，随父到外学习。1922年入北京大学预科，1924年升入本科物理系，1928年毕业。1928—1929年任中央研究院地质研究所助理员，1929—1930年任山东省教育厅督学，1930—1935年任山东大学讲师，1935—1938年在德国柏林大学学习并获科学博士学位，1938—1939年任美国卡内基学院客座研究员，1939—1946年任北平燕京大学和辅仁大学教授，1945—1946年兼任北平临时大学北大分校物理系主任。1946年山东大学在青岛复校，他重返山东大学任物理系教授、系主任、代教务长。1947—1950年任美国国家标准局辐射物理学研究员，1950—1951年任美国杜克大学访问教授，1951—1956年8月任美国凡德比尔特大学副教授，1956年上半年兼任美国通用汽车学院教授。1956年8月以赴欧参加学术会议之名毅然辗转回国，回国后任山东大学物理系教授（1956—1969）、兼任中国科学院物理研究所研究员（1956—1958），1969年在“文革”中被迫害致死。

王普是我国杰出的核物理学家、物理教育家，是现代物理学的先驱，在现代物理学史上占有重要地位。他在高能物理等诸多领域都做出了卓越的贡献，特别是他和同事发现的铀和钍的原子核在裂变时缓发中子的现象，在核能的和平应用上具有十分重要的意义。

1947年，美国人事官员R.L.兰德沃在一份报告中说：“国家标准局对王普教授任职一事十分焦急。他是一位优秀的核物理学家，现就职于中国青岛国立山东大学。”L. R. 哈弗斯坦德则说：“王博士在丽斯·迈特纳手下进行过研究。自从1938年起，该女士在铀裂变方面进行的工作就在德国受到广泛的赞誉。根据她的推荐，他加入了我们的团队，在华盛顿卡尼吉研究所新型核粒子加速器上工作……他的坚实学术根底为他、而且间接地为中国赢得了高度尊敬和赞许。”这些评价，促成王普担任了美国国家标准局辐射物理研究员。两年后，美国X射线部部长劳瑞斯顿•S•泰勒评价王普说：“我们于1947年11月以合同雇员（WAE）的形式，雇用了王博士。其目的是专门为开发高能量辐射测量核物理技术。在这方面，王博士研究出采用核径迹乳胶分析进行工作这种令人满意的技术，……在雇用王博士期间，我们在全国搜索受过此类核物理培训的人才。经过好几个月的努力之后，我们还是不能锁定一个人……我们锁定了王博士的职位，将其从中国引进过来，因为对于我们的需要来说，他太关键了。……我们过去就知道王博士在该领域的能力。战前他在丽斯·迈特纳博士实验室工作。该实验室首次研发出核裂变理论。在此之后，他来到我国……从而促成在我国进行的第一次核裂变实验。这次实验背景，再加他在中国的后续研究，使得他对于我们来说特别有价值……王博士在这里的工作进展令人满意，构成了我们为原子能委员会工作的计划的精华部分。”

他不但是见证了核裂变时代开始的中国人，而且也是最先在核裂变领域里工作并取得重要成果的中国人中的一位。王普曾任山东大学物理系主任、代教务长，为山东大学的创建和恢复，特别是为物理学科的建立和发展做出了突出贡献，是山东大学物理学科的创建者。

2010年10月27日上午，王普先生塑像落成仪式暨《王普先生纪念集》首发式及缅怀王普先生座谈会在山东大学隆重举行，该活动系山东大学物理学院80周年庆祝活动重要组成部分。山东大学党委常务副书记尹薇、副书记李建军为王普先生塑像揭幕。中国科学院院士冼鼎昌、戴元本、王克明，山东大学物理学院老教授何瑁、谢去病、张乃健，校友代表陈国柱、于良，王普先生家乡沂南县的代表，山东大学物理学院院长梁作堂，王普先生之子王沂光及师生代表200余人参加纪念活动。

王普先生塑像是继华岗、成仿吾、闻一多、臧克家、冯沅君和陆侃如之后的第6尊山大名人室外塑像。塑像由著名雕塑家，曾创作孔子标准像、季羡林先生像、大青山纪念群像的胡希佳教授设计创作，坐落于山大中心校区物理学院楼前广场。

《王普先生纪念集》是为了缅怀王普先生暨庆祝山东大学物理学院创建80周年而编纂的纪念文献集。其内容涵盖了目前所能搜集到的王普先生的主要学术论著、记录王普先生贡献的诸多历史文献、知情者和后人后学的怀念文章以及生平照片等。“纪念集”重在体现历史纪念意义，突出文献的历史价值，记录人们的追思与怀念。“纪念集”的编纂主旨是“还原历史真实，尊重历史原貌，赓续学术文脉，促进学术承传”。《王普先生纪念集》的编纂得到了诸多领导、专家、亲属、友人和诸多科研院所、高等院校的指导、支持和帮助。中共山东省委常委、宣传部部长李群在繁忙的工作中对纪念王普先生的事宜予以关心、关注，并亲笔作出重要批示，对王普的历史贡献给予了高度评价。山东大学校长徐显明高度重视纪念王普事宜，并作出批示，指出：王普先生是杰出的物理学家，在中国核物理及山大物理学科史上都占有重要地位，应予以隆重纪念。随后，亲自为本书作序。山东省文联主席、山东工艺美术学院院长潘鲁生博士、山东工艺美术学院副院长张云龙博士对纪念王普先生事宜予以关注和支持。冼鼎昌院士、戴元本院士、张礼先生、于良先生、何瑁先生、谢去病先生、张乃健先生、陈国柱先生等，对本书的编纂给予了悉心指导和大力支持。山东大学党委副书记李建军同志，对纪念王普事宜的具体事项给予了诸多关照。山东大学物理学院院长梁作堂博士和张承琚、黄性涛副院长，积极支持各项纪念活动。《王普先生纪念集》由山东科学技术出版社于2011年2月出版。

2015年，在临沂大学图书馆古籍书库又发现了王普《热学讲义》一书的油印本。查中国国家图书馆、山东大学图书馆等各图书馆均未存有此书，山东科学技术出版社出版的《王普先生纪念集》中所列“王普主要论著简目”未收，当事人的回忆文章也未提及此书，目前看这是一本具有重要价值的孤本图书。同时，关于王普1930—1935在山东大学任讲师阶段的情况，没有人说得很清楚，这本明确标有“民国二十二年十二月”的油印本，能说明当时王普开设的课程情况以及他的学术思想等。再加上油印本印量少，流传不广，在今日是难得之物，知名学者的讲义存世量更是稀少，显得十分珍贵。王普《热学讲义》一书为线装油印本，书高27.2厘米，宽19厘米，410页，民国二十二年（1933）成书。王普四次供职于山东，三次任教于山东大学，这是他1930年秋第一次就任山东教职后的自编讲义。当时他受聘为青岛大学物理系讲师，两年后的1932年9月，教育部令国立青岛大学改称国立山东大学。该书为王普在国立山东大学任教期间编写的讲义，民国时期很多教授的讲义都是油印本，王普也不例外。《热学讲义》一书为油印线装，封面无字，扉页上有“热学讲义”，紧靠书名下面是“王普编”，最下面是“民国二十二年十二月”，字体系繁体正楷。全书分为十三章，每章用符号与阿拉伯数字标明节数，章下8节、9节、20节、35节不等。在20世纪30年代至50年代，王普的名字在中国学术界是相当响亮的，因此本书尤为难得。2015年第7期《科技情报开发与经济》曾发表了王芙蓉、续思民《地方高校图书馆古籍书库建设浅议——以临沂大学图书馆为例》一文，其中从侧面简单地介绍了王普这本书的一些信息。沂南作者高军对该书进行了认真查阅，并撰写了《新发现的王普著作〈热学讲义〉》一文，登载在《沂南年鉴2018》等资料中。

汶河无语东流去

高　军

汶河岸边的东贯头村是王普的故乡。

汶河河水中的鹅卵石上长满青苔，小鱼成群追逐，河虾在清凌凌的水中嬉戏跳跃，螃蟹旁若无人地从自己的小小洞穴里出来进去，河蚌在静若绸缎的浅水里留下一道道移动自身时消除不了的细小沟痕。两岸风景美丽，牛羊在安静地吃草，小鸟鸣叫声不绝于耳，村姑洗衣的棒槌一声声敲击着，显得河边更加清幽。

汶河水日夜不息地流淌，夏天丰盈起来了，也仍然处于漫步状态，从来没有狂躁地咆哮奔腾过；冬天它变得有些瘦弱，但还是一种从容沉稳的姿态。河水东流而去，水中的石头倔强地坚守着，流动的河水与水中的石块完美地诠释着一种关系。

2009年夏，王普之子王沂光夫妇回访家乡，我陪同来到东贯头村，进一步了解了王普的有关情况。村里也在多年后与王普家人有了联系，年迈的老人颤巍巍地拉着王沂光夫妇的手，详细论说着家族辈分，亲切地称呼着祖孙叔侄。村边流淌的汶河水，也好似在悄悄地诉说着河边发生的悲欢离合、聚聚散散……

多年来我一直在汶河岸边辗转，曾有缘在依汶镇待过几年。由于很小的时候就知道汶河岸边的依汶镇东贯头村是蜚声海内外的著名物理学家王普的故乡，平时也就注意追寻王普的踪迹，想深入了解一下他的人生阅历和科研成就，可是由于王普很小就离开了家乡，很难联系上王普家人，所以直到这次王沂光夫妇回来才真正知道了王普的很多详情。

和缓清凉的汶河水滋润着王普的梦想，编织着他人生的锦缎。他1902年出生在东贯头村，在这淙淙流淌的汶河岸边度过了他人生的初始阶段。1922年考入北京大学预科，1924年升入北大本科物理系，毕业后到中央研究院等单位工作，1935年考取公费生赴德国柏林大学随导师菲利浦在威廉皇家科学院达莱姆化学研究所研究核物理，1938年获得博士学位。此后，他转赴美国华盛顿卡内基学院研究核物理，在1939年因最早发现铀和钍原子核分裂时放出的缓发中子而扬名学界。他的这一发现，为核反应堆的建造及原子能的和平利用铺平了道路。他是我国最早从事原子核分裂研究并取得了重大成果的学者。1939年秋，他回到北平，受聘为燕京大学和辅仁大学教授。1946年山东大学在青岛复校，他立即返回山大，再次与海水进行“亲密接触”。1947年秋，他应聘到美国国家标准局研究核物理学，后又在杜克大学、凡德比尔特大学等做教学研究工作。1956年8月他借赴欧洲参加学术会议名义在我国驻荷兰使馆的协助下绕道苏联辗转回到了祖国。在北京，中国科学院物理研究所所长钱三强热情接待了他。不久，他坚持又回到了仍设在青岛的山东大学。

河水清澈，不断洁净着灵魂。《周易·说卦》中说：“润万物者莫润乎水。”人体中水分所占比例极大，内部的水流在不停地奔袭着，让人自然而然产生了一种亲近水的天性。我曾多次遐想过，出生在汶河边的王普喜欢清澈的水，他骨子里奔流着的水系有着汶河水流的积淀。孔子说“智者乐水”，是与水天然亲近的性情让王普回到了水边。后来，山东大学迁回济南，王普也回到了泉城，仍然能与水亲近着。直到1969年1月15日含冤去世，家乡汶河在他汁液充盈的思想和恍惚的梦幻中肯定是缓缓地流淌着的。

作为现代中国早期的著名物理学家，王普本来是能成为国家重大核物理科技工程建设功勋行列中重要成员的。当然，历史是不能假设的。那时候狷介耿直的他执意要回到当时设在青岛的山东大学，他的导师着急得口不择言：“你回……就毁了！”但他默默地固守己见，还是回到了有水的地方。以后的事实是，王普后来仅在山东大学开设了近代物理课程，没能参与到国家的重大核物理科技工程。即使是他准备建立的研究宇宙射线中不稳定粒子的核乳胶实验室，也因激荡的政治浪潮搁浅。

时光如水一般流逝，王普也逐渐被淡忘……

当年，幼小的王普顺着滔滔汶河向远处走去的时候，是不是就注定了他这一生必须淡定地接受时代河流的滋养和冲击。人间的烟火会浸入安静的心绪，王普的一生充满了错失与遗憾，一定是水的滋润保留了他人性中的柔韧和平展、干净和坦然。

我转头再次望向汶河，分明看到了河水中那充满硬度的一块块石头，那是汶河的骨骼。恍惚之间，我又想那也应该是王普人生的锚，固定了他与水、与家乡的关系。

王沂光夫妇的寻根之行虽然结束了，但我想汶河的流水也会在他们的心灵中长久流淌的。

刘波平在沂南

梁少华

刘波平（1917—1970），原名刘汝钦，山东莱芜市莱城区羊里镇陈家庄村人。他的爱人刘乃兰，老家是沂南县依汶镇东贯头村。他长期从事公安工作，曾长时间战斗在沂蒙山区。

他在沂蒙期间，历任沂南县公安局局长，沂蒙专署公安处处长，山东省第二专署公安处处长，沂水专署公安处处长，临沂专署公安处处长。以自己的青春韶华，在沂蒙公安革命历史上，留下了浓墨重彩的一笔。

刘波平1945年9月任沂南县公安局局长，他在沂南工作的日子，正是公安工作任务最艰难的一段时期。

抗战时期公安工作主要负责维持治安、锄奸（伪组织伪乡长伪保长）、反奸诉苦等，他们经常单枪匹马深入敌占区进行侦察工作。刘波平说：“侦察的目的就是做到敌动我知，把敌人的阴谋消灭在行动之前、预谋之中，不让敌人的阴谋得逞。”解放战争时期，公安工作就像打游击一样无固定住所，有时一个晚上要换几个地方，工作的时间没日没夜。战时干公安工作和部队一样，一直在打仗。沂蒙山区的几次大的战役，刘波平带领公安干警都参加了，如青驼寺、垛庄、蒙阴、孟良崮战役。主要是配合主力部队，以为部队服务为主，平时穿便衣侦察工作，熟悉地形，了解国民党部队的分布、驻扎、兵力情况，主要任务是配合主力打仗，给部队带路、侦察以及土改、剿匪等。

其间，正处在解放战争的关键时刻，我们的沂蒙山区，战争残余的敌特分子、武装散匪、封建土顽、反动会道门、地主恶霸等活动频繁，非常嚣张。经常出现抢劫、杀人放火、破坏党的中心工作和重要工作的案件。特别是破坏党群关系，破坏参军、支前民工的征集，破坏支前粮柴、衣被、鞋子的运输工作的事，时有发生。因此安全保卫工作、发动群众打击敌顽残余、维护社会安定的任务，尤为重要，而且任务十分艰巨。

沂蒙山腹地山多山大，我们在明处，敌人在暗处，要出色完成党交给的艰巨而光荣的任务，做好全县的安全保卫工作，其难度可想而知。

抗战胜利，沂临边联县公安局合并到沂南县公安局后，沂南县公安局先后驻在张庄区的南沿汶，依汶区的运粮庄、松林、东贯头庄。这期间刘波平任公安局局长。解放战争时期，沂南县东贯头村他岳父家，曾长时间成为沂南县公安局办公驻地。

在烽火连天、动荡不安的战争年代，公安面对的敌人，既有荷枪实弹穷凶极恶的鬼子汉奸，也有身披革命外衣混入我军内部的凶险狡诈的奸细。在那特定的时代背景和艰苦卓绝的环境条件下，一没有高科技的侦查手段，二没有完善的法律监督制约机制。遇上战局环境险恶时，公安局对在押的嫌疑人，非杀即放，公安局长闪念间的决策就关系着一个人的生与死，稍有偏颇，就会放过一个坏人或者制造一个冤魂，权大任重。据他的老部下回忆，刘波平在任期间从未出现冤假错案。他观察问题细致，掌握情况全面，处理问题果断，总能及时把形形色色的破坏活动消灭在萌芽状态。

1947年，张庄是敌人的驻地，住着国民党的部队。有个姓张的识字班班长叛变了，向国民党报告了共产党员和干部及新四军武器隐藏情况，由于她的出卖，当时已有五六个党员、干部被国民党杀害了。为了避免更大的损失，保护好藏在周围山上的新四军的武器等，刘波平带领公安战士趁着夜色巧妙地在她的家里坚决处决了这个叛徒。

当时，国民党盘踞青驼寺。有个镇干部叛变了，当上了伪乡武装队长。国民党的乡武装队作恶多端，杀了我们两名村党员干部。刘波平当机立断，研究具体方案，从三十多里的公安局驻地深夜出发并亲自上阵，赶赴青驼寺，内外接应，成功干掉了这个可耻的叛徒，清理了革命队伍。

刘波平1950年7月任沂水专署公安处处长，主掌全区八个县（沂水、沂南、沂源、莒南、莒县、莒沂、蒙阴、蒙山）安全保卫的艰巨任务。

据他身边的工作人员回忆，在这一特殊时期，各县上报捕杀的材料特别多，主办人员审阅后都需要刘处长亲自圈阅签名，再由秘书盖上大方铜印。然后拿到地委去盖上圆印，才可发回各县执行。在当时，刘波平主宰全署生死判决，责任重大，经常要忙到深夜。刘波平对每一个案件材料的审查处理都非常严格、慎重、细心。在处理各种事情上殚精竭虑、坚持原则。

1950年秋，沂南县辛集区为了建设区公所，在李家屯北岭起石头，就在这期间村里发生了瘟疫，短时间内死亡二十多人，其中大多数是小孩。有群众传闻：“北岭起石塘，李家屯出少亡。”把瘟疫说成是与区公所起石头有关。村干部领着五六十名群众到辛集区公所，要求停止起石头，并把起的石头填回石塘整平。个别群众说了些过头话，甚至有些过激行动。后辛集区将情况报告给县府，一领导同志带人去李家屯调查处理后召开群众大会时，因言语冲突，引起了群众的不满，结果调查处理工作的同志被赶跑不敢进村。工作组第二天到沂水专署公安处找刘波平汇报，并提出要求逮捕为首闹事的群众。刘波平听完汇报后说：“你怎么能把群众说成是土匪呢？不仅不能捕人，你得回村里向群众检讨承认错误，赔礼道歉。我从公安处派两个干部，再从人民医院调去个医生多带点药。你们这次去的任务是先给群众治病，把瘟疫控制住，其他的问题，之后再研究处理。”

第二天，工作组根据刘波平的指示，又回到了李家屯村，先对病人逐户检查，给病人服药，然后再调查找原因，疫情很快得到了控制。十多天后，病人痊愈。当工作组要离开该村时，群众流着眼泪排着队为他们送行。

刘波平警惕性高，在敌占区的长期的敌我斗争中，工作签名有了自己特点，他的字写得非常流利好看，但外人一般不认识，原来他练就了“反体签字。普通人只有仔细琢磨，把纸反过来看才能弄清楚他签的名字。

今天，我们怀着崇敬的心情，追寻这段尘封的历史，以铭记先辈们的忠肝义胆、满腔赤诚，传承革命的薪火。

第四辑

暖　墓

高　军

“等一等，等一等。”第一位烈士的遗骨就要在万松山南坡安葬的时候，罗舜初赶紧嘱咐说，“还有件事情需要办一下，所以等一等啊。”

祖洪忠是西边不远处的隋家店村农民，正在挖墓穴。在村里，罗舜初和他主动打过几次招呼，平常他也就是叫一声“罗政委”就走开去了。这时，他听话地双手拄着镢头把儿停下来了。

热风吹进山上的松树林，让人感到已经变得凉爽了许多。罗舜初神色凝重，慢慢抬眼看向正在山前缓缓流淌的汶河，清澈的河水在阳光的照射下呈现出一片片银色光斑，好像巨龙身上的鳞片一样。他收回目光，缓缓吩咐身边人员说：“到村子里去买些纸钱，我要为这些殉国的英雄们暖墓。”

“暖墓？”身边人不明白，祖洪忠也把疑惑的目光转向了他。

罗舜初以低缓的语调说道：“小时候在老家，我看到下葬时都要在每个挖好的墓穴中焚烧五张纸钱，说就是金、木、水、火、土五行俱全的意思，乡亲们都管这叫作暖墓。这次需要安葬的英雄们，来自四面八方，各地的风俗习惯可能也都不一样，我看咱们就一一为他们举行个暖墓仪式，让他们安居在这里，永远不感到寒冷。”

听到这里，祖洪忠心中一动，眼睛有些发热，他忍不住连声说道：“这样好，这样好。”

有人提醒说：“罗政委，咱们共产党人不是讲唯物嘛，这样……”

罗舜初点点头：“是的，我们树立的是辩证唯物主义观点。”他向西北方向望了望，“在延安的时候我就亲耳聆听过毛泽东同志讲授的《辩证法唯物论》，特别是作为抗大第三期正式学员，我更是系统地学习了辩证唯物主义的世界观和方法论。但毛泽东同志讲要结合中国革命实际，实事求是、一切从实际出发，绝对不能教条主义。”他摆摆手，“呵呵，扯远了。暖墓是一种民俗，是一种丧葬文化，不能简单地和唯物不唯物扯在一起。就这样吧，赶紧去买纸钱吧。”

趁着一个战士去隋家店村买纸钱这一会儿的工夫，罗舜初和祖洪忠攀谈起来：“老乡，咱们见过多次面，也没有好好聊一聊。”

祖洪忠笑笑：“罗政委你们那么忙，光忙着打鬼子去了，我哪里敢耽误你的工夫啊。”

“是啊，我来山东四年了，一直和日本鬼子打仗。”罗舜初转开话题，“咱哥俩论计论计吧，我今年29岁了，老乡你多大了？”

祖洪忠说：“我虚岁31岁了。”

罗舜初赶紧说道：“哦，论虚岁，我30岁，那你是我的老哥啊。”

他们就这样越说越近乎，祖洪忠心里说罗政委和普通人一样，根本不像个官啊。

纸钱买来后，罗舜初先接过来，轻轻放在地上，用真钱在纸面上压了一遍，然后用左手在前向右，右手在后向左，开始慢慢划动纸片。黄色的纸片转动着散开来，他把五张作为一份轻轻折叠一下，放到一边。然后再认真地划动一下地上摞在一起的纸张，再把五张折叠成一份。一直到一刀纸全部折叠完毕，他才站起来，舒展了一下腰身。

安葬仪式开始了，罗舜初拿着一沓叠好的烧纸跳进了墓穴。祖洪忠赶紧掏出火石和火镰，也跳下来，嚓的一声打出火星，并慢慢吹出了火焰。纸钱燃烧起来，轻轻翻转着，由黄变黑，由黑变白。暖墓结束，烈士的遗骸被认真掩埋了下去。

两年后，罗舜初奔赴东北战场，离开了工作战斗六年多的沂蒙山区。祖洪忠一直在隋家店村务农，心中总忘不了他和罗政委在万松山的那次亲密交谈，他不断念叨罗政委的踪迹，叙说着罗政委在海军、在北京、在沈阳的情况。

罗舜初对沂蒙山区也有深厚的感情，1981年他在沈阳病逝前，嘱咐家人和身边人员，要把自己的骨灰撒在万松山上。

这年，祖洪忠年近七十，也已经老态龙钟了。他听说罗政委要回万松山了，一早就拄着拐杖来到了山上。有关人员和当地领导都到场了，仪式就要举行的时候，他颤巍巍地走上前去：“等一等，等一等。还有件事情需要为罗政委办一下，所以等一等啊。”人们一愣神的工夫，他已经从随身带来的一个布袋子里小心翼翼地拿出了一沓折叠整齐的五张烧纸，“这样说来，罗政委也不埋坟头了，但我也还是要为他暖墓。”这时候，他已经用上打火机了，只见他用大拇指按转了一下，哧的一声火焰跳动了出来，他慢慢拿起烧纸，靠近了火焰。

周围的人们什么也没有说，但眼睛都有些湿润，不由自主地把目光转向了山前那不停流淌的汶河水。

咬 春

高 军

“咬春好，咬春好，咬得口粮吃不了。咬春好，咬春好，咬得布布用不了……”

周赤萍刚进入运粮庄，就听到从一户人家院内传来唱歌谣的声音。战斗间隙，他喜欢写作，到每个地方对民间歌谣都热心关注。听到这里，他抬腿就往大门里走去。

今年巧了，大年三十又是立春的日子。作为鲁中军区政治部主任，周赤萍又一次来到了运粮庄，他想看看乡亲们怎么过年，更想就进一步开展生产运动和乡亲们聊一聊，特别是解决怎么抓住目前这一段冬闲季节，加快纺线织布进度的问题。中央号召“发展生产，保障供给”后，周赤萍想在沂南有一番作为，真正做到养活群众，养活军队。运粮庄这个村子在依汶东北方向，传说曾是北宋穆桂英运粮经过的村庄，所以后来就叫作了运粮庄。最近几年，周赤萍率领队伍在周边和日本鬼子打了多次仗，和村里的老百姓很熟悉。老百姓对他没有二心，他来这里也感到很实在。

“老俵——”周赤萍一开口，就要带出江西口音，但他在“俵”字刚要出口的时候就硬生生憋了回去，“老乡好啊——”

“好，好，”男主人热情招呼着，“周主任来啦。”

只见女主人手里拿着一个粗大的红萝卜，正做出让一个五六岁的孩子吃的模样，看到周赤萍来了，就停下来，从座位上站起来娴静地笑了笑。

男主人解释说：“今天大过年的，又和打春在同一天，就让虎子这孩子咬咬春。”说到这里，男人有些不好意思，“这都是老一套了，现在……这不孩他娘非要……”

“你看你，不就是个风俗嘛，”女人用温顺的眼神看了男人一眼，转过头用细细的声音和周赤萍说道，“打春了，咬咬春就是盼着一年风调雨顺，有饭吃，有衣裳穿，就是一个想头罢了，不能算封建迷信的。”

周赤萍笑笑说：“是啊。我老家宜春好像没有这种风俗，但我们那儿的九江也有这种风俗的，只是我不太清楚到底是个什么样子。咱们这里怎么咬，光小孩子咬吗？”

男主人也放松下来：“大人也都咬一咬，也就是图个吉利罢了。”

周赤萍点点头：“现在还是抗战最困难的时期。咱们要种好庄稼，还要纺线织布，解决好吃饭和穿衣的问题。盼望有个好的收成，过上好日子，这很正常啊！来，我也要咬春，咱们都来咬春吧。”

当红红的萝卜放到周赤萍嘴边的时候，他一口含住并轻轻咬下来一小块。他慢慢咀嚼着，一股清新的气息在他口腔中渐渐漫散开来的时候，这一家三口就一齐唱起来。他也赶紧随上：“咬春好，咬春好，咬得口粮吃不了。咬春好，咬春好，咬得布布用不了……”

唱完一遍后，周赤萍寻思了一下：“不对，咱们怎么都成孩子了？”“布布，布布，这不是孩子的话吗？孩子说布布，咱们说布匹，布匹显得多啊。口粮也不如改成粮食，我们不但要有口粮，有余粮不是更好吗？”

于是，他们每咬一口萝卜，就唱一遍这个歌谣，孩子和大人由于用词不同，唱的过程具有了一种二部合唱的效果。

咬春结束，周赤萍赶紧提起他最关心的问题：“老乡啊，很快就春耕大忙了，您说说像纺线、织布这些，怎样才能快一些呢？”

“多点灯熬油呗，还能有什么办法？反正得等着纺完线，再用拐子把线穗子上的线拐到篗子上，再一步一步地来呗。”女主人显然是个行家。

男主人皱着眉头想了一会儿，说：“除非，纺出线来，有人接着干下一道工序，大家伙着干……”

“咱们咬春了，不是咬得布匹用不了吗？一定能行！”周赤萍听后，赶紧起身告辞。

随后，在村子里他把村干部们召集起来，商量如何在春耕以前加快纺线、织布的进度问题，有的干部也反映单家单户干，窝工比较严重。

周赤萍的想法清晰了起来，决定立即在村里组织纺织合作社来提高生产效率。几天后，在运粮庄组织合作社的效果很明显，接着周赤萍在全县广泛组织起了各类生产合作社。这年春天，沂南有大批劳动模范受到地方政府和部队的表彰。

多年以后，年事已高的周赤萍定居福州。1988年立春这天，沂蒙山区沂南的小名叫虎子的老乡突然来拜访他，说自己特意转路这里再到云南去看望当兵的儿子，受自己父母委托来看望周主任并一定要和周主任再咬一次春，希望周主任一切安好。当五十多岁的虎子拿出从沂蒙山区带来的温室大棚培育出来的鲜红水萝卜的时候，周赤萍眼睛湿润了，他刚咬了一口就哽咽着唱了起来："咬春好，咬春好，咬得粮食吃不了。咬春好，咬春好，咬得布匹用不了……"

大安子突围

高 军

1941年，是沂蒙山区抗战形势最为严峻的时期。在11月6日这天，发生了大安子战斗，造成了很大的损失，沂南行署代主任、沂南县公安局代局长等壮烈牺牲，只突围出去了七个人，其惨烈程度可想而知。

11月1日，日军推行第三次"治安强化"运动，建立物质对策委员会、经济封锁部、经济游击队、合作社等，实行"掠夺战"与"三光政策"，围困、破坏根据地，以断绝我根据地内必需品的来源。2日开始，日军5万重兵"扫荡"沂蒙山区，敌华北派遣军总司令畑俊六亲自指挥，采用"铁壁合围"战术，用7周多的时间，分三个阶段空前残酷地"扫荡"了沂蒙山区。第一阶段从11月2日至11日，斗争重点是敌之"合围"与我之反"合围"。第二阶段从11月12日至12月上旬，斗争的重点是敌之"清剿"与我之反"清剿"。第三阶段从12月上旬起，敌伪转向鲁南天宝山区及滨海地区"扫荡"，我军进行反击。在50余天的反"扫荡”中，沂蒙根据地遭到重大损失，但沂蒙军民在艰苦的斗争中经受住了锻炼和考验。

在这个时段，沂南发生了很多大事：2日，马牧池突围；5日，留田突围；7日晚陈若克被捕；29日晚，绿门山、狼窝子战斗；30日，空前残酷的大青山突围造成山东抗战史上最严重的一次损失。明德英乳汁救伤员；王换于悉心救护白铁华，含情安葬陈若克；刘世矩临危不惧三钻敌人铡刀等，都发生在这个11月里。本月至12月，徐敏山带领游击队同敌人作战72次，后被鲁中区党委嘉奖为“战斗英雄”。

大安子战斗发生在11月6日。这天中共沂南县委书记李铎，组织部部长秦昆，宣传部部长吴克东，沂南行署部分领导以及鲁中军区司令员刘海涛和他的警卫班，在沂南县大安子、穆柯寨、黄山坪（黄草坪）被敌包围。

据《中共沂南党史大事记》记载：“突围时警卫部队被冲散，沂南行署代主任赵致平、沂南县公安局代局长刘莱之壮烈牺牲。”

王传斌在《跨越世纪的回忆》中回忆当时的情况，“经多方打听，终于得到一些很简单的消息：11月2日后县委、行署、县级机关奔向南墙峪山区东部的黄草坪，很快被敌人包围，县大队也被围在里面。敌人两天内没有开枪，可能是在调动兵力。包围圈越缩越小，形势对我明显不利，县委决定在敌人未发动总攻前突围冲下山去，沿大、小安子村的河沟向南冲出，过沂河到达南部山区集合再战。6日早上冲下山后，到达大安子村附近遭遇到敌人在小河东岸地段设下的埋伏，敌人早有准备，借早上阳光向西射击，我县大队武装奋起反击，一面抵抗，一面向南突围，由于敌人占据有利地形，以逸待劳，我方处于被动状态，因此伤亡较大，受到很大损失！行署代理主任赵致平（博山县人）、公安局代局长刘莱芝（莱芜县人）等人壮烈牺牲，行署秘书于签（广东人）、县妇救会长于波（女）等人被俘，物资大都丢失，县大队被打散。这是自建立沂南县委以来最大的一次损失！幸而县委书记、两位部长得以幸存下来，他们在到达预定地点后，很快又聚集力量，带领群众继续战斗。”

关于赵致平，王传斌说他是山东博山县人，但我们查阅了大量资料，包括赵志平、赵治平等，均未在革命烈士名单上查阅到其人。他在沂南工作的情况，也很难弄清楚。我们只知道，当时原沂南行署主任何方宏临时调离（抗大、岸堤干校培训），由他代理沂南行署主任。他尽职尽责，做了大量工作，最后献出了自己宝贵的生命。

关于刘莱芝，王传斌说他是山东莱芜县人，当时担任沂南公安局代局长，但我们同样未在革命烈士名单上找到他的信息。1984年沂南县史志办公室整理的《沂南县公安局历史资料长编》中有一些关于他的消息：“刘莱芝，男，籍贯广饶县，党员。”入党时间不明，牺牲时间、地点标明为“1941年10月（这里是农历时间）在沂南县大安子山战斗中牺牲”，牺牲时的职务为“沂南公安代局长”，备注栏目没有标明他被批为烈士，似乎直到20世纪80年代初，他还没有被批为烈士。我们只查阅到，1939年12月至1940年5月，刘莱芝（刘来之）担任沂南县锄奸科政卫队指导员，随后调离，去向不清楚。但到1941年9月，由于当时的县公安局长张国锋奉命到上级学习受训，他被任命为沂南公安代局长。10月5日，他率领县公安局全体人员随县委、县政府转移到鲁庄，得知沂水城和铜井等地据点的敌人出动，在分析敌情时他建议向鲁庄以西的山头，也就是大安子山转移，占领制高点，县委领导同意这个方案，就让他组织队伍转移到山上。可是6日拂晓前他们就被重重包围了，这时他主动与县委、县政府主要领导研究制订突围方案，把所有人员临时编成三个排，县政府机关为一排，他主动要求带领一排冲在突围的前列；县委机关为二排，居中；公安警卫队为三排，负责殿后。他们突围到大安子村遭遇敌人时，他机智勇敢，指挥果断。但终因敌众我寡，他和赵致平等壮烈牺牲。只有县委书记李铎、组织部长秦昆等七人突围出去。

这次战斗就是著名的大安子战斗，后来有人称其为“黄山坪（黄草坪）突围”其实是不准确的，因为他们6日早上冲下山以后，在大安子村附近才遭遇到敌人在小河东岸地段设下的埋伏，也才发生了这次激烈的战斗。赵致平、刘莱芝牺牲后，也一直埋葬在大安子村的墓地里。2019年2月13日我在大安子村采访的时候，村里的王学友、王洪余、杨德俭等老人都说：“有一个赵主任被鬼子打死后，埋在村东北的官地里，直到后来才起走了。”我问他们赵主任是谁，叫什么名字，他们虽然都不知道，但根据以上情况可以判定就是赵致平。由于这些原因，这次战斗叫作“大安子战斗”才是准确和贴切的。

朱寿年狱中遇战友

高 军

1929年5月12日，中共沂水县委遭到破坏以后，县委书记朱寿年、组织部部长孙固斋、军事部部长鞠百实、青年部部长徐子厚、农协主任张敬诺等7人被捕，被押入山东高等法院看守所。

同在狱中的刘一梦得知了家乡沂水县党组织遭到破坏的情况后，很是痛心。随即他多方想法，打听到了被捕者的具体情况，得知狱方并没有掌握有说服力的证据，所以一直对被捕者还没有做出任何处理，自己也已身陷囹圄的刘一梦悬着的一颗心才稍稍放下。

刘一梦（1905—1931.4），原名刘增容，又名刘大觉，蒙阴县垛庄镇（当时属沂水县）人，出身于有名的“燕翼堂”。他早年毕业于临沂山东省立第五中学，后考入南京金陵大学文学系，1923年转入上海大学社会系。在校受到瞿秋白、邓中夏等共产党人的教诲和影响，接受了共产主义思想，并于同年由王尽美介绍加入中国共产党。此后，他经常利用假期回乡传播革命思想。1927年他开始文学创作，积极参与在上海创办的春野书店的一些工作。1928年1月，《太阳》月刊问世后，又成立了倡导无产阶级文学的社团——太阳社，刘一梦成为社内党组织的负责人之一。1928年秋，他被党组织派到山东任共青团山东省委书记，并到诸城县楼子一带开展农民运动。此后，他经常在济南、青岛一带，以饭馆跑堂、拉洋车为掩护进行革命活动。

刘一梦对朱寿年有更多的亲近感。朱寿年是朱家里庄人，名献长，以字行。1926年秋毕业于济宁道立甲种工业学校，1927年春加入中国共产党，1928年12月任沂水县委书记。至1929年5月，沂水县党员发展到250多人，党组织发展到3个区委和1个特别支部。贫农会员1000余人，农民协会会员5万余人。在“五三”惨案一周年之际，沂水县农民协会、妇女会、学联会召开大会，在沂水城游行示威，打了区长代表邱汇州（邱淮），砸了区公所的牌子。5月12日中午，国民党沂水县政府集合军警700余人，另加杨虎城部1个营，将朱寿年等7人逮捕，押进沂水看守所。50天后朱寿年等被押送到山东省高等法院看守所。朱寿年的家乡朱家里庄，距离刘一梦的叔叔刘晓浦第一任妻子高琪媛的娘家高家中疃，仅仅五六里路远。当年叔叔刘晓浦到高家中疃岳父母家去，喜欢带着刘一梦一块过去。他们曾带着《向导》等杂志，向乡亲们宣传革命真理。所以朱家里庄、高家中疃党的工作基础较好，后来出现一大批人陆续加入了共产党。

趁着狱中放风的时候，刘一梦安排何自声（王惠卿）与朱寿年他们暗暗接上了关系，告诉他们狱方并没有掌握他们是共产党员的依据，只是觉得他们搞游行示威，扰乱社会治安，聚众闹事而已。

不久后，刘一梦也与他们见了面，再次帮助他们分析案情。刘一梦笑着说："我成立山东第四贫民会，领导农民进行'抗租抢坡'斗争，在报纸上发表宣传马列主义，揭露反动当局黑暗统治的文章等，他们基本上掌握了我的情况，他们想从我的身上打开缺口，了解山东党、团的情况，以便实行大抓捕，他们那真是软硬兼施，威逼利诱，从封官许愿到施用酷刑，无所不用其极。但是你们都知道，我在上海的时候，和蒋光慈他们办过《太阳》月刊，我就回答他们说：'你们看太阳是从哪边出来的？'他们就没有劲头折腾了。"说到这里，他把话锋一转，"你们就不一样了，所以一定要咬紧牙关坚持下去，在任何情况下都不要承认自己是共产党员，都要有信心、有决心和国民党把斗争进行下去。"

刘一梦又转过头来，对着何自声说："要好好帮助他们，仔细分析情况，抓住有利证据，从对方存在的破绽入手，利于有理有据地进行申诉，好让他们尽早恢复自由，以便回家乡继续开展斗争啊。"朱寿年等7人进一步增强了信心，被激起了斗志。

随后，刘一梦和何自声仔细斟酌，由何自声执笔，帮助朱寿年他们起草了逻辑严密、证据有力的申诉书递交上去。

1930年12月，朱寿年被省高等法院判处有期徒刑10个月，剥夺公民权5年。这一结果出来后，刘一梦和何自声感到欣慰，鼓励他们继续坚持狱中斗争，只要不懈努力，一定会尽快出狱的。

令朱寿年想不到的是，1931年4月5日，刘一梦与其叔刘晓浦和山东省党组织的领导人邓恩铭、刘谦初等22人被国民党反动军阀韩复榘枪杀于济南，史称"四五"惨案。年仅26岁的刘一梦献出了年轻的生命。在狱中听到这一消息，朱寿年忍不住失声痛哭，泪流满面。

朱寿年他们继续按照刘一梦多次嘱咐的，在狱中巧妙开展斗争，狱方抓不到新的证据，到1933年3月只好将他们释放。

刘一梦狱中帮助自己和战友们的事情，让朱寿年记了一辈子，并且也越流传越广。

小松林大阅兵

胡金华

位于依汶镇驻地东北5千米的松林村，村落大部分还保持着石头屋、墙的原始面貌。该村东、北两面环山，南接汶河，西傍山岭，地势平坦，既有天然屏障又有回旋余地，远远望去，松林茂密。这里的一草一木，饱含着革命战争年代沂蒙人民保家卫国、无私奉献的精神，更见证了沂蒙军民的鱼水情深。别的不说，单凭抗战时期在这个村举行的鲁中军区万人大阅兵，就不由让人肃然起敬。

1944年2月的一天黄昏，鲁中军区参谋长、山东军区第3师副师长胡奇才从常山庄开完会，与警卫员小李步行回到松林村。刚翻过西岭顶，就发现村口处有两队扛着土枪的女民兵正在操练步伐，花花绿绿，那个好看！偌大的麦场被看热闹的群众围得水泄不通，只听见圈中央有两个人齐声喊："一二一，一二一！"观众群情激昂，一个劲儿地喊好，谁也没注意他俩。胡奇才奔过去仔细一瞅，原来带领女民兵训练的正是房东家的王英、王莉这两个丫头。难道这对"姊妹花"为参加阅兵当了青抗先领队？

王英、王莉是老房东家的一对双胞胎。不仅人长得出挑，个头相当，而且姊妹俩都参加了青年抗日先锋队，因为平常穿着都一样，一般人见了很难分辨出哪个是姐姐哪个是妹妹。胡奇才刚住进她家时，如果不是老房东把两个闺女领过来，告诉他大妮子脸上有颗小红痣，他也认不准。军人出身又阅人无数的胡奇才，当即让她俩围着院子走一圈，并让她们喊“叔叔”，结果他一下就分辨出来了，原来姐姐的口音重、走路步伐快。一时间乐得老房东一个劲儿地竖大拇指：“想不到，连她亲舅都没法儿指认的，您却不到一袋烟的工夫就认准了，实在是高！”

见首长有些疑惑，小李便悄声告诉胡奇才：“这是四号首长事前安排的，说这次阅兵，不光让各军分区和游击队参加，也要让高金大队和青年抗日先锋队的地方武装参加进来，这样好体现军民团结、并肩作战呢！”胡奇才听了，皱了皱眉头，没有说话。

当天晚上，胡奇才召开了个会，对参加阅兵的地方武装作出了三条新规定：一是训练一律在晚上进行，有训练的也要有备战的。二是训练时必须在离训练场地一公里外放二道岗，一个明岗一个暗哨。三是参加训练的女民兵一律不能离村，男民兵也要训练一次换一个地方。

这个命令下达后不久，真的发生了一件不好不坏的事情。一天早晨，小李向胡奇才报告，昨天夜里，驻扎在铜井的鬼子和汉奸突然出动来到九山庄企图偷袭正在训练的民兵时，被站岗的人发现了，多亏附近凤凰山游击队及时出击，击退了这股敌人，没有造成我方人员伤亡，要不然就吃大亏了。

听闻此消息，王英、王莉和她爹都不由暗暗称奇：参谋长就是个能人啊！有这样多谋善断的好领导，还愁八路军和咱青年抗日先锋队不打胜仗吗？

为此，原定于2月底在松林大阅兵的时间提前了五天。

据《中共沂南党史大事记》抗日战争时期（1937年7月至1945年8月）记载，1944年2月，鲁中军区在该松林村北的宽阔地带举行部队检阅大会。鲁中军区直属1、2、4团军区特务营和泰山、沂蒙、泰西军分区的部队及沂山军分区的干部共计1万余人参加大会，接受检阅。军区参谋长胡奇才任指挥，军区司令员王建安、政委罗舜初、政治部主任周赤萍出席大会。

虽然《大事记》没有说地方武装也接受了检阅，但实际上这次检阅的确在当时根据形势需要做了一些技术性处理，主要是出于扩大队伍、动员宣传参军、展示抗日力量的考虑，没有提地方武装罢了。

胡奇才坚持在沂蒙山区抗战达七年之久。先后指挥了葛庄战斗、临朐战后，攻克了沂水城，打击了顽军势力，粉碎了日寇“扫荡”，为鲁中根据地的巩固发展做出了杰出贡献。抗日战争胜利后，他奉命率部远赴东北，并指挥了新开岭战役，取得了辽东大捷，创造了我军一役歼敌一个整师的辉煌战例。

如果不是胡奇才的那次村头“奇遇”，或许松林大阅兵就不会如此顺利或会易地他处；如果不是他对战术训练做出的及时调整和精心安排，或许根据地就会遭到敌人严重破坏，松林大阅兵的这段历史就会被改写。

少年英雄小喜子

胡金华

依汶镇虎崖村有个15岁的少年，乳名叫喜子，抗战时期，他为保护北海银行币纸不幸坠崖光荣牺牲。在该村，知道他真实姓名刘锡喜的人很少，大家都习惯叫小喜子。每每提起这个少年郎来，人人痛心却也人人称颂。

他的故事，还得从北海银行说起。

设立于依汶镇大梨峪村的“北海银行旧址”碑文上记载，北海银行是山东革命根据地银行。1938年10月创建于掖县。1940年8月，山东省战工会在艾于湖村成立北海银行总行，发行北海币。艾楚南、陈穆先后担任行长。印刷厂建在大梨峪村。总行在山东根据地各地设分行，同伪币、法币展开了激烈的货币斗争，为山东根据地的发展做出了重要贡献。1948年12月，北海银行与华北银行、西北农民银行合并组建成中国人民银行。

可以说，北海银行是建立在敌人心脏里的一个银行，工作完全依靠山高林密和群众支持。那时候，北海银行不经营实物，只经营现金。这里的群众在党的领导下一边打仗，一边生产。印出来的北海票子靠手推车、肩挑人抬运出去，由八路军战士和银行工作人员到各区各村，把贷款直接发到农户手里，还经常用扁担挑子挑到莱芜、博山一带，用北海票买回铲头、犁子、镬头、肥料、菜种子等实物。那时候，驻扎在界湖、铜井以及蒙阴、沂水的日本鬼子经常进山“扫荡”。为保障北海银行的安全，银行印刷厂把供应纸张、油墨以及机器设备都分散到各个山沟里，虎崖村大虎山上的老虎洞就存放着一洞子用来印刷票子的原始纸张。

老虎洞处在大虎山的山腰上部，要想爬进洞，只有先登上山顶后再探路进去，况且上山的路只有一条羊肠小道。从山顶上往下看，直线距离虽然不到10米，但是得小心翼翼绕道下行；而从山下往上看，足有十三四丈高，除了能看到山顶悬崖，绝对发现不了悬崖上的老虎洞。此处，的确是个藏人藏东西的隐秘去处。

1942年夏季的一天，和往常一样，在村里担任儿童团团长的喜子跟随父亲刘存良又来到大虎山顶，他们父子俩的主要任务是站岗放哨兼看管老虎洞里的北海银行印刷纸。一大早，爷儿俩看天气好，为不让洞子里的纸张返潮，就下去先把印刷纸倒腾出来放在石头上晾晒，又爬到山顶上站岗放哨。为这事，村里还专门配发给他爷儿俩一个小镗锣，村干部交代说，小镗锣是用来发信号的，连敲镗锣三下，说明发现山下敌情，村里群众听了得马上转移；连敲小镗锣两下，说明需要来人上山运送物资纸张，及时通知群众来帮忙，爷儿俩点头记好，此后从未出差池。谁知这一天到了晌午日头歪时，天空西南上突然有一块黑云向这儿飘来，站在山顶的爷儿俩一看情况不妙，心想："真要是来了雨，把晾晒的纸张淋了咋办？"情急之下，父亲刘存良就想敲小镗锣，招呼村里人来帮忙，被儿子当即制止："民兵队长都说了，只有鬼子来了或运送纸币时才敲，现在你敲了，大伙还不都笑话咱爷儿俩无能？"父亲一寻思，也是，遂让他站在山顶上别动，自己下去挪动纸张，喜子一听又急了，"你手脚不如俺利索，一个人干不过来，还是俺和您一块儿下去吧！"见儿子如此坚决，父亲也就依了他。

从山顶来到老虎洞后，爷儿俩立马行动起来，把所有放在石头山晾晒的印刷纸一捆捆扛进了洞子里。活儿干完了，身体也累了，但爷儿俩没有休息，又接着脚踩石头，手拽着树枝子往山顶上爬。这时，意想不到的事情发生了。喜子由于情急心慌加上劳累，不慎一脚踩空，跌进了十余丈深的悬崖沟底。

不幸发生后，整个虎崖村的男女老少都为这个好少年喜子痛哭流涕。安葬喜子那天，附近村里驻扎的八路军干部和北海银行的领导也都来送葬，安慰他一家人。据说，村里本来想向上级打报告为刘锡喜申请革命烈士的，当村干部到家里征求意见时，刘存良夫妇却绝不答应，他们一个劲儿地说："喜子又不是上前线打鬼子死的，批烈士不够格啊！"事过几天，又来了鬼子，部队马上就要开拔，大家又都忙着备战打仗，这事也就搁置下来了。

直到七十多年后的今天，少年英雄刘锡喜为保护国家财产北海银行的物资而英勇献身的故事，虽然没有被世人披露，但他却作为无名英雄一直活在虎崖村人们心中。

九山脚下救伤员

郭　敏

1941年冬天的一天，直到夜已经很深了，依汶镇两泉庄的郭相恩才敢悄悄从自己家里摸黑往田野中走去。今年不同于往年，往年虽穷，但还算安稳，但今年，日本鬼子侵略中国，家乡这一带更是不太平，日本鬼子动不动就来一次大“扫荡”，进村后就是烧杀抢掠、无恶不作。白天，乡亲们都吓得东躲西藏，只有到了晚上，他们才能够偷偷摸摸到处划拉点儿吃的喝的。

郭相恩一天也没能够吃一点儿饭，还有家里的老婆孩子，更是凄惨。他一天不吃饭还能将就，只是家里的小孩，每天都饿得哀号不断，实在是没有办法了，郭相恩只有大着胆子去山脚下的红薯地里去看看。因为秋收的时候，日本鬼子就开始在这一带抓人抢粮食，地里的红薯也没来得及收拾干净。

天，实在是太黑了，郭相恩只有凭着记忆急匆匆地往北山方向走。走着走着，一不小心，他就绊倒在泥沟子里了。他爬起来，又开始摸着黑急匆匆地走，也不管它是荆棘还是泥沟，跌倒了再爬起来，爬起来再跌倒。最后，总算是到了他以为是自家的红薯地里。

他蹲在地里，用手摸索着土地，每摸到一个像红薯样的东西，他就用小镢头将它们刨出来。也不知到底过了多长时间，终于，篮子里马上就要装满了，郭相恩有些激动，心里想着，这回可以了，回到家后洗洗煮上一锅，也好让老婆孩子们好好吃上一顿饱饭……

他正美滋滋地想着心事呢，伸手一摸，妈呀，什么东西？肉乎乎的、圆滚滚的，还有点儿湿漉漉的，不对，怎么有点儿像是人的大腿呢？他吓得一骨碌倒退好几步，一屁股坐在了地上。其实，郭相恩也是个胆大的人，等他稳了稳神，再次小心翼翼地向前几步又摸了回去，努力睁大眼睛仔细看一看，天哪，还真的是个人躺在那里。“哎，你是谁？”郭相恩战战兢兢地问。等了一会儿，也没有回音。“难道是个死人？”郭相恩偷偷地想。“管他是死人还是活人？

多一事不如少一事，我还是快回家管自己的老婆孩子去吧！”这样一想，他就挎起篮子打算抓紧回家，可是，往回走了十几步，他就又停下了脚步。“还是看看是死人还是活人吧，假如还有口气的话，如果不管，在这黑灯瞎火的地方，光冻就冻死了，怎么说也是条人命呀！再说，前些日子不就是有个人受伤死在这山上了，听说，衣服都让人给扒去了，人也不知是被狼还是狗给吃得只剩下两条腿了……”这样想着，郭相恩就又折回到自己家的地里，慢慢走近那个人，用手放在他的鼻子下面试了试，还真的有气，不管了，先救人要紧。于是，郭相恩心一横就把这个人背回了家。

回到家以后，郭相恩才发现这是一名八路军战士。他让老婆给伤员包扎了伤口，喂了水，等他慢慢苏醒过来。这名伤员说，他是一名八路军的通讯员，因为到下面乡村来侦察情况不小心暴露了，被东山顶上的日本鬼子用枪打伤。到了下半夜天就要亮的时候，那八路军战士为了不打扰他们一家，自动要求到外面躲着。郭相恩想想也是，鬼子三天两头地进村抓人，万一让他们发现了怎么办？于是，为了保险起见，他就偷偷找人用花篓筐把八路军战士抬到村庄东南的九山脚下，在人们起石头的石汪里，用石头给他垒了一个能容身的石屋把他藏在了里面，并天天晚上给他送水送饭，一直到他身体快复原的时候。

那天晚上，也是个月黑风高夜。到了深夜，郭相恩像平时一样给解放军战士搞了点儿吃的喝的送到山上，他狼吞虎咽地吃了点儿东西后对郭相恩说：“大哥，多谢您这些日子的照顾，我的伤也好得差不多了，我明天就要离开这里去寻找部队了，这样，您明天晚上就不用来给我送饭了！”最后，他还问了郭相恩的名字，并告诉郭相恩他姓谢，说今生今世他也忘记不了郭相恩的救命之恩，如果有朝一日他还能活着，他一定会回来找他，如果他牺牲了，那就只有来世再报了。

到了第二天早晨天还不亮，这个姓谢的八路军战士就真的离开了九山，去找部队去了。

听说，后来郭相恩还真的收到过一封姓谢的人寄的部队来信，只是郭相恩不识字，找了村里识字的人来给他看，信上说他就要去东北参加战斗了，等全国解放的那一天，他们一定会相见。只可惜从此以后，就再也没有音信。所以，后来也就慢慢地没有了联系。

农村老太智救女八路

郭　敏

1941年，是日本侵略者最疯狂的一年。他们为了消灭当时的沂蒙抗日根据地，消灭掉山东的抗日力量，对沂蒙山革命根据地发起了一次又一次大规模的“扫荡”。大“扫荡”期间，日本鬼子对沂蒙山区实行了惨无人道的烧杀抢掠，很多青壮年被日本鬼子强行抓走，很多抗日战士被残忍杀害，很多村庄里的房屋都被一把火烧光，村民家禽、财物被抢劫一空。

为了保卫革命根据地，八路军实行化整为零的战略，组织小分队发动群众同日寇展开了艰苦卓绝的革命斗争。

也就是在这一年的秋天，驻扎在沂蒙山革命根据地的女八路孔现玉在出外完成任务的时候，路经依汶镇的冯家村，刚走出村庄，就与东北方向赶来的日本鬼子狭路相逢，眼看距离已经很近，已来不及往别处跑了，她只得又退回到了村庄里。

起先，她悄悄躲在一户人家的屋后夹道里，听着村中传来一阵阵的哭声、惊叫声、鸡狗鹅鸭的鸣叫声，她的心里越来越不安，觉得躲在这里也根本不安全，如果鬼子冲过来怎么办？这里又是个死胡同，门口一进来人，她就一点儿出路也没有了……这样想着，她就又小心翼翼地从夹道中走了出来。

“闺女，你是干啥的呢，怎么这个时候来这里了？”孔现玉正想往外走，大门一开，从外面走进来一个小老太太，她看见孔现玉后一愣，又看见她身上穿着的是八路军的衣服，就一下子明白过来，她上前一把抓住孔现玉，一边往屋里拉一边说：“快来先换上件衣服，你这个样子待会儿要是让小鬼子看见那可了不得！”

孔现玉跟她进屋，老太太一把从挂衣绳上拽下一件农村妇女经常穿的大襟褂子，还不忘一边往下扒着她身上的衣服，嘴里还一个劲儿地说着：“别嫌丑，快换上这身衣服，然后去锅屋抓点灰抹在脸上，记着了，有人问起你你就说是俺家的儿媳妇，家里父母没有了，是来投奔俺们来了！”

不一会儿，真的有人来赶村里人都去村头场地上集合。孔现玉也被一起赶着往村外走，幸亏老太太一直攥着她的手，她的心里才安定一点儿。

等村子里的人都来得差不多了，有个穿着日本鬼子服装的汉奸替日本鬼子喊话："乡亲们，大家不要怕，皇军不会为难你们的，只要你们能够说出你们村子里的人谁是八路军，谁又投奔了共产党，谁参加了抗日，太君都会大大地有赏！"

他喊完话后，整个场地上静悄悄的，大家都沉默，都不吱声。这时候，小鬼子急了，他走近人群，对着众人，一个一个地仔细端详。起初，他指着一个穿浅灰色衣衫的男子说："你的，八路军的有？"那个人吓坏了，马上摇着头大声地分辩："我不是八路，我就是这个村的村民！"然后，那个日本鬼子就与汉奸叽里咕噜地比画了半天，大体意思可能就是那个日本鬼子看见那个男子身上穿的衣服的颜色很像八路军身上穿的衣服的颜色，只见那个汉奸也在摇头摆手地跟他解释着什么。过了一会儿，那个日本鬼子又走到人群前，再次瞅了一会儿，突然指着孔现玉说："你的，什么人，八路的有？"孔现玉正不知如何说才好，在她身边一直抓着她手的老太太马上着急地说："太君，她不是八路，她是我儿媳妇呢！"那日本鬼子有些不相信地又看了看，然后，对那个汉奸说："你的问明白，她是不是女八路？"老太太马上又对着汉奸赔着笑脸说："您快跟太君解释解释，这真的是我儿媳妇，她父母刚去世投奔我来的，她来了后看见我儿子腿不好是个残疾还要跑了不跟了呢，我这不得好好看着呢！您行行好千万不要让太君把她当女八路，我还指望着她跟我儿子给我们老刘家传宗接代呢！"老太太一边抓过站在她身边的瘸腿儿子一边故意大声地说，"儿子，看好你媳妇，可别再让她跑了！"

那汉奸于是就过去跟那个日本鬼子叽里哇啦地比画了半天，那个日本鬼子总算没有再追究，只是又对着几个年轻一点儿的男人叽里哇啦地一顿大喊。

日本鬼子的那次"扫荡"，除了抓走几个男劳力外，并没有人员伤亡。

这个女八路也躲过了一劫。

杨次章和他的儿子

高　薇

朱家里庄杨次章和他几个儿子的名字，在沂南县可以说是响当当的。他们虽然出身于地主家庭，但是却深明大义，为了追求革命真理，为了抗击日本侵略者的暴行和建设新中国，杨次章和他的儿子们付出了很多，两个儿子甚至献出了自己宝贵的生命，他们可歌可泣的事迹，在沂南革命史上写下了浓墨重彩的一笔。

1879年，杨次章出生在沂水（今沂南）县朱家里庄一个封建地主家庭里，名孔宪，字次章。杨次章自幼聪明好学，饱读诗书，在国破家亡的年代里，不断地积极进取。1931年“九一八”事变后，工人、农民、学生的抗日活动在全国各地高涨兴起，杨次章将18岁的长子杨志诚（杨荫田）送到济南正谊中学读书，杨志诚因此受到新思想的洗礼，于1932年在学校加入中国共产党，因反对内战，杨志诚被国民党政府逮捕。杨次章变卖家产，五次去济南营救儿子，杨志诚于1936年春天出狱回到家乡，一边教学一边从事革命活动。这时期，杨次章早已将他的三儿子杨雨田（杨雷）送到沂水县瑞溥小学读书。1936年冬，在北京“一•二九”爱国学生运动的影响下，沂水县瑞溥小学教师、失掉联系的共青团员李松舟和爱国知识分子尹平符，主持成立了“救国会”，在此校就读的杨雨田参加了该会。杨雨田参加救国会后，积极参加演讲会、展览会、文艺演出和印发传单等活动，宣传中国共产党的抗日主张，声援全国军民的抗日活动，揭露国民党亲日派的投降卖国勾当。1937年“七七事变”后，杨次章又送次子杨芸田参加了抗日队伍，并到华北前线作战。1938年2月15日（农历正月十六日），他支持长子杨志诚与本村的老共产党员、原沂水县委书记朱寿年和共产党员刘焕然等一起，以村东南崖子崮回龙寺为根据地，组织起二三十人的抗日队伍，把家里的粮食全部拿出来供应部队。4月，杨次章送大儿子杨志诚参加了八路军。5月，他又送年仅18岁的三儿子杨雨田到山东抗日军政干部学校学习，同去的还有本村的朱兆运、朱献疃，三人提前毕业后返回沂蒙山区参加革命工作，此为沂南地方上参加干校学习的首批学员。他们返乡后，首先向群众宣传中国共产党的抗日主张，在墙上书写抗日标语，在青少年中教唱革命歌曲，发动组织抗日救国儿童团，从几个人发展到近百人。晚上，他们在街头巷尾教唱革命歌曲；白天，带领儿童团学着八路军的样子，排着队，唱着歌，沿着村里大街小巷游行示威，大造抗日救亡的声势。他们还发动56名青年参加青年抗日救国团，学习《抗日救国十大纲领》，教唱革命歌曲，发展会员和宣传抗日。此时的朱家里庄，不仅多数青少年发动起来了，一些成年人也发动起来了。10月初，杨雨田加入中国共产党。12月，中共沂水五区区委在他家的柴园里成立，杨次章在门外放哨，由原山东抗日军政干部学校生活指导部主任、沂水县委书记刘建中主持召开成立会议。“减租减息”运动开始后，杨次章不但不收租收息，还把自己的大部分土地献出来，分给了佃户，他只留下很少的田地，用来维持全家人的生活。他常说：“国家有难，匹夫有责，坚决不做亡国奴。”1941年11月，杨次章的三儿子杨雨田在大青山战斗中受了重伤，被疏散回到家里养伤。1942年10月，在八路军队伍中历任排长、连指导员、营指导员、团政委等职的大儿子杨志诚，在甲子山同国民党顽固军队孙焕彩部作战中中弹牺牲。面对一个儿子受伤一个儿子牺牲的情况，杨次章虽然十分难过，但他没有被悲伤压倒，而是继续为抗日革命事业奔走呼吁。1944年5月，他当选为沂南县参议会参议员。1946年11月，杨次章的次子杨芸田在安丘战斗中牺牲。杨芸田出生于1915年，参加八路军前一直在本村积极参与组织革命活动，1939年10月加入中国共产党，历任排长、连长、营长、副团长等职。1942年在潍县战役中，他腰部中弹，鲜血直流，晕了过去，但醒来后立即跪在地上继续指挥战斗，带领战士们与日伪军拼杀。1946年10月，杨芸田率部（鲁中军区6团）参加了安丘战役，11月4日，他带领几个战士检查布防时，突然与国民党援军遭遇，激战中中弹牺牲。沂南县政府和参议会在朱家里庄召开了追悼大会，向一门双烈、英勇不屈的抗战老人杨次章赠了光荣匾，匾上书写着“为国捐躯”四个金字。杨次章在追悼会上说：“荫田、芸田是为人民流的血，是为国捐躯，他们的死是我全家的光荣，也是大家的光荣。”

1949年年底，省政府派专人把杨次章接到济南，参加山东省各界人民代表大会。1950年3月12日，《大众日报》登载了他的事迹。1953年，他又送四子杨电田参加了革命。四个儿子有两个为国捐躯，两个常年工作在外，因此家中缺少劳动力，杨次章不顾年老体弱，仍亲自下地参加力所能及的劳动，尽量减轻让村里人替他耕种的负担。同时，他还担任省政协委员，经常到县、行署参加有关会议，但他从不叫苦叫累。1957年夏天，杨次章终因积劳成疾，不治而逝，终年78岁。在他病危期间，县、区领导都去看望了他。

杨次章一生为人慈善，深明大义，扶困济贫，培养教育了四个优秀儿子，为革命做出了重大的贡献，深受党和群众的好评。

朱寿年

高　薇

朱寿年，1904年出生于朱家里庄一个富农家庭，名献长，字寿年。1923年春考入济宁道立甲种工业学校，1926年结业后回家。1927年5月，由王敬斋、张希周（和朱寿年一起在济宁道立甲种工业学校学习过）介绍加入中国共产党，是第一次大革命时期沂南地方上的首批共产党员。同年春朱寿年任沂水县实业局事务员，秋天回到家乡组织农民武装，在中共沂水支部的领导下，他在家乡一带传播马克思主义，团结了一批进步青年。在他的领导下，沂水五区的依汶一带的农民协会开始建立。

1928年6月，中共山东省执行委员会特派员孙兆鹏在朱家里庄一带深入指导工作，朱寿年积极配合，朱家里庄一带的农民协会得到迅速发展。农民协会有会旗（红旗黄边，旗徽是一张黄色的犁），会员配有印着犁的徽章，并且还有会歌，农会的口号是："农友们团结起来，打倒土豪劣绅，打倒贪官污吏，取消苛捐杂税。"会员们经常扛着会旗，喊着口号，捉住当地土豪劣绅捆绑起来，给他们戴着高帽游街示众。还进行砸庙宇、推神像、剪辫子等活动。9月中旬，张希周去泰安的省党务训练所受训，走前提议让朱寿年协助孙兆鹏工作。10月，中共沂水特别支部成立，领导沂水、莒县的五个党小组，20名党员。沂水西南乡的朱家里庄共产党小组成立，这是沂南境内第一个党小组。12月，孙兆鹏奉命调回中共山东省委，离开前在司马村外的荒野里由他主持召开了会议，正式成立了中共沂水县委，到会党员20余人，选举朱寿年任书记，孙固斋任组织部部长，鞠百实任军事部部长，徐子厚任青年部部长，袁子云任秘书，宣传部部长空缺。

1928年是多灾多难之年，沂水县先是遭受多年未遇的大旱；继而是阴雨连绵，形成涝灾；接着蝗灾泛滥，所到之处草谷皆光；官府苛捐杂税多如牛毛；社会上盗匪横行，绑架勒索不断。1929年春，广大贫佃农或吃糠咽菜，或逃荒要饭卖儿卖女，生活苦不堪言。面对严重缺粮的情况，中共沂水县委研究决定，发动各村农民协会，向当地有粮户（大多是地主、富农）开展借粮运动。这样，一场向地主借粮度荒的农民运动在沂水县境内轰轰烈烈地展开。大部分村庄的有粮户都向农民协会或多或少地借出了粮和钱，但刘家城子的大地主刘维周一直无动于衷。朱寿年就与傅旺庄的农协会员、共产党员傅星垣，宅科子村农协会员、共产党员郭文宗商量，组织朱家里庄、孙隆、傅旺庄、邵家湖、宅科子、大安子村的农民协会会员到邵家湖村借粮。邵家湖村是刘家城子地主刘维周的庄子，有八顷地，两个掌柜，存粮很多。这些村的农会领导人都是共产党员，如孙隆的戴子兆、傅旺庄的傅星垣、邵家湖的邵世堂、宅科子的郭文宗、大安子村的王玉高等。5月4日，朱寿年、郭文宗二人带领周围村的农会会员400人，扛着红缨枪，推着小车，前往刘家城子大地主刘维周的庄子邵家湖借粮。他们首先找掌柜的打交道，提出春借秋还。这时正好刘维周派出他的小老婆带着十多个家丁来到了邵家湖，不但不让借粮，反而说农会抢粮，她这种强硬态度，激起了农会会员们的愤怒。争执期间，有一个会员跑到炮楼上去不慎弄响了一颗土炸弹，双方都怀疑是对方先下的手，刘家的家丁就要动手开枪。在这紧急关头，会员们一拥而上，缴了刘维周家丁的枪支，当天未借到粮食就此而罢。为了扩大影响，大造借粮的声势，打击部分地主、富农的嚣张气焰，5月5日，朱寿年又组织起400多名会员，扛着刘家的枪支，从宅科子出发到铜井、叶落沟返回，步行30多里，举行了声势浩大的游行示威。他们唱着会歌："吾辈这次来革命，打倒奉鲁军，铲除新军阀，钱不爱，死不怕，为民为国家！""苦哇！我们庄农人，终年受苦辛，难得饱和温，有贪污，有豪绅，剥削我农民，谁若稍迟延，马上遭监禁……"后来，刘维周托国民党依汶区区长王子辰出面调停，表示愿意借粮，农会才归还了枪支。可是，还没等粮食到手，沂水便发生了第一次"党案"。5月12日，朱寿年等7人被捕，被关押在沂水看守所里。此时，被捕同志及其家属在士兵联合会的帮助下，很快搞清了发案的原因，原来是中共地下党员皇甫冰华年轻幼稚，受国民党沂水县党务指导委员会常务委员高同山感情拉拢，暴露了部分中共地下党员的身份。据此，党组织立即将皇甫冰华连夜转移到藤县教会学校，一面传信给被捕的同志，说明案发原因，让他们只承认是国民党员。由于既无人证又无物证和口供，50余天后，国民党沂水县指委会和县政府对此束手无策，于6月底将朱寿年等7人解往省高等法院看守所，将他们转押往第五监狱。省法院一直找不到证据，被捕人员又拒不承认自己是共产党员，案件因此拖了一年之久。1930年12月底，国民党山东省高院终因无确凿证据，只得判决其中5人无罪，朱寿年因带头借粮并打伤刘振祥（刘维周的护兵），徐子厚因一张油印的《国际歌》的笔迹像是他的，两人被判有期徒刑10个月。1931年夏，山东省成立反省院，朱寿年和徐子厚一起进了反省院，1933年3月获释回原籍。因县委主要成员被捕，中共沂水县党的组织和上级失去联系，党的组织活动转入地下。这次事件，使党组织的发展和首次高涨的群众运动遭到严重挫折，给革命事业带来重大缺失，被称为第一次沂水“党案”。此后，朱寿年先后在沂水县五区、诸城县六区任助理员。1935年辞职回家，先开设油坊，后任小学教员。

1938年2月，日军占领沂水城后，朱寿年与本村的杨荫田、五区和十区的乡农学校代理校长朱亦皆、朱遂初以及国民党光复军2路总指挥王德林的秘书刘焕然一起，在朱家里庄附近的崖子崮回龙寺，拉起一支二三十人的抗日武装。这支队伍是以五区、十区的名义拉起的乡学校地方武装，由五区、十区提供枪支和给养。为保存这支队伍，朱寿年和杨荫田等商量，决定投奔国民革命军光复军第2路总指挥王德林，以光复军的名义，成立了卫队营，发展到200人，有100余支枪。5月初，营长黄圣烈率队投靠莒县张鹏，后发现张鹏的队伍不抗日，原卫队营士兵大部分弃枪回家。

1938年8月，八路军第4支队第2团，跟随中共苏鲁豫皖边区省委从抱犊崮山区来到岸堤，先后驻扎在依汶、隋家店、明生等村庄。朱寿年与第2团团长钱钧、政委汪洋取得联系后，以八路军第4支队第2团独立营的名义，在朱家里庄组织起七八十人的抗日队伍，朱寿年任营长，杨荫田任连长。一个月后编入八路军第4支队第2团特务连。

1939年8月，朱寿年以山东抗日军政干部学校八中队的名义，在燕吉台村组织起百多人的武装，始称“莒沂边联游击大队”，后改称“随校警卫队”。1940年3月，队伍发展到300多人，改编为“山东纵队特务2团2营”，朱寿年任营长。8月，他奉命去抗日军政大学一分校学习，适值日军“扫荡”，他与抗大一分校失去联系。1941年8月，朱寿年任沂南县农场场长，后任指导员。1945年3月到沂山军分区后勤部工作，中华人民共和国成立后到本溪煤矿当工人，1958年病退回家。“文化大革命”中，朱寿年因党籍不明而受到冲击，后一直在村里帮大儿子干些农活儿。1981年8月15日，经省委批准恢复党籍，党龄从1927年算起，并享受老红军待遇，担任沂南县政协委员。

朱寿年是沂南党组织建立与发展的主要人物，在中共沂南党史上占有重要地位。

一门三烈士

高　薇

依汶镇的双村原名叫狼窝子，因村中有大石块堆积的狼窝门口而得名，明朝末年时王姓人家从界湖的辉峨村迁到此地，之后便一直在这里安居乐业。话说到了1916年，村里有个叫王树松的，他家里添了一个男孩，全家上下自然非常高兴。四五年之后，王树松的妻子又相继生下两个儿子。一家三个男孩子，都长得虎头虎脑，结实健壮，在他们的童年和少年时光里，只要有空闲就到村中那个叫狼窝门口的地方去玩，在那些堆积的大石块后和石洞里捉迷藏、做游戏，苦日子里倒也有许多快乐时光。

1939年6月，在山东刚刚组建起八路军第一纵队，被任命为司令员的徐向前率部来到了常山区，他们在马牧池、隋家店一带开始展开抗击日本侵略者的活动，动员年轻人积极参军上战场，并且得到了热烈的响应，抗日的浪潮汹涌澎湃。在这种形势下，王树松的三儿子王洪太踊跃参军，于1939年9月成为八路军山东纵队1旅的一名战士。出生于1921年5月的王洪太，当时只有18岁，是一名血气方刚的小伙子，在抗日战争最困难的1941年，在敌人疯狂的“扫荡”“蚕食”和重兵包围封锁之下，王洪太所在的山东纵队1旅和敌人展开了英勇战斗。1941年3月，高家中疃战斗打响了，王洪太和八路军部队官兵一起奋勇抗敌，他在掩护一名八路军战士时光荣牺牲了。

三弟牺牲的消息传来后，全家人悲痛欲绝，从战场上运回三弟的尸体，将他埋葬于村南的王家老林后，两位哥哥也在心里暗下决心，一定要为弟弟报仇。只有参军上战场，才能够实现这个愿望，那时候的沂蒙山区烽烟四起，日军的一次次“扫荡”更加激起人民群众的反抗。1941年年底的绿门山战斗（也称狼窝子战斗），八路军在罗荣桓、陈光亲自指挥下，给予了日伪军沉重的打击，在那场残酷的战斗中，村里百姓也遭受了日伪军深重的残害和侵扰，新仇旧恨涌上心头，王洪兴和二弟王洪一在家人支持下也都报名参了军，投身到革命的洪流中。王洪兴出生于1916年，来到八路军山东纵队1旅参军当了一名战士。1943年11月9日，日军第32师、第59师、独立混成第5旅各一部及伪军共万余人，由蒙阴、土门（新泰）、沂水等地出动，“扫荡”鲁中抗日根据地，日伪军轮番进攻，八路军分两部分坚守南北岱崮，牵制日伪军主力，配合外线部队进行反“扫荡”作战，南北岱崮相距1500多米，崮高各700多米，崮顶四周为陡峭悬崖，仅有一石级小路可通，地势十分险要。13日上午，400多名日伪军向北崮进攻，八路军指战员凭险据守，日伪军连攻不下。17日拂晓，1500多名日伪军又将南崮包围，在飞机大炮强火力掩护下发起猛攻。这次战斗中王洪兴英勇作战，他的全身多处受伤，但他心里只有一个信念，就是要狠狠打击日本鬼子，为三弟报仇，为自己的家乡争光。突然一颗炸弹在他身边炸响了，王洪兴被炸晕过去，等他醒来时，发现自己躺在血泊里，但他还是顽强地爬了起来。这时，他看到不远处的一具日军尸体下有一杆枪，于是他向尸体爬去，可是自己的身体怎么也挪不动，他这才发现自己的肚子被炸弹炸了个洞，肠子已经流出来了。于是他伸手将肠子塞进自己的身体，奋力向日军尸体爬了过去。几步远的距离却让他用尽了全身气力，王洪兴终于端起了枪，朝着敌人猛烈地射击。枪里的子弹射完了，王洪兴身体里的血也流尽了，他倒了下去，永远地倒在了岱崮山这片血染的土地上。

王洪一是王洪兴的二弟，出生于1919年，1942年12月沂南黑箭沟战斗中，他是孙祖青年营战士，当时王洪一被派出去探询敌情，不料被日本鬼子抓住了，日本人用枪托狠狠打他，逼他说出是干什么的，王洪一闭紧嘴巴，一句话也不说。日本人气急了，就把王洪一拴在一匹战马上，那是一匹专门训练过的彪悍刚烈的马，残暴的日本兵跨上马背，用双腿一夹马肚子，同时用枪托狠狠地在马背上拍打着，那马惊叫一声，四蹄撒开，往前飞奔而去。一群鬼子吼叫着跟随在后面，从黑箭沟附近一直跑到界湖东边的后中疃附近，王洪一被那匹狂野的战马拖拉着，全身的皮肉被拖得开了花，浑身上下没有一点儿好地方，他一次次昏过去，又一次次醒过来，巨大的疼痛已经使得他没有了知觉，他被扔在了后中疃村外一片空地上。这时一个鬼子弄来一盆辣椒水，早已经有几个鬼子将王洪一的嘴巴撬开，然后将辣椒水灌了进去，王洪一已经昏死过去，鬼子狂笑着用脚踩王洪一的肚子，直到将他肚子里的辣椒水又踩出来，王洪一突然发出一声低沉的声音，鬼子见他还没完全死去，就又一次将辣椒水灌进他的肚子，然后再用脚踩出来，这样一次次重复直到将他折磨致死。战斗结束后，王洪一的尸体被家人找回，埋葬到村南王家老林里。

双村王家一门三烈士的英雄事迹，在依汶一带可以说无人不知，也影响了无数后人奋勇前进。他们三兄弟抛头颅洒热血，在抗击日本侵略者的战斗中英勇杀敌，在沂蒙人民抗日战争的历史上谱写了一篇可歌可泣的华章，他们的故事将永远流传四方。

握　手

高　薇

罗舜初从万松山南麓下来，准备回自己的住处，由于这段时间战事频繁，又加上近日鲁中军区开始修建万松山烈士陵园，罗舜初作为鲁中军区政委和烈士陵园建设的主持人，自然忙得不可开交。好在烈士陵园的修建已经开始，千头万绪的工作终于得到理顺，罗舜初感觉浑身上下轻松了不少。

傍晚的夕阳将天空映照得红彤彤的，整个大地笼罩在一片金黄之中，不远处的汶河水也泛着耀眼的光芒。罗舜初举起胳膊使劲往上伸了两下，迈开大步顺着山下的小路往胡家旺走去。他想趁这会儿的空闲，去看望一下胡大爷。胡大爷的儿子去年10月在南墙峪和日军作战中壮烈牺牲，春节时罗舜初专门去看望过他，他那时就不停地咳嗽，最近听说他的病又加重了。罗舜初想起上次看到老人时的情景，心里禁不住又一阵悲伤。那次老人拉着自己的手老泪横流，说他的儿子也是1914年生，和罗舜初同岁，他有六个女儿，这最小的一个儿子却牺牲了，儿子是结婚后才当的兵，总算还留下了一脉骨血。罗舜初当时禁不住拉住老人的手说："老人家，您就把我当儿子吧，我有空就会过来看您的。"从1939年6月来到沂南，罗舜初在孙祖、岸堤、青驼、依汶等地战斗和生活过，到现在已经四年了，这期间他只要有空闲就会到村中走走，特别是对胡大爷这样的烈军属，他更是格外关心，但这阵子实在太忙，算来已经有五个月没来了。

院门是虚掩着的，罗舜初一进院子，就看到胡大爷的侄子从屋里出来了，罗舜初经常到村里来，大家都认识他。老人的侄子脸色悲伤，看到罗舜初，他哽咽着说："罗司令，您可来了，我大爷他恐怕不行了……"

1942年8月，山东纵队正式改为山东军区，山东纵队后勤机关与115师后勤机关合并。同时，以山东纵队司政机关大部分为主建立鲁中军区，罗舜初任司令员兼政委，但老百姓却习惯称他罗司令。罗舜初一听胡大爷侄子的话，心里一惊，赶紧往屋里走去。

屋里人不少，都围在床前，见罗舜初进来，大家自动闪开一条道，胡大爷的老伴站起来，上前拉住罗舜初的手，低声呜咽道："罗司令，您来了呀，老头子前些天还念叨着您呢。"

罗舜初说："大娘，对不起啊，这么久也没顾上来看大爷和您了！"

胡大娘说："罗司令千万不能这么说，您为打日本鬼子的事操心受累、出生入死，老百姓心里都感激着呢！"

罗舜初和胡大娘一边说一边来到了床前，只见胡大爷两眼紧闭，嘴巴张开着，发出呼呼的喘息声。罗舜初俯下身子，轻轻唤道："大爷，大爷，我来看您了，您听见了吗？"

胡大娘也凑过来了，她将脸贴在胡大爷耳边说："他爹，你听见了吗？是罗司令来了，罗司令来看你了，你醒醒呀！"

这时胡大爷哼了一声，眼睛慢慢睁开了，突然间他的眼睛一亮，目光落在了罗舜初脸上，只见老人的胳膊用力往上抬了抬，双手的手指也在轻轻颤抖着。罗舜初一看，赶紧伸出手，想去握住胡大爷的手。

可罗舜初的手还没伸过去，就感到后面的衣服被人拽了一下，他马上回过头去，却是一位和胡大娘年龄差不多的老人，老人俯在他耳朵上说："罗司令，到了这时候，别握他的手了。”

罗舜初一愣，他旋即明白了这位老人的意思，其实他小时候也隐约听说过，对一个即将离世的人，千万不要握他的手，即使握手也要在他离世前赶紧抽出来，要不他去世后手就不会松开了，被握住的人手拿不出来，是很不吉利的事。这念头只是一闪而过，罗舜初想到眼前这位善良的老人为革命做出了那么大的牺牲，唯一的儿子牺牲了，好几个女婿也在前线打仗，每次自己到这里来，老人都是将最好的东西拿出来，把他当亲生儿子一样看待。

想到这里，罗舜初伸出手，紧紧握住了老人的手，他说，“大爷，是我，我来看您了，大爷！”

老人的眼睛依然盯在罗舜初脸上，突然，他的眼角滚出了两颗豆大的泪珠，他的嘴巴一直张着，似乎要说什么，可慢慢地，老人的目光黯淡了，呼吸也停止了。

然而，罗舜初的手却一直被他紧紧握在手里。

这件事，一直在沂蒙地区传颂着。罗舜初1945年奉命离开沂蒙，奔赴东北战场，他在山东战斗和生活了6年多，在艰苦的战争岁月里与沂蒙人民结下了深厚情谊。

1981年罗舜初逝世后，按照他本人遗愿，将骨灰撒在了沂南县的万松山上。

那天，就在罗舜初家人将他的骨灰撒下时，有许多人一直长跪不起，他们都是从胡家旺来的，据说最前面那个是胡大爷的孙子。

一篮笨鸡蛋

高　薇

二月的风迎面吹来，仍冷得像小刀割在脸上一样，但胡奇才的怀中却似揣了一团烈火，浑身上下都暖烘烘的。几个月来鲁中军民开展以技术练兵为主的整训活动，这十几天里在涝坡东面的宽敞地带举行了检阅大会。鲁中军区直属1、2、4团和1、2、3军分区的部队人员及4军分区的干部，共万余人参加了这次活动，今天终于结束并取得了圆满成功，担任总指挥的军区参谋处长胡奇才总算松了口气。

参加大会的军民和围观的群众已经散去，空旷的场地里只剩下两个人和一匹马，那是胡奇才和牵着马的警卫员。两个人一前一后，慢慢朝前走着，胡奇才的目光从暮霭中的远山上收回来，对身边的警卫员说："这里是传说中穆桂英飞沙走石操练兵士的地方，我们鲁中军区这次大检阅不也是一次技术练兵的大展示吗？"

紧跟在身后的警卫员马上回答道："您说得是，首长，穆桂英是传说，可您总结推广的炸药爆破技术大展示，那可是真正的飞沙走石呀！"

胡奇才笑了笑，但他的脸上随即又现出一种深思的神情，他说："还不行呀，小鬼，还不能完全达到我的设想，爆破的威力还不够强大呀！"这时，他像是突然想起什么似的，说："走，咱到村里转转去。"

警卫员犹豫了一下说："首长，您都一天没吃饭了……"

胡奇才手一挥说，"小同志，你今天怎么这么啰唆？"

场地边有一条小路，是通往店子村的，胡奇才走在前面，警卫员牵着马走在后面，他们都默默地走着。胡奇才从1938年12月来到了沂南，在岸堤、马牧池、依汶等地方辗转战斗过，如今已经五年多了。不久前日军对沂蒙根据地"铁壁合围"大"扫荡"，他率领官兵用炸药爆破敌人碉堡、围墙，取得了以较少伤亡获得较大胜利的成果。但是他觉得爆破技术还没发挥出理想效果，他一直在寻找这方面的手艺人，店子村就有一位会制作烟花的王大爷，胡奇才抽空去和老人聊过几次，但还没有探寻到自己需要的东西。

两人从小路过来，就到了村西头。王大爷家的大门敞开着，警卫员刚想上前喊一声，正好老夫妻从屋里出来了，只见他们满脸焦急的样子，看见胡奇才也没停下脚步，只是打了声招呼。胡奇才上前一步说："老人家，您这是要干什么去？"

老太太被他一问，哇的一声哭了："首长啊，您说俺该怎么办？俺儿媳妇刚生下孙子才十来天就中了风啦，儿媳妇要有个三长两短，俺那孙子可怎么办呢？"

"你们这是准备去看病？"胡奇才着急地问道。

"送界湖那边，听说有专治月子里中风的，准备套上驴车，上那边去看看。"老两口忙不迭地说。

“这么远的路，用驴车耽误了病人，快用我的马吧！”胡奇才不假思索地说。

“这怎么行，月子里的人生病，怎么能用首长的马……”王大爷犹豫着。

胡奇才说：“救人要紧，哪有这么多讲究！”接着回头对警卫员说，“快，赶紧把马送过去！”

警卫员答应一声，就跟随老人去了。由于快马拉车，及时到达界湖，病人很快就脱离了危险。

十几天后，胡奇才正在为研究爆破技术而苦心演算一个数据，突然有人敲门，开门一看，是店子村的王大爷。老人家将一个小提篮放在桌上说：“首长，我家孙子今天满月，我是特地来感谢您的，这是自家鸡下的蛋，好吃着呢！”

胡奇才说：“老人家，您的心意我领了，但这鸡蛋我不能收，咱八路军和人民群众是一家，谁遇到都会这么做的，不用谢呀！”

老人说：“首长您今天若不收下，我就不走，您为老百姓做了那么多事，就不兴老百姓表点儿心意？”

胡奇才不好再推辞，只好将鸡蛋收下。往常他也曾遇到过这种情况，他一般回头会让警卫员再送些钱或别的东西过去。

老人说完话，又伸手在口袋里摸索着，不一会儿他掏出一张脏兮兮的纸来，有点扭捏地说：“首长，我今天还是来给您送这个的，这是我家祖传的制烟花的配方，您看是不是有用？”

胡奇才接过这张写有歪歪扭扭字迹的纸，心里一阵感动，他紧紧握住老人的手，连声说：“有用，太有用了！大爷，谢谢您了！”

根据老人的这张配方，胡奇才又经过精心研究和多次试验，终于研制出了一种爆破效果强、威力大的炸药。同年秋天，胡奇才利用刚研制出的爆破新技术，取得了攻克沂水城、葛庄伏击战的胜利，在草沟、葛庄一带全歼日军草野清大队，毙伤俘伪军1300余人，创造了在运动战中歼灭日军一个大队的典范战例。

抗日战争胜利后，胡奇才离开沂蒙奔赴东北战场，他在沂蒙地区战斗和生活了7年，给当地老百姓留下了深刻印象。

1965年9月的一天，已任中国人民解放军工程兵副司令员的胡奇才，从外面回到家里，见桌子上放了一个盖着印花布的小提篮，掀开一看是用麦穰包起来的满满一篮鸡蛋。

“沂蒙山的笨鸡蛋？从哪里来的？”胡奇才惊奇地问道。

家人告诉他是一个小战士送来的，不留下鸡蛋小战士死活不依，他说鸡蛋是爷爷让带来的，还说他爷爷让他告诉你，他的名字叫记才。

胡奇才的手一直在那些鸡蛋上来回抚摸着，好久他才轻轻说道："惭愧啊，沂蒙人没有忘记我胡奇才，其实战争年代沂蒙人付出的太多了，他们的恩情我们永远也不能忘啊！"

绿门山战斗

高　薇

1941年11月29日，那是一个异常寒冷的日子。从夜里开始，刺骨的寒风就一直在山间吼叫着，山谷中落光了树叶的枯木在风中猛烈地摇着，仿佛瞬间就要被这疯狂的寒风折断似的。

天刚蒙蒙亮，山东党政军领导机关的官兵们就顶着凛冽的寒风，开始向孙祖以北的荆山沟一带转移，负责掩护的是八路军115师师部特务营。崎岖的山路平时少有人来，所以一些荆棘草棵长得到处都是，遮挡、阻碍着官兵们前行，行进起来非常困难。中午时分，后面的士兵突然传来消息，发现有一股敌人正从背后往这边追赶着。到了傍晚，负责侦察的士兵探明了情况，尾追山东分局机关和八路军115师师部指挥机关的日军有200余名骑兵，还有一小部分伪军，他们已经在依汶境内狼窝子村西北的绿门山宿营。山东分局、八路军第115师师部得到消息后，立即进行商议，决定趁敌人立足未稳的机会，以师部特务营、山东纵队第2旅第4团第3营和沂临边联县独立营兵力，来消灭这股日伪军。为了方便部队作战，天黑之时，八路军第115师师部、山东分局、省战工会等机关及后方人员，就已经先行向临（沂）蒙（阴）公路西侧的大青山转移了。

入夜，凛冽的寒风伴着零星的雪花，更加肆无忌惮地刮起来，天黑得伸手不见五指。八路军第115师特务营、山东纵队第2旅第4团第3营、沂临边联县独立营1

连早已在罗荣桓、陈光指挥下做好伏击准备，分别进入了攻击位置。在清泉峪村西的山坡上，官兵们支起了一架架大炮，待指挥员一声令下，密集的火力便向绿门山日军临时据点和狼窝子、肖家坪的日伪军发起了强烈攻击。日军遭到突然袭击，被打出村外，一些日伪军连弹药还未来得及携带便溃退到村外坟地里。被赶出村外的日军清醒过来后，立即组织兵力，以猛烈的火力向村里发起反攻，并一度攻进村内。3营全体指战员，在团政委刘仲华和副营长秦鹏飞的指挥下，在村内和日伪军反复拉锯达3次之多，战斗呈白热化，最后形成僵持状态。进攻绿门山的特务营，经过一次次激烈战斗，也同敌人形成僵持局面。原来在天黑之际，从界湖、依汶、铜井又出动了几股日伪军，已经增兵于绿门山和狼窝子村，故使得战局发生了变化。在判明日军已经增兵后，为了避免不必要的伤亡，八路军参战部队主动撤出战斗。此次战斗毙伤日军300余人，杀死战马40余匹，八路军伤亡50余人。

绿门山战斗结束后的第二天，当地村民和八路军官兵将被杀死的日军的战马卖掉，用卖战马的钱给牺牲的八路军买了棺材，将他们埋葬在狼窝子村东头的官地里。但是几天后，日军又重新返回村子来找死去的马匹，他们在村里搜来搜去，村民们都说不知道，日军找不见马匹，就将村民全部集合到村前的场院里，在场院里点上火堆，挥舞着刀枪，对村民挨个进行逼问。当时有个姓王的村民被日军逼问时，不满地嘟囔了一句，日军恼羞成怒就把他扔进了火堆里，姓王的村民从火里爬出来，又被扔了进去。这一次没找到马匹，日军气愤地走了，之后又对村子进行过几次“扫荡”，但英勇的狼窝子村村民从未屈服过，他们和敌人进行了一次次顽强斗争。直到今天，这一带的民众都还能说出当时罗荣桓元帅指挥官兵激战绿门山的情形，也还会唱起这样一首歌谣：

清泉峪，安机枪，
狼狠突击狼窝子庄，
八路军，武艺强，
打得小鬼子直叫娘。
……

高大娘

张桂菊

西官庄位于依汶镇驻地西南4千米，北靠山，滑石崖属于它的一个自然村。滑石崖的村名来自它所依靠的那道红石崖。石崖如一道巨大的红色屏风，光滑壁立，在严冬里给小村的居民挡住凛冽的西北风。村里的几户居民，都是普通的庄稼人。但是，在严酷的战争岁月，它又是一个很不寻常的地方。村里一位普普通通的老大娘，做出了令人敬仰的非凡举动，她的形象一如村边的红色石崖，永远矗立在后人心中。

1941年冬，日本侵略者对沂蒙山革命根据地发动了疯狂的大“扫荡”，提出残酷的“三光”政策，日寇勾结伪军汉奸四处搜捕八路军伤病员，到处杀人放火，老百姓居无宁日。

这天，天刚蒙蒙亮，住在滑石崖西北角的高大娘就起床了，她抬头看了看灰白的天空，脸上感到丝丝凉意，便伸手抹了一把。“娘，天不好呢，飘雪毛子了。”是儿子乃贞有意压低的声音，高大娘昏花的眼朝着出声的方向看去，见儿子正弓着腰小心地掩着灶房旁边的小偏房黑乎乎的木门，心里不由“咯噔”一下，“儿子没有变成罗锅腰吧？”大娘心里说，“年龄越来越大了，还没娶上媳妇呢。没有老子操心，又没个兄弟姐妹的……”大娘想着，一时有些发呆。待儿子走进天井直起了腰，大娘偷偷松了一口气，转瞬又眼窝一热，一把抓住儿子的袄袖，悄悄地问：“他们两个昨晚睡得怎么样？”“睡得不孬啊，我给刘同志换了回药。再过个十天半月的就能下地了。娘，我去岭上抱些木柴回来，咱烧的屋里暖暖和和的，别冻着同志。”“好好，你去吧，我去给同志熬粥。”

高大娘熬好了小米粥，给在西屋里间养伤的四位八路军女战士摆弄好，让她们互相帮扶着趁热吃，自己去帮助那两位重伤员。大娘小心地一勺一勺喂着身受重伤的战士，战士含混地说着感激的话，大娘怜惜地说：“都是好孩子啊，受这些罪。都是日本鬼子造的孽啊……”说话间忽听“扑通”一声，“娘！不好了！

鬼子又来‘扫荡’了，得麻利把八路同志藏好！”乃贞紧张的声音随即传进来。原来，他在山岭上捆好了木柴刚要背上下山，就看见一队鬼子正朝着村子扑过来。他连忙扔下木柴跑下岭来，跑到家跟前顾不得走大门，直接从连着山岭的矮墙跳进了院子。“娘，来不及往远处躲了，翻到屋后，去东边咱放过地瓜的山洞，那个洞大。你快领着女同志先走吧。我得把他们俩背过去。”

几位女伤员一听动静就麻利收拾停当，互相扶持着跟高大娘往屋后的东山走去。天还在飘着零星的雪花，硬邦邦的山路上虽不见雪，却给走路的人增加了难度，因为光滑的山石更滑了。高大娘是一双小脚，平日在平地上走还没多少困难，如今慌不择路，也不管山石荆棘就蹚上去，等进了山洞坐下来，高大娘才觉出脚底火烧火燎的。忽见儿子背着一位重伤员经过洞口，顾不得脚疼忙起身追出去。

高乃贞把一位重伤员藏到另一个洞里，又把女同志藏身的洞口伪装好，准备回去背另一位重伤员，大娘就和儿子说自己去屋后的岭上给他望风，乃贞点头说着“娘，您小心些”，就加快了步子往家里赶。

大娘站在岭上，向下一看，自家的小院子就在眼底。她看见鬼子已经进了村子，有两个鬼子正在踹邻居老陈家的屋门，一个汉奸领着三个鬼子扑到自家大门了。大娘慌忙转眼寻找儿子的身影，只见儿子与背上的伤员合成一体，黑乎乎一团已艰难地接近了东山根。大娘又回过头看自家院子里的情况，鬼子正这屋窜到那屋狂翻乱捣。折腾半天一无所获的鬼子聚到天井，看着汉奸，汉奸点头哈腰地朝着村外指指画画，他突然发现了大娘的身影，就兴奋地喊起来，鬼子也叽里哇啦地咋呼着冲出大门。大娘深深地看了一眼儿子与伤员身影消失的地方，毅然转身朝西走去。鬼子们很快爬上山岭，见大娘慌慌地往西走，连忙追去，汉奸喊着：“站住站住！再不站住就开枪了！”大娘可不听他的，大娘想：“龟孙子们追来吧，离我儿子越远越好。”鬼子们追过一个小山头，眼看大娘走近了巉岩交错的西大山，丧心病狂的鬼子射出了一颗罪恶的子弹。

高大娘牺牲后，她的儿子乃贞继续为掩护八路军伤员做了大量革命工作。他冒着生命危险救护的朱家里庄籍的八路军干部杨雷，在后来的和平日子里还经常抽出时间来探望他，一起回忆那些峥嵘的岁月，深情回忆敬爱的高大娘。

抗日小英雄刘乃滨

张桂菊

埠口是汶河西岸的一个小村庄，11岁的刘乃滨就生活在这个小村里。这天，他紧握着红缨枪，三步两步跑上村口的高坡，一双乌亮的眼睛对着村外的田野河滩扫视了一遍。他是抗日儿童团团长，责任大，要比团员们多动脑子。

沂蒙山区二月的风还是刺骨的，风好像夹带着汶河里的冰碴子。从西边蜿蜒而来的汶河像一条镶了银边的绿绸带，很漂亮。墨绿色的是静静流淌的汶河水，两侧的镶边是白亮亮的冰带。乃滨的目光顺着河流游动着，突然遇上一片刺眼的白光，那是河边的冰反射了日光，他连忙闭上眼睛，等眼前的那一团亮点变黑变浅然后消失。可等他睁开眼睛，却发现一些黄点在眼前晃动。他眨眨眼定睛一看，"啊，是鬼子！"那种屎黄色是鬼子军装的颜色。几个鬼子出现在河滩，从树林里又走出一些黑色人影，好像是老乡，抬着好似木棒之类的东西。乃滨打个呼哨，等乃栋等小伙伴跑过来，就一板一眼地说："村里干部都去区委开紧急会议了，民兵也不在家。鬼子在河滩不知要做啥坏事，咱儿童团一定要搞清楚，不让他做成！"于是留下站岗的人员，乃滨和另几个伙伴顺着沟洼潜行到靠近河滩的地方。他们趴在一个土坑里，透过坑沿野草石块的缝隙认真观察起来。鬼子端着刺刀逼迫老乡把就近伐倒的树木排在河水边的冰层上，又逼迫老乡下到冰冷的河水里打桩，凶狠的"唧哇"声清楚地传过来。"鬼子是要搭桥过河！"大明说。"那一定是冲着河对面的区委和八路军去的，"乃滨说，"咱们得动动脑子想个法子给拆掉，不能叫鬼子过去。"几个人窝在土坑里嘀咕半天也没想出啥法儿，肚子反而咕咕叫了，只好先顺着来路回去。

吃晚饭的时候，站岗的二虎跑来报告乃滨，说鬼子把桥搭好了。乃滨、乃栋几个带上他们能找到的镰刀、斧头啥的，又跑到那个土坑里观察情况。一条用木棒木板搭起来的便桥出现在河面上，桥两头各有一个鬼子把守着。"天要黑了，乃滨哥，咋办呢？"这时，一阵马蹄声传来，一个鬼子骑马跑到桥头对着站岗的鬼子“唧唧哇哇”几声，桥那头的鬼子就啪嗒啪嗒过来，两个鬼子一同离开了，骑马的鬼子过了一会儿也回去了。几个孩子一看情形，马上交换一下眼色，小心地向桥边靠近。“乃栋，你在这儿看着鬼子动静，我们几个去桥上看看。”

“嘿，这些木板咱给掀掉就好了！”“好，把绳子割断！别用斧头砍，不能弄出大动静来。”几个小小的身影趴在桥上紧锣密鼓地忙活起来。从河面上吹过的风刺透了他们的衣衫，脸和手木木的，牙齿不由得“嘚嘚”响，但由于他们心里的热量在迸发，身体也很快热乎乎了，额头脊背感到湿答答的。突然，放哨的乃栋发出信号。两个鬼子从树林里走出来，他们在桥头停住，打开手电筒往桥上远远近近照去，没发现什么异常，就缩了缩脖子，叽咕了几句，往回走去。乃滨几个听到乃栋发出解除警报的消息，就从木板底下爬到上面来，他们用镰刀、斧头费力地切割着那些粗硬的绳索，然后小心地让解放的木板滑进河水中，欢乐的水花仿佛开进了他们心里。

“乃滨，乃滨！”乃滨刚往那甜蜜的梦乡迈进一只脚，就给奶奶急扯猛拽弄醒了，“快起来躲鬼子去，鬼子的部队往河边赶过来了！”乃滨和奶奶加入出村的村民行列，看见人群中的大明，神秘地朝他挤了挤眼睛。

乃滨和他的儿童团团员们及时拆除了鬼子的便桥，有力地阻止了鬼子的通行，为区委和八路军部署战斗赢得了时间，受到了沂蒙地委和鲁中区党委的表彰。

高琪瑗其人其事

张桂菊

高琪瑗，依汶镇高家中疃人，是革命先驱、中共早期领导人之一、曾任中共山东省委执行委员兼秘书长刘晓浦的原配夫人，和刘晓浦生育了一子二女三个孩子。

高氏家族于明朝后期迁来这里后，逐渐兴旺发达起来，形成了远近闻名的名门望族，村子也因此得名高家中疃。高琪瑗就出生在村中一个书香门第，从小受到良好的教育，她多才多艺，琴棋书画样样精通，是一位聪明美丽、纯朴善良、品德贤淑、知书达礼的大家闺秀。后来，在丈夫革命思想的影响下，成为一位深明大义、敢于担当的坚强女性。她顾全大局、有主见，丈夫刘晓浦牺牲以后，她牢记丈夫的革命理想，并以女性特有的方式践行丈夫未竟的事业。

高琪瑗对刘晓浦革命事业的衷心拥护和全力支持，直接影响了他们的孩子。她支持儿子刘露泉参加抗战，把长女刘增蔼（1920—1941）送到抗大一分校学习。长子刘露泉在抗日战争中曾经身负重伤，在滑石崖高乃贞家养伤，高乃贞的母亲高大娘为了掩护洞中伤员，亲身引开敌人的时候被敌人枪杀。中华人民共和国成立后，刘露泉曾担任山东省卫生厅副厅长等职务，也曾被打成右派，经历很坎坷。长女刘增蔼，小小年纪就关心民族兴亡，立下了报效国家的志向。在抗大一分校学习期间，她加入了中国共产党，毕业后任中共中央山东分局机要科机要员，积极参加抗日救国活动，在大青山突围战中光荣牺牲，年仅21岁，是著名的革命烈士。

刘晓浦在外工作期间，认识了战友曹更新，并与曹更新结婚。此事发生后，高琪瑗强忍自己的悲伤，在蒙阴垛庄燕翼堂精心侍奉公婆，抚育子女。她还时时挂念和关心着刘晓浦和曹更新的生活以及安全等。当得知与刘晓浦一同被捕入狱的曹更新已怀孕的情况后，高琪瑗多次托刘云浦保她出狱回家生孩子。当刘云浦花重金把曹更新赎出来，又给她300块大洋后，曹更新没有回家，而是再次投身到革命中去了。抗日战争时期，高琪瑗得知曹更新来到了山东，她立即让儿子刘露泉打听曹更新与孩子的情况，她得知生的是个女孩，已送去苏联学习，才略略放下了心。对于刘晓浦与曹更新的这个女儿，高琪瑗终生挂在心上。她去世前还一再交代在外工作的孙子，要千方百计找到刘家这个亲骨肉。后来，在北京工作的刘长琨，终于打听到了曹更新女儿的住处，并且见到了她。

为了支持抗日，1940年拆除了燕翼堂祖传的坚固大院和大多房屋，从此全家几十口人，失去了住宅，只好背井离乡，投亲奔友，过起颠沛流离的日子。素有善心和孝心的高琪瑗带着年迈的婆婆和刚过门的儿媳（刘露泉的妻子、刘长琨的母亲）回到了高家中疃娘家。她们在这里住了许多年，刘长琨兄弟就是在这里出生的。人格高尚的高琪瑗为了这个上有老下有小的家，真是操碎了心，出尽了力，无私奉献了一生。

李作义在《毁家纾难——燕翼堂革命史话》中专门介绍说：“刘晓浦的夫人

高琪瑗，是一位有文化、顾大局、有主见的女性，深受燕翼堂上下的敬重和爱戴。她身体力行，支持儿子刘露泉参加抗战，把18岁的女儿刘增蔼送到抗大一分校学习，其女19岁牺牲在抗日战场。”

刘长琨在《他视富贵如浮云》中浓墨重彩介绍祖父刘晓浦以后，深情地写道：“祖父兄弟四人，他排行老四，人称四少爷。成年后，他娶沂南县高氏小姐为妻。高家祖上做过官，系书香门第，有很好的家风传承。祖母高琪瑗是一个聪慧美丽、品德贤淑、知书达理、深明大义的大家闺秀，琴棋书画样样精通。嫁给我祖父后，生有一子二女。”“那时父亲和大姑均已参加八路军，小姑已因病去世，祖母便带着她的婆婆（我的曾祖母）和刚过门不久的儿媳妇（我的母亲）回了沂南县的娘家。我和弟弟都是在祖母的娘家高家中瞳出生的。”

高琪瑗始终是个有情有义的人，刘长琨还在《她牺牲在十八岁花季——抗日英烈刘增蔼轶事》中说：“大约在我5岁的时候，祖母带着我回了一趟老家，去给祖父和姑母上坟。在祖父坟前，祖母默默地坐了很久，但没有流泪。在姑母坟前，祖母开始也只是默默出神，突然间，祖母失声痛哭起来，哭得极为伤心。那是我第一次（也是仅有的一次）看见祖母失声痛哭，给我留下了终生难忘的记忆。这绝不仅仅是一个老人的失子之痛，更是对日本侵略者的血泪控诉！”

抗日战争爆发后，刘家将燕翼堂全部人力物力支持八路军抗战，高琪瑗曾带头执行“二五”减租的政策，并捐献200亩土地给沂蒙专署作为工作经费。刘家拆除了赖以生存的祖宅后，经济条件一落千丈，女孩子们全部因经济困难失学。高琪瑗主动担起了这些失学孩子和八路军干部子女、烈士遗孤的辅导教育工作。她以自己高尚的品德影响着孩子们，以自己的学识教育着孩子们，用四书五经和传统美德教育孩子，把革命理想传给孩子，使她们都受到了良好的教育。这些孩子后来全都参加了革命，有的还成长为党人的干部。

当然，组织上也始终关心着他们，李作义《毁家纾难——燕翼堂革命史话》：“1939年下半年，八路军第一纵队司令员徐向前到燕翼堂慰问刘晓浦、刘一梦的亲属，与刘云浦进行了亲切交谈。徐向前介绍了中国共产党的奋斗史，深刻地分析了抗战的形势和任务，赞扬了燕翼堂为革命作出的贡献等。刘云浦深受感动，赠送给徐向前司令员1架望远镜和100条枪。1942年年初，中共山东分局书记朱瑞到马牧池慰问刘云浦和刘晓浦的夫人高琪媛等。”

铡　刀

高乔乔

那群人提着枪，吼着尖细刺耳的话。他们的靴子踢踢踏踏地踏过五空桥村的土路。飞起的尘土让人想起村子里的驴，也是这样踢踢踏踏地在土路上踏过，并发出高亢的叫声。

“鬼子来扫荡了！”村民纷纷奔走相告。

这几个月，刘世矩带领村民忙里忙外，绞尽脑汁，终于把在这个村庄存放的五十多万斤军粮全部藏了起来。不少人家的地窖又挖了一道，原来的地窖放些米糠白菜，堆几个地瓜蛋子，把粮食藏进更深处的地道；屋后的草垛、新培的粪堆下，再刨上一尺半土，便能看见藏粮的暗门；猪圈棚窝，驴槽底下都挖了坑埋了缸，缸里盛满了军粮。

他们为的就是这一天。

这日，不时有摔砸锅碗瓢盆的声音与鸡飞狗跳的动静混在一起。村民们先是提心吊胆，看着那群人最终搜不到什么，只抓了一些鸡鸭，又如释重负。

但这似乎只是个开始。军粮很多都是夜间水路运来，还有一些靠车拉驴驮，目标很大，很容易走漏风声。日伪军早就确信五空桥村藏有大量军粮，“扫荡”却几乎一无所获，就气急败坏地抓了刘世矩。

是一个星光惨淡的夜。被绑在刑架上的刘世矩眉头紧皱，身上靛青粗布衣衫绽开的裂缝下布满或新或旧的伤痕，他此时看起来肮脏又狼狈，却有皎洁的月光如舞台上的聚光灯般洒遍他的全身，照出他脸上几天来未损分毫的决绝。

刘世矩疲惫地睁了睁眼睛，恰好看见两名日军在夜色中搬着一个长条缓慢地走近，他们移动的样子像是螃蟹，很是滑稽。于是，刘世矩很轻地笑了一下。

那两个人一挪进屋子立刻“咣”的一声把那个长条扔到了地上，又立刻被溅起的尘土沙粒迷了眼睛，涕泗齐出。两人愈发气急败坏，看上去更加滑稽了。刘世矩的眉头愈发舒展，笑得大声了一些，并没有在意月光小心翼翼地把那个长条映出了寒芒，想提醒他什么。

鬼子不怀好意地走向他，熟练地撸下挂在刑架的绳头，从后面猛踹一脚，手脚依然被缚的刘世矩便结实地摔在了地上，一些砂砾划着他裸露出的皮肤，产生尖锐的刺痛，又立刻在身体传来的仿佛筋骨断裂的疼痛下被抵消。

他吐了一口嘴里进的沙子，感到了喉头的腥甜。他努力眨了眨眼睛，眸中落入此前同样被摔在地上的那个长条——村头的那口铡刀。刘叔、李嫂、顺子、虎妹都在那上面铡过草料，刚刚还让鬼子出了糗。想到这里刘世矩不由生出一股亲近感，忍痛咧嘴笑道：“你也看不惯，想迷瞎他们的眼……”

他的话被一阵日语的怒骂打断——即使他听不明白，但表达愤怒似乎没有语言的限制。与此同时他被拎起来，按向那口铡刀，他用尽剩余的力气将身子向一侧歪，堪堪避开了底座上的尖刺，但还是被粗粝的木茬和铁刺划过脖子上的皮肤，留下了几道血痕。

与前几天一样，他们又操起蹩脚的中文，开始逼问他军粮的下落。不同的是，身体似能感受到上方铡刀刃的寒意，刘世矩感到从未距死亡像此刻这样近。他自问还不畏死，竟也本能地战栗了起来。这令两个鬼子认为自己的恐吓终于有了成效，于是他们假惺惺地将他扶起，脸上努力堆出客气的笑：“刘先生，只要您配合，我们不会为难你的。”

听到这话，刘世矩更加一言不发，脸色也愈发难看了。他觉得自己被最看不起的人轻视了，对他们虚情假意的嘴脸感到恶心。两个鬼子发现还是撬不开这家伙的嘴，又一次把刘世矩推向铡刀。

“上一次，也有一个这样的村子，也有几个像你这样的中国人。我们只好当着大家的面把他们活着砍去了手脚，绑在大树上；第二天砍去胳膊，第三天砍去双腿……”刘世矩最听不得同胞遭受残害，对鬼子的惨无人道早就恨得牙根发痒，当那轻佻刺耳的腔调，血淋淋的字眼，在他的耳边苍蝇一样嗡嗡叫时，不仅没有令他生出一丝怯懦反而点燃了他的怒火，他奋力一挺脊背，想痛骂这些没有人性的鬼子一番，可是连日不眠不休和严刑拷打已经把年过半百的他折磨得十分虚弱，他怒目圆睁，刚要张口就眼前一黑，昏厥过去。

“还以为这小子真是铁打的，看来……”鬼子交换了一下眼神。

鬼子把刘世矩踢到一边，随手拎过旁边的水桶泼过去。在凉意的刺激下，刘世矩半睁了一下眼睛。紧随意识恢复的是汹涌而至的钝痛，他集合全部意志对抗这些钝痛的攻击，感到脑袋胀得像碾砣一样大，并嗡嗡作响。一张丑陋的脸在他眼前晃动，把“军粮”“哪里”等字眼蛮横地砸向他的耳鼓，他稀薄的意识抓住了这些字眼，便在昏晕中用仅剩的气力咬紧了牙关，稍稍睁开的眼皮也重重耷拉下来。蹲在他身边的鬼子盯紧着他的脸，此刻扬起一只手向扶着铡刀的鬼子做了个诡秘的动作。

一股尖锐的刺痛传来，他感到呼吸困难，有温热的液体顺着脖颈流动，眼前金星飞舞，“嘻嘻，嘻嘻，刘叔，你铡的草好看，像过年玩的滴滴金！”小时候他就喜欢蹲在牛棚里，看刘叔和刘婶在小油灯下铡草料，铡刀是崭新的，刘婶是崭新的，年轻的刘叔利落地压一下铡刀，碎干草便散发着好闻的味道打一个漂亮的旋儿……他艳羡地看着刘叔，想着什么时候能亲手摸摸铡刀，大人们从来都不让他靠近……

“看来……”他们再次把他踢下了铡刀。

天边的朝霞躲在乌云后，影影绰绰地露出金红色的边。

再次醒来时，浑身几乎被裹成粽子的刘世矩看见的不再是穷凶极恶的眼睛。

……被戴上大红花听表扬的时候，刘世矩笑得有些勉强。村里的孩子有最为纯净的眼睛，似乎能看透人的心灵，刘世矩嘴角的一丝僵硬落入了他们眼里，他们便争相叫着：“粮食一粒都没有丢！”“我们都好好的呢！”“鬼子都被八路军赶跑了！”

透过极为热烈的掌声，他的目光急切地搜寻着。那铡刀的木槽和铁皮都黑得发亮，里里外外透着憨厚朴实，旁边还有几捆猪草。他真想过去摸一摸……

侦察英雄张小三

董士君

一提起张小三，张家庄子一带没有不知道的。

1938年春天沂蒙抗日根据地建立起来了，到了年底八路军山东纵队在沂水县的王庄成立，其中的第一支队就经常活跃在常山、依汶、孙祖这些区域。

张小三一家是冯家村地主的佃户，租种着几亩地，辛辛苦苦一年到头打下的粮食多半交了租，剩下的解决不了一家人的温饱，爹和大哥早些年闯关东，凭着一腔热血参加了东北抗日联军，死在了日本鬼子的刺刀下。张小三的心里头打小就埋下了对日本鬼子的仇恨，只是想着日本鬼子远在东北到不了山东，这仇恨也就只能种在心里。没有想到日本鬼子从关外打进了关内，他赶依汶集时听到八路军的宣传员在宣传抗日，说是日本鬼子已经侵占了临沂、沂水和蒙阴城，到处杀人放火，无恶不作。张小三回到家就把在依汶集上产生的念头跟娘摆了出来，娘一听就撒了急，一把拉过张小三的手说："儿呀，可不兴有这样的想法，你爹跟你哥就是叫鬼子害的，你可不能再出去了，家里还指望你和二哥撑起来哩。"张小三不敢犟下去了，扛起锄头下了地。

一支队伍经过，张小三定定地看着身穿瓦灰色军服的八路军战士们，痴痴地望着这支队伍涉过小河向南开进，心里的念头在这一瞬间爆破了，他扔下锄头，拔腿猛追这支渐行渐远的队伍。

张小三将自己的年龄虚报为18岁，实际这一年他才15岁。张小三一开始被编进了连队，部队首长发现他人小胆大，机智灵活，将他调进了侦察队。张小三第一次执行侦察任务一点儿也不心慌，他换上了参军前的那身破旧衣裳，赤着脚，戴着一顶开了边的席角子，跑到山上拾了一筐松蘑莪子提溜着进了一个鬼子刚刚立下的据点。据点里的伪军伙夫正愁着找不到合适的菜招待新来的鬼子小队长，在街上转悠了半天碰上了叫卖松蘑莪子的张小三。松蘑炖鸡本来就是这个伙夫的拿手菜，他喜在了心里，一筐头子松蘑莪子全要了。张小三跟着进去取回筐，就问这个伙夫要不要个打下手的，伙夫说临时打下手的不开钱只管一顿饭。干着活儿张小三拐弯抹角地问："老总，这里平时就您一个人做饭吗？要不要个长期帮忙的？"伙夫说："俺就管做这八个皇军的饭菜，那边营里一个中队的伙食另外有伙夫。"张小三问："那边营里也是皇军？"伙夫说："那边营里都是皇协军。"

张小三回到部队汇报了侦察情况，研究后要把敌人镶在根据地里的这个新据点拔掉。张小三二次进了这个据点，还是一筐松蘑莪子，这次直接找到了那个伙夫。伙夫说："你这孩子真是雪中送炭哩，上次皇军吃了俺做的松蘑炖鸡上瘾了，赶巧你就来了。"张小三恳求伙夫："这吃了饭天也黑了，您就留俺住一宿吧。"还不到半夜，张小三听见外面鬼子叽里咕噜地乱叫唤，伙夫出去了一趟捂着被打肿的腮帮子回来就骂："这帮龟孙子吃莪子坏了肚子拿俺出气。"张小三在这次的松蘑莪子里掺进去了一些毒莪子，果然有了效果，小鬼子上吐下泻折腾得鬼哭狼嚎没个人腔了。八路军摸进了据点轻易就把这几个小鬼子拾掇了，剩下的那一中队伪军也乖乖地举手投了降。

1941年冬天的大"扫荡"，张小三带了几个人侦察敌情，为了掩护其他的同志及时送回情报，他留下来阻击追赶的敌人。张小三被敌人围堵在了里庄的一所院子里，当机立断，他迅速爬上了屋脊。敌人砸开院门冲了进来，张小三扬手打出了五发子弹，五个敌人应声倒地。敌人看到张小三趴在屋脊的后面，从正面很难压制，这伙敌人退出院子绕向屋后攻击，张小三从屋脊的后面翻到了屋脊的前面，又打死了几个冲在前头的敌人。张小三看到一部分敌人躲在屋后的几棵树后探头射击，一部分敌人又从屋后绕回到院子这面来，准备形成前后夹击的态势。张小三边射击边快速移动到屋脊的左面，不失时机一个翻跃跳上了紧挨着的屋顶，趁敌人还没分辨明白，又从这所屋顶跳到了另一所屋顶。就这样一所屋顶连着一所屋顶地跳出村外，直奔糠山里面去了。

深入敌阵侦察敌情是十分危险的，张小三来到了靠近依汶村西头的一所空屋子里，老百姓都躲鬼子进山里去了，这里驻扎了多少敌人他一时还摸不清。张小三打算临时在这里落一下脚，等夜更深一些再摸进村里。一部分伪军悄悄包围了这所屋子。张小三进这所屋子时尽管行动敏捷还是被敌人的暗哨察觉了。伪军做了周密部署，东西两面墙上各分布了四个人，出其不意闯进屋子的是四个人。面对四个指向他的黑洞洞的枪口，张小三沉着地把手中的驳壳枪扔到了地上，四个伪军见只有张小三一个人，而且又缴了械，不免有些大意。张小三趁机掏出贴身的一支短枪，以迅雷不及掩耳之势击毙了四个伪军，同时抄起地上的驳壳枪快速冲出屋门，向东西两面墙上还没有缓过神来的伪军连开数枪，打倒了几个，翻出院墙向南突围而去。

1960年春，一位军人带着警卫员回到了阔别二十年的家乡——张家庄子，这个人就是当年的张小三。

挑沟子

董士君

朱家峪子村群山环绕，在革命战争年代曾经是红色堡垒。盘龙山在朱家峪子的村南，西面的山峰当地人叫它挑沟子，别看名字土里土气，挑沟子里却有着不少的红色故事哩。

挑沟子在盘龙山的西麓，林深树密，有一个山洞尽管不是很深也能容下十几个人，这个山洞最大的优势在于隐蔽性好，洞前有岩石树木遮挡，外人很难寻找到洞口。1941年冬天，侵华日军集结五万余兵力对沂蒙山抗日根据地实施“铁壁合围”，进行了梳篦式大“扫荡”。朱家峪子村的村民尽管都知道挑沟子山洞比其他的地方都要安全，但一般不进去躲藏，这里面的空间有限，只能让那些最需要的人进去躲避。

山洞里，隋桂英抱着还没满月的婴儿，三个八路军伤病员静静地躺在洞的里边，五个三四岁大的托养在这个村的八路军干部的孩子坐在洞的中间，洞的前面站立着两个八路军文工团的团员，洞口趴着一个端着长枪警戒的民兵，洞口的外面还有一个放哨的民兵。山下传来了清晰的枪声，敌人进村了。隋桂英怀里的婴儿从睡梦中惊醒，“哇”的一声哭出来，隋桂英赶忙拍打着婴儿，敞开大襟袄把奶头塞进婴儿的小嘴里。放哨的民兵传进话来，村子里起火了，气急败坏的敌人放火烧了空空如也的村子。放哨的民兵在洞口急切地说了一句：“敌人搜山了，大家小心！”偏偏这时婴儿吐出了奶头又大声啼哭起来，隋桂英把奶头塞进他的嘴里，他马上就吐出来，怎么哄也止不住越来越响的哭声。隋桂英头上的汗冒出来了。她用一只手捂住婴儿的小嘴巴，低弱的哭声仍然能够传出来。隋桂英向洞口走过去，两个文工团的团员问她：“大嫂你这是干什么？”隋桂英冲她俩笑了一笑没有说话，她从洞口爬出去了。“外面危险，快回来！”隋桂英不顾众人的劝阻，一手抱着婴儿一手捂着婴儿的嘴巴，一头钻进了林子里往山顶的方向爬去。两个女团员的眼泪悄悄爬出了眼窝，她们心里最清楚大嫂是为了掩护洞里的人不被发现，才甘愿冒着危险走了出去。

放哨的民兵王胜洪最后一次出现在洞口，小声对趴在洞口里面的民兵说：“鬼子往这块搜过来了，俺得去引开这帮龟孙子。”王胜洪蹲下把长枪顺进了洞里，直起腰向北面山坡爬过去。正在搜山的敌人发现了山半腰的林子里有物体移动带出来的迹象，立刻朝着目标加快速度搜索过去。前面的伪军隐约看出来有人在躲躲藏藏地往北山方向跑着，大声吆喝着命令这个人就地站住。王胜洪听到伪军的喊声后反而加快了动作，他想只要把这股子敌人引开，山洞那边才会真正地安全。敌人开枪了，子弹在他的周围呼啸着穿过去，有的打在了树上，有的打在了岩石上，有的险些就打中了他。王胜洪只有拐着弯地往前跑，可这样就慢了下来，在快要翻过山梁的时候敌人追上了他，一个鬼子兵一枪托把他打倒在地上。见是一个中年庄稼汉，一个伪军军官厉声喝问了他几个问题，王胜洪喘着粗气老老实实地回答着：“俺就是一个打庄户的，看见庄里的人都跑出来了，俺也就跑出来了。你问跑哪儿去了？都跑到山那边了。”王胜洪指了指山的后面。敌人逼着王胜洪带路去搜抓跑出来的老百姓，敌人很清楚，群众里面就隐藏着抗日分子。王胜洪把敌人越引越远，他也在伺机寻找逃跑的机会。前面是一道非常窄的山垭口，只能容一个人通过，王胜洪猛地蹿了出去，他如果可以抓住这个机会冲过这个垭口钻进前面的密林里，就能脱离虎口。眼看王胜洪就要冲过垭口，敌人的子弹射中了他，王胜洪倒了下去。

敌人撤退之后，朱家峪子的乡亲们都回来重建家园，挑沟子山洞里的人除了牺牲的民兵王胜洪也都安全地回来了。

朱家峪子支前小故事

董士君

1942年的腊月，八路军的一个卫生所驻扎到了朱家峪子庄的南山上，有二十多个伤员在里面疗养，伤员们的体质都比较虚弱，区里安排朱家峪子两天内加工五百斤小米面，送到卫生所专供伤员补调身体。

村里一边征集小米一边安排妇女日夜不停地轮流上碾碾压。二十多个年轻妇女从天雾露明碾到第二天的日头冒红，歇人不歇碾，吱吱呀呀的碾声一秒也没有停下来。

三十才露头的李大嫂家里有着吃奶的孩子，她顾不上回家看看，孩子饿得一个劲儿地哭闹，婆婆跑到碾上喊了三次也没有把李大嫂喊回家，婆婆生了气说总不能给孩子喂奶的空儿都没有吧。妇救会长也劝李大嫂回家一趟喂喂孩子，李大嫂就是不离开碾台。婆婆只好把哭哑了嗓子的孩子抱到了碾前，李大嫂趁换人的空儿撩开袄襟在寒风里给孩子喂了喂奶。喂完后又忙不迭地把孩子递给了婆婆，从另一个人手里把碾棍抢了过来。李大嫂的脚都磨出了血泡，可她就是一声不吭坚持到了把征集到的小米全部碾压出米面来。过了一下秤，不多不少还缺十斤。妇救会长犯了愁，村里有小米的户该征集的都没落下，这最后十斤可怎么办好？按说少这点儿也没什么，可这是为了亲人子弟兵呀，就是短少一两心里也过意不去。

碾前边张大娘的家里人来人往的怪热闹，张大娘家明天要娶儿媳妇，一些亲戚都过来帮忙。张大娘的闺女撂下了家里的事专门跑来参加推碾。一转眼这闺女不见了，都知道她新嫂子明天就过门了，这是跑回家帮忙去了。不到一袋烟的工夫这闺女端着一个瓦盆又回来了，瓦盆里是满满的金黄金黄的小米面，她对妇救会长说："这一盆子有十斤多，快点收进去吧。"李大嫂说话了："这小米面是给你哥娶媳妇蒸糕的，新媳妇过门端糕这可是祖辈子传下来的规矩，也是讲究，没有糕可不行。"妇救会长也劝这闺女把小米面端回去，缺少的那一点儿再想想别的办法。张大娘来了，众人都认为她是来要回小米面的，她从闺女手里接过瓦盆，一转身把小米面统统倒进了口袋里，妇救会长说："大娘，这怎么可以呢？"张大娘说："什么也别说了，快送到卫生所吧，伤员还等着哩。"

到了1943年农历六月的下旬，一场雨接着一场雨，这都连着好几天了还是阴雨绵绵，看这劲头没有个十天半个月的老天爷歇不住雨脚。这可愁坏了老少爷儿们，出不了门，做不了活，窝在屋里憋得慌。

老村长顶着个席角子披着蓑衣把村里的几个干部召集到了一块。住在村子里的八路军指挥员找过老村长，连日下雨，部队的伙食供给不上了。不是缺少供应，问题是征收上来的军粮还没有加工出来。下雨时露天的碾子也就派不上用场了，碾压出来的粮食叫雨一淋还不成了糨糊。农协会长说办法是有，在碾上搭个草棚遮住了雨这碾就能用上了。都说这个主意不孬，老村长还是眉头皱起了疙瘩，搭草棚需要木料和茅草，一时半会儿哪有现成的？民兵队长使劲抽了几口烟，对老村长说召集人手准备干吧，别再耽误下去了，木料和茅草俺家里有。老村长摆了摆手说，你那可是盖新房子的料，这怎么能用？民兵队长叫来了几个民兵，把木料和茅草都扛到了碾子这里，半天的时间一间结结实实的草棚就搭起来了，雨下得大小都影响不着推碾了。老村长把村里的妇女分成了好几个小组，一个小组四个人，轮换着推碾，两天的时间就把部队的伙食解决了。

动荡中的古城

武庆丽

依汶镇始建于宋代，朝廷曾在此设官方驿站。依汶镇的东依汶、西依汶这两个村庄在革命年代有着光荣的革命传统，出过无数的英雄、烈士、红嫂。战争年代依汶镇曾是八路军一纵司令部、鲁中区党委、沂蒙地委、沂南县委等领导机关的驻地。

据传依汶的来历是从前有个财主，在汶河边上做生意，后来发家了，他所住的村庄靠汶河，故称为依汶，古时称桑泉河。

依汶镇的东、西依汶村以前叫伊旺庄，此村名最早是因村里有一家姓伊的，一家姓旺的，故称伊旺庄，现在年纪大一些的人还会管依汶叫伊旺庄。东、西依汶最早是一个村，直到土改时期，才正式分成了两个村。

那时候，还叫伊旺庄的东、西依汶是个名副其实的古城，可以称得上是繁华。庄前有高大壮观的围子城，围子城的石头都是靠人力抬上去的，四个角有四个炮楼，中间有个指挥楼。围子城旁边有吊桥，吊桥上有粗大的铁链子。吊桥不远处有几条老街，依汶镇的商业就是在这儿发展起来的。山货、杂货、纸张、布匹、土特产和工业品的集散，活跃了古镇的经济。

古老的店铺摊位分化瓦解，新的店铺摊位又在重新组合，上下街头以一片处于中间位置的菜市场划分开。热闹的地方必有几场说书人的酣畅淋漓，吹拉弹唱好不热闹。一户人为待客而煮的午饭的香味在老街弥漫，你离那家人越近，就越觉得那味道正从老远老远的地方飘来。这种场景真是令人难以忘怀。

但是好景不长，古城经历了动荡的年代，也历尽了浩劫啊！

最早遭受到几次土匪的烧杀抢掠，百姓苦不堪言。后来慢慢有了围子城的保护，人们自发组织起来，积极抗匪，土匪才有所减弱。土匪打跑了，战争却来了。

1938年（中华民国二十七年）1月1日，日军3架轰炸机轰炸依汶村，炸死群众9名，炸毁房屋13间，沂水五区（今属沂南县）乡农学校被炸塌。当时有目睹者称，感觉那飞机掠过人的头顶，令人头皮发麻，黑压压地斜下来，那场面真是人仰马翻，哭叫声一片，被惊吓的人无处躲藏。这是依汶村史上最为恐怖黑暗的一天。

1月15日，日军3架轰炸机轰炸依汶镇、苏村等集镇，炸死群众多人。一时间，逃难人四处皆是，人心惶惶。

2月15日，沂水南乡朱家里庄朱寿年与杨荫田等人在沂水五区、十区（今属沂南县）乡农学校代理校长朱亦皆、朱遂初支持下，在崖子崮回龙寺组织起一支二三十人的抗日武装。1936年（中华民国二十五年）春天，沂水县在10个区办起了乡农学校。乡农学校主要对学员进行武装训练，系国民党区政权机关与军事机关的政武合一组织。区长任校长，学校设教务主任、军事主任、指导员等，课程有课堂教育、操场训练等。学员为各村年满18～25岁的壮男，以土地多少为序轮训，每期40人，学期4个月。学员入校带长枪一支，子弹10发。统一军装。学员毕业回村后，维持地方治安。各乡农学校共办5期。日渐成熟的乡农学校就这样毁在了日机的轰炸下。

1947年解放战争时期，依汶村又前后遭受过两次轻度轰炸，但也造成了不同程度的人员伤亡及房屋毁坏，在一次次的战争中围子城大多数也已毁掉，只剩依稀的地基存在。

曾经繁华一时的依汶古镇在动荡的历史中前前后后遭受了五次不同程度的破坏轰炸。这座曾经满目疮痍的古城，历经风雨劫难才走到今天。

新时代的东、西依汶在党和政府的领导下，经济建设迅速发展起来，蔬菜大棚种植已成为村内主导经济，也成为整个镇的特色产业。如今的东、西依汶经济繁荣，农村面貌早已焕然一新。两个村子虽仅由一条路隔开，但两村的百姓依旧像生活在一个村子一样，互敬互爱。

老人们经常给年轻人述说村庄过去的故事、过去的辉煌、过去的历史及过去的灾难，老人们用平实动人的话语时时刻刻告诫着人们不忘历史，警钟长鸣，珍惜今天来之不易的生活。

栗沟造

武庆丽

在田美水秀的潘家庄子一带提起“栗沟造”了无人不知，无人不晓。那么，具体的“栗沟造”又是怎么来的呢？在抗匪及革命时期为八路军提供了怎样的帮助呢？又有哪些“草根”英雄们制造了“栗沟造”呢？

“栗沟造”是一种快枪的名字。民国年间这可是依汶镇潘家庄子、郑家岭一带赫赫有名的快枪，当时也是当地人自卫抗匪（西南马子）的有力武器。当时最早的造枪厂房是在依河建村的潘家庄子。当时，潘家庄子主要有两处造枪车间厂房。以李文周为首的一支造枪队伍和以李文奎、李文斌、李兆奉为首的另一支队伍在当地及周边区域最为出名。另外还有郑家岭的程传新（隶属汶凤村）能制造这种精密武器。当时每支队伍都有两至三支炉造枪。潘家庄子里，传奇的“栗沟造”人物自然少不了李文奎。据村里老人们说，李文奎中等以上身材，精干有力。他是一个无所不通的“匠人”，年轻时他兄弟多，家里穷，为了养家糊口他曾经“化过铜”，当过“铜匠”。还做过“铁匠”，打制镐头、铁锨、镰刀等也十分出名。还会做“木匠”，家具、手工艺品样样拿得出手。

在“栗沟造”产生之前，沂蒙山区民间用枪的少，打个猎物用打兔子的“洋炮”

就不错了；而“栗沟造”却是标准的“快枪”，能打子弹，而且打得远、打得准！

村里老人们说，“栗沟造”能打二里多远；枪法好的人，百米以内，百发百中。在当时，好玩枪的人，做梦也想得到一杆“栗沟造”。

因为潘家庄子所处之地的村庄，以“南栗沟”村最大、为首，况且潘家庄子村前紧挨“北栗沟”村，村里人外出，皆以“栗沟”为名，所以，潘家庄子李文奎父子制造的快枪，便有了“栗沟造”的名称。

那时候，如果村子里有两杆“栗沟造”，一般都会使“西南马子”们闻风丧胆，不敢再随便祸害人。眼看土匪闹得凶，“西南马子”经常到村里抢百姓东西，更无端地杀害村民，于是当地的程传新、李文奎等人就琢磨着制造了“快枪”。“快枪”俗称“土压五”，就是可以压五发子弹，可肩抗，大约有2米长，勾一勾，打一枪，扳机上面有一方形的瞄准器，打得远，打得准。程传新、李文奎、李文斌、李兆奉一起制造的快枪，这才有了“栗沟造”的名称由来。

一时间，“栗沟造”出了名，不但近处“村围子”“山寨围子”供不应求，就是外地的围子里也纷纷前来订货。

抗战时期，前线八路军武器短缺，李文奎、李文斌、李兆奉等一起为八路军制造快枪，还帮助军队维修枪支。维修枪支一般随叫随到，有急活儿他们就吃住在厂房，不休息，连夜为八路军维修枪支。那时，老四团团长周常胜就把县大队驻地设在了程传新加工和维修快枪的三间屋里，当时县青年团书记李子超所带民兵的枪支也在这里让他们维修过。当时由于鬼子的“扫荡”，他们为了不影响给八路军制造和维修枪支，就经常换地方，挪厂房，常移迁到比较隐蔽的高崮子山后，再继续工作。

新中国成立后，李文奎年事已高，他的后代很多进了新中国政府的铁工厂、机械厂工作。他的儿子李兆凤、他的孙子李长敬就被县里的“铁工厂”请去当了师傅。后来，县“铁工厂”规模扩大，制造农机、播种机。李兆凤父子就成了“修枪组”的师傅，专门给县里的武装部门修理枪械，修枪技术也很高超。以后，他们继续发挥余热，孜孜不倦，勤勤恳恳，为新中国事业贡献着自己的力量。

星　火

梁少华

肖保善亮堂堂的脸，浑身透着一股淡淡的书香气。干干净净的粗布衣上，手工布扣扣得严严实实。肖保善写得一手好毛笔字，他的字，或飘逸潇洒，或苍劲有力，或果敢刚毅，或浩然正气。

东家嫁女的枕头顶子是他写的，西家娶亲的“琴瑟和鸣”是他写的，肖家的“上梁大吉”是他写的，解家“昨日太岁从此过，说是今日好安门”是他写的，凡是村里用得到他的地方，肖保善总是热心执笔写写画画。在这个不大的村庄，孩子们的学习归肖保善负责，大家也放心地把这群娃娃交给他管。

1940年秋天，日本鬼子的突然袭击，搅乱了山村的宁静与和谐，鬼子先后用飞机投下了两颗炸弹，一颗落在庄后的粮台边，一颗落在庄前的办公场所。炸坏了房屋，炸倒了大树，炸死了小男孩儿……

第二年的一场“扫荡”，鬼子把牛羊全抢走了，临走还发狠般地把村庄几近烧了个秃光，看到只剩了村边的半个屋角子在冒烟后，扬长而去。

这个被群山拱围的村庄，位于大山腹地，高高的大顶子、张洪崮、皂旗山、鹿鸣山相连，连绵的屏障挡住了出村的路，周边泉水丰富，这儿在相当长的时间段里是我军的驻地。野战医院、休养所、白布厂、洋工房，就藏在这个小村庄。

村子已藏不下人，村民就利用地势起伏高低错落的山坡、山谷优势，贴着地堰依坡而建，深挖地洞，用石头砌在土洞四周，或直接拆开地堑子，把里面石头掏空，在洞顶覆盖上薄石板，石板上铺上厚厚的土，根据季节适时种上庄稼。在那面与地堰子平齐的墙堑子半截腰里留有活动的石块，搬开、垒上，人就可以进出地洞子。洞内足有一人多高，外边洞顶上庄稼也在生长，隐蔽性极高。

这些深挖的地洞子里不仅散存着粮食，存着煤油、棉花、羊毛、油墨，这里还藏着八路军伤员病号、枪支和弹药。

鬼子哪肯轻易罢休，狡猾的小日本终于察觉这村子里藏着人。

鬼子们又一次横冲直撞地突袭进村来，把全村的大人孩子用枪撵到了村边的大场院里。

小鬼子官以为，只要威逼利诱就可以从百姓口中得到我军情报，迫使他们交出八路军。那个日本副官当场下令：“你们的八路跑到哪儿去了？交出来，就放你们回去！”百姓们怒火中烧，低头咬牙，就是没有一人吱声。副官坐在摆上的桌子后，用蜡条杆子把桌子敲打得山响：“不交出八路，你们，统统格杀勿论！”仍是没一人回话。有人在副官身边耳语几句后，副官便指派手下，逐个排查开来。

这时人群悄悄在动，人们不自觉地往里凑了凑，最里边一位穿着花布偏襟衣衫的姑娘，假发髻绾得规规矩矩，与周边群众没有两样。

“副官，这人是八路！”循着声音望去，小鬼子把教师肖保善反扭着手推到了前边。“你看。”说着就抓着肖保善的手让副官看，副官一看这手白净，没有一点儿茧子，还用手扯了扯他沾了墨汁的衣角，把他的浅蓝布衫凑近鼻子上闻了闻，然后露出了狰狞的笑：“幺西，你们八路都在哪儿？”“在山洞里。”肖保善面对全村乡亲冲着气焰嚣张的鬼子平静地说。“那好，你的头里，带路！”鬼子们捞着了线索，押上他往村前走去。

村民并没有马上散开，有几个胆大的，还一直远远地跟在后边看。

只见肖保善昂头挺胸，步子迈得老高，领着鬼子们进了山沟，爬上地堰。

几个年轻人眼都红了，牙齿咬得咯吱咯吱响，心里骂着：狗汉奸！

鬼子脚下的土地，正是一个特大的地洞子，里面四名伤病员因腿脚伤得太重还不能动弹，村民忍痛打死了自家的土狗，当然也怕它们乱咬闹出动静，刚刚用山柴烀烂了，给伤员补营养，谁知……唉！这该如何是好，村民们一时慌了神。

肖保善带着鬼子往前走了，走过藏粮的地洞子，走过藏煤油的地洞子，走过藏着报社的地洞子……一直走过了大烟地，过了鹿鸣旺，爬上了村前西北的鹿鸣山。

鹿鸣山上有一个天然的大石洞，四周芳草一片，巨石成堆，这个大石洞少说也能藏上几十人。鬼子副官落在最后，人早已大汗淋漓、气喘吁吁，看着大石洞冲着肖保善竖起了大拇指，哇哇叫：“你的，奖赏大大的！”

这个大洞，鲜有人来，当地人称它狼窝子，鬼子一番折腾遍地搜寻，一无所获。

气急败坏的副官一看上了当，恼羞成怒，暴跳着大叫：“来人呀！打！”几个小鬼子一拥而上，推推搡搡用枪托子打肖保善。

鬼子的酷刑一招接一招。他咬紧牙关，怒目横眉，一声不吭。那个副官如雷般扯破嗓子问：“你们的枪藏哪儿去了？你们的八路都跑到什么地方去了？”

肖保善愤怒地连声回答：“不知道！不知道！”敌人用尽酷刑，使尽绝招，他仍透露点滴真情。

残暴的鬼子副官，见肖保善不怯硬，便要起软招。当天晚上，狡诈的副官到关押肖保善的地方，假惺惺地摆出一副笑脸，轻轻地拍一下他的肩膀说：“受苦了吧？你应当放聪明点儿，干吗要为共产党卖命呢？”肖保善一听气愤极了，理直气壮地大声说：“是共产党救了我们穷人，我要永远跟着共产党走。”丧心病狂的敌人，用煮熟的蜡条杆子雨点般地抽打他的身体，打累了，就把人绑在凳子上一次又一次地灌辣椒水、灌煤油，又一次一次地用脚踩踏他的肚子，一时间肖保善嘴里、鼻孔里的血水混着辣椒水、煤油直往外喷。

第二天早晨，敌人看着奄奄一息的肖保善，并没有死心，他们连拖带拉又把他推到副官身边，他虽身受重伤，疼痛难忍，仍坚强地挺着。那个副官对他说：“好啊，我看你还年轻，又聪明能干，以后就跟我干吧。”肖保善满腔怒火，怒目圆睁，“呸”的一声，一口带血的浓痰吐了出来，副官正半弓着身子假献殷勤，随着“啪”的一声，痰不偏不斜正落在他的脸上。副官脸色唰地变了，凶相毕露，尖叫着：“好厉害的硬骨头！你不想活了？”他正言厉色地回答：“为什么不想活？是你们不让我们活！”副官恼羞成怒，歇斯底里地对部下狂叫：“给我拉出去，八格！”

霎时，天气突变，乌云压顶，宽敞的场院前杀气腾腾。敌人押着肖保善绕过人群，押到场院，他昂首屹立，视死如归。鬼子副官来到他面前，冷冷地说：“你不怕死吗？”肖保善冷笑着说：“我们人民的军队一定会给我报仇的！”小鬼子无计可施，用罪恶的子弹穿透了英勇的肖保善的胸膛，不屈的英雄倒下了，为了支持保存革命力量，流尽了最后一滴血。

肖保善的牺牲激怒了村民，村头站岗的几个年轻人，搂紧怀里的5支长枪，把钢刀擦了又擦，一夜未眠。

天亮时，沂水城的城墙上倒挂了个日本官的人头。

沂蒙——母亲

玉　华

（一）

1942年2月，党组织把我从宣传队调出来分配去做党报工作，一开始是沂蒙地委的《沂蒙导报》，之后是鲁中区党委的《鲁中日报》《鲁中大众》和鲁中南区党委的《鲁中南报》。报纸的领导单位换了好几次，报纸的名称也更改过好几回，七年多的时间里，我没有离开工作岗位，没有离开沂蒙山区，没有离开沂蒙人民，直到1949年7月底南下。

1942年的夏天，我到艾山前庄采访，回报社要过汶河。这条河，是沂蒙山区的东西大动脉。一发大水，有的地方将近两米深，不懂水性的人，不能随便过。因为送稿心切，我盯着那一望无际、汹涌澎湃的波涛，有些着急。我找了一个河面较窄的地方，将小包袱挂在脖子上，就急急忙忙下了水，刚在没腰的水里走了没几步，一个浪头打过来，将我打到波涛之下。我使劲地往上一窜，抓住上游冲下来的一根长树干，谁想又一个更高更猛的浪，将我摔到滚滚的急流之中，我被打得晕头转向，只觉得水在头顶上撞。心想，这一下子，采访来的稿子全完了！

乌蒙蒙的天空，正下着瓢泼大雨，雨和浪交织在一起，周围一片浑黄。我使尽力气在波涛里挣扎。忽然，听到河对面“救人、救人”的呼喊声，我在昏昏沉沉之中，被两只粗大的手抓住了。他将我擎在头上，救上了河岸。

“真不得了！你怎么单找最深处过河？”我隐隐约约听到一个粗壮的声音。

我的眼睛、鼻子、嘴巴已被呛进去的泥沙塞满，既睁不开眼，也说不出话，更觉得鼻子堵得喘不动气，快要憋死了！

那人抓住我的两脚，脚朝上头朝下地倒下来，我哇哇地吐出了一些带着浮萍草的黄水。他又将我放在泥地上躺下，替我抠灌进鼻子里的泥沙。我眩晕地睁开眼一看，原来是依汶庄的读报组长李彩文。

“雨下得这么大，待在这野坡里不中。”他说着，替我摘下沾满头发的浮萍，黑红的脸膛对着我朝着天空的脸说，“得到庄里去，找个大夫看看，抓几副药吃！”

我感到全身成了一摊棉花，什么话也说不出。他将我抱起来，扛在右肩，脸伏在他的膀子上，嘴里的黄水还在顺着他的脊背往下流！

“吐吧，吐吧，全吐出来就好了！”他如同扛着一个面袋子，终于将我扛到依汶庄。

“到李大娘家住。”我有气无力地说，“她是我的老房东！”

李大娘的丈夫早已去世，身边只有一个十四五岁的儿子，她是一位四十多岁、干净爽利的妇女。1941年冬反“扫荡”以前，她就连夜给我做了两双鞋。庄里唱歌、开会她算是主力军，人们都说她不是妇救会长的妇救会长。只要一到依汶庄，我就住在这位老房东家。她家有三间小房，中间一间砌着两口锅，锅台当饭桌，东头一间她住，西头一间儿子住。冬天，女同志去了，和她睡在一盘大炕上暖和；夏天，她叫儿子和她一起睡，让同志们好好凉快凉快！多么善良的一个人！

读报组长将我送到房东李大娘家，她一看见我被水淹得半死不活的样子，着急地说：“快，快，快把她的头倒过来，把脏水吐个干净！”

“水是吐了不少了！”读报组长说，“我看要找个大夫，抓几副药吃。”

“我救了多少落水的人啦，用不着请大夫。”李大娘转脸喊着站在旁边的儿子，“顺，快把瓢里的鸡蛋拿两个来！”

鸡蛋拿来了，不是两个，而是半瓢。

“再拿个碗来！”

一个黑碗端到了她的面前。她拿出两个鸡蛋，爽利地在碗沿上一敲，只淌出蛋清，蛋黄留在蛋壳里。

“灌鸡蛋清，是救淹了水的人的好法子！”李大娘边说边用小汤匙向我嘴里喂蛋清。

两个蛋清刚刚灌下去，我又哇哇地吐了起来，还带出一些黄黄的水。

“吐了也好，咽了也好，反正是得把胃洗得一干二净！”李大娘不慌不忙地替我擦嘴角，又灌进两个蛋清，这次似乎胜利了，我没有再吐出来。她抿嘴一笑：“什么法子灵，也没有灌鸡蛋清灵！”接着她又叹了一口气，“有些同志，他们就是不懂水性，专找河的窄面蹚，不知道河面越窄，浪头越大，漩涡也越深。你这孩子，要不是碰上彩文，那可就没救了！”

李彩文看到我停止了呕吐，大娘又有治淹水的办法，放心地迈出了门。

“我的稿子都湿了吧？”我以极为微弱的声音说，“那是刚从艾山前庄采访来的消息。”

李彩文看看快要放晴的天空，回头问我：“要是很急，用不用我先给你送回报社？”

“别！”李大娘一摆手，“小包袱都湿透了，等我拿出来晾晾再说。这个天儿，也不快些晴，要是太阳出来，不一会儿就晒干了。”

“我还没有抄好哩！”我说，“彩文，你先回家吧！”

李彩文走了，李大娘解开我的小包袱，将一张张湿了的稿纸，晾在她炕前的桌子上，皱着眉头说：“看看，字都认不清啦，等你好了再回去另写吧！”

“不要回去写，我自己能认清。”我说，“只是头晕得抬不起来，不能誊抄。”

“等着！”李大娘抚着我的胸口往下揉，“再喝上几个蛋清，把脏东西冲下去，头就不晕了，手也不软了，再写好，找人给你送回报社。”

在李大娘家住了三天，不知喝了多少鸡蛋清，我的胃不疼了，手也不软了。连夜将被河水浸湿的稿子誊抄清楚。李彩文硬是要替我送去，我觉得自己能走，决心回报社。临走的那天，李大娘送给我一兜鸡蛋。我知道她只喂着两只老母鸡，连吃带拿，哪里弄来的这么多鸡蛋！我死活不要，她却死活往我怀里塞。我只好红红眼睛收下。

李大娘在我的小包袱里塞上了什么，我摸摸，原来是一双硬邦邦的鞋。我惊愕地问：“大娘，怎么这么快就做起一双鞋？”

“大娘会变！”李大娘苦笑着，“傻丫头，你的鞋样在大娘心里揣着哩，早就做好几个月了。你不来，我也要托人给你捎去。”

我背着一双新鞋，提着一兜鸡蛋，离开了李大娘的家。李大娘右手举在眉梢上，像是在遮太阳的光，我看不清她的脸。她不就是十年前我离家的时候，站在门口送我到沂蒙山的亲娘吗？

（二）

在沂蒙山区，我到底有多少大娘、大爷，多少兄弟姐妹，自己也说不清楚。反正，数也数不过来。可惜自从1949年南下以后，就没能再回去看望他们。四十年过去了，那些站岗、放哨、送鸡毛信的儿童团的孩子们；那些抬担架、送军粮的青年们；那些缝军鞋、看护伤员的大姑娘、小媳妇们，差不多都变成了两鬓染霜的大爷、大娘了，有的甚至已变成老爷爷、老奶奶了。那些当年四十多岁的大娘，也大都八九十岁了吧，谁知道活在这个世界上的还有几位？每当我思念他们的时候，心头常常想起当年自己在报上发表的题为《大娘》的几句诗：

“大娘”，这两个字，
多么不寻常。
战士们对她的情义，
不能用秤称，
不能用尺量。

进门先要喊大娘，
有了困难喊大娘，
负伤流血喊大娘，
受到表扬喊大娘，
打了胜仗更要喊大娘。

有了大娘，
就有了依靠，
有了安慰，有了希望！
一头扑到大娘怀，
好比白色奶汁向俺口里淌！

像这样歌颂大娘的歌，写在墙上，登在报上的到底有多少，数不过来。

这么多年，虽然没能再回到沂蒙山区，但从那里来的战友们，常常和我谈起那里的情况，有的说：“吃的穿的比以前好多了。”有的则皱着眉头：“他们的生活还是相当苦！”有的则十分愧疚：“比起当年他们对我们那种深情厚谊，真觉得有些对不起他们！”

1982年春天，我还在工作岗位上的时候，有一次在办公室的桌子上看到一封信，拆开一看，原来是马牧池附近的红河村，当年那位四十来岁的老房东王大娘叫她的小孙女兰兰代笔写来的。

她在信上先说，我在南京给她寄去的全家福照片，她一直挂在墙上。想我的时候就从墙上摘下来看看。然后告诉我："孩子，你忘了1939年的冬天，敌人大扫荡的情景吗？你们在北大山上过年，连顿饺子都没吃上。我包了半篮子荞麦饺子，叫你大爷用棉袄包着，从小路爬到山顶，送给你们吃，可惜那滴水成冰的天气，饺子都冻成了冰块，你们还对大爷说好吃好吃！现在咱的日子好多啦，白面饺子不稀罕，还盖上了三大间新房，一盘大炕够你们一家住的。你收到信，快抽空带着孩子们回来看看吧！对了，咱们的山坡上，还种上了果木树，柿子、红枣、梨，真是春天一片花，夏天一片荫，秋天一片果啦！咱庄附近还修上了公路，你们来时，怕是找不到门啦！先写封信，打个电报，我叫兰兰去接你们！别看大娘上了年纪，眼不花，耳不聋，就是手脚没有以前爽利了……"

大娘还特地在信上叮嘱，叫我替她打听当年住在她家里的赵锡纯同志的消息，叫我代她问好。说他当时是鲁中军区政治部的人民武装科的科长，和她年龄一般大。她的丈夫，就是赵科长领着他当上的民兵队长，如今已离开人世了！她守着儿子、儿媳、孙女，不觉得寂寞，就是有时候想念过去的亲人……

这封短短的信，里面包含着多少深厚的情谊。当我读到她说的1939年大"扫荡"的情景时，大娘在小油灯下给我补裤子的影子，立即浮现在我的眼前。那时，我们爬山，大半是从几百米高的崖头上滑下来，两条单裤全露着大窟窿，只好等到晚上，将裤子又脱下来，往大娘的被窝里一钻，让她点着小油灯，替我一针一线地缝补。我感到她缝补我的裤子时，针针线线都连着她的心……

大娘叫我打听的那位赵锡纯科长，我接到信就告诉了他，他那时在铁道部工作。今年春天那位和大娘同庚的赵锡纯同志已离开了人世！现在离大娘给我写信的时间又过了八年，谁知道大娘的情况怎么样了！她要是还活着，也正好八十三岁了！我还清楚地记得，锡纯同志住在这位房东家里的时候，喜欢给我们报社写一些通俗诗稿，有一篇题名为《房东和战士》：

进门先把大娘喊！
天井扫干净，
水缸已挑满。
大娘开口笑，
细细的鱼鳞纹，
飞向眼角边，

“啧啧，看看！……
快快解解身上的汗，
大娘刚做好一双老铲鞋，
伸脚穿穿！”
战士喜上眉间，
顺手扛起铁锨，
我还要去给猪垫栏！

多么自然的鱼水之情的流露，这篇诗稿，写的不仅是赵锡纯同志和他的房东，而是整个沂蒙人民子弟兵和那里的人民群众！

真后悔！我当时为什么写信答应去看她，而没有去哩，真惭愧！那么长的时间，为什么我一直没能再回沂蒙山区看看，而且连信也不常写了呢？！

要写的实在太多太多了！当年的《青救会之歌》，涌上了我的心头：

蒙山浮着白云，
沂河流着黄金。
这块土地多么肥美，
我们的祖宗，
在这里生存。
他们勤劳、朴实、勇敢，
更富有奉献牺牲的精神，
最宝贵的财产，一代代留给我们。

我想将这支歌，当作我的心声献给沂蒙人民，也希望年轻的一代学会这支歌，永远不忘沂蒙人民——我崇敬的母亲。

附录

刘遵和与他的诗歌创作

高　军

刘遵和（1779—1852），字子中，号春台。其先为海州（今江苏连云港）人，明洪武初迁居山东沂水芦阳北埠庄（今蒙阴垛庄镇北庄村）。数传后，家族繁衍炽昌，分散各地，遂为邑中望族。到刘遵和父亲这辈，从上高湖村（今属岸堤镇）迁居隋家店村（今属依汶镇）。刘遵和曾举嘉庆进士，任户部主事等。刻印出版的刘遵和著作，有《求友堂小题制艺》和《素位轩诗》。他所写的制艺文，在莘莘学子中影响较大。王榕吉在为刘遵和所写的传记《子中刘公家传》中说他的大小题制艺文，“一出争先快观，不胫而走，后进皆奉为圭臬”。同时称赞他的诗说：“所刻《素位轩诗》亦脍炙人口。”本人在《刘遵和与他的〈求友堂小题制艺〉一书》中对刘遵和的生平和制艺文有较为详细的论述。在本文中，我将再介绍刘遵和的一些诗歌作品和相关情况。

一、刘遵和这些诗歌的来源

本人曾在依汶镇工作过几年，对刘遵和的有关情况一直很感兴趣。多年来，致力于关注和研究刘遵和的作品，但是在诗歌方面也仅仅知道他有诗集《素位轩诗》。由于这本诗集已经佚失很久，旧书收藏市场也一直不见其踪影，所以关于《素位轩诗》版本情况以及收诗多少首等情况，至今均一无所知。

不久前，听朋友说我们本县的吴培久先生手中有一些手抄的刘遵和诗歌，我就非常渴望能一睹其风貌。后经朋友牵线，6月14日我们终于见面了。经座谈，我知道了吴培久先生原籍铜井镇西南村，参加工作后一直在县自来水公司工作，担任过工会主席等职务。他业余时间喜欢临帖，尤其钟情于二王书法，观其临写的《兰亭集序》，颇具王羲之形神面貌。他创作的书法作品曾多次参加展览，备受好评。他手头收藏了曾祖吴峻（又写作俊）德的一个手抄本，里面的小楷字写得俊逸疏朗、清新可喜。这本书里面有一些当地人的诗、文、对联，也有一些外地人的作品。吴峻德生活在清末民初，他从小喜读诗书，后来在青杨行村（今属依汶镇）一带教私塾。由于授徒有方，深受欢迎，继而被明生村（今属界湖镇）的吴姓家族请去当私塾先生。遗憾的是，他53岁就英年早逝了。吴峻德与沂水院东头刘家店子的刘芬如有深交，刘芬如曾为他书写过四条屏和对联等书法作品，并流传至今。吴峻德在光绪二十年（1894）为《吴氏族谱》写了序言，可知他生活在清末。他的长子吴家相曾在铜井街开设了本县较早的中西医结合的吴家大药铺，《沂南县卫生志》对此有记载。我小心地翻阅着吴峻德的这个手抄本，发现在其中的《杂集》里面分三处抄录着刘遵和的诗歌共计十二首。第一处有诗九首，在第一首下面署名“刘遵和”；第二处有诗两首，第一首下署名“春台刘遵和”；第三处有诗一首，又署名“刘遵和”。征得吴培久先生同意，我复录了有刘遵和诗歌的页面。有了这些资料，我们终于可以“窥一斑而知全豹”，大体上看到刘遵和诗歌的面貌了。

二、刘遵和诗歌的主要内容和艺术特点

关于刘遵和的诗歌，王榕吉评价：“亦脍炙人口。”王榕吉，字子莪，号荫堂，长山县（现山东邹平长山镇）人。嘉庆十五年（1810）二月生，道光二十四年（1844）进士，官至山西布政使司布政使、山西巡抚、顺天府尹、大理寺卿等，同治十三年（1874）去世。刘遵和的诗歌到底曾如何脍炙人口，我们已不知详情，只能从这些新发现的具体诗歌作品来简单分析一下其特色了。

纵观刘遵和的这十二首诗，内容大约可以分为以下四个方面：

一是写出了农家生活的一个个侧面。由于刘遵和出身于农村，对农村的生活甚是熟悉，所以他写了一些农家题材的诗歌作品，风格显得清新可喜。如《田家即事》：“田家五月似秋忙，种豆锄瓜打麦场。今日偷闲缘雨大，破蓑齐补短篱旁。”诗中农家五月繁忙的景象接踵写出，作者随即笔锋一转，写终于因为下了大雨有了一个偷闲的日子，可是勤劳的农人们却聚集在篱笆旁边补缀着毁坏的蓑衣。渲染了环境氛围，写得意趣盎然。再如《院内即景》：“爱花何必是花开，菊自锄浇藕自栽。适卷湘帘当雨过，满庭生意簇眉来。”在一种晴耕雨读自给自足的生活状态中，即使花儿还没有开放，同样很有生活的乐趣。你看，卷起湘帘的时候，适逢一阵小雨飘过，整个庭院充满了生机。宁静清幽、明白如话的诗句

中，表达了诗人由衷的喜悦心情，同时能给人一些启迪。《蚕蛹》抓住蚕蛹的特点，没有正面写缫丝，却能上下勾连，体现了诗人细致入微的观察、捕捉和描摹："蝉何事业蚓何功，饮是黄泉吸是风。怜尔丝纶包裹厚，劳劳幻死梦生中。现身变化在当场，善运丝纶善自藏。未及功成已解看，簇中早谢女儿桑。"

二是写出了一些生活哲理和人生感悟。有的是通过选择一些生活的意象，并由此生发开去，在写出形象特征的同时，自然地流露出其中的寓意。比如《萱草》这首："种来萱草两三头，花到开时复自收。羡尔胜人应在此，卷舒如意复何忧？为闻萱草愁能解，惹得愁人遍地求。莫共相思红豆种，思多无有不生愁。"先写萱草开花时能自开自收，卷舒自如，无忧无愁，令人羡慕。接着描写因为听说了萱草能让人忘记忧愁，所以惹得愁人到处寻找。但是接着笔锋一转，提示人们不要和红豆种在一起，因为相思多了没有不生愁的。把两种植物并置在一起，写出生活的哲理来。再像《戏咏栗蓬》："都识蓬中栗满科，层层包裹刺仍多。从来利实终难秘，莫恃人无奈尔何。"短短四句诗，揭示出有益处的果实是私藏不住的，就是仗恃着满身毛刺，也不要认为人们对此无可奈何。寓于鲜活形象中的哲理，能让人产生思想的震动。他还有一些直接写哲理和感悟的诗歌，如《东武道中口号》："闲自任他忙自我，忙闲人本两无关。闲人未解忙人意，却说忙人不好闲。"如《有感》："看到前人年四十，叹犹如此岁徒除。于今四十将临我，自顾还惊此不如。"这两首诗，既是具象的，又是理念的，写出了一种切身体会和独特感悟。

三是写出一种闲情逸致。《花月吟》："花看初发月看盈，花月无情看有情。趁月寻花花倍艳，离花对月月空明。溶溶月下花三径，灼灼花前月二更。月自兼花花带月，桂花原向月中生。"《花月吟》（其二）："月月有花兼有月，看花偏与月常期。曾缘月到嫌花晚，每为花开待月迟。月影横斜花动处，花容绰约月浓时。怜花爱月人多少，月洁花香配是谁？"花月本无情，诗人却看出了情。诗歌格律严谨，对仗工整，写出了诗人的一种闲适心态。《水皮一棍》："手把长竿击碧流，一声惊破五湖秋。千层细浪开还合，万颗明珠散复收。波内鱼龙沉海底，江边凫雁起滩头。可（早）知此处难垂钓，再整丝纶别下钩。"起笔大气，写景富有特色。表面好似有一种后悔之情，其实写的是一种开阔胸怀。这些诗刻画细腻，描写形象，既是客观的，又体现出诗人的主观感情与个性。

四是明志诗。这类诗歌最突出的是《感梦》，前面有一段很长的序言："戊辰举京兆后留京，梦一铁面僧曰：'汝吾胞弟也，当元季家焚，长安同从渤海真人于铁锁，连孤舟山后，汝复出作元戎，致非命，临难时，师命往救，吾知天意难挽，人心难回，不如不救以全始终，至今抱歉。’又梦一神人曰：‘汝今生实渤海送下，羡汝之质，欲使终归佛门，汝可不必当以忠义，以成前世志。’幻耶？真耶？因此作此，以自矢。”诗人连续做了两个关于自己身世的梦，并且都是引导向佛的，醒来后他作了这首诗表明自己的心志：“几时出世几时人，那记黄农过去春。空感宿因通梦幻，常凭壮志胜前身。圯桥石上书三卷，铁锁山边水一津。但是男儿由自立，此番生本为君亲。”不管经历了几世几劫，哪里能记得黄帝神农时候的光景，梦中虽然如此有宿因，但自己有抱负有壮志，以入世的态度自立自强，这一生就是致力于为君为亲，唯忠唯孝。《漫兴》：“生来难与事咸宜，不好从同不好奇。舌少辩才文亦拙，昼无机事梦还痴。因分醒醉曾强酒，为有输赢懒著棋。漫爱栽花忘种竹，留看霜后绿筠时。”这一首，是写生活中的亲身体验，更是一幅自画像，一种生活态度，包含着生活的奥秘和人生的感悟，蕴含着一片化机，天真自具。

关于刘遵和的诗歌情况，由于有了这十二首诗的发现，第一次对此展开了讨论和分析。但因为目前我们还没有发现《素位轩诗》这本书，也没有得到其他方面的资料，所以只能研究到这一步了。我们只能期待着今后对刘遵和诗歌等资料有更多的发现，尤其是《素位轩诗》能早日重新现世。

新发现的刘遵和两首诗兼及他的“举京兆”考

高 军

我写过《刘遵和与他的诗歌创作》《刘遵和与他的〈求友堂小题制艺〉一书》等文章，特别是《刘遵和与他的诗歌创作》详细介绍了首次发现的刘遵和的十二首诗歌作品，并详细分析了它们的思想内涵和艺术特色等，文章发表后产生了很大影响。

在那以后，我继续关注和搜集刘遵和的有关资料，最近又从吴峻德抄写的两集《分韵诗》（元、贞）中查到了两首。我觉得这套诗集应该还有“亨”“利”两集，因为未见到全套书，所以里面是否还有刘遵和的诗歌也就不好论断。因为见不到第一本“亨”集，《分韵诗》是否有序言和编辑说明也不得而知，关于这套《分韵诗》的情况也就不好说了。好在给我们掌握了弥足珍贵的刘遵和的两首诗《清如玉壶冰》和《水始冰》。这里特再作介绍，以飨读者。

这两首诗被传抄的时间应该是在刘遵和考中嘉庆戊辰（1808）科顺天举人以后，嘉庆己卯（1819）会试考取进士以前。因为传抄者在诗的题目下标注的是“戊辰科刘遵和”，如果传抄于刘遵和考取进士以后，就应该写作“己卯科刘遵和”了。

同时，因为这样，我们也可以认定这两首诗的写作时间是在刘遵和42岁之前，也就是说这两首诗是他早期的作品，故而充满积极向上的精神和追求高尚人格的情怀。

一、刘遵和两首诗的注释

清如玉壶冰

戊辰科[①] 刘遵和

清节[②]谁堪拟，朱丝[③]合并称。是壶原琢玉，非鉴[④]却盛冰。对影青莹润，合光凛冽增。白宜昭外朗，坚乃在中凝。衔署[⑤]心同澈，神寒骨[⑥]共征。刷[⑦]思颁夏后，赏忆买春曾。比德形完璞，分官[⑧]职号凌。束躬严素履[⑨]，螭陛喜恩承[⑩]。

【注释】

①戊辰科：刘遵和是嘉庆戊辰（1808）科举人。后来，刘遵和又参加嘉庆己卯（1819）万寿恩科会试，考取进士。咸丰二年（1852），刘遵和病逝，终年74岁。

②清节：高洁的节操。《汉书·王贡两龚鲍传赞》：“春秋列国卿大夫及至汉兴将相名臣，怀禄耽宠以失其世者多矣！是故清节之士于是为贵。”晋陶潜《咏贫士》诗之五：“至德冠邦闾，清节映西关。”明凤尹岐《送兄广东参政应奎》诗：“珍重平生清节在，不妨引满酌贪泉。”清《睢阳袁氏（袁可立）家谱序》：“与参由明经高第为沁源令，吏治明敏，清节著闻，秩满擢新宁守，才品经济尤

为世重。”王闿运《常公神道碑》：“朝廷将宏纲纪，嘉其清节，乃转山东道监察御史。”

③朱丝：原指红色的丝绳，这里借指琴瑟。南宋·鲍照《代白头吟》：“直如朱丝绳，清如玉壶冰。”正直得好像琴上朱弦，毫无弯曲；清白得犹如冰存玉壶，容不得半点污浊秽垢。唐元孚《送李四校书》诗：“朱丝写别鹤泠泠，诗满红笺月满庭。”唐刘禹锡《调瑟词》：“朱丝二十五，阙一不成曲。”宋苏轼《渚宫》诗：“绿窗朱户春昼闭，想见深屋弹朱丝。”清唐孙华《种树》诗：“珍材伐琴瑟，清音发朱丝。”

④鉴：镜子。

⑤衔署：就是署衔，指在文书上题署官衔，是朝廷给予官员的一种恩宠和荣誉。

⑥神寒骨：指骨重神寒，即体态稳重，气质沉静。李贺《唐儿歌》：“骨重神寒天庙器，一双瞳人剪秋水。”王琦汇解：“骨重，言其不轻而稳也。”

⑦刷：指秋刷，是秋日清除藏冰之室的意思。出自《周礼·天官·凌人》：“夏颁冰，秋刷。”郑玄注云：“刷，清也。刷除凌室，更纳新冰。”秋凉冰不用，可以清除其室。古人冬季藏冰，春天开始使用冰库，炎夏之际将冰用完，秋天清刷整修，以备来冬再贮新冰。这样年复一年，冰库去旧纳新，年年为人们贮藏生活用冰。由于夏冰难得，就成为君王笼络臣下的方法。《周礼》记载：“夏颁冰”，通过颁冰礼仪，冰块成为“礼”中的一部分，成为最高统治者和部分大臣的特权，进而形成一整套完备的礼仪制度。史载，农历二月开冰之后，君王自可随时取用，然而未及颁赐臣下。到农历四月后，暑气渐盛，遂由管理藏冰之官员将冰分赐臣下以御暑热。凡享有禄位的命夫命妇以及老疾者，均可得到朝廷赐冰。《左传》所载的颁冰对象为“自命夫命妇，至于老疾，无不受冰……其藏之也周，其用之也遍”，以达到“冬无衍阳，夏无伏阴，春无凄风，秋无苦雨……疠疾不降，民不夭札”的目的。最早关于藏冰的记载，出自《周礼·天官》：“凌人，掌冰。正岁十有二月，令斩冰，三其凌。春始治鉴。凡外内饔之膳羞鉴焉。凡酒浆之酒醴亦如之。祭祀共（供）其冰鉴。宾客共冰……”这里的“三其凌”，即以夏季用冰数的三倍封藏。“凌人”一职，下设近百人的管理人员，已经有了系统管理。

⑧分官：本分官，适合自己才能、身分的官职。唐白居易《酬严十八郎中见示》诗：“忽惊鬓后苍浪发，未得心中本分官。”宋陆游《杂兴》诗：“纵令酒

负寻常债，也胜人求本分官。”

⑨束躬：检点约束自己。汉刘向《说苑·修文》：“修德束躬，以自申饬，所以检其邪心，守其正意也。”严：原诗写作严字下面加火，该字与“严”字同，见《中华字海》954页。素履：用朴实无华、清白自守的处世态度面对心中所向往的事物。《易·履》：“初九：素履往，无咎。象曰：素履之往，独行愿也。”王弼注：“履道恶华，故素乃无咎。”高亨注：“素，白色无文彩。履，鞋也。‘素履往’比喻人以朴素坦白之态度行事，此自无咎。”后用以比喻质朴无华、清白自守的处世态度。《三国志·魏志·管宁传》：“虽有素履幽人之贞，而失考父兹恭之义，使朕虚心引领历年，其何谓邪？”宋叶适《台州高君墓志铭》：“父融，有素履，起家衡州司户参军。”清方文《王抑之招集斋中有赠》诗：“我虽长贱贫，未敢愆素履。”

⑩螭陛：宫殿建筑形制，雕有螭形的宫殿台阶，是位于宫殿中轴线上台基与地坪以及两侧阶梯间的坡道。《宋史·礼志十八》：“殿中监帅尚舍张设垂拱，文德殿门之内，设香案殿下螭陛间，又为房于东朵殿。”明陆采《明珠记·拒奸》：“近侍龙颜，长随豹尾，朝朝螭陛持戟。”恩承：蒙受恩泽。唐岑参《送张献心充副使归河西杂句》：“前日承恩白虎殿，归来见者谁不羡。”清洪昇《长生殿·定情》：“受宠承恩，一霎里身判人间天上。”刘成禺《洪宪纪事诗》之一七四：“君王碧洗颁冠玉，养子承恩四子婚。”

这里，我们顺便引用唐代三位诗人的同题诗，以便与刘遵和诗歌对比欣赏。

王维《清如玉壶冰（京兆府试，时年十九）》：“玉壶何用好，偏许素冰居。未共销丹日，还同照绮疏。抱明中不隐，含净外疑虚。气似庭霜积，光言砌月馀。晓凌飞鹊镜，宵映聚萤书。若向夫君比，清心尚不如。”潘炎《清如玉壶冰》：“琰玉性惟坚，成壶体更圆。虚心含景象，应物受寒泉。温润资天质，清贞禀自然。日融光乍散，雪照色逾鲜。至鉴功宁宰，无私照岂偏。明将冰镜对，白与粉花连。拂拭终为美，提携伫见传。勿令毫发累，遗恨鲍公篇。”卢纶《清如玉壶冰》：“玉壶冰始结，循吏政初成。既有虚心鉴，还如照胆清。瑶池惭洞澈，金镜让澄明。气若朝霜动，形随夜月盈。临人能不蔽，待物本无情。怯对圆光里，妍蚩自此呈。”

水始冰

闭塞来冬候[①]，长河冷气蒸。深渊犹贮水，细溜[②]始凝冰。桥乍徒杠就[③]，人方履薄兢[④]。总消波上縠[⑤]，不碍镜中菱。瓶列何曾冻，霜寒却渐增。东风何日解，红日看初升。

【注释】

①冬候：五天一候，为与二十四节气对应，规定三候为一节（气），一年为72候。

②细溜：细小的流水。

③桥乍徒杠就：徒，步行。渡河的桥梁刚刚用木杠铺成。

④兢：战战兢兢。

⑤縠：古称质地轻薄纤细透亮、表面起皱的平纹丝织物为縠，也称绉纱。这里指水的波纹。

二、刘遵和“嘉庆戊辰举京兆”辨正

在有些资料中，有人说刘遵和在“京兆尹”“京兆府”参加考试而得中了举人，这是完全错误的，所以有必要予以辨正。

首先，京兆尹是中国汉代官名，为三辅（治理京畿地区的三位官员，即京兆尹、左冯翊、右扶风）之一。主管今西安及其附近地区。民国初年（1912）仍沿清制，将北京辖区缩小为宛平等20余县。1914年10月，改称京兆，其行政长官称京兆尹，颁布《京兆尹官制》，设立京兆尹公署，京兆的地位与省同。1928年废《京兆尹官制》。京兆尹官职为正四品上。所以，说刘遵和在“京兆尹”参加考试，是一个常识性的错误。

其次，京兆府，唐朝开元元年（713）设置的府，这是府作为行政区划的开始。京兆府不同于地方的是，该行政机关可以不受逐级上诉的约束，凡经证实证据确凿案件的案犯是可以当堂判死刑的。唐玄宗把长安所在的雍州改为京兆府，京兆府的首长为京兆尹。领万年、长安、新丰、渭南、郑、华阴、蓝田、鄠、盩厔、始平、武功、上宜、醴泉、泾阳、云阳、三原、宜君、同官、华原、富平、栎阳、高陵二十二县。唐朝灭亡后，后梁改为大安府，后唐再改回京兆府。历后晋、后汉、后周、北宋、金，名称都未曾变化。北宋京兆府下辖十三县：长安、樊川、鄠、蓝田、咸阳、泾阳、栎阳、高阳、兴平、临潼、醴泉、武功、乾祐。金京兆府下辖十二县：长安、咸宁、兴平、泾阳、临潼、蓝田、云阳、高陵、终南、栎阳、鄠、咸阳。元朝改名为奉元路，明朝改名为西安府。因为唐代王维十九岁曾参加京兆府试，写了应试诗《清如玉壶冰》，所以有人错误地认为刘遵和“举京兆”是参加的京兆府试。但清代是没有“京兆府”这么个地方的。

那么刘遵和“举京兆”是什么意思呢？

京兆是西安的古称，是汉朝京畿都城地域的名称，是周朝王畿、秦代京畿之后对都城辖域的谓称。如《水经注》中有“京兆上洛”；《隋书·地理志》记“京兆蓝田县有关官”，也是古代的二级行政单位，所辖范围相当于陕西西安及其附近所属地区。

刘遵和“举京兆”的“京兆”是指明、清两朝的顺天府。顺天府，明、清设于京师（今北京）之府属建制。掌京畿之刑名钱谷，并司迎春、进春、祭先农之神，奉天子耕猎、监临乡试、供应考试用具等事。明永乐元年（1403）置。十年升秩，如应天府。设府尹一人、府丞一人、治中一人、通判六人、推官一人、儒学教授一人、训导一人以及统历、照磨、检校等官。所辖有宛平、大兴两县。清顺治元年（1644）沿置，设官大体如明制。雍正元年（1723）增设兼管府事大臣一人。康熙十五年（1676）划入昌平等十九州县。乾隆八年（1743）定为二十四州县。顺天府长官称顺天府尹。

刘遵和“嘉庆戊辰举京兆”，是指刘遵和22岁那年作为“庚申岁预选拔贡”（拔贡是科举制度中由地方贡入国子监的生员之一种。清朝制度，初定六年一次，乾隆中改为逢酉一选，也就是十二年考一次，优选者以小京官用，次选以教谕用。每府学二名，州、县学各一名，由各省学政从生员中考选，保送入京，作为拔贡）有资格参加顺天乡试，并且考中了举人。

清代顺天乡试允许中央官学国子监的学生参加考试。由于国子监的学生均来自全国各地，顺天府的乡试实际上具有全国考试的意义。国子监学生分为贡生与监生两大类，大比之年，贡、监生通过录科手续即可参加乡试。顺天乡试专门设皿字号，分南皿、北皿、中皿，为各省在京贡、监生提供参考名额。

清代乡试三年一科，逢子、午、卯、酉举行，称正科；遇皇帝万寿、登基等庆典，增加一次，称恩科。如过庆典之年适逢正科之年，则改是年正科为恩科，原正科改在此前或此后一年举行。乡试规定在八月举行，故称“秋闱”。考试分为三场，每场三天，以初九、十二、十五日为正场，考生于每场正场前一日入场，后一日出场。按规定第三场也是三天，十六日才能完场，因为十五日是中秋节，特准予十五日下午出场，以便应试人回去过节，并赏赐月饼一个，咸肉一方。考试内容，顺治初年（1643）规定第一场考《四书》《五经》，用八股文，谓之制义，亦称制艺、时艺、时文；第二场考论一篇，判五道，诏、诰、表择作一道；第三场考经、史、时务策五道。乾隆五十二年（1787）后，改第一场考《四书》文三篇，五言八韵诗一首；第二场考经文五篇；第三场考策问五道，提问内容为经史、时务、政治。顺天乡试的《四书》题和贴试诗题由皇帝钦命，其余考试内容由主考、同考官员命题；各省乡试均由主考命题。

清代乡试是省一级大规模的选拔性考试，是科举考试全过程中竞争最为激烈、影响最为深远的一级考试。顺天乡试的特点主要表现在顺天府作为清朝的中央政府所在地的特殊地理位置和政治环境以及教育方面的优势，顺天贡院既是顺天乡试的考场，同时也是全国会试的考场。因为顺天乡试的《四书》题和试帖诗题由皇帝钦命。

五言八韵诗是第一场考试的内容之一。刘遵和的《清如玉壶冰》为五言八韵，是针对乡试考试的。《清如玉壶冰》唐代已经作为试帖诗题目考过了，所以嘉庆皇帝不可能再用这个题目进行考试。而《水始冰》五言六韵诗，是针对童试的。童试即童生试，是明清两代取得生员的入学考试，是读书士子的进身之始。应试者不论年龄大小统称童生。童试包括县试、府试、院试三阶段。院试录取者即可进入所在地、府、州、县学为生员，俗称秀才，生员分廪生、增生、附生三等。生员经科试合格，即取得参加乡试的资格，称“科举生员”。

这两首诗，可以认定为刘遵和平时学习训练写出来的。大家觉得写得不错，当他考中举人以后，就被传抄开来。

刘遵和与他的《求友堂小题制艺》一书

高　军

在汶河以北有一条336省道，它贯穿沂南县依汶镇隋家店村，这条省道以南的村当中有一片墓地，其中有一座不太起眼的坟茔，从墓碑我们可以得知这就是嘉庆二十四年（1819）万寿恩科进士、户部主事刘遵和之墓。

刘遵和的著述，累计有大小题制艺文一二百篇，印行有《求友堂稿》；诗歌作品刊印为《素位轩诗》。关于他的诗歌作品，王榕吉称赞说“亦脍炙人口”，这里临时不拟论述。近期，我们发现了一本道光戊戌年（1838）刻印的《求友堂小题制艺》，这是刘遵和《求友堂稿》中独立成书的一部分。失传多年的刘遵和制艺文稿得以重现，是地域文化中的一件重要事件。这里主要介绍刘遵和其人，并考证《求友堂小题制艺》一书的有关情况。

一、关于刘遵和其人

刘遵和属于著名的“八楼刘”家族，从刘遵和的高祖刘琈开始，就居住在今岸堤镇上高湖村。在乾隆年间，刘遵和的父亲从上高湖村迁到隋家店村落了户，他生有五子，刘遵和是其长子。

刘遵和，字子中，号春台，生于乾隆四十四年（1779），卒于咸丰二年（1852），享年74岁。刘遵和自幼聪慧，髫龄就有成人风，六岁进入家塾学习，能率领诸弟晨昏定省外，专心于认真读书。他师从于塾师祖建安，祖建安系双泉峪子人，学识渊博，教授有方。道光七年（1827）版《沂水县志》卷八“耆寿”条中记载：“祖建安，嘉庆元年（1796）恩赏匾、坊、银、缎。享年95岁。”光绪二十年（1894）撰修的《祖氏族谱》记载：“建安，字平伯，年臻百龄，五世同堂，亲见七代。恩赐八品寿官‘耆龄世瑞五世同堂’匾。”刘遵和在祖建安悉心教授下，11岁时就《十三经》及《文选》诸书俱能成诵，12岁开笔为文能落落千言，17岁应县试获第一名。次年入府学，岁科三试，两列优等，一夺冠军。继而取嘉庆六年庚申（1801）拔贡，时年22岁。随后出外游学，到潍县、临朐等地拜访名师。这期间，刘遵和“京闱二省闱三”，参加京城的考试两次，参加省里主持的考试三次，试卷四次被推荐。第三次参加嘉庆十三年（1808）戊辰恩科顺天乡试（清代顺天为京师畿地，地处全国的政治中心，所以其科举的特点是受政治的影响极大，顺天的乡试贡院也是全国的会试场所，乡试名额名列前茅），终于考中了举人。己巳年（1809）参加礼部举办的会试（礼闱），未考中进士而落第，然后回到家乡开馆授徒，并教自己的兄弟读书。跟着他学习的每年都有二十多人，很多人都学有所成，在各级考试中取得优异成绩。他自己从己巳年（1809）到己卯年（1819）参加春官试（礼部试）五次，试卷被推荐四次。丁丑年（1817）大挑时候，挑一等改二等。从乾隆十七年（1752）定制，四科（嘉庆五年改为三科）不中的举人，由吏部据其形貌应对挑选，为的是让举人出身的人有较宽的出路，名曰大挑。大挑每六年举行一次，一等以知县用，二等以教职用。嘉庆二十三年戊寅（1818），刘遵和任济南府淄川县教谕。教谕虽是府学或县学的最高学官，但俸薄而官卑，要亲自参与授课。刘遵和学养深厚，授课勤奋，深受欢迎，登门求教者应接不暇，教学颇有成就。嘉庆帝六旬开万寿恩科，刘遵和参加己卯（1819）会试，考取进士，名列第三甲赐同进士出身第一百零二名，授户部主事。《引得特刊》第十九号《增校清朝进士题名碑录》（哈佛燕京学社　1941年版）记载：“刘遵和，山东沂水县。”从此，刘遵和步入政界，是年41岁，他把父母、妻子和孩子都接到了京城。

道光二年（1822），刘遵和由户部主事加三级，授朝议大夫。清制，从四品概授朝议大夫。朝议大夫是文职散官名，是有官名而无职事的名誉爵位。道光五年（1825）九月，记名军机章京补用。梁章矩、朱智《枢垣记略》卷五《除授四》记载，道光五年“九月二十六日旨：方铭彝、郑乔林、许球、何汝霖、王藻、李涵、汤鹏、江绍僖、董基诚、刘遵和、郑瑞麒，俱著记名以军机章京补用。谨按：此次李涵、董基诚、刘遵和三名俱未经行走。”军机章京正式任用，称为“军机章京上行走”，“行走”的含义是“入值办事”。刘遵和虽然记名但“未经行走”，即最终没有实职到任入值办事。

道光丙戌年（1826），刘遵和的妻子高夫人送女儿出嫁回家，竟然因痰症去世。刘遵和为了不让父母伤心，在父母跟前只有强忍悲伤。道光七年丁亥（1827）春，续娶任夫人。这年，刘遵和任户部江西司兼广东司主事、军机处行走。清代，户部管理全国疆土、田地、户籍、赋税、俸饷、财政等事宜，其内部办理政务按地域划分为十四个清吏司，职官设有郎中（正五品）、员外郎（从五品）和主事（正六品）。各清吏司除了掌管其所划分省区的民赋，还兼管一些全国性的事务。刘遵和所任的江西司兼管各省协饷（协济邻省经费）动支，广东司兼管全国矿政、钱法（币制）及内仓出纳。军机处亦称“军机房”“总理处”，是清朝中后期的中枢权力机关，辅佐皇帝处理政务，参与军国大政。军机处设军机大臣，称为“军机处行走”“军机大臣上行走”，无定员，多者六七人，一般以特选的大学士、尚书、侍郎等充任。刘遵和任军机大臣只是荣职，品级还是他的原职。刘遵和是以任户部江西司兼广东司主事身份兼军机处行走，在使用上明显的比一般的清吏司主事要高一些。

刘遵和续娶任夫人后不久，父母到在济南历城任训导的三儿子刘子如那里居住。不到两个月，父亲就不幸去世了，刘遵和到济南奔丧，并和诸弟扶柩归里。随即母亲又病了，他延医调治，一年多后母亲又去世了。刘遵和丁忧期间，正值沂水知县张夑续修《沂水县志》，刘遵和被聘为参阅绅士。纂修工作自道光六年（1826）八月启始，至次年闰五月，历时十一月而初具规模。其时，刘遵和尽参阅之责，校其错误，补其遗漏，一丝不苟，不遗余力。道光十一年辛卯（1831），三年之丧守制期满除服（服阕）后，刘遵和携眷又回到了京城。

但是，道光十年（1830），在刘遵和丁忧期间，朝廷处理了一起“假照案”，就是私卖捐纳假证的案件。按清代捐纳制规定，用钱从户部捐得官衔的人，由户部发给证件作为凭证。道光十年（1830）闰四月，先是在安徽发现了捐纳职衔者并无部案的情况，经咨取部文核对后，发现捐纳职衔者所持凭证也与户部咨文版片式样迥异，而且无捐纳者身家清白册结。道光皇帝谕令严查，数月后查出户部捐纳房书吏蔡绳祖等人私自雕刻部监假印，私办贡监职衔封典文照一万多张。共查出从嘉庆二十一年（1816）开始的十五年间，办假捐监贡照3477人，办假职衔加级照1223人。同时审出户部、国子监等衙门捐纳房贴写办理假照经过，得知经办过假照官员达数百人，得银数万两。道光十年十月戊戌（1830年11月28日），道光帝谕准部议，按照“失察冒捐名数多寡不同”予以“分别示惩”。主事虽是司员一级官员，但因为“司员承办事件，是其专责，乃于贴写私办假照，毫无觉察，其各省送到捐生身家清白册结，并不核对，迨至将假底加捐各项，又不详查照簿库收，率据扣改稿件及呈验假照批符，以致蔡绳祖等肆行无忌，非寻常疏忽可比”。所以，凡在任三年者降四级调用，在任二年者降三级调用，在任一年者降二级调用。刘遵和丁忧期未满，朝廷就已开始调查处理“假照案”，结果是刘遵和等46人“俱在任一年以上，均著照部议降二级调用”。因为涉案时刘遵和系候补之员，又在丁忧期，“著于补官日降二级调用”。据此处理意见，刘遵和丁忧期满回京，降二级候补七品京官，一年多后补为太常典簿充则例馆纂修，此官职为普设性低阶官职，主要从事太常寺掌奏文书的起稿校注等文字工作，官秩为正七品或从七品。又过了两年，刘遵和捐复户部主事，数年后补缺转员外郎。

这十多年，公事的闲暇时间里，刘遵和仍以课徒为业，培养出了很多优秀学生，在科举选拔考试中成绩卓著。刘遵和生活节俭，所得俸禄，尽置田地。道光二十七年丁未（1847）春，刘遵和因眼疾告归还乡，眼病用金针拨法也开始逐渐痊瘉。数年颐养期间，刘遵和担纲完成了“八楼刘”族谱续修大事，定下了“遵汝家矩，曰厚乃长，敦本务实，延启聿望”十六个辈分用字，刘氏家族五大支系辈分用字得以一致。刘氏族谱自康熙五十年（1711）重修，已历130多年，这次得以重修，刘遵和功莫大焉，后世至今赞誉有加。咸丰二年（1852），刘遵和病逝，终年74岁，葬于隋家店祖茔，追封以员外郎加二级（从四品），诰授朝议大夫。因为他为官之时长期官于“主事”，所以后世尊呼他为“主事老爷”，坟为“主事坟”。

说到这里，还需要说一下当地流传甚广的民间传说，那就是说刘遵和曾当过嘉庆帝少年时的老师，故有“主师”之称，皇帝曾赐御匾“老主同年少主师”。嘉庆登基时36岁，而刘遵和当时才17岁，年龄上不具备嘉庆之师的可能。刘遵和中得进士时，已是嘉庆二十四年（1819），授职是户部主事。并且，第二年嘉庆就驾崩了。一般说来，中进士并授予“上书房行走”才可视为“帝师”，刘遵和官位一直是“户部主事”，没有“上书房行走”的任何记载，所以嘉庆“帝师”之说毫无根据。把户部主事的“主事”演义为“主师”，仅仅是一种民间传说而已，严格说来其实是不对的。

二、关于《求友堂小题制艺》

《求友堂小题制艺》是刘遵和跟着老师学习和自己教学时候所写的小题文汇总文集，于道光十一年（1831）五月编成。他在自序中写道：“余自从师及授徒，必由小题文入手，所作亦随时散置，从旧箧中捡出，稍有心得者略存数首，为家塾子弟便阅。”《求友堂小题制艺》在道光十八年戊戌（1838）春镌刻印制成书。对制艺文的评价历史上一直有争议，并在其起源的宋元时期就出现反复，明末顾炎武对此进行了尖锐的批判，清朝也是几次废止和恢复。乾隆年间也有人提出异议，但找不到替代的方法，只好又坚持了下来。刘遵和对这种文体的优点和弊端有清醒的认识，所以在自序中说：“文至股体，格已降矣，况并有小题乎？然不讲股体则已，讲则法门必以小题而备。”

关于制艺文的是非功过，这里不展开讨论。但是，清代江国霖曾客观地分析过：“汉取士以制策，其弊也泛滥而不适于用；唐以诗赋，其弊也浮华而不归于实；宋以论，其弊也肤浅而不根于理。于是依经立义之文出焉，名曰制义。……制义者，指事类策，谈理似论，取材如赋之博，持律如诗之严。”指出汉代、唐代的科举考试都有其弊病，而明清的制艺取士这种形式，正是汲取历代科考经验教训、为克服其弊端而确立的。客观地分析，我们不得不承认，提倡制艺文首先起到了大面积普及经典的作用，促使学子熟记、背诵了我国古代那些最优秀的经典，使学子有了较深厚的文化底蕴。同时，制艺文作为一种考试文体，与许多文体都有关系，实际是多种文体的综合，包含丰富的文体要求，兼有经学、理学、古文与诗赋的各种特点，具有综合性、基础性。通过高度程式化的行文格式，能让学生普遍接受文章写作的训练，使学生行文顺畅并有文采，这是在当时历史条件下一种富有智慧的做法。

制艺文可以分为大题和小题两类。一般人以为题目字数少、内容比较琐碎的是小题文，甚至以为四五百字的短文就是小题文。其实这种认识是不全面的，仅从题目本身和字数多少并不能判断一篇制艺文是大题抑或小题。一般而言，大题是大文章，小题是小文章；乡会试所考的是大题，小考中出现的是小题。戴名世曾说过，小题“较之大题殆又有难焉”，因为制艺文非常讲究文法，小题更是如此，因而更能体现作者的智慧、学识、阅历等。小题文又可分为两种情况：一为童生所考的题目；一为八股名家出于技痒而写的示范文本。名家写的小题制艺文，往往构思精微，技法高超。

《求友堂小题制艺》收小题文三十篇，分别是《其为人也》《不好犯上而好作乱者》《患不知人也》《子贡欲去告朔之饩羊》《不以三隅反》《三月》《三月（其二）》《子不语怪》《唐虞之际于斯为盛》《唐虞之际于斯为盛（其二）》《卑宫室至吾无间然矣》《鼓瑟希铿尔》《亦各言其志也至亦各言其志也已矣》《虎豹之鞟犹犬羊之鞟》《若臧武仲之知》《夫如是至夫如是》《无为而治者》《甚于水火水火》《民无德而称焉至民到于今称之》《子之武城》《不得其门而入至得其门者或寡矣》《发而皆中节》《伐柯伐柯至犹以为远》《齐桓晋文之事》

《见牛未见羊也》《吾欲观于转附朝儛遵海而南放于瑯邪》《自楚之滕》《二老者》《五谷者至不如荑稗》《况居天下之广居者乎》，题目出自《论语》《孟子》《中庸》《诗经》等儒家经典。

《求友堂小题制艺》文集前有吴孝铭序，后夹带手书的庄瑶序文。吴孝铭，字伯新，江苏阳湖人，嘉庆十四年（1809）进士，选庶吉士，授工部主事，充军机章京，累迁郎中。吴孝铭序写于道光十八年戊戌（1838）三月，写出后随即和全书一起雕版印刷，收入书中。庄瑶，字琪园，莒州大店（今莒南县大店镇）人，与刘遵和有表亲关系，嘉庆二十二年（1817）进士，曾任工部都水司主事、营缮司员外郎、都水司郎中、湖北荆宜施兵备道等职。有人认为是庄瑶的官职低于吴孝铭，所以未用庄瑶序文，就仅将庄瑶序文夹带在吴孝铭序之后了，这种说法其实是说不通的。真实的情况是，道光十八年戊戌春，刘遵和让庄瑶看了他的小题文若干篇，庄瑶觉得这些文章“雅正清真，典型斯在”，当时可能是因为庄瑶事务繁忙，或不知别的什么原因，庄瑶的序文没有按时写出，这篇序文直到道光已亥年（1839）春才写成。这篇序文写作时间推迟得太晚了，写出来的时候《求友堂小题制艺》已经于半年多以前印刷装订成书了。但刘遵和非常珍惜与庄瑶的亲戚关系，也非常重视庄瑶这篇序文，故而想出了一个折中的办法，那就是由自己的家人如侄子刘汝先和门下学生们用毛笔认真书写了多份庄瑶的序文，这些序文里面是否有刘遵和自己抄写的庄瑶序文，由于资料缺乏也已不好作妄论了，他们抄好后认真细致地粘贴在了吴孝铭序后，于是《求友堂小题制艺》两篇序文形成了现在这种独特的格局和面貌。

关于这些文章的特点，吴孝铭、庄瑶的两篇序文都有一些评价。吴孝铭说：“初学……必以小题入手”“小题诸法毕备，神明于是则大题长篇皆可类推”“刘生是编理法之精，笔之妙，悉秉先正钜镬，而运以心裁，以之疏瀹灵源，导引先路，其亦后学之津梁也”。庄瑶则用比喻评价说：“小题则短兵相接，有隙即乘，……羊肠隘道，稍疏即坠，未有不工小题，而能作大题者也。”刘遵和对“其理之析也，如锥画沙，如印印泥；其法之备也，如金就范，如埴在埏，学者从此究心于小题必能工。”

最后，简单分析两篇《求友堂小题制艺》中的文章。

我们先看《患不知人也》，其题目出自《论语》。题目短小，是标准的小题文题目。作者合并上文，正面用力，将“患不知人也”写得比比有精义，不空行，不重沓，波澜层折，题内不漏一字，题外不添一字，分析深深透透，文势滔滔不绝，在细微毫芒间穷极变化，这种在螺蛳壳里做道场的功夫，让人不得不佩服。前人论制艺文，以为在题背等处觅取角度者，都是一些讨巧的便宜之法，能于正题正面做得扎实饱满，才是真正作手。刘遵和的这篇《患不知人也》破题、承题、起讲和接着的偶股的对仗等都非常讲究，行文不呆板，写得非常用心。再如《伐柯伐柯至犹以为远》，题目出自《中庸》第十三章，《中庸》引用了《诗经·豳风》中的《伐柯》并进行了发挥："子曰：'道不远人，人之为道而远人，不可以为道'。诗云：'伐柯伐柯，其则不远'。执柯以伐柯，睨而视之，犹以为远。故君子以人治人，改而止。忠恕违道不远。施诸己而不愿，亦勿施于人。"制艺文的题目截取的是其中的五句，这本来是一个短小枯窘之题，但作者紧紧扣住"远""近"二字，从小处发挥，从神思灵巧上着眼，上下勾连，布局成篇，正所谓正反虚实，逆卷倒吸，题外生文，题中归命，将大道的内涵沁入其中，再从题目中生发出来，先入后出，在移步换形之法中，显得细针密线，在在必有，立意正大。从正面发挥圣贤道理，把题目做得扎实饱满、花团锦簇。由于作者有高超的写作技巧，读来特有味道，真乃"微至之思，达以深秀之笔"。

我们看到，《求友堂小题制艺》中的这些文章，虽然以经书的文句为题目来敷陈经书大义，但都非常讲究词采章法格调，并加以个人化的发挥，进行了深化性的阐述，是值得一读的。

孙隆二戴祠由来及其变迁考

高　军

在沂南县依汶镇孙隆村中，有一处早先为学校、后为村委办公室、又改为幼儿园、再被闲置的院子。其堂屋前东侧的院墙上有康熙年间《重修二戴先儒祠堂碑记》和施财碑各一通，西侧院墙上有民国重修施财碑一通，东屋前墙偏北有清同治《重修汉儒二戴祠堂》碑一通。本文拟从这几通碑入手，结合一系列资料和走访调查，梳理一下沂南县二戴祠由来以及变迁的有关情况。

最早建于大戴村

沂南戴姓早期主要居住在今张庄镇大岱（原作戴）村、小戴湖（汶河黄埠拦河坝处南岸的小平原名叫小戴湖，过去有小戴村）一带，随后逐渐繁衍迁徙。他们一直认西汉时期的戴德与戴圣叔侄二人为先祖，所以沂南最早的二戴祠就建于这里。“大小戴”的说法最早语出孔颖达《礼记正义·序》：“去圣谕远，异端渐扇，故大小二戴，共氏而分门；王、郑两家，同经而异注。”清康熙十一年（1672）版《沂水县志·古迹》载：“大戴村，在县西南一百里，二戴讲礼之处。”也说村名是因戴德、戴圣叔侄二人曾在此讲礼而得名。据传，戴氏宗庙曾立有汉代石碑，记载汉时戴氏来此立村，名大戴。走访村中老人，他们说宗庙、石碑、匾额毁于1942年。据大戴村《王氏家谱》记载，大戴村王氏是明朝末年迁到这里的。清朝前期，王氏已成为村中望族，而这时戴姓也已迁到孙农（今依汶镇孙隆村）居住，村名逐渐衍化为大岱。所以说，张庄镇境内的大戴村、小戴湖和依汶镇孙隆村的二戴祠，都与史称“二戴”的汉朝戴德、戴圣叔侄有关是肯定无疑的。清康熙三十四年（岁次乙亥，1695）仲春庚午科（康熙二十九年，岁次庚午，1690年）举人相勋（原籍永安村）撰写的立于大戴村的《重修二戴先儒祠堂碑记》载：“沂西南境距县百有十里，山峰环抱，汶水经流，相沿为大戴村，居老戴氏，为汉儒宗，未敢断为沂产，但村以戴著名，而其风土人物醇闷古朴，卓有先贤喆遗风。旧有祠一所，明季蒙尹陈公又碑其曰二戴故里，虽弗可深考，盖其中为戴氏庐无疑云夫。”这说明最晚明朝时候，大戴村就被认为是二戴故里了。在明朝，就“旧有祠一所”，是供奉戴德、戴圣的一座祠堂。这就是关于大戴村二戴祠的最早记载。相勋认为虽然不能确切考证为二戴故里，但这里居住着戴氏族人，他们自己认为是二戴后人，这里也被官方一些文化人附会为大小戴的家乡，“明季蒙尹陈公又碑其曰二戴故里”，这种现象充满着浓郁的文化气息。

后来迁到孙隆村

在依汶镇孙隆村，有1986年立的村碑，说该村建于东汉末年。村近处有一古墓，相传为西汉武将孙农之墓，故名孙农，后演变为孙隆。

原建于大戴村的二戴祠，随着戴姓家族迁到孙隆村（当时叫孙农庄）而逐渐式微和毁弃。依汶镇孙隆村戴姓家族，其族谱也明确记载由大戴村迁来。所以，他们又在孙隆村重新建立起了新的二戴祠。清道光七年（1827）版《沂水县志·建置·寺观》载："二戴祠，由大戴村迁孙农社孙农庄，康熙三十二年，知县沈修葺，有某撰刻碑文。"我们在孙隆村看到了清康熙三十四年（1695）相勋《重修二戴先儒祠堂碑记》，这块重修碑中间已断，是砌到墙里的时候用水泥又黏合在一起的，水泥把中间几行字已填平，所以有些字已经不能辨认。该碑原立于大戴村，后被戴氏家族移于孙隆村。碑文里面有这样一段："三十二年，我邑侯沈公莅任之三载也，自□侯来，时和年丰，民安物阜，其善政不可指数，而留心古处□□概□□人性然也。"康熙三十二年（1693），沂水知县沈公（沈凤，广东西宁举人，康熙二十九年任）莅任三载的时候，有刘姓庠生想构建草祠一所，但"无由达之"。这年秋天知县沈凤下乡体察民情，来到了大戴村附近，人们把这些想法告诉了他，他"锐意修复，即捐全俸""既而知事□君、教谕刘君亦仰体盛举，极力襄之"。相勋也积极参与，但因"后□两春，余寝处苫块，未（遑）畚插"，所以过了两年也没有完成这项事业，只好将其委托给戚奉"经理其事""刘献秀、刘文斐捐资庀材亦有力焉"。从康熙三十四年的七月开始，到九月结束，终于在大戴村建成了二戴祠。沈凤"以春秋祠祀或濡霜露中，再捐俸构草舍""兼复其地顷余为牲币之资"。这样，二戴祠也有地产收入能维持正常运转了。所以清道光七年版《沂水县志·建置·寺观》有"二戴祠……康熙三十二年，知县沈修葺"的记载。因为从康熙三十二年启动，最终完成于康熙三十四年，故立碑时间也就是三十四年了。也就是说，康熙三十四年，大戴村首次建成了二戴祠。随后，二戴祠肯定有过多次修葺。但因缺乏资料，详情不得而知。

后来，戴氏家族迁居孙隆村，于是他们又在孙隆村重新修建了二戴祠。到了嘉庆三年（1798），戴氏后人戴学潜想提升孙隆村的二戴祠地位，呈请县政府要求崇拜祭祀。但是，崇祀没有被知县批准。清道光七年版《沂水县志·建置·寺观》载："嘉庆三年，知县张莅任，戴学潜呈请崇祀，因格碍难行，未准，仍劝修葺。捐给牲醴，如祀闵仲祠、孟母庙之仪，令礼房存卷。"二戴祠又一次得到了修葺。

时间又过了75年，二戴祠又经过了1851年后20多年闹土匪和战乱，已经再次破败不堪了，所以就再次开始了重修。同治十一年（岁次壬申，1873）小阳月（指农历十月）上浣（上旬）刘中策在《重修汉儒二戴祠堂》碑文里记载："先儒旧祠在孙农里，前予曾祖为之记矣。今其栋宇虽在，而兵燹之后半就倾圮。今兹不修，后将有难为继者。”二戴后裔戴俊卿“慨然以兴复为己任，于是商之族人，募诸学校，鸠工庀材，丹楹刻桷。”这次重修，使二戴祠“数月以后，顿还旧观”。值得注意的是，刘中策《重修汉儒二戴祠堂》碑文还透露出一些其他信息，如他的曾祖父曾为二戴祠写过“记”，但是现在我们已经找不到这个资料了。刘中策评论说：“方汉之初，《礼》之始出也，其文浩博，义意间有抵牾。先儒为之删繁芜、撷精华，而《礼记》一书遂与洙泗手定之《经》争光日月，斯亦伟矣。”他对重修二戴祠也给予了高度评价，指出了其重要意义：“因祀典之隆而念礼教之重，将见人守礼法，俗成礼让，由一乡而蒸之海内，则所以敦教化、美风俗者，将于是乎。在又岂仅一邑之光、一姓之荣哉！”

西侧院墙上的中华民国八年（1919）三月立的功德碑记录了一些施财情况，这说明在1919年二戴祠又进行了一次重修，具体情况无考。但日照重家村、莒州吴村、蒙阴戴家庄，以及周边的铜井、龙岗峪、葛庄、清泉峪、松林庄、九山庄和本村很多人捐资输财，才完成了这次修葺，说明这次重修规模也不小。

二戴祠与戴德、戴圣关系考辨

康熙十一年（1672）版《沂水县志》认为“大戴村……二戴讲礼之处”。《三字经》有“我周公，作周礼。著六官，存治体。大小戴，注礼记。述圣言，礼乐备”的记述。那么，到底二戴祠和戴德、戴圣的关系是怎样的呢？

《礼记》是孔子弟子及后来学者所记，秦始皇“焚书坑儒”后散佚。《隋书·经籍志》记载：“汉初，河间献王又得仲尼弟子及其后学者所记一百三十一篇献之，时亦无传之者。至刘向考校经籍，检得一百三十篇，向因第而叙之。而又得《明堂阴阳记》三十三篇、《孔子三朝记》七篇、《王史氏记》二十一篇、《乐记》二十三篇，凡五种，合二百十四篇。戴德删其烦重，合而记之，为八十五篇，谓之‘大戴记’。而戴圣又删大戴之书，为四十六篇，谓之‘小戴记’。汉末马融遂传小戴之学，融又定《月令》一篇，《明堂位》一篇，《乐记》一篇，合四十九篇。”现流传的《礼记》便是这四十九篇的《小戴记》。

这种说法，历史上很多人提出了疑义，并做了具体分析，其实文献编辑、流传过程是很复杂的。不可否认的是，戴德和戴圣是搜集整理研究礼的最重要的早期学者。戴德，字延君，梁（郡治在今河南商丘）人，生卒年不详，曾编成《大戴礼记》，也叫“太傅《礼》”，共计八十五篇，现存三十九篇。戴德是今文礼学“大戴学”的开创者。戴圣，字次君，系戴德之兄子，曾任九江太守。戴圣为九江太守事，见《何武传》中。他活跃于元帝时期（公元前43—前33年）。平生以学习儒家经典为主，尤重《礼》学研究。编成《小戴记》，又名《小戴礼记》，全书共分四十九篇。戴圣被称为“小戴”。他与叔父戴德及庆普等人曾师事经学大师后仓，潜心钻研《礼》。“由是《礼》有大戴、小戴、庆氏之学”（《汉书·儒林传》）。后来，三家之学皆立于学官，兴盛一时。宣帝时，戴圣曾被立为博士，参与石渠阁议，评定五经异同。戴圣精心讲授“礼学”，授徒颇多，曾传其学于梁人桥仁、杨荣等，于是，今文礼学“小戴学”又有了“桥、杨氏之学”（《汉书·儒林传》）。《小戴礼记》被列为儒家经典，“三礼”之一，唐时被称为“大经”，明时已取代《仪礼》成为“五经”中的《礼》。该书在中国儒家思想史上占有重要地位。

戴德和戴圣不仅删编《礼记》，而且各自为《礼记》作了注释，以进一步阐述先圣先贤的言论主张，使得《礼记》所载的典章制度和礼乐规范更加完备。

大小戴学术传承情况如何呢？为什么沂南戴氏后人一直说戴德与戴圣曾在今沂南县张庄镇沿汶、大戴村一带讲过学，很多文化人也多有附和？

《汉书·儒林传》记载：东海人孟卿师事萧奋，以《礼》授后仓、鲁闾丘卿。“仓说《礼》数万言，号曰《后氏曲台记》，授沛闻人通汉子方、梁戴德延君、戴圣次君、沛庆普孝公。孝公为东海太傅。德号大戴，为信都太傅；圣号小戴，以博士论石渠，至九江太守。”“大戴授琅琊徐良斿卿，为博士、州牧、郡守，家世传业。小戴授梁人桥仁季卿、杨荣子孙。仁为大鸿胪，家世传业，荣琅琊太守。”《汉书·儒林传》还记载：“后苍字近君，东海郯人也”“授翼奉、萧望之、匡衡”。后仓之师萧奋是东海郯人，后仓与萧奋同郡人。史书记载的后仓的六位弟子，戴德、戴圣是梁人，萧望之是东海郡兰陵人，翼奉是东海郡下邳人，庆普是沛人，匡衡是东海郡丞人。戴德的弟子徐良斿是琅琊人。戴圣的弟子桥仁季及杨荣子孙虽是梁人，但杨荣官至琅琊太守。可以看出，西汉时期后仓一派的学术活动圈，基本是在今鲁南苏北一带。也就是说，二戴的初期活动在琅琊与东海范围内。《汉书》记载的“石渠”即石渠阁，在西安，传为汉初名臣萧何创建，它既是西汉时全国最大的国家图书馆，又是儒学鸿儒谈论儒学进行学术交流的中心。戴圣“以博士论石渠，至九江太守”是其后半生的事。所以，清学者刘绍武（见清道光七年版《沂水县志·卷八·人物》）认为：“《青州府志》列二戴于侨寓，谓‘其微时，从后仓，得高堂礼经之传。往来于齐鲁间，慕沂山水，在颜温里立书院，教授生徒’，近是。惜其居此讲礼，及殁而葬此。史传别无佐证，存疑可也。”清康熙十一年版《沂水县志》记载：县正南曰会川乡，领社二十六，其中有颜温社（即今沿汶村）。清初大儒朱彝尊《曝书亭集》中也有“及殁遂葬于此”的考论。

经过以上考察，我们觉得戴德与戴圣曾在沿汶、大戴村一带讲学这种说法也仅仅是有可能而已，至于说是他们的家乡，或者说他们长期居住在这里，去世后也埋葬在此，那就没有任何历史依据了。

依汶镇寺庙初考

高 军

依汶镇历史上有多处寺庙，随着时间的推移、历史的汰洗，多处寺庙已经消失了踪影，本文拟对此进行一些初步的考证，以就教于方家。

小安子常德观

常德观是一座很有名的寺庙，虽然康熙《沂水县志》无记载，但道光《沂水县志》做了记载：“常德观，安乐庄西。”安乐庄，就是今天的小安乐。《沂南县民族宗教志》（1990年版）记载：“常德观……建于宋初，占地1亩，有房屋6间，1937年有道士3人，1958年‘大炼钢铁’时被破坏。”同一书中在列表表述时又说“房屋13间”“建观时间”为“唐代”，“庙地8亩”。这种矛盾说法的情况出现，说明常德观的详情已经是众说纷纭了。现在的常德观只剩一片废墟，仅有两个很大的赑屃，以及一些残墙残石，纪事石碑甚至石碑残片只字无存，故而已经很难考证了。

但是，我觉得常德观的毁坏并不是集中于1958年，还有一次应该是1943年。1943年5月李子超在安乐庄写过一首诗《妇女识字班放午学》："古钟古刹播新音，红女戎行出观门；吐气扬眉践枷锁，高歌浴日遏行云。"其中注释说："观，指沂南县安乐庄西南之长（常）德观，群众打碎了菩萨，在这里办起了抗日小学和妇女识字班。"1958年大炼钢铁时为了筹集烧木炭的木材，这里的高大树木被采伐，有些建筑物上的木材被拆下，都烧制了木炭，这次的破坏更加严重。

也就在这以后不久，在解放军的帮助下，沂南县大力开展整山绿化工作，周边的山上全部栽上了树苗。地方国营孟良崮林场成立后，为了便于管理山林，在这里设立了分场，派人常驻这里，分场场部一直设在常德观遗留下来的房屋里，当然也不断进行了修葺并新建了房屋。

最后留下来的两棵大银杏树，南北相距10米左右，其中一棵被砍伐后，另一棵也在20世纪60年代中期被孟良崮林场锯掉运走。这棵银杏树，当地百姓说仅向北伸出的一个树杈，就遮盖了三间屋还多的地方。

这里曾经有很多块石碑，东边偏南有和尚墓地，墓地在历次运动中不断被毁坏，后来一点儿残留也没有了。文献对这里也没有更多的记载，我在采访距离此地不远的埠口村刘长其的时候，他说曾见过光绪年间的一通碑上记载着"文殊殿"等字样，其他情况就不得而知了。

我们可以认定，这里不仅是火居道的道教场所，也曾经是佛教的场所。

仙姑洞

在大河圈正北仙姑洞山向阳的悬壁上的两个石洞内，有新塑的仙姑与玉皇的两尊塑像，每到清明节，登山观光者络绎不绝，入洞祈祷者摩肩接踵。这里叫仙姑洞山，以前有没有玉皇恐怕不好说，但有仙姑是毫无疑义的。

那么，仙姑为何方神仙呢？

经过考察，我们发现在历史上被称为仙姑的神仙主要有三位：一是泰山娘娘，又名泰山奶奶，也就是碧霞元君，称为仙姑。二是指感应随世仙姑正神（又称感应随世三仙姑）的三霄娘娘，为云霄、琼霄、碧霄的合称，是道教神话传说中的三位仙女，她们的义兄就是财神爷赵公明。法宝为混元金斗，凡是神、仙、人、圣、诸侯、天子等，不论贵贱贫愚与否，降生都要从金斗转动。从前百姓求子、生育都要拜三霄娘娘，所以现也有人称三霄娘娘为送子娘娘或送子奶奶。三霄娘娘在中国民间信仰中占有重要地位，所以关于她们的传说也比较多。三霄娘娘只救助与人为善的人，有权有势但无恶不作的人三霄娘娘是绝对不会救助的。三霄娘娘头戴饰宝凤冠，面容丰润慈祥，身着华丽服饰，手持宝物，文雅端坐。供奉的目的是教化民风淳朴，人丁兴旺，福运延绵。如峨眉山有三霄洞，是供奉三霄娘娘的道教圣地。三是元代中期又有泰安女道毛仙姑筑庵徂徕山，修持30余年，于延祐二年（1315）十一月十九日羽化，并留遗言："混处修持三十年，是非海里了真缘。如今脱下皮囊日，拍塞灵空永自然。"

这里能找到和辨认的所有完整和不完整的石碑中，雍正四年（1726）六月初六日的断碑，上面是捐款捐物人名单，说明这一年有修建。雍正八年二月十八日的一通《万古流芳》碑，简单的碑文由王起龙撰写，有些地方也不甚通顺，石质也很一般，已有多处漫漶不清了，说明当时因陋就简的情况。从这片碑文中透出的信息来看，仙姑应该是碧霞元君的可能性更大一些。碑文先说明了这个洞的自然状况："仙姑洞，洞中左右石龙，还有二泉，一甘一咸，此乃□宝洞也。"继而介绍："仙姑甚喜，意欲洞而□也。保护一方，灵应极矣。……每年六月初六圣诞之日……泰山有行宫……"碧霞元君，称为"东岳泰山天仙玉女碧霞元君""天仙玉女碧霞护世弘济真人""天仙玉女保生真人宏德碧霞元君"等。因坐镇泰山，尊称泰山圣母碧霞元君，俗称泰山娘娘、泰山老奶奶、泰山奶奶、泰山老母、万山奶奶等，也被称为仙姑。民间传说碧霞元君诞辰日为六月初六日，从这段碑文中也可得到佐证。当然，六月初六日只是一种说法，影响更大的说法是农历的三月十五日和四月十八日这两个时间，但六月初六毕竟也是其中一说。又加上当时的道人杨功海参与了其事，说明这里当时就是一处道教场所。而碧霞元君是以中国大陆华北地区为中心的道教山神信仰。道教认为，碧霞元君"庇佑众生，灵应九州""统摄岳府神兵，照察人间善恶"，是道教中的重要女神，也是中国历史上影响最大的女神之一。碧霞元君的影响力由山东省泰安市传播开去，历经上千年，特别是在明清以后，对于中国北方地区文化产生了重大影响。这通碑还让我们记住了一个特立独行的人物形象郝玉玑，他"系古骈邑栗□□东□家庄人也，素性好静，不喜尘气，弃于故里，游至处乃为居之""玉玑□四方，亲□轮月磊积资财"，并带领徒弟宋钦亲任石工。在没有其他资料的情况下，我们觉得断定为郝玉玑最早修建了仙姑洞，似乎比较可信。当时还有一位"淄川李兰"参与了这事，当地人戴�、徐廷斌、王起龙、王臣也都出了很多气力。

仙姑洞前山坡处有断碑碎石，其中有一断碑：“北有名山曰仙姑洞者，其间旧有玉皇……”碑由庠生袁太光撰文，庠生孟钦鲁书丹，落款时间为“……丑孟夏吉旦”。另一断碑，碑额为“重修玉皇殿记”落款时间为“大清乾隆四……”从碑上的字体来看，这应该是同一块碑。那么我们可以认定，这里在乾隆年间有一次对玉皇殿的重修过程，也就是说在清朝乾隆前这里就有玉皇殿存在了。另一残碑碑额为“皇行宫”，为康熙五十九年（1720）六月初六日立，撰文者是乙酉科岁进士候选儒学训导陈自新。碑文说：“玉皇上帝……自有仙姑，方有此洞……”说明仙姑是这里最早的神灵。还有一“通明殿”残碑，已经风化严重，大多漫漶不清，但可以确认是捐款名录。

通过以上梳理，我们觉得可以认定最晚在清雍正年间这里就有了仙姑洞，也有了山名——仙姑洞山，并且在随后不久，建起了玉皇殿（又名玉皇行宫）、通明殿等建筑物，成了一处当地宗教重要场所。

梵众寺和老仙庵

在现在依汶镇安前庄村后、国有北大山林场那儿，过去有梵众寺和老仙庵，林场就是在寺庙的基础上建立起来的。现在遗存下来的古迹所剩无几，还能找到的仅仅有一块残缺的功德碑，一个明成化十五年（1479）的墓塔石。从这个墓塔石上，能知道这里叫梵众寺老仙庵。说起梵众寺，已经没有人知道了，当地百姓大多管这儿叫“来仙庵”“老七庵”，说明这儿作为寺庙最后的名称是老仙庵，被讹称为“来仙庵”“老七庵”等，都是“老仙庵”的音变而已。梵众，就是僧徒的意思。梵众寺的意思是僧徒聚集的寺庙，就是个普通的寺庙名称而已。过去在一个地域范围内重名的寺庙也很常见，所以这里和沂水县城南的梵众寺重名，此处也不可能是那儿管辖的一个庵。老仙或老仙长，是对道士的敬称。老仙庵，是指道士的修道场所的称谓，说明这里留居过道行高深的道士，这里就被称为老仙庵了。孔尚任《桃花扇·栖真》中“老仙长，我们上山来做好事的，要借道院暂安行李，敢求方便一二”之语，可佐证这一点。庵是指圆形草屋，不对外开放的房屋，后指小庙，特指佛家女性出家人修行居住的地方。我们已经说了，老仙是指道教道行高深的道士，所以不能把老仙庵认定为是女性修行的场所。

《沂南县地名志》（1985年8月版）记载：“安前庄……村北山坡原有一庵，

故名庵前庄，后演变为安前庄。”这也从侧面证明了老仙庵晚于梵众寺。因为这里张氏墓碑记载，清乾隆初年（1736）张氏从凤台庄迁到这里立村。

通过以上梳理，基本上可以判定，这里明朝叫梵众寺，清朝叫老仙庵。

这里再简单说一下沂水城南的梵众寺，它在过去的娘娘庙往西不远，老沂水师范西北角墙后。在20世纪90年代前那儿有一个方形大水汪叫许家汪，后被茶庵居民填平建了住房。许家汪西边是和尚林子（林子是墓地的意思），许家汪北边是梵众寺，现在成了阳西街的居民区，具体方位在今阳西菜市场东南一带。当地老人传说，寺里有一个很大的石佛头，鼻孔能钻进人去，儿童从这个鼻孔里钻进去，能从另一个鼻孔里钻出来。还说一百多年前有一个要饭的曾住在了大佛头的耳朵眼里，到了冬天附近住户怕要饭的再住在里面会冻死，就把大佛头掀进了旁边的一个大坑埋起来，这里至今还留存有莲花石座。查清代两部《沂水县志》，有关于这座梵众寺的记载和辨析：“梵众寺，在县南二里，宋咸平二年建，顺治十四年知县王志佐重修。”“梵众寺，县西南隅二里。顺治十二年知县王志佐碑云：‘宋真宗咸平二年建。’旧志因之。按寺基有八稜碑，刻陀罗尼经，唐开元二十八年岁次庚辰三月字迹显然。明嘉靖四十五年，知县张训碑云：‘隋、唐后断碑遗文尚有所存。’则非宋时始建可知。”明代成化年间沂水籍进士、诗人杨光溥（曾任山西按察司副使）作《游梵众寺》诗：“门掩斜阳柳几株，浮生偶此住行厨。风从宝树传鹓鸠，人倚银瓶唱鹧鸪。佛殿全经新雨湿，僧阶半是落花铺。笑谈满座文章客，不见高阳旧酒徒。”清代的沂水县宗教管理机构僧会司也设在这里，说明此地年代久远、规模较大。

回龙寺

回龙寺也叫崖子崮寺，位于傅旺庄汶河南、葛庄东岭以北。崖子崮位于汶河一个转弯处，三面环水，地势奇异，环境优美。

有人说建于唐贞观年间，但无考。清代两部《沂水县志》对此均无记载。康熙《沂水县志》无记载。道光《沂水县志》：“东汶河本桑泉水，又名东汶河，自蒙阴县西南五女山发源。”“东汶水本桑泉水，源详《水经》与《蒙阴县志》。自入沂境与梓水会，微北流旋折而东，经葛墟、辛兴等庄，抵岸堤集南，岩麓水入之，经沂艾山，北麓诸水入之。又东经牛王庙，马牧池水入之。又东经柳沟庄、双泉峪，云仍泉注之。又东经龟峰山南隋家店，东崮水入之。又东南流，至伊王庄复折而东，抵崖子崮，经龙泉山南麓、高崮山侧、栗沟庄东，转折至明生庄，明生桥水入之。”伊王庄，即依汶庄，对“崖子崮”有记载，却对回龙寺（崖子崮寺）没有涉及。而对汶河边的其他一些寺庙做了记载，如：“云停观，岸堤街南，汶水北岸。常德观，安乐庄西。”说明恐怕不是建于唐贞观年间。

拆除前有大殿五间，正殿供奉释迦牟尼佛、观音菩萨、阿弥陀佛，东殿供奉财神，西殿供奉送子娘娘，配殿为三官殿。清末民初，尚有僧人觉信、昶義、昶生住在这里修行。后来逐渐式微，最后拆除。

传说赵匡胤曾经夜宿河对岸的龙宿山，留下了爬龙桥、龙泉等，解决了温饱问题的赵匡胤念念不忘此地，东征胜利后来到这里旧地重游，渡过汶河来拜谒，感谢神灵对自己的保佑，然后转头渡过汶河北去，此后这里叫作了回龙寺。

2012年当地一些人发起重修，经过215天完工，重建大殿五间，山门三间，配房十间，建筑面积400平方米，台阶15层，立碑16通。

店子村兴隆寺

在店子村走访村中老人，他们说这里的兴隆寺原有18通石碑。由于碑石被毁坏，始建于何年现已无考。

兴隆寺分为东西两个院落，大门口没有匾额，西院的奶奶殿三间，供奉着泰山老奶奶。东院关爷殿也是三间，供奉的是关帝爷。东南角、西南角分别有钟楼和鼓楼（东为钟楼、西为鼓楼）。这里还有东西廊房，西廊房供奉着阎君，指阎罗，《秦并六国平话》卷上：“果是三魂归地府，多因七魄见阎君。”《四游记·华光闹阴司》：“渡子走去报阎君，阎君升殿正坐。”清袁枚《新齐谐·借尸延嗣》：“阎君怒叱，将众矮鬼逐出。”每天早晨4点半左右，敲响钟鼓，作为寺院僧人起床的号令，寺院僧人听到早晨的钟鼓声起床洗漱，然后到大殿早课。每天晚上9点左右，敲响钟鼓，作为寺院熄灯就寝的号令。寺院有重要庆典、迎宾、法会、集会时，也会敲钟鼓作为礼仪或号令。鼓损毁时间已经不清，钟后来被搬到了燕子山上，作为召集人员整山治河的号令又发挥过作用。

庙上有小铜人装饰。后面的姑子林都是石头垒的。正殿内粗大坚实的顶梁立柱与墙壁间的夹柱以及立方体房梁上的绘画，色彩艳丽，龙飞凤舞，活灵活现。

现存的三间建筑为奶奶殿，有银杏树一株，树干粗壮，枝繁叶茂。原来尚有两株更大的松树，东院关爷殿的松树枝能伸到西院的奶奶殿。

黄龙安村黄栊（龙）庵

黄龙安村地处山南坡，《沂南县地名志》记载：“此处原有一庵，名黄栊庵。村以庵为名，后演变为黄龙安……相传明末清初立村。”可以认定，最晚明末这里就形成村落了。黄龙安大队“文革”时改为胜利大队，1981年改回原名黄龙安。

栊，指窗户。黄栊庵，字面理解就是黄色窗户的庵。我们在村中走访，有老人告诉我们说，这里出现过小黄蛇，过去人们对蛇充满敬畏，不叫蛇而叫龙，所以建寺庙的时候就叫了黄龙庵。我推测，黄栊庵是黄龙庵的讹称，正确的说法应该是黄龙庵。理由有以下几点：

一是全国多个地方有黄龙庵，如庐山黄龙庵、太湖黄龙庵古寺、池州建德（今安徽东至）黄龙庵，而从来未见黄栊庵。

二是黄龙是中国古代神话传说中的神兽。按照古籍记载，黄帝及大禹都是黄龙的化身。《史记·天官书》言：“轩辕，黄龙体。”《中兴天文志》：“石氏云，中宫黄帝，其精黄龙，为轩辕。”《山海经·海内经》郭注引《归藏·启筮》：“鲧死三岁不腐，剖之以吴刀，化为黄龙。”大禹之母是“修巳”，修巳的意思就是一条长蛇。《拾遗记》卷二：“禹尽力沟洫，导川夷岳，黄龙曳尾于前，玄龟负青泥于后。”著名神话学家袁珂认为黄龙即是黄帝时期的应龙。我国五行思想有中央黄为土的说法，王充《论衡·验符篇》：“黄为土色，位在中央，故轩辕德优，以黄为号。东方曰仁，青龙，东方之兽也，皇帝圣仁，故仁瑞见。皇帝宽惠，德侔黄帝，故龙色黄，示德不异。”恰恰是因为对黄龙的崇拜，才建起了黄龙庵。

三是黄龙庵比黄栊庵更有文化意蕴。明代高攀龙写有诗歌《黄龙庵访超然上人》：“山深昼寂寂，樵语声屑屑。一径入青蔼，竹木夏秀洁。有僧赤脚眠，长啸天地裂。见我掇衣起，坦腹笑咥咥。任真无盖藏，布怀不曲折。摘茗煮鲜泉，豆芋楚楚设。充然可供客，足已了不缺。引我看泉石，发兴皆奇绝。挥手别之去，中心自怡悦。”超然上人究竟是何人已不可考。宋代释昙莹写有诗歌《示超然上人》：“往事明明是梦中，发霜那有旧形容。客床对卧秋深雨，听得邻僧半夜钟。”说明超然上人可以指称多人，主要表明一种人生态度的超然。释昙莹，号萝月，嘉兴（今属浙江）人（《四库全书·珞琭子赋注提要》），住临安退居庵，洪迈曾见其说《易》（《容斋随笔》卷一“坤动也刚”条），有《珞琭子赋注》二卷传世。

我们目前虽不能认定高攀龙写的黄龙庵是不是黄龙安村的黄龙庵，但这里建寺庙的时候，起名过程肯定甚是认真，所以叫作黄龙庵应该更加可信。

据村中老人介绍，寺庙在“文革”中被破坏掉，毁坏前尚有三间堂屋，没有院墙，里面的塑像是释迦牟尼，老百姓习惯称为佛爷殿。

东、西贯头两座观

村民中一直传说，村庄得名于唐代的两座道观，西道观之西的村庄叫西观头，东道观之东的村庄叫东观头，后演变为东、西贯头。东、西贯头村外曾存有元代残碑。可惜的是，这两座观的历史、规模、毁坏时间等，均已不可考。

龙泉山寺

道光《沂水县志》记载了两处龙泉寺：“龙泉寺，县北六十里。”一处在今沂水县城北30千米处的沭河东岸，一座不大的小山名庙沟山。这里有泉还有庙龙泉寺，建寺年代未知，建筑已毁，原址已辟为农田。今在原址南约50米处重建，规模不大。村民讲龙泉寺附近原立有一块石碑，碑额刻“圣旨”二字，两旁雕有两条龙，碑面有刻文，内容大约是表彰沭水村的一位贞妇。第二处龙泉寺在龙泉山，有其它地名可以参照，道光《沂水县志》：“……洪观寺，县西南八十里，辉山。宣崮庙，县西南宣崮山。龙泉寺，县西南龙泉山。”“东汶水本桑泉水，……又东经牛王庙，马牧池水入之。又东经柳沟庄、双泉峪，云仍泉注之。又东经龟峰山南隋家店，东崮水入之。又东南流，至伊王庄复折而东，抵崖子崮，经龙泉山南麓、高崮山侧、栗沟庄东，转折至明生庄，明生桥水入之。”伊王庄，即依汶庄。根据这些记载，可以认定龙泉山在崖子崮偏东，汶河经过山南麓，汶河再往下流则经过高崮山侧、栗沟庄东。如此说来，此寺应在今孙隆村以东的龙宿山，这里几十年前尚有龙泉、爬龙桥等遗迹。此寺遗址无存，具体位置已无人能说清楚。

百子山前麓的皇姑庙

有一种说法，说百子山前麓过去有皇姑庙，但查无证据。在走访中，发现在万松山往东300米左右略向北，有一些建筑物遗址，还能依稀看出房屋建筑的大致模样，土壤中能发现青色砖瓦碎片等。这里的位置就是百子山前，但是这些建筑物毁于何时已无人知晓，估计应毁在距今150年以前，否则不可能任何人都说不清楚。周边村里的人都管这里叫作皇姑城，说是皇帝的一个妹妹曾在这里居住，所以叫这个名字。很多人干脆叫作墙框子。考之史书，未见有皇帝妹妹在这里的记载，这只能算是一个美好的民间传说罢了。从这儿往东不远就有龙宿山，传说赵匡胤曾在那儿停留过，民间传说某一民女帮助过他，后来被封为皇姑，是否民间为此建庙供奉也未可知。但我们觉得这里应该就是皇姑庙遗址。

隋家店西大庙

在今隋家店村西北过去有西庙，当地人也称为西大庙。寺庙建筑已不复存在。已经89岁的李莲美告诉我们，过去这座庙有院墙，有大门口，有阁挡门，正面是三间堂屋，还有三间西屋，南屋有一大间。正殿供奉的是泰山老母奶奶，也就是碧霞元君。偏殿里还供奉着送生娘娘、痘瘢奶奶、闪电将军、风雨婆婆等。遗露野外的高大雕刻石狮子，依然展示着当年寺庙的雄风。

关于这个石狮子，还有一些说法。传说这是一个公狮子，另一个母狮子在河对岸安乐村附近的常德观。它俩一往情深，常年隔着汶河对望着。这个石狮子很调皮，有时候跑出去乱逛荡，有一次来到了一个住家，家庭主妇正在烙煎饼，突然发现有个动物在身后偷吃摊煎饼的糊子，就顺手打了一劈子（摊煎饼用的长竹板有点像尺子），继续干活儿了。后来人们发现庙上的石狮子嘴上有白糊子，头上也有劈子抽打出的一道印痕，这才知道那位妇女打的竟然是西大庙上的石狮子。

西大庙最后的和尚姓刘，是大保护村的。据说他是一个饿和尚，说他小时候有病，许了愿到庙里出家伺候老和尚。再往后，老和尚圆寂了，他也很难在庙里安身，一想家就跑回去了。

近年，有热心人又在原址建了一处不大的老母奶奶庙，也时有香火。

高崮子山老母奶奶庙

葛庄家前高崮子山奇峰突兀，峻峭挺拔。山上曾经防过土匪，有圩子墙遗址。不知何时，上面建起了小型的泰山老母奶奶庙，时常有人上去烧香拜谒。推测应该是在1851年后，周边百姓为了防备南边来的土匪，在上面建圩子的同时，建起了泰山老母殿，祈求她保佑圩寨平安，随后延续了下来的。

大安子的庵子

《沂南县地名志》（1985年8月版）记载："大安子……相传村南小河上原有一石桥，状如马鞍，故名鞍子庄。"因为附近还有一个村叫小安子（现名高家安子），说明"安子"由来已久。

这里元代就有徐、张等姓家族居住，王姓家族洪武初年（1368）迁到兰山县"兰邑卧冰故里，后赴居沂南大安子"。

2019年春节期间，我专门又到村里进行了实地调查，据王学友、王洪余等人介绍，村西有块平地，村里人都叫土城子，也有人叫庵子城，七八十年前早已是一片平地了，再往前推何时成为平地的也已经不可知了，但是土里有很多青色砖瓦碎片，他们曾听人说这里曾经是个庙宇，不知几辈子前早就毁掉了。

根据这种情况，我们觉得桥名、村名的来源，应该和庵子城，也就是土城子有关，应该是这里早期有个庙宇，在某一段时间里叫作"庵"的时候最为兴盛，所以村子因此而得名。

青杨行无名寺庙

青杨行村中小桥以下南边的平地上，过去有一座寺庙，现已经无任何遗迹。村中老人说，不知道寺庙叫什么名字，但过去有三间堂屋，里面供奉有三座佛爷像，为石质雕塑；还有两间西屋。是否住过和尚、道士等，是否有院墙等，都已经无法说清楚了。此庙规模较小，影响不大，毁坏时间也较早。

两泉庄永平观

永平观位于村西，遗址曾有残碑，上面有"顺治甲午"字样，说明此观最迟在清初已存在。

此外，五空桥家西有一堆石砬子，村人都说这里曾是一座庙宇。类似的情况，依汶镇境内尚有多处，详情已经很难说清了。

“失百子山”惨案初考

高 军

从现在的万松山往北，第二个山头是一座无名山，再往后略矮一些的地方叫二山埡巴子，后面的山又高了起来，这座位于胡家旺村东、薄板台村西的山，就是百子山。这座山至今之所以被多次说起，是因为这里发生过“失百子山”惨案。就是现在上去也还能发现很多石头垒筑的圩子墙和房屋框遗址，这是过去兵荒马乱时代薄板台村及其周边村民防御土匪的实物见证，更是1921年一个重大事件——“失百子山”惨案的发生地。但时至今日，“失百子山”惨案只存留在了我县几个关注地域文化热心人的视野中。

我曾于2001年至2004年在依汶镇工作，几次登上过百子山，也曾在工作之余到胡家旺、薄板台等村走访过一些老人，得到过一些口述资料。后来又查阅《续修临沂县志》、新中国第一部《沂水县志》《沂南县志》《沂南县军事志》《临沂百年大事记》、鹤年编著的《旧中国土匪揭秘》（中国戏剧出版社1998）、石玉新主编《近代中国土匪实录（上中下）》（群众出版社1992）、吕俊伟主编《民国山东史》（山东人民出版社1995）、张占军《山东巨匪刘黑七》、[英]贝思飞《民国时期的土匪》、西献《民初临沂匪情纪略》等，均没有发现对“失百子山”惨案的记载。

最近再次受邀在依汶镇挖掘地域文化资源，所以我决定对这一事件进行一下初步考证。

一、惨案发生的时间

这个惨案到底发生在哪一年？在走访中有各种说法，众说纷纭，莫衷一是。

比如有的老人说是民国十四年腊月二十八日，那么就应该是1925年2月10日。可是，我们在走访中继续追问就出现了疑点，现在八九十岁的老人熟悉民国纪年的很少。在我这次细心走访中，薄板台村的老人们告诉我“失百子山”惨案发生的那一年，村里的王庆余正好7岁，他是扛着半门子上山寨躲难的。我赶紧问：“他现在怎样了？”老人们说他已经去世好些年了。我继续追问：“如果他还活着的话，现在多大年纪了？”老人们告诉我：“王庆余活着的话，今年正好98岁。”这样看来，把“失百子山”惨案的发生时间确定为民国十七年是比较可信的。老人还说，那天是腊月二十八日，再过两天就是大年三十了。应该说，这些节点的记忆弥足珍贵，也是非常有可信度的。

而1926年2月沂蒙山区发生的匪患只有临沂县白旄（今属临沭）一带的一次匪患，被沂州镇守使派人剿灭了。

1928年年末和1929年年初，是匪患最为严重的时期，国民革命军杨虎城部于1929年年初一直在周边县区剿匪也体现了这一点。

所以我觉得，“失百子山”惨案可以断为发生在民国十七年腊月二十八日，也就是1928年2月7日。

二、惨案发生的经过

关于“失百子山”惨案发生的原因，综合了周边村子里老人的两种说法。一是说村里一个叫隋光松的人经常到费县（含今平邑）去贩卖牲口，把那边的猪、牛等贩运到蒙阴、沂水等地，尤其是岸堤、依汶、界湖这些大集上，开始他还赚钱，后来发生了一些事情，有人说是发生了瘟疫，折了本；有人说是他赖账不还。他贩卖牲口，是先把牲口收来，卖出后再回去现金结算。这样，就需要有中间的保人为其担保。隋光松不偿还欠账，保人在中间非常尴尬，他没有办法就到隋光松家来蹲着要账。后来隋光松就有了赶他走的想法，也有人说隋光松想害他的命，结果他就跑回去投奔了蒙山里的光棍（土匪），带着光棍来报仇，所以发生了“失百子山”惨案，隋家被杀害了60多口子人。但我在薄板台村采访的时候，有人说隋光松确实没还账，当保人来要账的时候他已经下了东北，保人也就没有什么办法了，“失百子山”惨案其实和隋光松无关，也和那个保人无关。二是说惨案和村里的隋玉密有关，隋玉密在村里是个富户，有不少耕地，每年还做“赶鞭”生意，“赶鞭”是当地方言，就是制作燃放的鞭炮。制作鞭炮是个手艺活儿，必须有技术才行，否则就会出危险。他从费县请来了一个为他“赶鞭”的人，那人在他家里干了三年，他没有给人家一分钱，后来还想害了他的性命，结果那人知道后吓跑了。回去后他怎么也咽不下这口气，于是就变卖了家中所有东西投了光棍，后来带着光棍来算账，大家只好都躲进了百子山上的圩子。光棍一来就高喊让交出隋玉密，“失百子山”事件中光棍抓住隋玉密，对他进行了残酷折磨，最后在村前西南角上，把他的头皮先割了一道口子灌上水银，又将他活扒了皮。说是皮扒到眼眶以下的时候，倍受折磨的他就已经死去了。然后光棍在他的眼眶前还挂上了两个小铜钱，让人知道这是他光看着钱的下场。我觉得，因为土匪们残忍无比，所以这些原因恐怕也未必可信，即使没有这些事情，土匪也会到处打家劫舍的，这是由他们的本性决定的。

土匪来了，大家都躲上了百子山山寨，土匪们包围了山寨要求交出隋玉密，大家怎么会将自己的乡亲交给残忍的土匪呢？再说也不知道他们要隋玉密的原因是什么，所以大家就没有理他们，而是顽强地与山下的土匪对垒着。土匪攻山，他们就往下滚石头、放枪炮，土匪一点儿便宜也没占到。有一天当号长的土匪头子的亲兄弟正吹着进攻号，被山寨里防卫的村民用铁管装上火药和耕地的犁上的镵头打出去，一下子就将他毙命了。土匪一看急了眼，都扒了衣服光着脊梁拼命往上冲，可最后还是被勇敢的村民打退了。但也发生过误伤事件，说是有一个“站墙子”，就是站岗的，他晚上很疲惫了，一下子歪下去倒在了围墙外面，巡逻人员听到外边有动静，就用鱼叉照着那个地方叉了一下：“光棍又上来了啊！”倒在墙外的人也醒了过来大喊“是我啊”，但脖子还是受了伤，好在没有伤及生命。

这个山上最大的问题是缺水。对垒几天以后，山寨内由于缺水，已经很难再坚持下去了。这个时候，土匪开始让青杨行一个姓王的，也有人说就是薄板台一个姓王的，来说和这个事儿，说他们就是来借用几天山寨，如果村民主动打开山门退回村里，让他们进去待几天处理一下有关事务，主要就是让绑来的“票”的家人来赎回人，处理完这些“票”他们就会撤走。这期间保证两下里和平相处，相安无事。有些村民因为已经断水，想如果能这样也算不错了。当然也有一些人很清醒，觉得两方已经打了这么多天，早就都是仇人了，哪里会这么简单！但是因为寨中没有水，愿意下山的多数人的呼声已经让人们听不进不同意见。腊月二十八下午正应该做饭的时辰，山寨的门打开了，土匪们一拥而进，见人就砍，很多人头颅被砍掉，血花四处飞溅。有一个叫隋光余的人，他临危不惧，土匪开始杀人的时候，他大喊了一声，土匪一愣的工夫，他抓起一床被子跳下了围墙。他连滚带爬，迅速向山下跑去，山口处的土匪纷纷向他开枪，他把棉袄脱下来盖在一块石头上，土匪就光向那块石头开枪，让他机智地逃了出去。土匪追到跟前的时候，才发现被骗。还有王元祥的母亲，当时她已经怀孕到了大月份，也是裹着被子滚下山去逃命的，捡了一条命，到了正月二十生下了王元祥。人们四下里乱逃，但是土匪太残忍了，把一些孩子放到墙头上，一刀一下，头颅有的滚到寨内，更多的滚到山坡下面去。他们还把山寨点上火，把一些孩子直接扔到火里活活烧死。村里有一个叫王振举的才一两岁，被扔到火里后，他竟然爬了出来，但是一只手被烧秃了，一个手指头也没能剩下。但他活了下来，直到80多岁去世。还有一个张学政，被土匪从脑后砍了三刀，多亏那个时候还兴扎辫子，有辫子护着他才没有被砍死，但口中一直吐血沫子。后来侥幸活命，但脑后一直留有一道深深的刀痕。老人、孩子、男壮劳力受害者最多。他们尤其不放过姓隋的，一问是姓隋的，当即杀死。说是他们问到胡家旺两个姓隋的，那两个人听说土匪专找姓隋的算账，就没有敢承认自己姓隋，幸运地躲过一难。胡家旺还有个姓胡的结巴，守山寨的时候，他一边扔石头还一边结巴着大喊：“使……劲……打……打……打……这……些……坏……蛋！”土匪记住了，打开山寨后土匪们找结巴，别人都保护他，土匪问话时他竟然也不结巴了。事后，他也活了下来。胡家旺还有一个叫胡发昌的被绑票后，晚上用嘴偷偷咬着解开了绑他的绳子，逃了出来，跟随他一块解开绳子跑出来的有五六个人。但是，也有兄弟两个姓隋的，因承认自己姓隋，而惨遭泼煤油被活活烧死了。

作恶几天后，土匪们挑选了四五十个男“票”和青年妇女走了。紧跟着来的就是卖地筹钱回“票”，土匪们经常在村头留下信息，开列着被绑架人的价钱，逼着人们去回“票”。还有些人家，根本没钱赎人，有的在土匪窝里被杀害，有的是直到几年后这伙土匪被消灭后才侥幸活着回来。

三、惨案发生的后果

这次匪祸，给薄板台和周围的村庄造成了极大的生命财产损失，特别是薄板台村尤为严重。

一是很多人丧了命。老人至今说起来都还眼圈红红的，声音里带着无尽的悲伤：“失百子山葬送了老少60多口子啊。”再加上周边村庄的被害人，应该不少于七八十人。应该说这是一个大惨案，但历史记载的缺失，竟然让这么一个大事件在文字上被遮蔽了近百年。

二是造成了更为严重的贫困。惨案发生，除了葬送生命以外，还造成了很大的财产损失，村子里大多房屋被毁坏，家产被洗劫。雪上加霜的是，劫后余生的村人，又为被绑了“票”的人求亲告友，卖地筹款，再一次经历了磨难，几百亩地被卖出，本来就不富裕的村子更加一贫如洗了。薄板台村从那以后有了一个这样的顺口溜：“薄板台，靠北岭，要饭篼子一百整。”说明很多户都只能拖家带口外出讨饭了。

四、制造惨案的土匪究竟是谁

关于这伙制造了“失百子山”惨案的土匪到底是谁呢？

有人说这伙土匪的头儿叫丁德全，但目前并没有找到这个人的资料。

还有人说宋朝胜是制造“失百子山”惨案的土匪，他的活动时间主要在民国十五年二月，宋朝胜、刘天增、张黑脸、刘黑七（刘桂堂）等破临沂四区之大山寨，杀63人，掳300余人。宋朝胜遂占程家屯。三月，刘天增、宋朝胜、宋东太等破四区之南曲坊，杀10余人，掳200余人。四月，匪破四区之闵家寨，杀20余人。师长方永昌剿匪于闵家寨，擒斩10余人。他也不可能在民国十七年腊月二十八日到达百子山，并弄出如此大的动静。

有人说这伙土匪后来在邹县被招安后全部被杀。邹县著名土匪叫李兴泉，又名李镜山，外号是李老八。滕县山亭（今枣庄市山亭区）藤花峪人，曾是伪邹县保安旅旅长，盘踞峄山的土匪头目。但他的经历不符合制造“失百子山”惨案的史实。

刘黑七，本名刘桂堂，清光绪十八年（1892）生于山东费县锅泉庄。幼时随母“王大脚”讨饭，羊倌出身。1915年刘黑七23岁时，与当地七名泼皮无赖拜了把子，偷得一把“鬼头刀”、劫得一支“马连匣子快枪”后，遂干起剪径断路的勾当。1919年，刘匪扩充到300余人，攘夺掳掠，始引起官府注意，官府派兵围剿17个月，刘匪非但未灭，反而陡增至千人，号称“刘团”。但这个时候，刘黑七部已被改编为国民军，尽管他们匪性未改，但也似乎不具备制造“失百子山”惨案的条件。

这样看来，关于造成“失百子山”惨案的土匪，限于资料缺乏等各种原因，又加上年代已经久远，目前尚不能彻底考证清楚。但好在我们已经勾勒出来了惨案发生的时间、经过、造成的后果等，填补了一些历史的空白。其他问题，只有期待来日了。

虎崖《乐成桥碑记》考证

胡金华

在依汶镇西南端的沂蒙生态大道西侧，有个小山村名叫虎崖。据该村碑记载：“据传，明末建村，西近大虎山，且山崖陡峭，故名虎崖。”清朝道光年间（1821—1851），大虎山下的虎崖村北不远处，建有一座一孔石桥，曰乐成桥。该桥早已被弃之不用，被淹没于桃树林间，四周均为良田，桥下的水沟并不深，怪石嶙峋，裸露沟底，《乐成桥碑记》石刻碑文犹在，其碑高约2米宽有1米，相距桥面3米远，独立于桥西端。

该村处于大虎山东侧唯一一条山谷的峪口，大虎山悬崖上有个山洞，传说是老虎窝，该村由此而得名。老虎洞里有很多“上水石”，流出来的水清澈无比，顺流而下到了山底的一溜陡坡上，乐成桥就建于此。桥面横跨在大虎山下被水冲出来的一道深沟上，流水从村后缓缓穿过，汇入汶河。乐成桥修建之前，山石与流水之间，于夏天雨季之时，山中枯木被流水冲下山来，可令木棒横过，平日行人走到这里，上顶山崖，下临深渊，须小心翼翼。乐成桥修通后，天堑变通途，为附近的柳洪峪、小洼、西柳沟、万粮庄等一带村庄人东去满庄、贯头、依汶等地提供了便利，极大地方便了行人，实在值得记载。

其《乐成桥碑记》不失为一篇文理通透的精短散文，也不乏人生哲理意趣，读来让人突生身临其境之感。碑文是这样写的：

事每难于图始而乐于观成，唯成而永便于人，其乐也，倍深如泓。谷口往来者称通途焉，旧有支木而半就残缺；下视险峻，行者股栗，须建石桥久矣；特倡议无人，迁延未果。庚子夏，虎崖庄刘安常首倡此举，约会孙效孔等，募财鸠工，阅五旬而桥成。嘻，吾观经斯途者，前也险，今也夷；前也惴惴，今也坦坦，何乐如之。将勒石，孙君求命名于余，并属词以为记；予忝在同事，亦乐其便，而幸其成也，因题之曰“乐成桥”。而斯桥也，南跨大壑，北临巨川，惊涛时至，水石搏击，能保其一成而不毁乎？若嗣而葺之，俾能历久而如新，则所望于后来者耳！是为记。

邑增生高文臻命男步瀛撰并书

皇清道光二十年孟冬　仝立

碑背面刻字“万古流芳”四个大字，石背之上刻满了远近村庄捐款人名、钱数等等。

世事变迁，时势造人。距今不足二百年时间，而今阅读《乐成桥碑记》，仍能让人感同身受并触摸到那一段历史。经历了兵燹战乱的虎崖村可以做证，一句“则所望于后来者耳”可以通心，尽管为筑桥而奔走的村里人刘安常、孙效孔，为桥碑而撰文书丹的高文臻、男步瀛早已作古，尽管乐成桥早已废弃，会随时光慢慢变成废墟，但留给我们后人的，却是历久弥新的文化。

只有文化，才能传承。

编后记

高　军

依汶镇历史悠久，人民群众在长期生产和社会实践中，以自己的聪慧才智创造了极其丰富、优美而神奇的民间故事。这些故事在历史长河中经世世代代不断丰富，久传不衰，成为文化宝库中极为珍贵的一笔财富。

随着城市化进程的不可逆转，电视、电脑、手机的普及，不仅改变了乡村的耕作方式，而且改变了人们户外纳凉和相互串门的传统习惯等乡村民众的夜间文化生活方式。乡村的夏夜不再有成人、孩子相聚于某家场院嬉戏、聊天、讲故事的情景，冬天也不见凑在一起烤火、拉呱了。延续几千年的这种戛然而止，由此造成乡村民间故事凋零丧失，更让人担忧的是乡间故事传承人大多进入垂老之年并相继离世，如果再不引起重视、不及时开展抢救民间故事的行动，将导致民间故事的再生功能彻底丧失，也意味着我们后代的文化营养元素将变得日趋单一，后果不堪设想。

为了弘扬文化精神，抢救地域文化遗产，沂南县作家协会在近几年，连续开展了沂南地名故事、沂南乡镇村庄故事的搜集整理工作，取得了丰硕的成果，出版了《沂南地名故事》《聚焦北庄——八楼刘故事》等民间故事集。2018年年底开始，县作家协会又与依汶镇负责人经过多次沟通和协商，于2019年1月26日召开了依汶镇地域文化资源挖掘整理工作座谈会，高军、胡金华、郭敏、高薇、董士君、梁少华、张桂菊、武庆丽等8位作者积极参与，县作协也号召其他有关作者自愿加入进来。创作离不开生活，生活需要实实在在用脚步去丈量。为了取得更完善的第一手资料，大家深入村户，登山涉水，开始深入各村庄开展了走访座谈活动。在采访工作中，大家认真负责，不怕艰难和困苦，有的自驾，有的坐公交，有的骑自行车，有的步行，风吹、日晒、雪淋，利用早晚、节假日、双休日等时间，起早贪黑，逐村走访。下农户，一谈就是大半天；到田间，一聊就是大半晌。老人们是历史的见证者，也是民间故事的传承人，一个个精彩故事从这些纯朴老人的口中娓娓道来，不知不觉间夜幕降临，大家还在意犹未尽地倾听着、记录着。在这项工作的全面开展中，大家进行了广泛而细致的搜集整理，力求突出依汶镇的特色，展现民间文化的原汁原味。采访结束，回味白天听到的一个个故事，大家心潮澎湃，摩拳擦掌，跃跃欲试。有了素材，有了亲身体验，还需要确定主题，把握方向，大家根据辛辛苦苦挖掘出来的素材，立即构思撰写，每个人都付出了辛勤的劳动和汗水。

总体看来，在依汶镇流传的民间故事，既有神话、地方传说、人物传说，又有幻想故事、生活故事、鬼狐精怪故事等，门类齐全，内容广泛。囊括了人生和社会的方方面面，可谓无奇不有，包罗万象。这些故事内容大都健康向上，以教育人心地善良、扶弱济贫、助人为乐为精神走向。其突出特点是极富人物针对性，比如刘遵和就是明显的例子，尤其是他前期生活在家乡的故事、传说，不仅数量多，而且具有传奇性。这些故事真实反映了家乡群众对刘遵和的认识和看法，对于研究刘遵和有着一定的借鉴作用。一些在百姓中有影响的地名，差不多都有一个甚至几个故事，通过故事形式来讲述地名，对年长者可增强回忆，对年幼者可增加地名知识。以朴素的方言讲述着动人的故事情节，让人难以忘怀。

截至3月30日，累计整理出了情节曲折动人的故事和论述缜密严谨的考证文章100余篇，计24万余字。5月25日，依汶镇和县作家协会负责人在镇委会议室联合召开了经过充分准备的改稿座谈会，依汶镇主要负责人、县作协负责人分别就初稿存在的问题进行认真点评，参加会议人员踊跃发言，就一些问题展开讨论，思想得到进一步统一。此后，有的作者再次深入村户补充采访，认真核对有关资料，对有关篇章进行了认真斟酌修改，有的作者新写出了一些有深度、有新发现的文章，如高军的《新发现的刘遵和两首诗兼及他的“举京兆”考》等都是第一次采访和撰写结束后创作的新作品。各位作者修改以后，高军对所有作品再次进行了通读，改正了一些仍然存在的问题，并进行了分类编辑，随后又多次统稿，通过一审再审，再三修改，精心编校，现在终于成书，将交由出版社付梓。

《汶河岸边：依汶故事》终于要与大家见面了，这是集体智慧的结晶。感谢依汶镇的大力支持，感谢所有人员为此付出的一切。我相信，此次《汶河岸边：依汶故事》的编辑出版，对于依汶镇经济发展、文化繁荣都必将产生长久而深远的影响。

2019年6月1日